文
景

Horizon

寂静的房子

Sessiz Ev

Orhan Pamuk

［土耳其］

奥尔罕·帕慕克 著

沈志兴 彭俊 译

上海人民出版社

1

"饭好了，老夫人，"我喊道，"请上桌吧。"

她什么也没说，拄着拐杖，就那么站着。我走了过去，搀起她的胳膊，把她带到桌边，让她坐了下来。她只是喃喃地说着什么。我进了厨房，端来她的菜盘，放在她面前。她看了看，却碰都不碰。她自言自语地说着什么，伸长了脖子。这时我才想起来，赶紧拿出她的围兜，系在她那大大的耳朵下面。

"今晚你又做了些什么饭？"她问道，"说说看，你又胡乱做了些什么？"

"橄榄油烧茄子，"我回答道，"您昨天不是点了这道菜吗！"

"是中午的吗？"

我把盘子推到她跟前。她拿起叉子，自言自语着搅了搅茄子，稍微弄碎后开始吃起来。

"老夫人，您的沙拉也在这儿。"说完我就进了厨房。我给自己也端了一盘茄子，坐下来，开始吃起来。

过了一会儿，她喊道："盐，雷吉普，盐在哪儿？"

我站了起来，进了厨房，再出来一看，就在她手里拿着呢。

"那不就是您要的盐吗？"

"我也是刚看到，"她说，"我吃饭的时候你为什么进厨房去了？"

我没回答。

"明天他们不来吗？"

"来，老夫人，他们来！"我说，"您不撒盐吗？"

"你别管！"她说，"他们来吗？"

"明天中午，"我说，"他们不是打过电话了吗？……"

"你还做了些别的什么菜？"

我把她吃剩的半个茄子端回厨房，往干净的盘子里盛上豆角，端了出来。看到她又开始厌恶地搅和起豆角来，我便进了厨房，坐下来吃我的饭。过了一会儿，她又喊了，这次要的是胡椒，可我装作没听见。接着她又要水果，我把水果盘放在她的面前。她那瘦骨嶙峋的手就像只疲惫的蜘蛛一样，在桃子上慢慢爬着，最后停了下来。

"都是烂的！你从哪儿找到的这些，是在树下捡的吗？"

"这不是烂，老夫人，"我回答说，"是熟透了。这些都是最好的桃子，是我从果蔬店买来的。您也知道这里已经没有桃树了……"

她装作没听见，挑了一个桃。我走进厨房，正要吃完我的豆角时，她喊道：

"解开！雷吉普，你在哪儿，快给我解开！"

我跑了过去，正要伸手给她解围兜，可一看，桃子只吃了一半。

"那我给您拿杏来吧，老夫人，"我说，"要不一会儿半夜里您就要把我叫醒喊饿了。"

"谢谢了，"她说，"感谢老天，我还没到要吃那树上掉下来的东西的地步。把这解开！"

我伸手解下了围兜，擦嘴的时候她皱起了眉头，做了个祷告的动作，站了起来。

"扶我上楼去！"

她靠在我的身上，上了几级楼梯，又是在第九级楼梯上停了下来，喘口气。

"他们的房间你准备好了吗？"她气喘吁吁地问道。

"准备好了。"

"那好，我们上吧。"她说，身体的重量更多地压在了我身上。

我们上了楼，到了最后一级楼梯，"十九，感谢老天！"她说着，走进了她的房间。

"把您的灯开开！"我说，"我要去看电影。"

"这么大个人，还要看什么电影！"她说，"别太晚回来。"

"不会太晚。"

我下了楼，吃完豆角，把脏碗洗了洗。摘下围裙，戴上领带，拿起夹克，拿上钱包，出了家门。

海风徐徐吹来，我很惬意。无花果树也哗啦啦地响着。我关好院门，朝海边浴场走去。一走过我们家的院墙，就可以看到人行道和新建的水泥混凝土房子。人们坐在阳台上，坐在窄小的花园里，打开电视，看着、听着新闻；女人们则都在烤炉边上，她们也是那样，看不到我。烤炉架上是肉和烟——家庭、生活，这些都是我很感兴趣的。但一到冬天，就什么人都没有了，那时，走在空荡荡的街上，听着自己的脚步声，我常常会感到害怕。我感到有点冷，便把夹克穿上，拐进了小街。

大家都在同一时间看着电视吃饭，这么想有些怪怪的！我在小街上转悠着。一辆车停在了一条小街的街口，街口正向着一个小广场。车里下来了一位刚从伊斯坦布尔来的男人，看上去很疲惫，手里拎着包，走进了家。他看上去还有一脸的担忧，似乎是因为没能及时赶上边看电视边吃的那顿饭。当我再次来到岸边的时候，我听到了伊斯梅尔的声音。

"彩票，还剩下六天了。"

他没看到我，我也没吱声。他在饭店的餐桌间来回穿梭着，不时地低头问顾客。后来，有一张桌上的客人叫住了他，他弯下腰，把一捆彩票递给了一位穿着白衣服、束着头发的姑娘。姑娘慎重地挑选着，她父母面露微笑，十分满意。我转过身，不再看他们。要是我出声叫他，要是伊斯梅尔看到了我，他会瘸着腿快步走过来。他会说：大哥，你为什么老不来我们家？而我则会说：你们家太远了，伊斯梅尔，而且还在坡上。他会说：是的，你说得对，当初多昂先生把那些钱给我们的时候，如果我不是在坡上而是在这儿买了地，大哥，哎，那时候如果我不是因为离火车站近而在那儿买了地，而是在岸边买了地的话，那我现在就已经是个百万富翁了。是的，是的，总是相同的话。他那漂亮的妻子则会静静地看着。我为什么要去呢？但有时我想去，在找不到一个人说话的冬夜里我想去，但总是那些相同的话。

岸边的各娱乐场所空空的，电视都开着。卖茶水的把几百只空茶杯整齐地摆放在一起，这些杯子干干净净，在耀眼的灯下闪着光。他们在等着新闻的结束，等着人群拥向街头。猫都缩在了桌子底下。我继续往前走去。

舢板都停泊在防波堤内。又小又脏的沙滩上一个人也没有。冲上岸的干瘪了的海藻、各种各样的瓶子、各种各样的塑料袋……有人说船夫易卜拉欣的家要被扒掉，说是要建咖啡馆。一看到咖啡馆明亮的玻璃，我一下子激动了起来。也许会有人，会有玩牌的人，我们可以聊一聊。他会问，你好吗？我会说一说，他则听着。哎，你怎么样，他会说一说，我也会听着——为了压倒电视的声音和其他吵闹声，我们会相互大声喊着聊，这就是朋友。也许我们还会一块儿去看电影。

但我一走进咖啡馆就感到很扫兴，因为那两个年轻人又在那里。你看，他们一见到我，立刻就显得很高兴，对视一眼笑了起来，但我没看到你们，我在看表，我在找一个朋友。那儿，左边，奈夫扎特就坐在那儿，在看他们玩牌。我走到他身边，爬上凳子坐了下来。我很高兴，转向奈夫扎特笑了笑。

"你好，"我说，"你好吗？"

他没说什么。

我看了会儿电视，新闻就快播完了。之后我看了看出的牌，看了看正在看玩牌的奈夫扎特，我等他们打完这一局。这一局结束了，可他们没和我说话，而是相互间交谈着，笑着。接着他们又开始了，又沉浸在了牌局中，又结束了一局。当又开始发牌的时候，为了说些什么，我说道：

"奈夫扎特，今早你给的奶很好。"

他点了点头，眼睛都没离开牌。

"里面含有很多脂肪，特别好。"

他又点了点头。我看了看表，还差五分钟九点。接着我又看了会儿电视。我太专注于电视了，很长一段时间后我才发现那两个年轻人在咯咯地笑。看到他们手里的报纸，我害怕地想道：天啊，我的主，难道又有照片了吗？因为他们看看我，又看看报纸，丑恶地笑着。别生气，雷吉普！但后来我又想：报纸上有时会登照片；他们是很无情的；他们还会在照片下面登荒谬的文章，就像他们在登裸女和动物园里正在生崽的熊的照片时写的文章一样。我突然转向奈夫扎特，想也没想就说道：

"你好吗？"

他嘟囔些什么，突然转向了我，但我脑子里还在想着照片，因而找不到要说的话，错过了谈话的机会，以至于接下来我觉得无所事事而又望向那两个年轻人。当我对住他们的目光时，他们笑得更加不怀好意了。我扭过头。桌上掉下了一张 K。玩牌的人们互相骂着，有人高兴，有人不高兴。之后新的一局又开始了，牌和情绪在不断变换。有照片吗？我突然想到。

"杰米尔！"我叫道，"来杯茶！"

就这样，我找到了消遣的事情来忘记刚才的事，但没能坚持多久，我的脑子又想到了年轻人相视而笑着看的报纸。当我再次扭头看时，他们把报纸给了杰米尔，他也在看着他们指的那部分。后来，杰米尔看到我在不安地看着他，感到很不舒服，突然以一种训斥的口气冲年轻人吼道：

"没教养！"

就这样，箭离弦了。我不能再装作没注意到了。我早就应该站起来离开这儿了。那几个年轻人哈哈大笑了起来。

"怎么了，杰米尔？"我问道，"那报纸上有什么？"

"没什么！"他说，"太奇怪了！"

我实在忍不住好奇心了。我努力克制自己，但克制不住。我就像中了邪似的下了凳子，从不出声了的年轻人身边缓缓地走向杰米尔。

"把那报纸给我看看！"

他做了一个像是要把报纸藏起来的动作。接着就像是做了什么错事似的：

"太奇怪了！"他说，"这种事情可能吗？有没有什么真正的内幕？"然后转向年轻人说道，"没教养！"最后，感谢老天，他把报纸递给了我。

我就像饿狼似的从他手里夺过报纸，翻了开来，心怦怦直跳。我紧张得喘不过气来，看着他所指的地方。但没有，没有照片。

"在哪儿？"

"这儿！"杰米尔说，他担心地用指尖指了指。

我飞快地看了看他指的地方：

历史专栏……《于斯屈达尔的历史宝库》……《诗人叶海亚·凯末尔和于斯屈达尔》……小一级的标题：《穆罕默德清真寺》……《艾哈迈德清真寺和饮水池》……《谢姆西帕夏清真寺和图书馆》……然后，随着杰米尔的手指下移，我看到了：

《于斯屈达尔侏儒们的家！》

我满脸通红，一口气读完了它：

除此之外，于斯屈达尔曾经有过侏儒们的家。这房子不是为一般人建的，而是为侏儒们建的。这房子完美无缺，只是房间、门窗、楼梯的大小是按照侏儒们的尺寸设计的，普通人必须弯下腰才能进门。根据我们艺术史老师苏黑尔·恩维尔教授的研究，这房子是穆罕默德三世苏丹的妻子、艾哈迈德一世苏丹的母亲韩丹皇后令人建造的，她非常喜爱侏儒。这个女人对侏儒极度偏爱，这是我们的后宫史上的重要记载。韩丹皇后为了让她这些可爱的朋友在她死后能够免受打扰，宁静地生活在一起，派出了皇宫的首席木匠拉马赞师傅。有人说，精湛的木工活把这房子变成了一个微型的杰作。但我们必须说明，由于同一时代游览于斯屈达尔的埃弗利亚·切莱比 [1] 在书中没有提及，所以我们无法确切地知道到底有没有这样一栋奇怪而又有趣的房子。即使真的有，这奇怪的房

---

[1] 埃弗利亚·切莱比（Evliya Çelebi, 1611—1682），土耳其旅行家，他用四十余年时间游历了奥斯曼帝国及周边地区。——中译注，下同

子也必定已在 1642 年吞噬于斯屈达尔的那场著名的大火中消失了。

我的脸上红一阵，白一阵。两腿哆嗦着，汗流浃背。

"算了，雷吉普！"杰米尔说，"你跟这些没教养的人生什么气呀？"

我内心有一种强烈的愿望，想要再看一遍报纸，但我做不到。我像是喘不过气来了。报纸从我手里滑落到了地上。

"来，坐下，"杰米尔说，"这样舒服一点儿。你生气了，伤心了。"接着，他转向年轻人，再一次骂道，"没教养的东西！"

我也哆嗦着两腿看着他们。我看到他们暗暗好奇地看着我。

"是的，"我说，"我伤心了。"我停了一会儿，歇了歇，然后集中起我所有的力气再次开口道：

"但我并不因为我是侏儒而伤心。我真正伤心的是，人们已经坏到了连一个五十五岁的侏儒都要嘲弄的地步。"

没有人说话。玩牌的人大概也听到了。我看了看奈夫扎特，他也看着我。他听明白了吗？两个年轻人低头看着地，大概多少有些羞愧了。我有点头晕，电视机也在"呜呜"作响。

"没教养的！"杰米尔再次无力地骂道。

"哎，别走呀，雷吉普，"杰米尔说，"上哪儿去？"

我没回答，摇摇晃晃地迈了几小步，把咖啡馆明亮的灯光抛在了身后。我又来到了外面，走进了凉爽、黑暗的夜里。

我实在走不成路，但我还是强迫自己又迈出几步，然后坐在防波堤边上的一个缆柱上。我深吸几口清新的空气，心还是怦怦跳得很快。怎么办呢？远处，娱乐场所和饭店的灯光闪耀着；树上挂着彩灯，灯光下，人们在那儿聊天、吃饭。我的主啊！

咖啡馆的门开了，我听到了杰米尔的喊叫声。

"雷吉普，雷吉普！你在哪儿？"

我没吭声。他没看到我，便走了进去。

过了很久，我听到了开往安卡拉的火车的轰鸣声，站了起来。应该有九点十分了，我这样想道：难道所有那些不都是些字，不都是些很容易就会烟消云散的东西吗？心里多少有些舒坦了，但我还不想回家，却又没别的事可干：我要去看电影。我停止出汗了，心跳也正常了，现在好多了。我深深地吸了口气，向前走去。

这不，咖啡馆被我抛在了身后，我想他们甚至都已经把我和那些字忘记了，我想电视机应该还在呜呜作响，杰米尔没有赶他们走的话，我想那两个年轻人应该在重新寻找可以调侃的人。我又来到了街头，人很多，他们吃完了饭，在再次坐下看电视之前，在坐进娱乐场所之前，散散步，消化消化。女人们，傍晚刚从伊斯坦布尔回来的丈夫们和吃着什么东西的孩子们，他们吃着冰激凌，交谈着，相互打招呼，又看到了别的熟人，就又互相打招呼。我走过饭店门前，伊斯梅尔已经不在了。也许他已经卖完了手里的彩票，正在爬回家的坡。如果我不去看电影，而去他家，我们就可以聊一聊。但都是相同的一些话。

大街上人越来越多。等在卖冰激凌的人跟前的汽车、并肩走着的三三两两的人把路都堵住了。我的领带和夹克都穿戴得好好的，但我受不了这么多的人，我拐进了一条小街道。电视机的蓝光照着狭窄的街道，街道上停了不少车，孩子们就在这车子之间玩着捉迷藏。小时候我总以为自己玩这游戏能玩得很好，但那时候我没有勇气加入伊斯梅尔等人中间。但要是我玩的话，藏得最好的肯定就是我，也许我会藏在这儿，藏在我母亲说发生过瘟疫的那个驿站的废墟里。再比如说，如果是在乡下，我就会藏在马厩里，如果我再也不出来，看他们还能调侃谁。但我母亲会找我，她会问，伊斯梅尔，你大哥在哪儿？伊斯梅尔则会吸吸鼻涕，说，我怎么知道。而在这期间，我可以听他们说话，在心里暗暗地说，妈妈，我可以独自一个人生活，而只有母亲才会在背地里伤心地哭泣。这时，我就会说，好了，好了，我出来了，看，我就在这儿，妈妈，我不再藏了。而母亲也会问，你为什么要藏起来呀，儿子？我想也许她是对的，有什么事情值得我去藏起来呢？我一下子全忘了。

当我快步穿过大道时，我看到了他们——瑟特克先生，他长大成人了，结了婚，身边跟着他的妻子，甚至还有他那个头跟我一样高的孩子。他认出了我，笑了笑，停了下来。

"你好，雷吉普先生，"他说，"你好吗？"

我总是等别人先说话。

"你好，瑟特克先生，"我回答道，"谢谢关心。"

我们握了握手。不是和他妻子。他的孩子又害怕又好奇地看着。

"亲爱的，雷吉普先生是天堂堡垒最老的人之一。"

他妻子微笑着点了点头。我高兴极了，身为这里最老的人，我感到很骄傲。

"奶奶好吗？"

"就那样，"我说，"老夫人总是牢骚满腹！"

"已经多少年了！"他说，"法鲁克在哪儿？"

"他们明天来。"我回答说。

他转向他妻子，开始说起法鲁克是他童年时代的伙伴。后来我们分手了，没有握手，只是点了点头。现在他大概是在跟他妻子谈他的童年，谈我，谈小时候我是如何把他们带到井边让他们看我是怎么抓鳝鱼的，然后孩子还会问：爸爸，那个人个头为什么那么小？以前我经常会说，那是因为他母亲没结婚就把他生下来了。瑟特克结了婚，法鲁克也结了婚，但还没有孩子。而母亲因为没结婚就生下了我，所以老夫人便让人把母亲和我们送到了乡下。送我们走之前，她先是用言语，后是用她的拐杖逼迫我母亲和我们，那时我母亲哀求道，老夫人，别这样，孩子们有什么罪？我想有时我耳边还能听到那些话，还能感受到可怕的那一天……

走进电影院所在的那条街，我听到了音乐，这是他们在放电影前播放的。这里灯火通明。我看了看海报：《让我们到天堂相会》。这是一部老片子，海报中，胡莉娅·考奇伊易特、埃迪兹·洪先是拥抱在了一起，然后是埃迪兹在监狱里，再后来是胡莉娅在唱歌，但在看完影片之前谁也弄不明白到底哪个在前，哪个在后。也许正是因为如此，他们才把海报张贴在了外面。人都是有好奇心的。我去了售票口，请给我来一张，他撕下票递给我，谢谢，我问道：

"电影好看吗？"

他说他没看过。有时，我心里会突然有这么一种冲动，想要这么与人交谈。我走进影院，坐到了我的座位上，等着。不一会儿，电影开始了。

先是他们认识了，女孩是个歌手，并不喜欢他，但有一天，男孩把她从他们手里救了出来，女孩便喜欢上了他，她也明白自己爱上了他，但她父亲反对这门婚事。之后男孩进了监狱。中场休息了，我没有随人群从座位上站起来。一会儿，电影又开始了，女孩与夜总会的老板结了婚，但没有孩子，他们也没有为此做什么努力。丈夫迷恋上了一个坏女人，而埃迪兹也从监狱里逃了出来，他们便在海峡大桥附近一栋房子里见了面，胡莉娅·考奇伊易特唱了歌。听着那首歌我感到有点奇怪。最后，当他要帮她摆脱她那坏丈夫时，她那丈夫却已自食其果，他俩也明白，现在他们可以结婚了。她父亲在他们身后高兴地看着他们，他俩手挽手在路上走着，走着，人影越来越小，电影便结束了。

灯亮了，我们走出电影院，人人都在小声谈论着电影。我也想和人谈谈电影。已经十一点十分了，老夫人肯定还在等我，但我却不想回家。

我径直走向坡上的海滨浴场。也许药店老板凯末尔先生正值着夜班呢，也许他还没有睡意。我会去打扰他，我们会聊一聊，我会跟他讲，他也会看着对面小卖部的灯光下叫喊着赛车的年轻人静静地听我说。看到药店的灯还亮着，我很高兴，他们还没睡。我推开门，风铃响了。哎呀，天哪，不是凯末尔先生，是他老婆。

"你好，"我说，顿了一下，"我要阿司匹林。"

"是一盒，还是一片？"她问道。

"两片。我头疼。还有点郁闷……凯末尔先生……"我说道，可她根本就没在听。她拿了把剪刀，剪了两片阿司匹林，递给了我。我付钱时问道：

"凯末尔先生已经去钓鱼了吗？"

"凯末尔在上面睡觉。"

我看了看阁楼，两拃厚的阁楼上面，他在那儿睡觉。他要是醒来的话，我可以跟他说说话，也许对于那些没教养的年轻人他会说些什么，也许什么也不会说，就那样若有所思，专注地看着外面，而我会说说，我们可以说说话。我拿起了他老婆白皙的小手放下的找头，环顾四周，看见柜台上面放着一本人人都可以翻看的连环画。真是个不错的女人！晚安，我说，没再打扰她，便出了门。风铃又响了响。街上已经空无一人，玩捉迷藏的孩子们都已经回家了。没办法，我也回家了。

掩上院子的门，我从百叶窗看到老夫人房里的灯还亮着——我没躺下之前她是不会睡着的。我从厨房门走了进去，锁上门，转了一圈，慢慢地上了楼梯，这时我想：位于于斯屈达尔的房子真的有楼梯吗？那是什么报纸来着？明天到小卖部去要要看，我会问，你这儿有《代言人》报吗？我会说是我们家法鲁克先生要，他是个历史学家，他对历史专栏很感兴趣……到了楼上，我进了她的房间，她在床上躺着。

"我回来了，老夫人。"我说。

"真了不起！"她说，"你终于找到了回家的路。"

"没办法，电影结束得太晚了。"

"门都关好了吗？"

"关好了，"我说，"您有什么想要的吗？我要睡了，别一会儿又把我叫醒。"

"他们明天来，对吗？"

"是的，"我说，"床我已经铺好了，房间也都准备好了。"

"好吧，"她说，"把我的门关好。"

我关上门出去了。我要马上躺下睡觉。我下了楼梯。

2

我听到他一级一级地下着楼梯。这么晚才回家，这么长时间他在街上都干了些什么呢？法蒂玛，别去想，你会感到恶心的。但我还是有些好奇。不知道这阴险的侏儒是不是已经把门都关好了？他根本就不会在乎这件事！他会马上就躺到床上，为了证明他的仆人血统，他整个晚上都会呼噜呼噜睡觉的。这个侏儒，你就像个仆人那样没有烦恼、无忧无虑地睡吧，就把夜晚留给我吧。我睡不着。我想我会睡着的，我会忘了所有的烦恼，但我只能等着睡意来临，等着等着就明白自己终究是白等了。

以前，塞拉赫丁常说，法蒂玛，你的这种睡眠是一种化学反应，和所有的事情一样，睡眠也是一种可以理解的事情，正如人们突然之间发现水的分子式和汤是两回事，人们总有一天也会突然之间发现睡眠的分子式的。当然，很遗憾，找到这种分子式的不会是我们那些笨蛋，而会是欧洲人，到那时，谁也不会为了消除疲劳而穿上这可笑的睡衣，不会钻进那毫无意义的床单与你那可笑又愚蠢的印花被子里，也就不会白白地等着早晨的来临了。到那时，每天晚上只要一杯水，从一个小小的瓶子里往水里滴上三滴，喝下去，就足以让我们变得就像一觉睡到大天亮醒来时那样精神饱满、朝气蓬勃。法蒂玛，你能想象一下到那时候，在我们不用睡觉的那些时间里我们能做些什么吗？你能想象一下那些不用睡觉的时间吗？

塞拉赫丁，我不用想也知道：我会看着天花板，就这么看着天花板等着，让思绪带着我走，但不会有睡意。要是我能喝葡萄酒和白酒的话，也许我也会像你那样睡着，但我不想要那种丑恶的睡眠。你以前能喝两瓶。法蒂玛，我喝酒是为了要消除百科全书带来的疲劳，是为了让脑子清醒清醒，不是为了酒兴。然后你就张开嘴打着呼噜睡觉，而我则闻着你那嘴里冒出来的酒气，你那张嘴令人想起那寄居着蝎子和青蛙的黑魆魆的井的井口，令人恶心，所以我总是离你远远的。冷冰冰的女人，可怜的女人，你冷得就像冰一样，你根本就没有灵魂！你要是喝一杯也许你就明白了！来吧，法蒂玛，请吧，喝吧，听着，我命令你，你知道你必须服从你丈夫吗？是呀，你知道，因为他们是这么教你的，那我现在命令你。喝吧，有罪孽的话算我的，来吧，法蒂玛，为了让你的脑子得到解放，喝吧，听着，你丈夫要你这么做，来吧，求你了，哎呀，主啊，这个女人非要让我求您了，我已经受够了这种孤独，求你了，法蒂玛，快喝一杯吧，难道说你要反抗你的丈夫吗？

不，我不会相信披着蛇皮的谎言的！我从没喝过，除了那一次。那次我实在是好奇，趁没人的时候喝了。那种味道就像是盐、柠檬和毒药似的。我害怕极了，懊悔极了，马上漱了口，把杯子里的酒倒掉，洗了不知多少遍，然后好奇地等着头发晕，为了不至于瘫倒在地，我还坐了下来，啊，我的主啊，难道我也会像他一样喝醉吗？我担心极了，但什么事也没有。后来我明白了，心里也舒坦了——魔鬼碰不了我。

我看着天花板，还是睡不着，那就起来吧。我走了过去，轻轻地开了百叶窗，因为蚊子也不会来纠缠我。我轻轻地推开窗户，风停了，今夜很平静，无花果树一动也不动。我看了一下，雷吉普房间的灯灭了——他肯定是马上就睡着了，这个侏儒没什么事可想，所以马上就能睡着。他所做的事情就是做做饭，洗洗我那几件衣服，然后就是到市场买东西，但他在街上闲逛好几个小时，最终买来的却是烂桃子。

我看不到海，但我在想它是从哪儿伸向哪儿的，它到底能够伸多远：这个世界真大！如果没有那些噪声纷繁的马达和光秃秃的舢板，我就会好好地闻闻它的芳香，好好地喜欢它。我还听到了蛐蛐的叫声。一个星期它就走了一步远的路。而我就连这一步远的路都没走。曾几何时，我以为这里是一个美丽的地方，那时我还是个孩子，是个笨蛋。我关上百叶窗，插上插销——就让世界留在外面吧。

我慢慢地坐到椅子上，看着桌上。所有的东西都在沉默着。半满的玻璃瓶，里面的水纹丝不动。我想喝水的时候就会打开玻璃盖，抓住瓶子拿起来，把水倒到杯子里，看着水是怎么流的，听着它流动的声音。玻璃叮当作响，水发出缓缓的淙淙声，清凉的气流从这儿涌向那儿；这是一种与众不同的东西，我常常把玩着，自娱自乐，但我不会喝。还不到喝的时候。应该好好地享受这些分割时间的东西。我看着我的梳子，看到了缠在上面的我的头发。我拿了起来，开始清理。那是我九十岁的脆弱纤细的头发。一根一根地掉着。时间，我喃喃着，他们所说的时间，也会掉落的。我停了下来，把梳子朝天放下：它就像一只壳外翻了的虫子一样躺着，我吓了一跳。如果我把每一样东西都这样放下，我一千年不去碰，谁也不去碰的话，对于我们来说，所有的东西就会这样待上一千年。桌上有钥匙、玻璃瓶和其他物品——多奇怪，每样东西都待在它所在的地方一动也不动！那样的话我的思绪也会有点像冰块一样凝固起来，没有色彩，没有气息，就那么待着。

但明天他们要来，我要想一想。你好，你好，你好吗，你好吗，他们会吻我手，祝你长寿，您好吗，亲爱的奶奶，您好吗，您好吗，奶奶？我要琢磨琢磨他们。不要一起说话，不要说同样的话，你过来，到这儿来，到我身边来。说说看，你都在做些什么，我知道我这么问就是为了要受受骗，就是为了要听那一两句敷衍了事的话！哎，总共就这些吗？你们不想和你们的奶奶说说吗？他们会互相望一望，相互间谈一谈，笑一笑，我能听到，也能了解到。最后他们说话就会大声起来。别喊那么大声，别那么大声，谢天谢地，我的耳朵还听得见。对不起，奶奶，我姥姥的耳朵已经听不清了！我不是你们姥姥，我是你们奶奶。对不起，对不起！好吧，好吧，那你们就说说吧，说点什么吧。说什么呢？那就说说你们姥姥，她在做些什么？他们就会一下子愣住：真的，姥姥在做什么？这样一来我就明白，他们没去看她，也没去了解她。我会想，那也没关系，我还是要问一问，不是为了要相信，但我还是要问一问。而这时，他们甚至都已经把这事忘了：他们不是在关心我，而是在关心这房子，不是在想着我的问题，而是在想着他们自己的事情，我，还是独自一个人……

　　我探起身从盘子里拿了一颗杏，吃着，等着。不，一点用都没有。我还在这儿，还在这些东西当中，并不在想些什么。我看着桌子。还有五分钟就十二点了。钟的旁边是古龙水瓶，再旁边是报纸，报纸旁边则是手帕。它们就那么待在那儿。我常常看着它们，目光常常在它们身上游移，仔细看着它们的表面，等着它们跟我说些什么。但它们已经让我想起了那么多的事情，以至于已经没什么可说的了。只有一瓶香水、报纸、手帕、钥匙和钟——它总是那么嘀嗒作响，可谁也不懂得时间是什么，就连塞拉赫丁也是。突然，我的思绪中出现了之后的另外一段回忆，接着是零零散散、忽东忽西的一些。千万不要跟这些回忆中的任何一个纠缠，快跳出来，出来，快出来，快跳出时间，快跳到房间外面去。我又吃了一颗杏，但我没能出来，而是更加盯着这些东西看，仿佛是为了打发时间，直到我对这些旧物感到厌倦——假如我不在这儿，假如谁都不在，那么这些东西就会得到永恒，那时候就没有人会说不知道生命是什么了，就连想都不会去想了，谁都不会！

哎，我没能自娱自乐。我从椅子上站了起来，上了个厕所，洗了洗。角落里有只蜘蛛悬在半空，我没理它，又走了回来。一转旋钮，吊在天花板上的灯就灭了，只剩床头的灯还亮着，我上了床。天气有点热，但我不能没有被子，有什么办法呢？那是可以拥在怀里的，可以钻进去，可以藏在里面。我的头枕上了枕头，等待着，我知道睡意不会马上就来。昏暗的灯光照着天花板，我听着蛐蛐的叫声。炎热的夏夜！

但好像以前的夏天更热，我们常常喝柠檬水、果子露。不是在街上，但都是些系着白围裙的人。我妈妈常说：法蒂玛，我们可以在家里让人干干净净地做给我们喝。我们从商场回来，商店里没什么新东西。傍晚，我们等父亲回来，他回来后就会不时地咳嗽，浑身烟味，说着，聊着，而我们则听着。有一次他说：法蒂玛，有一个医生想要娶你。我不作回答！有个什么医生，我不说话，而我父亲也不说什么，但第二天他又提了起来，而我才十六岁。我妈妈说：你看，法蒂玛，是个医生。我想：奇怪，不知道他在哪儿见过我？我害怕了，没问，又想道：医生。笨不笨？后来父亲又说了一次，还补充说道：法蒂玛，人们都说他有一个光明的前途，我详细打听了一下，人很勤奋，也许还有点野心，但都说他是个正直、聪明的人，你好好想想。我闭上了嘴。天很热，我们喝着果子露，我不知道。最后我说：好吧。就这样我父亲就把我叫到了他跟前。女儿，你就要离开父母家了，你要牢牢记住，他说，不要太多地过问男人的事情，只有猫才会那么好奇。好的，爸爸，我早就知道。女儿，我再跟你说一遍，手不要那么放，你看，不要咬指甲，你已经多大了。好的，爸爸，我不问，好的，我没有问。

我没有问。四年了，而我们还没有孩子，后来我才知道，原来是因为伊斯坦布尔的天气。那是一个炎热夏日的夜晚，塞拉赫丁没去诊所，找到了我，说：法蒂玛，我们不在伊斯坦布尔住了！为什么，塞拉赫丁？我没这么问，但他像个孩子似的，手舞足蹈地接着讲：法蒂玛，我们将不在伊斯坦布尔住了，今天塔拉特帕夏把我叫了去，对我这样说：塞拉赫丁医生，你不会在伊斯坦布尔住下去了，也不会再从事政治了！这个无耻的家伙这么对我说，我一再说不行，他说，你说你很勇敢，我们要立刻用第一艘船把你和其他人一起送往锡诺普监狱，你大概不会乐意，但没办法，你给我们找了太多的麻烦，不断诽谤我们的党，但你像是个有头脑的人，理智些，听说你结婚了，你是个医生，有一个很好的职业，你可以挣很多的钱，足够你在世界的任何一个地方过上舒适的生活，你的法语怎么样？该死的，你明白了吗，法蒂玛？这些联合主义分子在胡闹，他们忍受不了自由，他们和阿卜杜勒·哈米德二世 [1] 有什么分别？好吧，塔拉特先生，即使我接受你的邀请，即使我马上就收拾好我的坛坛罐罐，你也不要以为我是因为害怕进锡诺普监狱：不！那是因为我知道我不会在监狱的角落里给你们必要的回应，而是在巴黎。法蒂玛，我们去巴黎，把你的戒指和宝石卖掉一两个！你不愿意吗？那好吧，我现在还有些父亲留下来的家产，实在不行的话我们就不去欧洲，去塞拉尼克，我们为什么要去国外，我们可以去大马士革，你看，勒扎医生去了伊斯肯德里，他在信中说他在那儿挣了好多钱，我那些信在哪儿，我找不到了，我跟你说不要碰我桌上的东西，哎

---

[1] 阿卜杜勒·哈米德二世（Abdül Hamit, 1842—1918），奥斯曼帝国苏丹，在位期间实行专制制度，后被青年土耳其党废黜。

呀，主啊，也可以去柏林，但你听说过日内瓦吗，这些人比阿卜杜勒·哈米德二世还要坏，快点，与其这样傻乎乎地看着，不如赶紧收拾行李，一个自由主义者的妻子必须坚强，不是吗，没什么好怕的。我一声不吭，就连一句"随你的便"也没说，而塞拉赫丁还在说着，说着他们在巴黎对阿卜杜勒·哈米德二世所做的事情，说他自己到了巴黎后会对他们做些什么，还说到了那一天我们会如何风光地乘火车从巴黎回来！后来，他说，不，去大马士革，去伊兹密尔，又说去特拉布宗我也愿意，法蒂玛，我们要卖掉我们的家产，你准备好做出牺牲了吗？因为我要尽全力去做斗争，法蒂玛，不要在用人们跟前说这些，隔墙有耳。但是，塔拉特先生，你本就没有必要再跟我说滚了，我本来就不会再在该死的伊斯坦布尔这个窑子里待下去了。但是，法蒂玛，我们去哪儿呢，你倒是说句话呀！我一声不吭，我在想，他还像个孩子。是的，魔鬼只能把个孩子欺骗成这样，我明白了，我和一个用三本书就可以把他引上歧途的孩子结了婚。那天半夜，我走出我的房间，天很热，我想喝点什么，看他屋里亮着灯，我就走了过去，悄悄地打开门一看：塞拉赫丁的胳膊肘撑在桌子上，手捧着脑袋在哭，昏暗的灯往那哭泣着的脸上投射出丑陋的光。一直以来都在桌上放着的头盖骨也在望着正在哭泣的大男人。我悄悄地拉上了门，去厨房喝了杯水，想道，真像个孩子，真像。

我慢慢地从床上起来，坐到了桌旁，看着那长颈大肚玻璃瓶。水在里面一动不动，它是怎么做到的？我似乎对此感到吃惊了，似乎这一玻璃瓶的水是那么一种让人感到吃惊的东西。有一次，我用杯子罩住了一只蜜蜂。每当我心烦的时候我就从床上起来看看它：它在杯子中转悠了两天两夜，一直到它明白没有任何出路为止，然后缩在一边一动不动地待着，明白除了等待，除了毫无目的地等待之外已经无事可做了。这样一来我就对它感到厌烦、恶心了，我打开百叶窗，蹭着桌子把杯子移到了桌边，拿开杯子让它飞走，但这蠢货没有飞走！它就那么待在桌子上。我叫来了雷吉普，让他把这恶心的虫子踩死。他撕了一点报纸，小心地抓住蜜蜂，从窗户扔了下去。他不忍把它杀死。他也和它们一样。

我倒了杯水，慢慢地把水喝完了。我做些什么好呢？我站了起来，上了床，侧身枕到枕头上，回想着在这儿建这栋房子的时候，塞拉赫丁常常拉着我的手，带我到处看一看：这里将会是我的诊所，这里是饭厅，这里是欧式厨房；我给孩子们每人盖一个房间，因为每个人都要关在自己的房间里发展自己的个性，是的，法蒂玛，我想要三个孩子；正如你所看到的，每扇窗户我都没让人装上笼子，那是多么丑陋，女人都是鸟吗？都是牲口吗？我们大家都是自由的，你也可以扔下我离开，我们也和他们一样在那儿安上百叶窗。法蒂玛，你也别说这说那了，那也不是封闭阳台，阳台是突出的那部分的名字，通向自由的是窗户，多美的景象啊，不是吗，法蒂玛，伊斯坦布尔应该就在老远的那片云彩的下面，好在我们在五十公里远的盖布泽下了火车，时间很快就会过去的，我不相信他们那混蛋政府能够长此以往，也许房子还没盖好，那些联合主义分子就倒台了呢，我们就可以马上回伊斯坦布尔了，法蒂玛……

后来房子盖好了，我的多昂也出生了，接着又发生了战争，但该死的联合主义政府还是没倒台，塞拉赫丁便对我说，法蒂玛，你去一趟伊斯坦布尔吧，塔拉特对我下了禁令，但没有禁止你，你为什么不去呢，你可以去看看你母亲，看看你父亲，可以去拜访一下许克吕帕夏的女儿们，你可以去买点东西，可以买点新衣服穿，至少可以穿上你在这儿日夜踩着缝纫机、熬肿了漂亮的双眼做的和织的衣服去给你母亲看看，他说，法蒂玛，你为什么不去呢？但我说，不，塞拉赫丁，我们一起去，等他们倒台之后我们一起去。但他们老是倒不了台。后来有一天，我在报纸上看到（塞拉赫丁的报纸要晚三天到，但他已不像以前一样一看到报纸就抢着读了，对于那些关于巴勒斯坦、加利西亚和达达尼尔战役的消息也漠不关心了，有些天晚饭后他甚至都忘了去随便翻翻报纸了，因此是我先看到了那份报纸），联合主义者们倒台了，我就把这份报纸像一个熟透了的果子一样放在了他的盘子上。当他放下百科全书，下来吃午饭时，立刻就看到了那份报纸和那条新闻，因为报纸上的字写得很大很大。他看了，什么也没说。我也没问，但我听到我头顶上的脚步声到了晚上都没有停歇，我明白了，整个下午他的百科全书都没动一个字。晚饭时塞拉赫丁还是什么也没说，我便这么说道：看到了吧，塞拉赫丁，他们倒台了。哈，是的，他说，政府不是倒台了吗，联合主义者们把国家搞得一塌糊涂逃跑了，我们也战败了！他不敢看我的眼睛，我们什么话也不说。晚饭后，他还是没有看我的眼睛，就像是提起什么想要忘掉的罪过似的扭扭捏捏地说道：法蒂玛，等我写完百科全书后我们就回伊斯坦布尔，因为相对于我要写百科全书这件大事来说，伊斯坦布尔那些混蛋们称之为政治的那些日常事务和微不足道的事情就什么也不是了，我在这儿所做的事情更加意义深远，更加伟大，几百年之后仍会有影响；我没有权利半途而废，法蒂玛，我现在就上楼去。塞拉赫丁说完就上了楼。就这样，那部该死的百科全书他又写了三十年，直到他发现自己得了绝症，发现之后又在难以忍受的病痛之中写了四个月，一直写到口吐鲜血，直至死去。而正因为他写了这部百科全书，我在这儿待了七十年（塞拉赫丁，我唯一要感谢你的也就这一点），我就在天堂堡垒，摆脱了你所谓的"未来的伊斯坦布尔和没有宗教的政府"这一罪孽，不是吗，我法蒂玛已经摆脱掉了，你可以安稳地睡了……

但我睡不着，听着远方来的火车的声音，听着它的汽笛声，接着是机车声和轰隆声。以前我很喜欢这种声音。我会想象着远方没有罪孽的国家、土地、房屋、花园。那时我还是个孩子，很容易上当受骗。又一列火车过去了，我已经听不到了。去哪儿了，不要想！我头枕着的地方有点热了，我便翻了个身。头一枕下就感到耳朵下面很凉爽。冬天晚上常常很冷，但谁也不往谁跟前靠。塞拉赫丁睡觉时打呼噜，我很讨厌他嘴里冒出来的葡萄酒味，我就会到旁边的房间，在冰冷的屋里坐着。有一次我进了另外一个房间，想看看他写的东西，看看他从早到晚都写了些什么。他写了人类的祖先——大猩猩这一词条——今天，当我们见证了科学在西方令人难以置信的发展后，有关真主安拉的存在这一问题已经作为一个可笑的问题被抛置一边的时候，他写了这一条——他写道，如今东方仍在中世纪深邃而可恶的黑暗中沉睡，这并没有令我们这一小撮知识分子感到绝望，相反，它激起了我们巨大的工作热情，因为很明显，我们不是简单地把这一科学从那儿搬到这儿，而是不得不要重新去发现；他还写道，要在更短的时间内弥补东西方之间几百年的差距，现在，当快要进入这项伟大工程的第八个年头时，我看到，有那么一些变傻了的人群，他们害怕真主——我的主啊，法蒂玛，别看了，但我还在看下去——他写道，也就是说，为了唤醒一群麻木的人，我不得不做一堆奇怪的事情，这些事情在那些发达国家看起来是相当滑稽可笑的；他写道，要是我有一个能够诉说所有这些事情的朋友就好了，不，就像我一个朋友都没有一样，我现在对这个冷漠的女人也绝望了，你完全是孤零零的一个人，塞拉赫丁；他把明天要做的事情写到了一小片纸上，他写道，利用波利考斯基书中的地图来绘制鹳类和鸟类的迁徙图，为了向那些麻木的人证明真主并不存在，他举了三个简单的例子。但是不行，我看不下去了，够了，法蒂玛，

24

我飞快地扔掉了那些罪恶的纸片，逃离了冰凉的房间，这是个充满诅咒的房间，甚至到他死后的那个寒冷的下雪天为止我都没再进去过。第二天早上，塞拉赫丁马上就知道了：昨天晚上我睡觉的时候你进我的房间了吧，法蒂玛？我不说话。你进了我的房间，翻看了那些纸片，是吧，法蒂玛？我不说话。你翻过了，把顺序弄乱了，有些还被你弄掉在了地上，法蒂玛，算了，没什么大不了，你想看就可以看，看吧！我不说话。你看过了，不是吗？好极了，做得好，法蒂玛，你有什么想法？我就是不说话。你知道我一直想这样，不是吗？看吧，法蒂玛。读书是最美好的事情，去读，去了解吧，因为还有那么多事情要做，啊？我不说话。你要是看了书悟出了道理的话，总有一天你会明白，法蒂玛，哎呀，生活中要做的事情真是太多太多了。太多了！

　　不，非常少——我已经九十岁了，我知道，非常少——物品，房间，我望着，看着，从这儿到那儿，然后就又过了一段时间，从一个怎么都关不紧的水龙头里不断滴下的水滴。在我的身体和头脑中，现在是刚才，刚才则是现在，眼睛闭上又睁开，窗户推开又关上，白天黑夜，接着又是一个早晨，但我从不会上当受骗，我还是会等待。他们明天来。你好，你好！祝你长寿。他们会亲吻我的手，会对我笑——那俯向我手的脑袋上的头发真是奇怪。您好吗，您好吗奶奶？像我这样的人能说什么呢？我活着，等待着。坟墓，尸体。来吧，睡意，来吧。

　　我在床上翻了个身。连蟋蟀的叫声也听不到了。蜜蜂也飞走了。早上还有些什么呢？早上屋顶上会有乌鸦、喜鹊……我可以早点醒来，听听它们的叫声。喜鹊真的是小偷吗？一只喜鹊偷了皇后、公主们的珠宝，每个人都在追赶它。我很好奇那只鸟是怎么带着那么重的东西飞的。这些鸟是怎么飞的呢？气球、齐柏林式飞艇和塞拉赫丁写的那个男人。林德伯格 [1] 是怎么飞的呢？要是他喝的不是一瓶而是两瓶的话，他就会忘记我不会去听，就会在饭后说起来。法蒂玛，今天我写了有关飞机、鸟类以及有关飞行的东西，这几天我就快完成"空气"这一词条了，你听着：空气并不是什么都没有，法蒂玛，它里面含有许多颗粒，就像水上的船一样，吃多少水就有多少水那么重。我，不，我不懂气球和齐柏林式飞艇是怎么飞的，但塞拉赫丁很激动，他一直在说，最后扯着嗓子喊出了一个每次都相同的结论：看吧，人们应该了解这些事情，了解一切事物，我们需要的就是这个——一部百科全书；人们如果了解了整个自然和社会科学，真主就不会存在了，我们也一样。但是我已经不听你说了！他要是再喝了第三瓶的话，我也不听他那咆哮着所说的话：是的，没有真主，法蒂玛，只有科学。你的真主死了，蠢女人！然后除了喜欢和厌恶自己，已不存在任何可以信仰的东西，这时候他会陷入丑陋的欲望，奔向花园里的木屋。别想了，法蒂玛。一个用人……别想了……两个都有病！想点别的吧！美好的早晨，古老的花园，马车……来吧，睡意，来吧。

我像只猫一样小心地伸了一下手，床头的灯就灭了。寂静的黑暗！但从窗户缝里有几丝微弱的光线渗进来，我知道。我已经看不到家具了，它们摆脱了我的视线，静静地进入了自己的世界，就好像在说没我它们也能一动不动地待在原地了，但我了解你们：你们就在那儿，家具，你们就在那儿，就在我旁边，像是我感觉到了你们。偶尔有谁发出吱呀声，我认得这个声音，它并不陌生，我也想发出点什么声音。我想：我们所身处的这个被称为空间的东西是

---

[1] 林德伯格（Lindbergh, 1902—1974），美国飞行员、探险家，1927年驾驶单引擎飞机飞越大西洋，是历史上首次完成此举的飞行员。

多么奇怪啊！表嘀嗒嘀嗒地响着，把它割裂开来。坚决又执着。一个念头，接着是另一个念头。然后就到了早上，他们来了。你好，你好！我睡着了，又醒了，时间过去了，我睡得很好。他们来了，老夫人，他们来了！在我等的时候又听到了一列火车的汽笛声。去哪儿？再见！去哪儿，法蒂玛，去哪儿？我们要走了，妈妈，他们禁止我们待在伊斯坦布尔。你的那些戒指拿了吗？拿了！缝纫机呢？也带了。你的钻石、珍珠呢？你的一生当中会需要它们的，法蒂玛。你可得快点回来呀！别哭了，妈妈。箱子、行李正在装上火车。我还没能生下一个孩子，我们就要上路了，我要和我的丈夫一起被流放到远方，谁知道会被流放到哪个国家，我们上火车了，你们望着我们，我挥了挥手，再见了，爸爸，再见了，妈妈，你们看，我走了，要去远方了。

3

"好的，"水果店老板说，"你们想要什么？"

"民族主义青年要举办一个晚会，"穆斯塔法说，"我们在发邀请。"

我从包里拿出了邀请函。

"我从不去这种地方，"店老板说，"我没时间。"

"也就是说你不愿意买一两张来帮助民族主义青年吗？"穆斯塔法问道。

"我上个星期刚买过。"店老板说。

"你是从我们这儿买的吗？"穆斯塔法问道，"我们上个星期还不在这儿呢！"

"但如果你帮助了共产主义分子，那就另说了！"塞尔达尔说。

"不，"店老板说，"他们从不到这儿来。"

"为什么不来呢？"塞尔达尔问道，"是因为他们不想吗？"

"我不知道，"店老板说，"你们放过我吧。我不关心这种事情。"

"我来告诉你他们为什么不来这儿吧，大叔，"塞尔达尔说，"他们不来这儿是因为他们怕我们。如果没有我们，共产主义分子也会像在图兹拉一样在这儿进行勒索的。"

"真主保佑！"

"是呀！你知道他们在图兹拉对国民都做了些什么的，对吗？据说他们先掀翻了陈列柜……"

我转身看了看他家的陈列柜，有一块干净、宽大、闪闪发光的玻璃。

"后来在他们还是不给的情况下他们又做了些什么，还要我说吗？"塞尔达尔说道。

我想到了坟场，如果共产主义分子总是这么干的话，那俄罗斯应该满是坟场了。店老板最后大概也明白了——他一手叉着腰，涨红了脸看着我们。

"好了，大叔，"穆斯塔法说，"我们没时间。你要多少钱的？"

我拿出票来给他看。

"他会买十张的。"塞尔达尔说。

"我上个星期刚买的。"店老板说。

"那好吧，行啊！"塞尔达尔说，"伙计们，我们别浪费时间了。也就是说整个市场里就只有这一家，只有这一家不怕卸玻璃框……那我们就别忘了。哈桑，把这儿的门牌号记下来吧……"

我走了出去，看了看门框上边的号码，又走了进来。店老板的脸更红了。

"好吧，大叔，别生气，"穆斯塔法说，"我们的目的并不是要不尊重你。你的年纪和我们的父辈一样了，我们不是共产主义分子。"他又转向我说："这次给五张就够了。"

我拿了出来，递过去五张票。店老板伸出手，像是拿一样令人恶心的东西似的抓住了边。然后，认认真真地看起了邀请函上的字。

"我们还可以给发票，你要吗？"塞尔达尔问。

我也笑了。

"你们不要这么无礼！"穆斯塔法说。

"这种票我也有五张。"店老板说，激动地在抽屉里翻着，而后高兴地拿出来给我们看，"这些不都是一样的吗？"

"是的，"穆斯塔法说，"可能是别的朋友给错了。但你必须从我们这儿买。"

"我已经买过了呀，你看！"

"再买五张你会死吗，大叔？"塞尔达尔说。

可老吝啬鬼装作没听见，用指尖指了指票的一角。

"这个晚会的时间也已经过了，"他说，"是两个月前的。看，这里写着 1980 年 5 月。"

"大叔，你想去这个晚会吗？"穆斯塔法问道。

"两个月前的晚会我今天怎么去呀？"店老板问。

最后，为了这五张票，连我也差点要冒火了。他们在学校里都白教我们了。忍耐只能让人在生活中浪费时间，没有别的用处。要是他们就这一问题让写一篇作文的话，我可以找到那么多的东西来写，即使是那些伺机想让我留级的土耳其语老师最后也会不得不给我五分的。你看，塞尔达尔也像我一样生气了。他突然走过去，一下子抽出老吝啬鬼耳朵上夹着的笔，在票上写了些什么，连笔带票都还了回去。

"这样行了吧，大叔？"他说，"我们把晚会推迟到了两个月后。你要付五百里拉！"

最后，店老板拿出了五百里拉。就是这样，只有我们学校那些愚笨的土耳其语老师才会相信甜言蜜语可以引蛇出洞。我也很生气，想给这个老吝啬鬼吃点苦头，想给他使点坏。出门的时候，我突然停了下来，从门口的桃子堆的最底下拽出了一个。但他很幸运——没有全部坍塌。我把桃子放进了包里。接着我们进了理发店。

理发师正按着一个脑袋，塞在水龙头下洗着。他从镜子里看着我们。

"我买两张吧，伙计们。"他说，手都没有离开那个脑袋。

"大哥，您要愿意的话买十张都行，"穆斯塔法说道，"您也可以在这儿卖。"

"我说过了，留下两张，够了，"理发师说，"你们不是从协会来的吗？"

就两张！我突然冒火了。

"不，不是两张，你要买十张。"我说，数了十张递了过去。

连塞尔达尔也吃了一惊。是的，先生们，你们也看到了，我要冒火就会变成这样。但理发师没接票。

"你多大了？"他问。

理发师手底下抹着肥皂的脑袋也从镜子里看着我。

"你不买吗？"我问。

"十八岁。"塞尔达尔说。

"协会里谁派你来的？"他问，"你火气太大了。"

我说不出话来，看了看穆斯塔法。

"大哥，别介意，"穆斯塔法说，"他还是新来的。不认识您。"

"显然是新来的。伙计们，给我放下两张吧。"

他从兜里掏出了两百里拉。我的两个伙伴立刻就把我忘在了一边，和他说妥了，差不多都快要亲他的手了。也就是说只要你认识了协会里的人，你就能在这儿称王。既然这样又何必要买呢！我抽出两张票递了过去。但他并没有转身接。

"就放在那儿！"

我放下了。我想说点什么，但我没说。

"再见了，伙计们！"他说着，用手里拿着的洗发水瓶指了指我。

"这人在念书呢，还是已经工作了？"

"高二留级了。"穆斯塔法说。

"你爸爸是干啥的？"

我没说话。

"他爸爸是卖彩票的。"穆斯塔法说。

"要小心这只小豺狗!"理发师说,"这人火气太大了。好了,你们走吧。"

我的两个伙伴笑了。我呢,也想说点什么,正要说"别折磨你的徒弟,不行吗",但我没说。我看都没看他那徒弟就走了出去。塞尔达尔和穆斯塔法笑着,说着,但我不听你们说,我在生气。后来,穆斯塔法对塞尔达尔说道:

"算了,他还知道自己是个理发师。"

"豺狗!"

我没说什么。我的任务就是背这个包,到了地方把票拿出来。就因为他们把我从天堂堡垒叫来,给了我这个任务,我才跟你们在一起,你们和这些店老板站在一边,嘲笑我,笑着说那个词,我和你们没话说,我不说话。我们进了一家药店,我不说话,进了一家肉店,我不说话,在食品杂货铺以及后来的小五金店和咖啡销售店、咖啡馆里我也这么不说话,一直到走完整个市场我都没说话。从最后一家店里出来时穆斯塔法把双手插进了兜,说:

"我们有资格去每人吃一份肉丸子了。"

我没说话,也没说"他们给这钱不是让我们吃肉丸子的"。

"对,"塞尔达尔说,"我们有资格去每人吃一份肉丸子了。"

但一坐进肉丸子店,他们就每人要了两份。他们每人吃两份的情况下,我也不会只吃一份。在等丸子的时候,穆斯塔法拿出钱来数了数,有一万七千里拉。之后他问塞尔达尔:

"这家伙为什么板着个脸?"

"他在气我们叫他豺狗。"塞尔达尔回答说。

"蠢货!"穆斯塔法说。

但我没听见，因为我在看墙上的挂历。后来丸子上来了。他们边吃边聊，我闷声不响地吃着。他们还要了甜点。我也要了莱瓦尼甜食，我很喜欢。后来穆斯塔法拿出了手枪，在桌子底下把玩着。

"给我玩玩！"塞尔达尔说。

他也玩了玩。他们没给我，说笑着，后来穆斯塔法把枪别在腰上，付了账，我们起身走了。

我们无所畏惧地穿过市场，走进写字楼，一言不发地上了楼。一进入协会，每一次都一样，我有点害怕。就好像我在作弊，傻乎乎地心慌，害怕被老师看见，而老师看到我心慌好像也明白……

"整个市场都弄完了吗？"他问。

"是的，大哥，"穆斯塔法说，"您所说的地方都弄完了。"

"都在身边吧？"

"是的。"穆斯塔法说。他掏出了枪和钱。

"我只把枪拿走，"他说，"你把钱交给泽克里亚先生。"

穆斯塔法把枪交给了他。英俊的男人走了进去。穆斯塔法也走了。我们在这儿等着。有一阵，我在想，我们在等什么。我忘了我们在等泽克里亚先生，仿佛我们在这儿等着，却又不等什么似的。后来，来了一个和我们一样的人，给我们递烟。我不抽烟，但我接了过来。他拿出了一个火车头样的打火机，点着了香烟。

"从天堂堡垒来的理想主义者朋友是你们吧？"

"是的。"我说。

"那里怎么样？"

我想了想他到底想要问什么。烟有一股很臭的味道。我好像变老了。

"上面的街区归我们。"塞尔达尔说。

"我知道，"他说，"我问的是海边，图兹拉共产主义分子的。"

"没有，"突然我回答说，"天堂堡垒的海边没有什么。那里住的都是有钱的上流社会。"

他看了看我，笑了。我也笑了。

"就算是吧，"后来他说，"但也说不准呀！"

"上面的街区归谁，海边也就归谁。"塞尔达尔说。

"是的。他们也是这样占领图兹拉的。你们千万要小心。"后来我想了想共产主义分子。我想着他们，一本正经地抽着烟，和我们说话的人突然这么问："你是新来的，对吗？"不等我回答就走进了里面的房间。

他都没给我机会说些什么！塞尔达尔点了点头。不知道他们是怎么马上就知道我是新来的，当我说那里住着上流社会时，他为什么笑呢？塞尔达尔也站起来走进里面的什么地方去了，这一下就剩我一个人孤零零地在那儿了，塞尔达尔把我一个人撂在那儿，就好像是为了让进进出出的人们知道我是新来的似的。我望着天花板，抽着烟，想着一些重要的事情，我的神态让那些进进出出的人们一见到我就明白我在想重要的事情——有关我们行动的问题。有这么一本书，我看过。就在这时，穆斯塔法从房间里出来了，和一个人贴了贴脸，也就在这时，突然所有人都退到了一边——泽克里亚先生，是的，是他来了。很快，他走进房间时朝我看了看，我也站了起来，但还没有完全站起来。后来，他叫穆斯塔法进去。他走进去以后，我在想他们在里面谈了些什么，后来，他们出来了，这次，我站了起来。

"很好！"泽克里亚先生对我们的穆斯塔法说，"需要的时候我们再通知你。做得很好！"

接着，他看了我一会儿，我很激动，以为他会对我说些什么，但他什么也没说，只是突然打了个喷嚏，又上楼去了。有人说是去党部了。后来，穆斯塔法和刚才与我们说话的人悄悄地聊了聊。我突然想他们在谈论我，但想错了，他们肯定是在谈政治，谈一些重要的事情……我没有看他们，免得让他们以为我在听，以为我是一个爱听墙脚的人。

"好了，伙计们，"后来穆斯塔法说，"我们走了。"

我放下了包。我们一言不发地向车站走去，一副完成了任务的样子。后来我想，穆斯塔法为什么不说话，我已经不生他们气了，他们觉得我在执行任务的时候怎么样？坐在车站长椅上等火车的时候我在想这些，后来看到那儿的彩票店我想起了父亲，尽管我现在不愿意想他，但还是想了，嘟囔着我想对他说的话：爸爸，生活中最重要的东西并不是高中毕业文凭！

火车来了，我们上了车。塞尔达尔和穆斯塔法又在窃窃私语。他们说着话，或是开着玩笑，让我觉得一头雾水，然后我试图找一个笑话来回敬他们，但我不可能马上就找到，当我在苦苦寻找的时候，他们就看着我深思的脸发笑，然后我生气了，忍不住想骂人，而当他们笑得更凶时，我就更加茫然了。那时，我就会想要一个人待着，人在一个人待着的时候就可以好好地想一想生活中可以做的大事了。有时他们所做的举动是我不能明白的一种玩笑，互相眨巴眨巴眼睛，就像他们现在说那个词时所做的举动那样：豺狗！不知道是种什么样的动物？小学时候有个女同学，她曾经带过一本百科全书到班里，是动物百科全书，你说要查虎，你可以打开书查字母"H"……要是有那本百科全书，我就可以打开来查一下"豺狗"，但那女孩不会给我看的。不，你会弄脏的！他妈的骚货，那你为什么要带到学校里来？当然，后来那女孩去了伊斯坦布尔，有人说她父亲发财了。她还有一个好朋友，头上扎着蓝丝带……

我想得太专心了……火车来到了图兹拉，我有些心慌，但我不害怕。共产主义分子随时都可能进来。塞尔达尔和穆斯塔法也不说话了，神情紧张。没发生什么事。火车开动后，我看了看墙上共产主义分子的标语：图兹拉将是法西斯的坟墓！他们所说的法西斯好像指的就是我们。我骂了几句。后来火车到了我们的车站，我们下了车。我们一言不发地走到了汽车站。

"伙计们，我还有事，"穆斯塔法说道，"再见了。"

我们在他身后看着，直到他消失在中巴车之间。我突然对塞尔达尔说：

"这么热的天，我不想回家做功课。"

"对，"塞尔达尔说，"天很热。"

"我心情也不好。"我说。停了一会儿，我说："来吧，塞尔达尔，我们去咖啡馆吧。"

"不。我要去店里。我有事。"

他走了。如果你父亲有一家店，那你自然就会有事做！但我还在读书，还没有像你们那样弃学。但这有多么奇怪，他们更多的是嘲笑我。我相信晚上塞尔达尔会最早去咖啡馆讲述"豺狗"的故事。算了，哈桑，别心烦了，我没心烦，开始爬起了坡。

我看着在我前面为了赶上开往天堂堡垒或是达勒加的轮渡而飞驰的卡车和轿车，就好像想到自己是一个人而感到高兴。我希望自己能有什么奇遇。生活中有许多事情可能发生，但是你只能等着。我有这么一种感觉：就像是我希望发生的事情正在缓慢地发生，而发生的时候却不像我所想象和期望的那样；所有的事情就像是要激怒我似的缓缓而来，之后你再一看，它们甚至都已经过去了，就像这些来来往往的汽车一样。它们开始破坏我的心情了，这么热的天，我不想爬坡，看着，也许会有车停下来，但是这个世界上没有人关心你。我开始吃桃子，可也没能消磨太多的时间。

如果现在是冬天就好了，那样我可以自己一个人在沙滩上溜达溜达，可以从敞开的大门走进空旷的沙滩，不用怕别人看见——海浪涌起，打在海滩上，我，为了不弄湿我的鞋子，会跳着，跑着，走着，思考我的生活，会想我将来一定会成为一个重要的人物，我会想到那样一来，不仅是所有的那些家伙，还有女孩子也会对我另眼相看，那时我的心情也不会感到如此厌烦，特别是，一想到我将来会成为什么样的人，我就不会叫塞尔达尔去咖啡馆了，要是现在是冬天的话，对我来说自己一个人也就知足了。但是冬天要上学，该死的，那些老师们都有病……

　　后来我就看到了那辆正在爬坡的白色阿纳多尔车。它缓缓向我靠近的时候我就知道是他们坐在里面，我扭过头去，就像是我羞于停下来招招手。他们来了，来了，从我身边过去了，没有认出我。在他们经过我身边的时候我想或许是我弄错了。因为我们小的时候尼尔京还没有那么漂亮！但是开车的那个胖子，除了法鲁克还会是谁！真是胖啊！那时，我知道了我不是要回家，而是要去别的地方：我会下坡，向下走，看着那些门，或许我会看到我的侏儒伯伯，他会招呼我进屋，当然要是我不害羞的话我会进屋的，我会问好，或许还会亲吻他们奶奶的手，之后向他们问好，我会说，你们认出我了吗？我已经长大了。他们会说，是的，我们认出来了，我们小的时候不是好伙伴吗，我们会聊聊，小时候我们是伙伴，我们会聊天，要是我现在就去那里的话，或许我就会这样忘了内心的烦躁。

4

就在阿纳多尔艰难地上着坡的时候，我问道：

"哎，你们认出他了吗？"

"谁？"尼尔京问。

"在路边走的穿着蓝衣服的那个人，他一下子就认出了我们。"

"高个子的那个吗？"尼尔京问道。她转过身向后看去，但是我们已经离远了。"他是谁？"

"哈桑！"

"哈桑是谁？"尼尔京一脸无知地问道。

"雷吉普的侄子。"

"都长这么大了！"尼尔京很是吃惊，"我都认不出来了。"

"真丢人啊！"梅廷说道，"他是我们小时候的伙伴。"

"那你怎么也没认出他来？"尼尔京问他。

"我没有看到……但是法鲁克一说我就知道他是谁了。"

"太棒了，你！"尼尔京说道，"你太聪明了！"

"也就是说，你所说的今年我从头到脚都变样了就是这样子！"梅廷说道，"只是你忘记了过去。"

"胡说八道吧你。"

"你读的书让你忘了所有的事情！"梅廷说道。

"别自作聪明！"尼尔京说道。

他们沉默了，好一段时间都一言不发。我们爬上了那个坡，每年在坡的两边都会有新的、丑陋的混凝土建筑拔地而起。我们穿过渐渐变得稀稀拉拉的葡萄园、樱桃园和无花果树林。袖珍收音机里正播放着一首毫无特点的"西方轻音乐"。远远地一看到大海和天堂堡垒，我们大概就感受到了一种接近于小时候感受过的那种激动，我从大家的沉默中明白了这一点，但是没有持续多久。我们一言不发地下了坡，穿过穿着短裤的、穿着泳衣的、皮肤黝黑的、吵闹的人群。就在梅廷打开花园门的时候，尼尔京喊道：

"哥，按喇叭。"

我把车开进了花园里，忧伤地看着房子。我每次来，这房子都比上一次破败，人也越来越少。木板上的漆早就脱落了，爬墙虎已经从侧墙爬到了前墙，无花果树的影子打在奶奶房间关着的百叶窗上，楼下窗户的铁框都已经生了锈。我心中充满了一种奇怪的感觉：就像是在这间屋子里曾经有一些可怕的东西，这些东西因为我已经习惯了而以前没能察觉到，而现在我正又惊又怕地感觉到了这些东西。巨大的前门就像是为我们而开似的，透过笨重的门扇，我看了看屋里奶奶和雷吉普潮湿而又昏暗的身影。

"快下车呀，哥哥，你坐在那儿干什么哪？"尼尔京说道。

她已经下了车，径直朝房子走去了。后来，她看到了从窄小的厨房门里慌忙走出来的雷吉普，他一路走来摇摇晃晃的，身材让人感到脸红。他们相互拥抱，贴脸。我关掉了没有人在听的收音机，下车来到静寂的花园中。雷吉普还穿着那件他常穿的夹克，这件夹克能掩盖他的年龄，另外还有那条奇怪的细领带。我们相互拥抱，贴脸。

"我有点担心了，"雷吉普说道，"你们来晚了。"

"你好吗？"

"哎，"他很害羞似的说道，"我很好。我给你们铺好了床铺，准备好了房间。老夫人正在等你们。您又胖了吗，法鲁克先生？"

"奶奶怎么样？"

"很好……就是总是抱怨……我来拿行李。"

"过会儿我们再来拿。"

雷吉普走在前面，我们跟在后面上了楼梯。我想起了百叶窗缝中透着的满是灰尘的屋内光线，还有发霉的味道，不知怎的有点高兴。来到奶奶的门前，雷吉普突然站住了，吸了口气，之后眼睛放光，狡猾地装出一副高兴的样子叫了起来：

"他们来了老夫人，他们来了！"

"他们在哪里？"奶奶用她那年迈而又激动的声音问道，"你怎么不告诉我，他们在哪里？"

她裹着印花蓝被，后背靠在叠放着的三个枕头上，躺在那个我小的时候老是把铜把手弄得乱响的床上。我们一个一个地亲了她的手。她手上皮肤细白，柔软而又满是皱纹，皮肤上有我们熟知的痣和斑点，看到这些痣和斑点，就像是碰到了久违的老朋友似的让人高兴。不管是房间、奶奶，还是她的手都散发着同样的味道。

"祝您长寿！"

"您怎么样，亲爱的奶奶？"

"不好。"奶奶说道。但是我们什么也没有说。奶奶动了动嘴唇，像一个小姑娘一样变得害羞了，或是表现得有点害羞似的。"现在你们快说说看。"之后她说道。

我们三兄妹互相看了看，陷入好长一段沉默之中。我想到了屋子里发霉的味道，家具抛光剂的味道，旧肥皂，或是薄荷糖，还有点香水，花露水和尘土的味道。

"哎，你们没有要讲给我听的东西吗？"

"我们开车来的，奶奶，"梅廷说道，"从伊斯坦布尔到这里刚好五十分钟。"

每次都这么说，每次奶奶固执的表情都会看上去像是得到了些许安慰似的，但又会很快地恢复常态。

"奶奶，您以前来要多长时间？"尼尔京像是不知道似的问道。

"我只走过一趟！"奶奶自豪地说，又吸了口气补充道，"再说，今天是我要问，而不是你们！"她好像因为习惯性地说了这么一句而有点高兴了，她想了一会儿要问什么问题，却并没有提出她想提的那种聪明的问题。

"说说看，你们怎么样？"

"我们很好，奶奶！"

她就像是吃了败仗似的生气了，板起了脸，满脸怒气。小时候我曾经对这样的表情感到非常害怕。

"雷吉普，给我身后再加枕头！"

"所有的枕头都在您身后了，老夫人。"

"要我再给您拿一个吗，奶奶？"尼尔京问道。

"告诉我你在做什么？"

"亲爱的奶奶，尼尔京开始上大学了。"我说道。

"我自己也有嘴，哥哥，不用你操心。"尼尔京说道，"我正在读社会学，奶奶，今年刚读完一年级。"

"你在做什么？"

"我明年高中毕业。"梅廷说道。

"然后呢？"

"之后我要去美国。"梅廷说。

"那里有什么？"奶奶问道。

"那里有富人和有灵气的人！"尼尔京说道。

"有大学！"梅廷说。

"你们不要一起说！"奶奶说，"你在干什么？"

我没告诉她我手拿着大大的包来来回回地去学校，没告诉她我晚上待在空荡荡的屋子里懒洋洋地坐着，没告诉她我吃完饭坐在电视机前昏昏欲睡，也没告诉她，昨天早上去学校的时候，我就等待着喝酒的时间，害怕失去我对那种叫作历史的东西的信念，还有我想念我的妻子。

"他已经是副教授了，奶奶。"尼尔京说道。

"奶奶，我们看您挺好的！"我失望地说道。

"你老婆在做什么？"奶奶问道。

"上次我们来的时候我不是说过了吗，奶奶？"我说道，"我们离婚了。"

"我知道，我知道！"她说，"现在她在做什么？"

"又结婚了。"

"你已经把他们的房间准备好了，对吗？"奶奶问道。

"准备好了。"雷吉普说道。

"你们就没有其他要讲的事情了吗？"

"奶奶，伊斯坦布尔变得非常拥挤了。"尼尔京说道。

"这里也很拥挤。"雷吉普说道。

"你坐那儿吧，雷吉普。"我说。

"奶奶，这个房子已经变得很旧了。"梅廷说道。

"我也不好。"奶奶说。

"这里很破烂了，奶奶，我们让人来把它推倒，盖新楼房，您就可以住得舒舒服服了……"

"闭嘴！"尼尔京说，"她没在听你说。现在也不是说这个的时候。"

"那要到什么时候？"

"永远也不会有。"

又没有人说话了。我好像听到家具在闷热的房间里膨胀发出的噼噼啪啪的声音。窗户里投进了几缕死气沉沉、静止不动的光线。

"你不说点什么吗？"奶奶问道。

"奶奶，我们在路上看到哈桑了，"尼尔京说道，"他已经长大了，是个大男人了。"

奶奶又很奇怪地动了动她的嘴唇。

"他们在做什么，雷吉普？"尼尔京问道。

"什么也没有！"雷吉普回答道，"他们住在山坡上。哈桑在读高中……"

"你在跟他们说什么？"奶奶叫了起来，"你在说谁？"

"伊斯梅尔在做什么？"尼尔京问道。

"没做什么，"雷吉普说道，"他在卖彩票。"

"他在跟你们说什么？"奶奶又喊了起来，"你们要和我聊，而不是和他！你快出去，雷吉普，下楼到厨房去！"

"没事的，奶奶，"尼尔京说，"让他待在这儿。"

"他这么快就把你们哄住了，不是吗？"奶奶说道，"你跟他们说什么了？这么快就让他们可怜你了吗？"

"我什么也没有说，老夫人。"雷吉普说道。

"但我刚才看到了，你和他们说了，讲了。"

雷吉普走出了房间。又是一片寂静。

"快点，尼尔京，你来说点什么。"我说道。

"我吗？"尼尔京说，"我说什么好呢？"她想了一会儿之后说道，"所有的东西都变得很贵，奶奶。"

"你就说你读书读得忘记了所有事情。"梅廷说道。

"可怜的聪明人！"尼尔京说道。

"你们在说什么？"奶奶问道。

又一次没有人说话了。

"好了，奶奶，"我说道，"我们走了，要去房间里安顿一下了。"

"你们才刚来，"奶奶问道，"你们要去哪里？"

"我们哪儿也不去！"我说，"我们还要在这里待一个星期。"

"也就是说你们已经没有要说的好听的话了。"奶奶说。她笑了笑，或许有了一种获胜了的奇怪心情。

"明天我们要去墓地。"我想都没有想，脱口而出。

雷吉普在外面的门口等着，带我们一个个进入各自的房间，打开了所有的百叶窗。他还是给我准备了对着水井的房间。我记起了发霉、床单和童年的味道。

"麻烦你了，雷吉普，"我说道，"你把房间收拾得真漂亮！"

"我把您的毛巾挂在这里了。"他指着毛巾说道。

我点着了烟。我们一起透过打开的窗子向外看去。我问道：

"雷吉普，今年夏天天堂堡垒怎么样？"

"很差，"他说，"以前的味道都没有了。"

"怎么讲？"

"人都变坏了，变得没有同情心了！"他说。

他转过身子盯着我，期待着我的理解。而后我们一起听着沙滩上的吵闹声，欣赏着远方树林的缝隙间可见到的街道和大海。梅廷走了过来。

"哥哥，你可以把车钥匙给我吗？"

"你要走了吗？"

"我把我的行李拿上去之后就走。"

"你要是把我们的行李也都搬到楼上，那我就会给你车钥匙，明天早上你再还给我。"我说。

"您别担心了，法鲁克先生，我会把行李拿上去的。"雷吉普说道。

"你现在不去档案馆找有关瘟疫的资料吗？"梅廷问道。

"您要找什么？"雷吉普问道。

"我明天再去找有关瘟疫的资料。"我说。

"你现在就要开始喝吗？"梅廷问道。

"我喝酒关你什么事！"我说，但没有生气。

"也是！"梅廷说，他拿了车钥匙，走了。

我也和雷吉普一起，什么也不想，跟在梅廷身后，下了楼梯。之后我想去厨房翻翻冰箱，但是下了窄小的楼梯之后，我就把要去厨房的念头抛到了一边，转向了另一个方向，走过雷吉普的房间后，来到了狭窄的过道尽头。雷吉普就在我身后。

"洗衣房的钥匙还在这儿吗？"我问道，伸手到门框上，摸到了满是灰尘的钥匙。

"老夫人不知道，"雷吉普说，"别告诉她。"

旋转钥匙之后，为了把门打开，我不得不使劲地推了一下。门后应该是有什么东西掉了，我一看，吓了一跳：一个满是灰尘的头颅卡在了门和箱子之间。我从地上拿起它，吹了吹灰尘，努力装出一副开心的样子拿给雷吉普看。

"你还记得这个吗？"

"什么？"

"你大概一直没来这儿。"

我把满是灰尘的头颅放在了一张三腿桌的边上，桌子上撒满了纸。我像孩子似的晃了晃拿在手中的玻璃管，而后放在一个生了锈的天平的托盘上。雷吉普站在门口一声不吭，他害怕地看着我所接触的东西：上百只小玻璃瓶，玻璃碎片，许多箱子，扔在盒子里的骨头，旧报纸，生锈的剪子，小镊子，有关解剖学和医学的法语书，整盒整盒的纸，贴在板上的鸟儿和飞机的图片，眼镜玻璃片，分成七种颜色的圆环，链子，小时候踩在踏板上当开车玩的缝纫机，螺丝刀，钉在木板上的虫子和蜥蜴，还有上面写着"专卖局"字样的上百只空瓶子，装在药瓶里并且贴上了标签的各种各样的粉末，还有一个花盆中的蘑菇……

"那些是蘑菇吗，法鲁克先生？"雷吉普问道。

"是的，要是对你有用你就拿去吧。"

可能他太害怕而没有进屋，我走过去给了他。之后我找到了一块铜片，上面用老式的奥斯曼字母写着，塞拉赫丁医生每天上午接待二到六个病人，下午接待八到十二个病人。突然我想把铜片带回伊斯坦布尔，不是为了找乐子，而是为了回忆，但是我对历史、对过去有种厌恶和恐惧感，便把它扔进了满是灰尘的杂物之中。而后我锁上了门。和雷吉普一起去厨房的时候，我从楼梯的扶手之间看到了梅廷。他正自言自语着往楼上搬我们的行李。

5

在把法鲁克和尼尔京的行李都搬到楼上之后，我脱掉衣服，在我的夏装里面换上泳衣，拿上鼓鼓囊囊的钱包，下了楼，然后上了那辆又破又旧的阿纳多尔便离开了。我在韦达特家前面下了车。除了在厨房里忙碌着的用人之外，家里没有其他的动静了。我从花园来到房子后面，轻轻地推开窗子，就看到了躺在床上的韦达特，我一下子高兴起来。我像小猫一样跳进房间里，把韦达特的头压在枕头上。

"这是玩笑吗，畜生！"他叫道。我开心地笑了笑，"哎，还好吧？"

"你什么时候来的？"他问道。

我先是没有回答他，只是用眼睛在房间里扫了一遍。包括墙上那幅毫无品位的裸女画在内，所有东西都和去年一样。之后我忍不住了，

"快点，"我说，"快点，哥们儿，起床！"

"在这个点我们能做什么？"

"大家下午都做些什么？"

"什么也不做！"

"难道其他人都不在吗？"

"不，大家都在这儿，还有新来的。"

"你们在哪里会合？"

"在杰伊兰家！"他说，"他们都刚来！"

"太好了，快点，咱们快去那里吧。"

"杰伊兰肯定还没睡醒。"

"那我们就到别的地方去下海吧！"我说，"今年我要教那些纺织厂和钢铁商人的笨蛋孩子数学和英语，还没有机会去下海游泳。"

"那你的意思是说你没管杰伊兰吗？"

"快起来，要不我们就去找图尔贾伊吧。"

"图尔贾伊加入青年篮球队了，你不知道吗？"

"我对这个不感兴趣，我不玩篮球了。"

"是为了更好地用功吧，不是吗？"

我没有吭声，看了看韦达特那晒得黑亮、健康而又安逸的身体，就在想，是的，我是很努力地学习功课，在班里要是拿不到第一，我心里就会难受，我也知道像我这样的人被称为书呆子，但是我爸爸，我可怜的爸爸，没有十年之后可以遗留给我的车床厂，没有丝织厂，没有钢铁仓库和铸造车间，也没有在利比亚中一个小小的标，甚至没有进出口办公室：我爸爸从县长的职位上辞职之后只有一块墓地了，为了不让奶奶在家哭泣，我们每年都会回去，让她在墓地上哭。之后我问道："那么大家都还做些别的什么事呢？"

脸朝下趴着的韦达特就没有要起床的意思，但是他至少把嘴挪到了枕头边上，说道，和我们一起玩的穆罕默德从英国带着一个护士女孩回来了，他说那女孩现在就住在穆罕默德家里，但是他们没有住在同一个房间里，他所说的女孩实际上已经是一个三十岁的女人了，但是她和我们的姑娘们都处得很好，还有图朗，说我应该知道，他在部队。我想，我上哪儿知道去，冬天的时候，我没有同安卡拉和伊斯坦布尔的上流社会在一起，而是在学校宿舍里或是我姨妈的家里度过的，为了赚些钱，我就给那些和你一样笨的富家子弟教数学、英语和扑克。但我没说什么，韦达特说，图朗的爸爸已经认定他儿子不会有什么出息了，就把他送到了部队，他爸爸没去开后门，他说当兵的生活会让他的脑子清醒过来。但当我问他清醒了吗，韦达特就很认真地说他也不知道，他还说图朗请了十五天的假回来了，而且已经和胡莉娅开始交往，我陷入了沉思。此时韦达特又补充说菲克雷特是个新来的家伙，我立刻就明白韦达特很是崇拜他，因为他把这个菲克雷特称为"牛人"和"死党"。过了一会儿他开始讲起玻璃钢船的马达有多少马力等等，这可真让我头疼，我就不想听这个蠢货讲了。他一明白这个意思我们就都不说话了，但是而后我们又聊了起来。

"你姐姐在做什么？"他说道。

"她是个地道的共产主义者。和他们一样，她也老是在说，我已经改变了很多。"

"真可惜，让人伤心。"

我正盯着墙上的裸女画。

"听说塞尔柱的妹妹也是那样，"他像是在小声嘀咕，"她好像是爱上了什么人！你姐姐也有这样一个人吗？"

我没有回答。我做了些不耐烦的动作，他明白我不喜欢这个话题。

"那你哥哥的情况怎么样？"

"没指望了！"我说道，"就知道喝酒、发胖。没有指望，萎靡不振！"

"他也是那样吗？"

聊着聊着我更加生气了："他萎靡不振，什么事也成不了。但说实话，他倒是和我姐姐很合得来。他们做些什么跟我没关系，但他们当中一个是厌恶钱的空想主义者，另一个则萎靡不振得都懒得伸手去挣钱了，所有的事情就得由我自己来承担了。而那块宅地上却还是白白地杵着那愚蠢、奇怪又令人恶心的老房子。"

"你奶奶和那个谁，干活的人，不住在那里了吗？"

"住着。但是，为什么不在那里建一座公寓楼，让他们住一间呢？那样一来，整个冬天，我就不用白费口舌地给那些愚笨的富家子弟讲双曲线的对称轴在哪里，不用跟他们讲对称轴和焦点之间的联系和系数 r 有什么关系之类的了，你懂吗？明年我必须去美国上大学，但是我上哪儿找钱去呢？"

"有道理。"他说道，或许他感到有点不舒服了。

我也很不自在，因为我担心韦达特会觉得我仇视有钱人。我们都沉默了一会儿。

"快点，我们下海去吧。"后来我说道。

"对啊，杰伊兰大概也睡醒了。"

"我们没必要非得去那里。"

"大伙儿都去那里。"

直到现在他才从一动不动躺着的床上起来，身上只穿着泳裤，他的身体晒得很黑，很显然保养得很好，很漂亮，很光滑。他舒舒服服地，无忧无虑地打了个哈欠。

"丰达应该也要来的！"

也许是因为韦达特的身体，或许是因为其他什么事情，我有点心烦了。

"好啊，让她来吧。"

"但是她在睡觉。"

我看着墙上的裸女，而不是看着韦达特的身体，说道："那你就去把她叫醒呀。"

"真的，要我去叫醒她？"

他去叫醒他的妹妹了。不一会儿他回来了，他的生活中好像彻头彻尾满是问题，像是少了烟就活不了似的，他贪婪地点了根烟，问我：

"你还是不抽烟吗？"

"不抽。"

又没有人说话了。我想象着丰达睡意昏沉地躺在床上挠痒。之后我们又聊到了海水热不热、冷不冷这样的愚蠢话题。而后丰达推门进来了。

"哥哥，我的凉鞋在哪里？"

这个丰达去年还是一个小姑娘，今年她的腿就长得修长又漂亮了，还穿着小小的比基尼。

"你好，梅廷！"

"你好。"

"你怎么样？哥哥，我问在哪儿，我的凉鞋？"

兄妹俩就这样立刻开始了争吵——一个对另一个说他不是她的东西的看守人，而另一个又对这一个说，昨天她的草帽就是在他的柜子里找到的，他们开始大声叫喊起来。过了一会儿，丰达摔门出去了，不一会儿又像是什么事也没有似的进来了，这次他们又开始争论谁该去妈妈的房间里拿车钥匙。最后，韦达特去了。我有些许不安。

"哎，丰达，还有别的什么消息吗？"

"还能有什么！心烦呗！"

我们聊了一会儿。我问她今年上完了几年级，听她说读完了高中一年级，读了两年"预科"，不，不是在德国和匈牙利高中，而是在意大利高中。当时，我跟她嘟囔了几个单词：Equipment electrique, Brevete type, Ansaldo San Giorgio Genova……丰达问我这些词是不是我从意大利带回的礼物上看到的。我没告诉她，在伊斯坦布尔所有无轨电车的前门上面都有这样无法理解的小标牌，而所有上电车的伊斯坦布尔人都不得不背下这样的东西，以免因为心烦而变得暴躁，因为不知为何我心中有了这样一种感觉，要是我说了我坐电车的话，她就会小看我。而后我们又沉默了。我又想了一会儿那个被他们称为母亲的可怕女人，她擦了雪花膏、抹了香水，一直睡到中午，用打牌、看牌来消磨时间。之后韦达特回来了，手里晃着车钥匙给我们看。

我们一起出了门，上了被太阳晒透的汽车，走了二百米之后我们在杰伊兰家门前下了车。因为激动而感到难为情的我，当时想说点什么。

"这里好像变化很大啊。"

"是的。"

我们踩着草坪里被摆成一步一块的石头走了过去。一个花匠正冒着炎热在花园里浇水。最后，我们看到了姑娘们，我就随口问了句：

"你们玩扑克吗？"

"啊？"

我们下了楼梯。姑娘们优雅地躺在那儿。我想她们看到了我，便想了想：我身上有打牌赢的钱和从伊斯梅特那儿拿的衬衣，穿在泳裤外的李维斯牛仔裤，裤兜里还有一个月里给那些傻瓜上课赚的一万四千里拉。之后我就无聊地问道：

"我问你们玩游戏吗？"

"什么游戏？"丰达对她们中的一个说，"我来给你们介绍一下梅廷！"

事实上我认识泽伊奈普。

"你好，泽伊奈普，你好吗？"

"我很好。"

"这是法赫伦尼萨，但是可别这么叫，她会生气的。你叫她法法就好了！"

法法不是一个漂亮的女孩。我们握了握手。

"这就是杰伊兰！"

我握了握杰伊兰有力而又轻柔的手。我想看看其他的地方。我想我可能会一下子坠入情网，但这是个荒唐幼稚的想法。我看了看大海，想相信自己很冷静，也没有无所适从，我也想让自己有这样的表现。其他人把我晾在一边开始聊了起来。

"滑水也很难。"

"我要是能在水上站起来就好了！"

"但是至少不像滑雪那样危险。"

"泳衣一定要紧身。"

"人的胳膊会疼。"

"菲克雷特来了我们就可以开始了。"

我有点心烦了，换了只脚，咳嗽了几下。

"坐下来呀你！"韦达特说道。

我相信自己看上去是一脸的深思。

"坐呀你！"杰伊兰说道。

我看了看杰伊兰，她很漂亮。是的！我又想到了我可能会爱上她，一会儿我坚信了自己的这一想法。

"那边有一把躺椅。"杰伊兰扬了扬鼻头示意给我看。

我朝躺椅走过去的时候，看到混凝土造的房子的底层门敞开着，里面的家具让人感到恐怖——美国电影里有钱但不幸福的夫妇手中拿着威士忌酒杯争吵婚姻问题的时候，就是坐在这样的家具中间。从那间房子里散发出的家具的、富裕的和豪华的气味好像在对我说，这儿有你什么事！但是我想了想，也很安慰：我比这里所有的人都聪明！我又看了看在花园里浇水的花匠，拿过躺椅，走了回来，毫不费力地打开躺椅，坐在了他们的身边，边想着是不是已经陷入爱情，边愣愣地听着他们聊天。

法法，说着"我们班非常可笑"之类的话，由于她的同学杰伊兰不停地让她讲讲这个，讲讲那个，因而在她讲完这些趣事的时候，我就像是已经在太阳底下被烤熟了一样，更糟糕的是，我还是没有拿定主意。后来，因为我也不想自己被认为是不懂玩笑的野蛮家伙，所以我也决定讲一些这类愚蠢的趣事，我详细地给他们讲了我们在学校是如何从校长办公室里偷到考试卷子的，但是我没告诉他们我们把题卖给那些愚蠢的富家子弟赚了多少钱，因为每个人都会产生误解的，因为我没有一个有钱的老爸会在我生日或是其他一个不重要的日子里，把我手腕上的这块欧米茄手表作为礼物送给我，我不得不做这样的小事情，而他们的父亲虽然从早到晚都在做这样的事情，但在他们看来却是丑陋的。这时，我们听到了吓人的吵闹声，驶来了一艘摩托艇。他们都转过头去看，而我知道，这是菲克雷特来了。他飞速驰来，就像是要撞上码头似的，突然溅起大片水花，然后就停下了。他费劲地从船舱跳上了岸。

"你们好吗，伙计们！"他说着看了我一眼。

"我来介绍一下，"韦达特说道，"梅廷，菲克雷特！"

"伙计们，你们喝什么？"杰伊兰问道。

大家都说要可口可乐。

菲克雷特甚至没有回答，只是撇了撇嘴做了一个手势——这是说"我不顺心"时所做的一个手势。我看了看，没弄明白杰伊兰到底有没有为此而烦恼。但是我明白了另外一件事：多年以来我一直都知道你们这种菲克雷特式的把戏——摆出一副很有个性的样子。如果你长得难看又笨，那你就至少得有个性，要有一艘音速般的快艇和比它更快的小汽车，这样女孩们才会看看你的脸。杰伊兰拿来了饮料。他们端着杯子，坐着聊了很长一段时间。

"你们听音乐吗？"

"晚上我们去哪儿？"

"你说过你那儿有猫王的专辑。"

"说过。那张《猫王精选》在哪儿？"

"我不知道。"

"真没劲。"

"我们干点什么呢？"

之后他们好像因为聊天和炎炎烈日而感到有些疲惫，就都不说话了，而后又开始聊天，而后又是沉默，又是聊天，又是沉默，这期间，从一个看不见的喇叭里传来了美妙的乐曲，我想我应该说点什么了。

"这音乐太普通了，电梯音乐！"我说道，"在美国，这样的音乐只有长时间坐电梯时才会听。"

"长时间坐电梯吗？"

你问，是的，你，杰伊兰，这一来我就谈了起来，我偷偷地观察着你是怎么听我说话的，或装作不在偷偷地观察，因为，是的，我大概相信自己从现在起就已经爱上了你，我有点害羞，但是我的确对你——杰伊兰说了，讲了。我说，这个电梯旅途在纽约人的生活中有很重要的地位，帝国大厦有1250英尺，102层，从顶端可以看到方圆50英里内的全景，但是我没说我还没有去过纽约，还没有欣赏过那里的风景，但是我又说，根据我们在学校时读的1957年版的大不列颠百科全书，这个城市的人口有7,891,957人，1940年时该城市的人口就有7,454,995人了。

"哟，"法法说道，"跟个书呆子似的全背下来了！"

当你也对她笑的时候，杰伊兰，为了证明我不是那种为了背给你们听而花死力气去记的人，也为了展示我的聪明程度，我解释说，举个例子，我可以一下子就计算出任意两个两位数的乘积。

"是的，"韦达特说道，"这家伙有个非常奇特的脑袋，整个学校都知道！"

"17 乘以 49 等于多少？"杰伊兰问道。

我说："833！"

"70 乘以 14？"

"980！"

"我们怎么知道正确的答案是多少？"杰伊兰说道。

我很兴奋，但只是笑了笑。

"我去拿纸笔好吗？"她说。

你——杰伊兰，忍受不了我那烦人的微笑，当时就从地上跳了起来，跑进那个令人恐惧的家具堆里，过了一会儿，手里拿着一张印着瑞士宾馆抬头的纸和一支镀银的钢笔，赌着气回来了。

"33 × 27 = ？""891！""17 × 27 = ？""459！""81 × 79 = ？""6399！""17 × 19 = ？""323！""不对，373！""杰伊兰请你乘一遍！""好吧，323！""99 × 99 = ？""这个最简单了：9801！"

你在生气，杰伊兰，你气得就像是在恨我了。

"你的确像个书呆子一样背下来了！"

我只是笑笑，我想，那些相当低俗的书里说，所有的爱情都是从厌恶开始的，这样说或许是正确的。

之后，杰伊兰乘着菲克雷特的快艇玩了滑水，而我则陷入了沉思，想着怎么来进行这场竞争，我很快就明白，从现在到午夜之前，我都会想着这些，因为，该死的，我想我相信自己已经陷入了爱情。

6

我醒来起了床，扎好领带，穿上夹克，来到了外面。一个风和日丽的早晨！树上落着许多乌鸦和麻雀。我看了看那些百叶窗——都关着，他们还在睡觉，昨天晚上睡得太晚了。法鲁克先生喝了酒，他喝酒的时候尼尔京则在一旁"欣赏着"。老夫人则在楼上不停地叫着。我甚至都没听到梅廷是几点回来上床的，为了不吵醒他们，我尽力轻轻地压着水泵，用凉水洗了洗脸，之后进了屋子，从厨房切了两片面包，拿着去了鸡舍，打开鸡舍的门。母鸡咕咕叫着到处跑。我小心翼翼地把两个鸡蛋从尖的一头敲碎，美美地喝了下去，又把面包吃了。我捡起了其他鸡蛋，鸡舍门都没关就想返回厨房，这时，我吓了一跳——尼尔京已经起来了，拿上了她的包，正要出去。她一看到我就笑了笑。

"早上好啊，雷吉普。"

"这个点你要去哪里？"

"下海啊。过一会儿人就多了。我去去就回来。从鸡舍里拿的鸡蛋吗？"

"是的，"我说，不知道为什么，有一种犯了错的感觉，"你要吃早餐吗？"

"要。"尼尔京说，笑了笑，走了。

我在她身后看着。一只小心谨慎、一丝不苟的猫咪。脚上穿着凉鞋，裸露着双腿。小时候就是一双小细腿。我进到屋子里，烧水煮茶。她母亲也是那个样子。现在已经在墓地里了。我们要去那里，要做做祷告。你还记得你的母亲吗？当时她还只有三岁，肯定不记得。多昂先生，在东部当县长，在最后两年的夏天把他们送到了这里。你母亲怀里抱着梅廷，旁边站着你，经常在花园里坐着，整天让阳光晒在她那苍白的脸上，但是返回凯马赫时，她的脸色还像来的时候那么苍白。我经常问，您想来点樱桃汁吗，少夫人？她回答说，谢谢你，雷吉普先生，就放在那里吧。她还抱着梅廷，我当然可以放在那里。我两个小时后过来看到，大杯的果汁她只喝了两口。而后，胖嘟嘟的法鲁克满身是汗地来了，说，妈妈我饿了，接着突然一口气就把果汁喝完了。真厉害！我拿出桌布，去铺在桌子上，却闻到了上面的气味。昨晚法鲁克先生把拉克酒洒在桌子上了。我就去拿抹布来擦桌子。水已经烧开了，我沏了茶。还有昨天剩下的牛奶。我可以明天去奈夫扎特。我又想到了咖啡馆，但是我压抑住了自己，专心干活。

我太专心了，时间过得很快。就在我摆桌准备吃饭的时候，法鲁克先生从楼上下来了。他慢慢下楼，楼梯被他踩得嘎吱嘎吱响，下楼的样子和他爷爷一样。他打了个哈欠，嘴里嘟囔着什么。

"我沏了茶，"我说，"您坐吧，我这就给您拿早餐。"

他猛地坐在了他昨晚喝酒时坐的那把椅子上。

"要喝奶吗？"我说，"有全脂的好奶。"

"好的，拿来吧，"他说，"喝了我的胃能舒服点。"

我进了厨房。胃。喝呀喝的，攒下的那些毒药最终会在那里给你开个口子的。老夫人早就说过，你要是还喝，你就会死的。你不是也听到医生是怎么说的了吗？多昂先生眼望着跟前，想了一会儿，这么说道：要是我的脑子不动了的话，那还不如死了更好，妈妈，不思考我就活不下去。可老夫人说，孩子，你这不是思考，是悲伤。

但是他们早就忘了要去听对方说的话。后来，多昂先生，写着写着那些信他就死了。他就像他父亲一样，血从嘴里流了出来，很显然是从胃里出来的，老夫人号啕大哭，把我叫了过去，就好像我可以做点什么事似的。在他死之前，我脱下他那件带着血的衬衣，给他换上了熨好的干净衬衣，而后他就死了。我们会去墓地的。我煮好奶，满满地倒上一杯。胃里一片黑暗，是一个未知的世界，只有尤努斯先知才了解这个世界。我一想到那个黑乎乎的洞就会浑身颤抖。但是就好像我没有胃似的。因为我知道自己的底限，我不像他们，我也知道什么时候该忘记。我刚要把奶端过去，就看到尼尔京已经回来了，真快！头发湿湿的，很漂亮。

"要我给你拿早餐吗？"我说。

"奶奶不下来吃早餐吗？"尼尔京问道。

"下来，"我说，"早上和傍晚会下来。"

"中午为什么不下来？"

"她不喜欢沙滩上的噪声，"我说，"中午都是我把盘子给她端上去。"

"我们就等等奶奶吧，"尼尔京说，"她什么时候会醒？"

"她老早就醒了。"我说。我看了看表，八点半了。

"哈哈，雷吉普！"尼尔京说道，"我在商店里买了报纸。从今往后我每天早上都要买。"

"随您的便。"我说完就出去了。

"你买又会怎么样？"法鲁克突然大声吼道，"你知道了有多少人杀死了多少人，知道了有多少人是法西斯，有多少人是马克思主义者，有多少人毫无关系又怎么样？"

我走了进去，上了楼。这么着急是为什么，你们到底想要什么，为什么不满足于这么少？你不会知道的，雷吉普！是死亡！我想了想死后的事，感到害怕，因为是人都会好奇的。塞拉赫丁先生说过，所有科学都始于好奇，你明白吗，雷吉普？我来到楼上，敲了敲她的房门。

"谁啊？"她问。

"是我，老夫人。"我说完走了进去。

她开着柜子，在翻着什么。她摆出一副要关柜门的样子。

"怎么了？"她说，"他们在楼下吵什么呀？"

"他们在等您吃早餐。"

"他们就为这在吵？"

柜子里的陈旧气味弥漫了整个屋子。我闻了闻，我还记得这味儿。

"什么？"我说，"不，他们在开玩笑。"

"一大早在餐桌上吗？"

"您要是担心，我就跟他们说说，老夫人。"我说，"法鲁克先生没有喝酒。这个时间能喝酒吗？"

"别护着他们！"她说，"也不要对我撒谎！我会很快明白的。"

"我没有说谎，"我说，"他们在等您吃早餐。"她看了看敞开的柜子门。

"要我扶您下楼吗？"

"用不着！"

"您要在床上吃吗？要我把盘子给您端来吗？"

"去端吧，"她说，"跟他们说，让他们准备好。"

"他们准备好了。"

"把门关上。"

我关上门下了楼。她每年在去墓地之前都会再翻一遍柜子，就好像能从里面找到什么从没见过也没穿过的东西，但最后还是会穿那件奇怪的可怕的大衣。我进了厨房，拿了面包，之后就端了出去。

"你读读，"法鲁克先生对尼尔京说道，"读读看，今天又死了多少人？"

"十七个。"尼尔京说。

"哎，这又有什么结果？"法鲁克先生说。

尼尔京就像是没有听到哥哥的话，又胡乱看起报纸来。

"已经什么意义也没有了。"法鲁克先生有点满意地说。

"老夫人说不下来吃了，"我说，"我在准备你们的。"

"为什么不下来？"

"我不知道，"我说，"她在翻柜子。"

"那好吧，把我们的拿来吧。"

"尼尔京小姐，"我说，"你这样穿着湿漉漉的泳衣坐着，会着凉的。上楼去，换上衣服再看报纸……"

"你瞧，她甚至都没有听到你说的话，"法鲁克先生说，"她还是个相信报纸的年轻人，心情激动地读着死亡的消息。"

尼尔京对我笑笑，站了起来。我也进了厨房。相信报纸？我把面包翻了个个儿，准备好了老夫人的餐盘。老夫人看报纸是为了看看有没有熟悉的人去世，是要看看有没有死在床上的人，而不是那些被炸弹和子弹打得千疮百孔的年轻人。我把盘子给她端了上去。有时她会因为搞不清楚讣告里的姓氏而生气，自言自语，然后从报纸上剪下来。要是不是很生气，有时我在旁边的时候，她就会嘲讽一番这些姓氏。这些都是瞎编的名字，该下地狱的，姓是什么意思？我想，给予我姓氏的爸爸和我都姓卡拉塔什——意思是黑石。是什么意思显而易见。然而有些姓氏的含义我就搞不懂了。这些人的就是这样。我敲了敲门，进了房间。老夫人还在衣柜前。

"我把早餐拿过来了，老夫人。"

"就放在那里吧。"

"您马上吃吧,"我说,"奶别凉了。"

"好的,好啦!"她说,但眼睛还是看着衣柜而不是餐盘,"关上门。"

我关上了门。之后突然想到面包,就赶快跑下了楼。还好,没有烤焦。我把尼尔京小姐的鸡蛋、早餐放进餐盘里,端了出去。

"请见谅,我晚了。"我说。

"梅廷不下来吃早饭吗?"法鲁克先生问道。

好吧!我又上了楼,进屋叫醒梅廷,打开了百叶窗。他嘴里嘟囔着。我下了楼,尼尔京说想要茶,我进了厨房,沏上了茶,在我端出来的时候,我看到梅廷已经下来坐在那里了。

"我现在就把您的早餐端来。"我说。

"昨晚你几点回来的?"法鲁克先生问道。

"我不记得了!"梅廷说着。身上只穿着泳裤和衬衣。

"汽车的油没用完吧?"法鲁克先生问道。

"放心吧,哥哥!"梅廷说,"我们坐别人的车逛的。阿纳多尔在这里太那个了。"

"太怎么了?"尼尔京问。

"你看你的报纸吧!"梅廷说,"我正和哥哥说话呢!"

我进厨房去端茶。又放上面包,烤着。我端出了浓茶。

"您也要奶吗,梅廷先生?"我问。

"大家都问起你了。"梅廷说道。

"关我什么事儿?"尼尔京说。

"以前你和那些女孩都是很好的朋友,"梅廷说,"过去你们亲密无间,可是现在你读了点书就开始瞧不起她们了。"

"我没有瞧不起她们。只是不想见到她们。"

"你就是看不起她们。人至少会问个好。"

"我就是不问好！"尼尔京说。

"您要奶吗，梅廷先生？"我说。

"你看到了吗？你太观念了。太嫩。"

"你知道观念是什么意思吗？"尼尔京问道。

"我怎么能不知道呢，"梅廷说，"我有这样的姐姐，脑子刚刚洗过，我每天都可以见到。"

"蠢货！"

"您要奶吗，梅廷先生？"

"伙计们，别这样，伙计们。"法鲁克先生说。

"我不要奶。"梅廷答道。

我跑进厨房，翻了翻面包。有人洗过她的脑子。塞拉赫丁先生常说，要是不清洗一下每个人脑子中的肮脏东西、无知信仰还有谎言，那我们就没救了，因此我成年累月地在写着，法蒂玛。我给自己倒了一杯奶，喝下一半。面包烤好我就送去了。

"到了墓地，奶奶做祷告的时候你们也做！"法鲁克先生说。

"我把姨妈教的祷告词忘了。"尼尔京说道。

"你忘得真快！"梅廷说。

"亲爱的，我也忘了，"法鲁克先生说，"我的意思是你们要像她一样摊开双手，免得让她伤心。"

"别担心，我会的，"梅廷说道，"我对这样的事情向来不在乎。"

"你也要摊开双手，好吗，尼尔京？"法鲁克先生说，"头上也系点东西。"

"好的。"尼尔京说。

"这不会违背你的思想信念吗？"梅廷说道。

我上了楼，敲了敲老夫人的房门，走了进去。她已吃完早餐，又到了柜子前面。

"怎么了？"她说，"你有事吗？"

"您还要再来杯牛奶吗？"

"不要了。"

我正要拿过盘子，她突然关上柜门，叫了起来。

"别过来！"

"我没有靠近柜子啊，老夫人！"我说，"您瞧，我只是要拿盘子。"

"他们在楼下干什么？"

"他们正在准备。"

"我还是挑不出来……"她说，好像突然变得害羞了，盯着柜子看。

"抓紧时间，老夫人！"我说，"过会儿天就要热了。"

"好的，好的，关好门。"

我来到厨房，烧上水准备洗盘子。我喝着剩下的半杯奶，等水烧热。我想到了墓地，有点激动，又有点奇怪；我还想到了洗衣房里的物品、工具。有时候人们会在墓地哭。我走了出去，梅廷说要杯茶，我端了出去。法鲁克先生抽着烟望着花园，大家都不说话。我又进了厨房，刷完了盘子。等我再出来的时候梅廷先生已经穿戴整齐过来了。我转过身，脱下围裙，看了看我的领带和夹克，又梳了梳头发，就像在理发店里理完头发一样，在镜子里对自己笑笑，就走了出去。

"我们准备好了。"他们说。

我上了楼。不管怎么说，老夫人最终是穿好了。身上还是那件黑色的可怕的大衣。由于老夫人高高的身子每年都缩一点，她的裙摆垂到了地面，她脚上那奇怪的鞋子的尖头从裙子垂地的地方露了出来，就像是两只狐狸兄弟好奇的鼻子一样。她正在系头巾，突然看到我，好像有点害羞。我们都没有说话。

"这么热的天气里您穿这个会出汗的。"我说。

"大家都准备好了吗？"她问道。

"准备好了。"

她看了看房间，像在找什么东西，看到柜子的门关上了，又看了看别的地方，之后又看了看柜门，而后说道："快扶我下楼吧。"

我们出了房间。她看到我拉上了门，但她自己还是又用手推了推。在楼梯口她靠在我身上而不是靠在拐杖上。我们慢慢地下了楼梯，走出了大门。他们也过来了，我们刚要把老夫人扶上车，她问道：

"你们关好门了吗？"

"关好了，老夫人。"我说。但我还是又去推了推各扇门，让她看到都已经关好了。

最终，谢天谢地，她总算上了车。

7

　　我的主啊，真奇怪，汽车一开始摇摇晃晃地启动，突然我就像小时候坐上马车时那样激动起来，但是不一会儿我就想到了你们，你们这些躺在墓地里的可怜人，我以为自己会哭起来，但法蒂玛，还不到时候，因为汽车正穿过一道道门驶到街上，而我坐在车里从窗户往外看去，雷吉普现在在家里，我想，他要一个人待在家里吗，就在这时车停了下来，等着，不一会儿，侏儒便过来了，他从车的另一侧门上来，坐在了后排，

　　"门都锁好了，是吧，雷吉普？"
就在车要上路的时候，[1]
　　"是的，法鲁克先生。"
我紧紧地靠在我的座位上，
　　"奶奶，你不是听到了吗，雷吉普把门锁好了。待会儿别又像去年一样不停地说门没关……"
我开始想起他们来了，当然，我记得在他们称已经关好了的那花园的门上，塞拉赫丁还挂上了一个"塞拉赫丁医生"的铜牌子，就诊的时间里是这样的，法蒂玛，我不收穷人的钱，他说，我想和民众多接触接触，当然我们现在还没有太多的病人，我们不是在大城市里，而是在这偏远的海边，除了一些可怜的村民之外就没有其他人了，

---

[1] 本章原文使用了大量段首顶格版式，译文与原文保持一致。

的确，那时还没有，现在，我的主啊，抬头看看那些公寓、商店、拥挤的人群、半裸着的人，就在海滩上，不要看，法蒂玛，那有多吵，简直是人撩人，你看，塞拉赫丁，他们已经降临到了你这可爱地狱的地面上，你成功了，当然如果你想要的就是这个的话，你看看那拥挤的人群，或许你所要的就是这个。

"奶奶是不是很好奇地在看着？"

不，我根本就没有在看，但是，塞拉赫丁，你这些被宠坏了的孙辈，

"奶奶，要不我们多绕些路带您逛逛？"他们肯定觉得你老婆跟你一样天真，是啊，你让这些可怜的孩子们怎么办呢？他们就是这么被培养出来的，塞拉赫丁，因为你让你的儿子像了你，多昂也不关心他的孩子们，妈妈，他们的姨妈会照顾他们的，我没有精力，让他们姨妈照顾他们就会成这样，在他们奶奶去墓地的路上看所有这些丑恶的东西时，他们却认为是好奇，你们不要这么认为，你们看，我现在连看都不看，我低下头，打开包，我闻到了里面散发出来的老人的味道，鳄鱼皮包里面黑漆漆的，我用我干枯瘦小的手从包里找着了我的小手绢，擦拭我那干涩的眼睛，因为我满脑子都是他们，只有他们，

"现在有什么好哭的呢，奶奶，不要哭！"

但是他们不知道我有多么爱你们，他们不知道在这阳光明媚的日子里，想到你们已经死去我就无法忍受；可怜的我又一次拿起手绢擦拭眼泪，好啦，够了，法蒂玛，我一生都在痛苦中度过，所以我知道我还是能够忍受的，好了，现在已经过去了，什么事也没有了，你们看，我抬起了头，正在欣赏着：那些公寓、墙壁、塑料制成的文字、广告、橱窗、各种各样的色彩，但是很快我就开始厌恶起来，天啊，我的主啊，多么丑，别看了，法蒂玛，

"奶奶，以前这里是个什么样子？"

我完全沉浸在自己的思绪和痛苦中，没有听到你们的话，我又怎么来讲给你们听，怎么来告诉你们，以前这里有很多花园，其中有的花园是那么美丽，而现在这些花园都在哪里，在刚开始的那些年里，在魔鬼带走你们爷爷之前，这里什么人也没有，傍晚的时候，他总是会说，来，法蒂玛，我和你一块儿散散步吧，你千万别见怪，我陷在了这个地方，不能带你去别的什么地方，我的百科全书把我弄得太累了，我一点时间也没有，但我不想因此而表现得像个东方的专制男人，我也想让自己的妻子开心、幸福，来，至少让我们在花园里走一走，我们还可以聊聊天，你瞧我今天都读了些什么，我觉得科学知识是一种不可或缺的东西，正是因为我们的无知，在我们这儿一切才会如此不幸，我已经完全明白了我们需要一次文艺复兴，需要科学技术的复兴，一项应该为人所知的任务正摆在我面前，它既可怕又伟大，塔拉特帕夏把我流放到了这个空无人烟的角落，但事实上我要为此而感谢他，为我能阅读并思考这些而感谢他，因为要是没有这种孤独以及这些空闲的时间，我就无法产生所有这些想法，也就永远无法理解这项历史性任务的重要性了，法蒂玛，事实上，卢梭也是在乡下、在大自然中得出他所有的思想的，这是独自游逛的人的梦想，但现在我们是两个人一起在逛。

"万宝路，万宝路！"

我抬头一看，吓了一跳，好像他就要把胳膊伸进车里来，孩子，你会被轧到的，谢天谢地，我们终于从混凝土丛林中出来了，已经进到了花园之间，在坡的两边，

"今天真热啊，是吧，哥哥？"

在刚开始的那几年里，零零星星一两个可怜的村民见到我和塞拉赫丁一起散步，就会停下脚步，向我们问好，在那个时候他们还没有开始感到害怕。大夫，我老婆病得很重，您能来看看吗？真主会保佑您

的。因为他也没有胡闹，他们很可怜，法蒂玛，我很同情他们，就没有收钱，我能怎么办呢？但是实际上当他缺钱的时候他们也不来，那样一来，我的戒指，我的宝石，我把柜子关好了吗？关好了的，

"亲爱的奶奶，您还好吧？"

但是这些人不停地问这类无聊的问题，不让人安宁；我又用手绢擦了擦眼睛，人们在去往过世了的丈夫和儿子的墓地时怎么会感到很好，我对你们

"快看，奶奶，我们正经过伊斯梅尔的家。就是这儿！"

有的只是同情，但是你看，他们都在说些什么，我的天啊，那跛子的家就在这儿，但我不看，你的私生子，他们知道吗，我

"雷吉普，伊斯梅尔过得怎么样？"

不知道，就认真地

"不错。在卖彩票。"

听着，不，法蒂玛，你听不见，

"他的脚怎么样？"

只是为了让我自己、我的丈夫还有我的儿子远离罪孽，有谁知道

"就像以前一样，法鲁克先生。一直瘸着。"

我在这事儿上的罪过吗，侏儒

"哈桑怎么样？"

去告诉过他们了吗，他们也像他们的爷爷和父亲

"他的功课很差，因为英语和数学而留级了。也没有工作。"

一样比较注重平等，所以，说吧，奶奶，有人说他们是我们的伯伯。奶奶，我们一直都不知道，该死的，法蒂玛，快别想了，你今天是为了想这些事情才来到这儿的吗？但我们还没到地方，我要哭了，我开始用手绢擦眼睛，其实，在这个我十分悲伤的日子里，坐上他们的车就像是去游山玩水一样，有一次，四十年中只有那么一次，

他叫了辆马车去游玩，和塞拉赫丁一起，我们坐着马车，在没有尽头的山坡上，踢哒踢哒地爬着，这真是太好了，法蒂玛，因为忙着写我的百科全书，我没有时间来做这样的事情，要是我再带上一瓶葡萄酒就好了，还有煮鸡蛋，我们可以去野外坐坐，但不仅仅是为了呼吸新鲜空气，不仅仅是为了欣赏大自然，也不仅仅是为了像我们国家的那些人一样狼吞虎咽地吃一顿土耳其大餐，从这里看大海是多么漂亮，在欧洲，人们把这称为野餐，他们做什么都很有分寸，法蒂玛，但愿有一天我们也能这样，也许我们的儿子赶不上了，但是我们的孙子、孙女们可以，但愿

"我们到了，奶奶，您看，我们到了！"

到那时候，也就是我们掌握了科学知识的时候，我们的国家和那些欧洲国家就没有了差别，我们的孙辈将会在我们国家幸福地生活，我的孙辈会来到我的墓前，还有塞拉赫丁你的墓前。汽车的发动机一停下来，我的心就怦怦跳起来，这里太安静了，大热天里只有蛐蛐，以及我这九十岁的活死人，他们下了车，打开车门。

"来吧，奶奶，把您的手递给我。"

从这个塑料东西上下来比从马车上下来还要难，真主保佑，我要是摔了，肯定马上就会死掉，他们会马上把我埋掉，也许他们就高兴了。

"太好了！奶奶，挽着我的胳膊，靠着我。"

也许他们也会难过，该死，现在我为什么还要想这些，我下了车，两边各有一个人挽着我的胳膊，我们慢慢地从墓碑群中走过，这时候，主啊，请你饶恕，这些墓碑让我感到恐怖，

"奶奶，您还好吗？"

大热天里，在荒无人烟的枯草气味中，有一天我也会进入这些坟墓

"是在哪儿来着？"

当中，法蒂玛，现在别想了，

"法鲁克先生，我们要走这边！"

你看，那侏儒还在说话，想证明对于他们躺的地方他比他的孙辈都知道得更清楚，你是想说我也是他的儿子吗？但是当其他人看到他们父亲与母亲的坟墓时，

"是这里！"

"奶奶，我们到了，是这儿！"

我现在就要哭了，你们就在这里，可怜的人们，你们都不要扶我，让我跟他们单独待一会儿，我用手帕擦着眼睛，在这里一看到你们，主啊，你为什么还不要我的命，该死，其实我知道，我一次都没有听从过魔鬼，但我来这儿不是要指责你们，我现在就要哭了，我擦了擦鼻涕，屏住了一会儿呼吸，就听到有蛐蛐的叫声，我把手帕揣到兜里，摊开双手，为你们向真主诵经，诵读完毕之后，我抬起头一看，不管怎么说，他们也都摊开了双手，好极了，尼尔京把头好好地包住了，但是我讨厌那个侏儒伪装的不安，主啊，请你宽恕，我无法忍受一个人以自己是个私生子为傲，塞拉赫丁，就好像他比我们都爱你更多似的，做着比别人更多的祈祷，你以为你这么做能骗得了谁，我要是拿着我的拐杖就好了，它在哪儿放着呢，他们关好门了吗，但是我不是来想这个的，而是来想你的，在这被独自遗弃的墓碑中，哎，你以前想到过吗，有一天我会来这里，对着竖在你身上的一块石头诵经，

塞拉赫丁·达尔文奥鲁医生

1881—1942

愿灵魂安息

塞拉赫丁，刚才我已经诵过经了呀，事实上你本来就不信这些了，

所以你的灵魂在地狱的痛苦中备受煎熬，主啊，我不愿意想这些，但这是我的错吗，我跟他说过多少次了，该死，塞拉赫丁，你没有嘲笑过我吗，蠢女人，笨女人，你也跟其他人一样被他们洗脑了，既没有真主，也没有阴间，另一个世界是编造出来的可恶谎言，为的是让我们在这个世界上误入歧途，除了我们手中那些经院式的谬论，没有任何证据可以证明神的存在，只有事实和事件，我们可以了解它们以及它们之间的联系，我的任务就是向整个东方说明真主是不存在的，法蒂玛，你在听吗，该死，别想这些了，我愿意去想想早年的那些日子，那时候你还没有把自己交给魔鬼，并不仅仅是为了要好好纪念死去的你们，因为你那时候的确就是个孩子，就像我父亲说的，有一个光明的前途，你要问他是不是经常安静地坐在诊所里，他的确是那样，要不然天知道他和那些可怜的病人在一起干什么，但是那些不包头巾、涂脂抹红的欧洲女人也会来看病，他们一起关在那里，但她们的丈夫们也会来，我在旁边的房间里觉得很不舒服，法蒂玛，你别误解，是啊，是啊，也许一切本都是因他们而起，就在我们完全安顿下来的时候，我们有了一两个常来的顾客，也就是他所谓的病人，我们已经让病人很习惯来这里了，因为这是件很难的事情，塞拉赫丁，这一点我承认，海岸上有几个没人关心的渔夫，还有几个远方村里的懒汉闲坐在废弃码头上咖啡馆的角落里，在这种洁净的空气里他们是不会生病的，即使病了他们也不会知道，即使知道了他们也不会来，本来嘛，有谁会来呢，几户人家，几个愚昧的乡巴佬，尽管如此，他也名声在外了，有些病人还大老远地从伊兹密特过来，从盖布泽来的人最多，有从图兹拉坐船来的，他正儿八经开始赚钱了，这回是他纠缠患者了，主啊，我在另一个房间里听着他们说话，你在这个伤口上抹什么了，医生先生，我们先是敷上烟叶，然后用牛粪包住，天啊，怎么可以这样，这是土办法，还有一种被称为科学的东西，那这个孩子怎么了，医生先生，他发烧都五天了，你们为什么不早点带他来，医生先生，您没看到海上起风暴了吗，天哪，你们会害死孩子的，真主要是这么安排我们也没办法啊，唉，说什么真主啊，就没有真主，真主已经死了，主啊，塞拉赫丁，快忏悔吧，有什么可忏悔的，蠢女人，你别跟那些愚昧的乡巴佬一样胡说八道，我为你感到脸红，我想让那么多的人真正地做个人，但我还没能把这种思想灌输到我妻子的脑袋里去，你是多么愚蠢啊，至少你相信我，知道自己很愚蠢，但是塞拉赫丁，你会失去这些你找到的病人的，我越这么说，他好像就越坚持那么做，我在旁边的房间里听着，一个可怜的女病人和丈夫大老远跑来看病，听听他开药之前都说了些什么，他说让那个女人把头巾摘掉，他快把我弄疯了，愚蠢的乡巴佬，你将成为她的丈夫，那你来跟她说，她不摘吗，好吧，我不看病了，滚出去，我不会向你们这些愚蠢盲目的信仰屈服的，天哪，医生先生，别这样，给开点药吧，不，你妻子不摘头巾的话什么药都没有，滚出去，你们全被真主的谎言给欺骗了，该死，塞拉赫丁，当时你真该闭上嘴，至少别这样跟他们说，不，我谁都不怕，但听听，谁知道他们在我背后都说了些什么，这是一个不信真主的医生，你们别去，这家伙本身就是个魔鬼，你们没看到他桌上的那个骷髅头吗，他的房间里到处都是书，还有一些带有巫术的奇怪器具，有可以把跳蚤放大成骆驼的透镜，有冒烟的管子，有用针固定的青蛙尸体，别去那里，不到万不得已，有哪个正常人会主动过来把自己的性命交给这个毫无信仰的人呢，这个家伙，真主保佑，他会让健康的人生起病来，会使跨过他家门槛的人中邪，前段时间他曾对一个大老远从雅勒姆加来的病人说，你像是一个有理智的人，我看中你了，拿上这些文章，到村里的咖啡馆里念念，他说，我在里面写了一些防治伤寒和肺结核的必要措施，另外没有真主这事我也写上了，去吧，你就去救救你们的村子吧，事实上我要是能往每个村子都派一个像你这样有理智的人就好了，这个人每天晚上都把全村的人集合在咖啡馆，给他们读一个小时从我的百科全书中截取下来的小册子的话，那这个民族就得救了，但是首先，嗨，我得先完成这部百科全书，它也拖得越来越久了，该死的，也没有钱了，法蒂玛，你的钻石，你的戒指，你的珠宝盒，他们把门关严了吗，肯定没有，因为，病人已经不再来了，当然了，除了几个已经无所畏惧的绝望病人以及几个一走进花园大门就后悔了，但又怕返回去会触怒魔鬼的无奈的人，但是塞拉赫丁，这和你没关系，也许是因为我的那些钻石，病人们已经根本不来了，他们做得很好，他说道，因为一看到这群傻瓜，我就很生气，就会陷入绝望，要相信这群牲口会有出息是多么困难啊，前段时间闲谈的时候我曾问过一个人，我问他一个三角形的内角和是多少，当然，我知道这个平生从没听说过三角形为何物的可怜的乡巴佬不可能知道，但是我拿出纸笔给他进行了讲解，我想要看看他们数学方面的智力是多少，但是法蒂玛，错不在这些可怜人身上，政府从没有向他们伸出过手来，没有让他们接受良好的教育，天啊，我讲了好几个小时，为了让他明白，我费了多少口舌，但他还是傻愣愣地看着我，而且还很害怕，唉，蠢女人，他就像你现在看我这样看着我，你干吗像看见了魔鬼似的这样看着我，可怜的东西，我是你的丈夫啊，是的，塞拉赫丁，你就是个魔鬼，现在你看，你在地狱里，地狱之火里有地狱看守，有沸腾的锅，或者死亡就像你说的那样吗，他曾说，法蒂玛，我快要死了，听我说，这比什么都重要，死亡是如此可怕，我忍受不了了，越是想坟墓里的情形，我就越害怕，

"奶奶，你还好吗？"

突然我开始头晕，我以为我要摔倒了，但塞拉赫丁，别担心，即使你不愿意，我也要最后再念一遍

"奶奶，您要是愿意的话，请在那边坐着休息一下吧！"

"愿灵魂安息"，你们别说话，他们闭上了嘴，我听到一辆汽车从路上开过，然后是蛐蛐的叫声，这就结束了，阿门，我掏出手帕擦着眼睛，然后走了过去，我的儿子，我真的一直都想着你，但是我想先把你爸爸从那儿弄出去，唉，我那可怜、不幸而又糊涂的儿子啊，

多昂·达尔文奥鲁县长
1915—1967
愿灵魂安息

好吧，我要念念，我那无奈、不幸、不快、不幸福、孤独的人，我要为你念念，阿门，你也在这里，天哪，我的主啊，有一瞬间我突然觉得你似乎没有死，我的手帕哪儿去了，但你们看看，在我掏出手帕前我是怎么开始号啕大哭的，

"奶奶，奶奶，您别哭！"

要不是他们赶过来了，我以为我会浑身颤抖、号啕大哭着栽倒在地，天哪，我是多么不幸啊，我注定了要到我儿子的坟墓上来的，我作了什么孽呀要受这种惩罚，该死的，但是我已经竭尽所能了，我怎么会想要这样呢，我的儿子，我的多昂，我不是跟你说过很多次了吗，你这一生中可以做的最后一件事就是别听你父亲的，为了不让你看到他而以为以为榜样，我不是把你送到寄宿学校了吗，孩子，就在我们已经身无分文的时候，就在我用首饰盒中那些你已故的姥爷姥姥给我做嫁妆的戒指、首饰和钻石来支撑这个家的时候，我不是把这些都瞒着你，还把你送去最好的学校了吗，星期六的下午你总

是要很晚才回来，你那醉醺醺的父亲也从不去车站接你，他就像一个子儿都挣不到似的，一个劲儿地想从我这里弄点钱来出版他那部从头到尾都在亵渎真主的荒谬的书，寒冷的冬夜里，我只有想着儿子至少正在法语学校读书来自我安慰，在这种情况下，有一天我一看，啊，你也跟他们一样，本来可以成为工程师或者商人的，你却去了那儿读书，你要当政治家吗，我知道，只要你想，总理你都能当上，但对于你这样的人来说不是很可惜吗，妈妈，只有政治才能让这个国家井然有序，我糊涂的儿子啊，治理国家的事情轮得到你来操心吗，在我说出这话之前，假期的时候，当他既疲惫又心事重重地来这儿的时候，天啊，我是多么不幸啊，他和他爸爸一模一样，甚至马上就学会了忧心忡忡地走来走去，瞧，才多大你就抽起了烟，我的儿子，这么痛苦，这么忧郁是为了什么，我问道，你说妈妈，是因为国家，当你这么说的时候，我想，儿子，也许你会调整过来的，我不是在你兜里塞满了钱吗，去伊斯坦布尔逛逛，玩玩，和姑娘们一起转转，开心点，别想那么多了，我瞒着你爸爸，拿出了那些粉色的珍珠，拿着，到伊斯坦布尔卖掉吧，好好玩玩，我没这么说过吗，我怎么会知道后来你马上就会和一个乏味苍白的小姑娘结婚，还会把她带回家呢，我没有对你说过吗，儿子，心放宽点，至少就坚持做这份工作吧，也许他们会让你当部长呢，别辞职不当县长，你看啊，儿子，有人说马上就轮到你当省长了，不是吗，不，妈妈，我已经受不了了，妈妈，都是那么恶心、丑陋，哎呀，我可怜的孩子，你为什么不像其他人那样单位、家里来回跑呢，但是有一天我说我明白了，我很气愤，因为你很懒惰，又很懦弱，不是吗，跟你爸爸一样，你没有勇气去生活，去跟人们交往，不是吗，而怪罪别人以及对一切表示厌恶会更容易些，不是的，妈妈，不是的，你不明白，一切都很恶心，就连当县长我都受不了了，他们在那里对可怜的农民和穷人做那样的事情，如此欺压他们，我老婆也死了，孩子们就让他们的姨妈们来照顾吧，我要辞职，然后来这里住，妈妈，求你了，别打搅我，多年来我一直在这个安静的角落里思考这个问题，

"奶奶，快走吧，已经很热了。"

我想一个人坐下来把真相都写下来，不行，我不允许这样，

"梅廷先生，请您再等一下吧……"

你不能坐在这儿，你要去融入生活，雷吉普，千万不要给这个人端饭，让这个大男人去自食其力吧，求你了，妈妈，别这样，我都这么大了，

"谁来打扫一下那些墓吧。"

别让我蒙羞，没礼貌的家伙们快闭嘴吧，我不能和你们的爸爸单独待一会儿吗，我也看到了那些动物粪便，一切都本该如此吗，但那时我就跟他说过，你喝酒吗，我问他，我的儿子，你不作声，为什么，你还算年轻，我可以再给你娶一个，好吧，你打算一天到晚在这里干什么，在这个空无一人的地方，你不说话，是吗，唉，天啊，我知道，你也会像你爸爸那样开始坐下来写那些胡说八道的文章，你不说话，是这样吗，唉，我的儿子，我怎么才能让你明白，所有的罪过、罪孽还有不公正都不是你的责任，我是一个无知的可怜女人，你看，现在我无依无靠，他们都嘲笑我，儿子啊，但愿你看到了我过的这种可怜日子，我不幸的儿啊，看我都哭成什么样子了，我用手帕捂着脸，缩成了一团，

"够了，奶奶，够了，您别再哭了。我们还会来的……"

主啊，我多么不幸啊，他们想带我离开，不要打扰我和我那已故的丈夫与儿子，我想单独和他们待着，让我躺在他的坟墓上面吧，但我没有躺，不，法蒂玛，看啊，你的孙子们在同情你呢，他们看到

了我是多么不幸和可怜，他们是对的，这么热的天，至少我要再最后诵读一遍《开端》，但是一看到那丑陋的侏儒傻瓜一样无礼地看着我，他们一刻也不让人安生，魔鬼无处不在，似乎他为了挑拨我们，正伏在那面墙后面看着我们，好吧，最后再念一遍

"亲爱的奶奶，您看您现在样子很不好，快走吧。"

《开端》，我打开了双手，他们就放开了我，也打开了双手，我们最后一次诵读着，读着，有一些车辆从旁经过，天是那么热，幸亏我里面没穿毛衣，最后一刻我把它扔在柜子里，我肯定锁上了，家里一个人都没有，当然了，真主保佑，但愿没有遭小偷，人的思绪是多么散乱啊，对不起你了，阿门，我们要

"奶奶，您靠着我吧！"

走了，再见了，唉，真的，还有一个你呢，人还有脑子吗，

玫瑰·达尔文奥鲁

1922—1964

愿灵魂安息

但他们就这样把我带走了，事实上在这么热的天气里，我已经没有力气停下来再读一遍了，他们读的时候，我会把那算作是为你读的，一个虚弱苍白娇小的姑娘，我的多昂也喜欢你，他把你带来，让你吻了我的手，然后晚上他悄悄地来到我的房间，妈妈，你怎么样，我的儿子啊，让我说什么呢，我说过这是个虚弱苍白的姑娘，我马上就知道她活不太久的，生三个孩子对你来说足够了，你马上就耗尽了力气，可怜的人，你常常像只猫一样从盘子边上吃东西，我常常说，孩子，让我再给你加一两片馅饼、一勺菜吧，她会绝望地睁大眼睛——这是一个怕吃东西的苍白的小新娘，事实上你会有什么

罪孽需要我的祈祷呢，他们不懂得品尝美味的食物，不懂得全身心地去投入生活，只知道为别人的痛苦流泪而死，可怜的人们啊，瞧，我要走了，因为他们挽起了我的胳膊，

"奶奶，您还好吗？"

谢天谢地，我们要回家了。

8

　　就在他们要离开的时候，他们的奶奶想再做一次祈祷，当时和
她一起向真主打开双手的只有尼尔京，只有尼尔京，是的——法鲁
克掏出罩袍样的手帕在擦汗，雷吉普伯伯搀扶着老夫人，梅廷的手
插在牛仔裤的后兜里，他甚至连祷告的样子也懒得去装。之后他
们匆匆忙忙地诵起那祷告词，很快就念完了，他们的奶奶又是左右
摇晃，他们从两旁搀住她，带着她走了。他们一转过身子，我就很
快从残垣和灌木丛后探出了脑袋，我可以舒舒服服地看着他们了。
可笑的场面：一边是挺着大肚子的法鲁克，另一侧是我的侏儒伯
伯，在他们走着的时候，他们的奶奶就像是一个衣服肥大的可怕木
偶——她那怪异可怕的大衣像是件黑色的罩袍，但的确很可笑。可
我还是没有笑，或许是因为我们待在墓地里，因而我在发抖，我看
了看尼尔京，那头巾和你，和你的脑袋适合极了，然后我又看了看
她那修长的双腿。真神奇，你已经长大了，长成了一个漂亮的大姑
娘，但你的腿还是骨瘦如柴。
　　为免你们误会，你们上车离开之后，我才从藏身的地方走出来，
我也走到那些静静的坟墓旁，看了看。这是你们的爷爷，这是你们
的母亲，这则是你们的父亲，而我记得我只见过你们的父亲——我
们在花园里玩耍的时候，有时他会从房间的百叶窗之间探出头来，
一并看到你们和我，但是他从不因为你们和我一起玩而说你们。我
为他诵读了《开端》，然后我就在那里什么也不做，站了一会儿，受

着太阳的炙烤，听着蛐蛐的叫声，我想了些奇怪的东西，奇怪而又神秘的想法，我打了个寒战，脑子里一片混乱，就像是抽了支烟似的。然后我离开了墓地，我要回去做放在我桌子上的数学题。因为一个小时之前我还坐在那张桌子旁，就在向窗外望去的时候，看到你们正坐在白色的阿纳多尔里爬着坡，看到你们的奶奶也在你们中间，我马上知道你们要去哪里了。那时我一想到墓地和死尸，就再也不想做那伤脑筋的无聊的数学题了，我就想，既然如此，我也去看看，看到他们在墓地里做些什么我就会舒服些，然后再回来学习。为了不让我母亲无端地伤心，我就爬窗户出去，一路狂奔来到了这里，而后也看到了你们，现在我要回去看我那翻开了的数学课本了。

土路完了就是沥青路。车辆从我身边驶过，我打了一两次手势，但是坐在这样的车里的人已经没有好心肠了，他们看不到我，飞速地开过去下了坡。而后我来到了塔赫辛家。塔赫辛和她母亲在后面摘樱桃的时候，她父亲坐在凉棚下面卖着，他好像也看不到我。因为我不是一个开着时速一百公里的豪华轿车的人，也不会突然刹车花八十里拉一公斤的钱买上五公斤樱桃，所以他连头都没有抬一抬。是的，可以说能够想一想钱之外的事情的人只有我一个了，但我一看到哈里尔那垃圾卡车就开心了。他们正要下坡，我招了招手，他们停下了。我上了车。

"你爸爸在做什么？"他问。

"还能做什么，"我说道，"卖彩票！"

"他去哪里卖？"

"每天上午都在火车上卖。"

"你呢？"

"我还在上学，"我说道，"这辆卡车最快能跑多少？"

"八十！"他说，"你在这里干什么？"

"脑袋有点涨，"我说，"出来转转。"

"要是你在这个年纪脑袋就开始疼的话……"

他们笑了笑。他在我们家门前踩了踩刹车。

"不，"我说道，"我要到下面的街区去。"

"那里有什么？"

"有我一个同学，你不认识！"

经过家门前的时候我看了看我打开的窗户。中午爸爸回来前我会回来的。一到那个社区我就从卡车上下来了，为了不让哈里尔他们认为我是个无所事事的家伙，我走得很快。我一直走到防波堤，热得汗流浃背，就坐了一会儿，望着大海。一艘快艇飞速驶来，把一个女孩放到了码头上，然后就开走了。看着那个女孩的时候，我想到了你，尼尔京——刚才我亲眼看到你是怎么向真主打开你的手，很奇怪，就像是你在和"他"交谈一样。书上说：是有天使的。之后我就想：那也有魔鬼吧。还有其他的东西。我像是想让自己害怕似的想着这些东西。让我害怕吧，让我发抖吧，让我有罪恶感吧，那样的话我就可以跑上坡回家，我就可以坐下来做数学题，但一会儿我本来就要坐下来的——现在去转转吧。我迈开了步子。

一到海滨浴场，就听到了那种让人变笨的嘈杂声，看到了人山肉海，我又一次想到了罪孽和魔鬼。一动一动的肉群。偶尔从这肉群中缓缓飞起一个彩色水球，而后又转了回来消失在他们中间，像是要摆脱这种罪孽，但是女人们没有放它。铁丝网上满是爬山虎，我从缝隙间又看了看拥挤的人群和女人们。很奇怪，有时我心里想做点坏事，我会感到羞愧，我要折腾他们一下，这样他们才会注意到我，这样一来，我就算是惩罚了他们，没有人会听从魔鬼，那时他们或许只会怕我，就像是这样的一种感觉：我们当权了，他们就听话了。之后我感到有些不好意思，我想得太投入了，为了忘掉羞愧我想到了你，尼尔京。你是清纯的。让我再看看这些更加着魔的人群，我要回去做数学题了，我正这么想着，一个看海滨浴场的家伙问道：

"你杵在这里干什么？"

"不允许吗？"我反问道。

"你要是想进去，就到那儿去买票！"他说，"要是你有泳衣和钱的话……"

"好的，"我说道，"没必要。我这就走了。"

我走开了。要是你有钱，要是你有钱，会是多少钱——人们已经不念《开端》而念起这来了。你们如此招人厌恶，以至于有时我感到自己很孤独：一半的人卑鄙，一半的人愚蠢。人一想到这，就会对这拥挤的人群感到害怕，但真主让我有了伙伴，一和他们在一起我就不会搞混了，到那时，我就知道什么是罪孽，就知道什么违法什么合法，我就不会害怕了——我也很清楚该做些什么。而后我想到昨晚在咖啡馆，伙伴们叫着"豺狗，豺狗"嘲笑我，我生气了。好吧。我自己一个人也可以完成那些该做的事情，先生们，那条路上我也可以自己一个人走，因为我知道。我相信并信任自己。

我走着走着，就来到了你们家门前，尼尔京，一开始我没有注意到，但一看到长满了青苔的古老墙壁我就知道了。花园的门关着。我走到路对面的栗树下面坐了下来，望着你们家的窗户、墙壁，我很好奇你在屋里做什么。或许你正在吃饭，或许你头上还包着那个头巾，或许你已经睡午觉了。我拿起一小段树枝，在沥青路边的沙地上深情地画着你的容貌。睡觉的时候你的脸庞会更美。望着那张脸，我会忘记罪恶，忘记仇恨，忘记那我以为已经深埋入喉的罪孽，忘记我那些罪恶的小疖子，我会想我能有什么罪孽呢，我相信我不是他们中的一员，而和你是一样的。后来我想，要是我悄悄进入花园，从树上避开侏儒，之后踩着突起物爬到墙上，像猫一样从敞开的窗户进入你的房间，亲吻你的脸颊——你是谁？你不认识我了吗，我们一起玩过捉迷藏，我喜欢你，比你认识的所有富有的男人都喜欢你！突然我有点生气，用脚把沙地上的脸庞毁掉，就在我站起来，厌烦了这无聊的幻想准备离开的时候，我看到——

尼尔京已经从屋子里出来了，正走向花园门。

这些人会误会所有的事情，会把所有的事情朝坏的方面去想。我赶快远离了一些，把后背转向园门。听到是你的声音后我又转了回来。你出了园门要走，要去哪里？我感到好奇，就跟了上去。

你走路的时候以一种奇特的方式摇晃着，像男人一样。要是我跑上去拍拍你的肩膀——你没认出我来吗，尼尔京，我是哈桑，我们小时候不是在你们的花园里玩过吗，还有梅廷，后来还去抓过鱼。

她到了街角但没有拐弯，继续走着。你要去海滨浴场吗，你也要加入他们当中吗？我有些生气，但我还是跟着她。她那纤细的双腿，快步走着，为什么这么着急，难道有人在等你？

在海滨浴场，她没有停下，拐了个弯，上坡去了。我能猜到等的人是谁。你或许会上他的车，他或许还有艘游艇。我很好奇是哪一个就跟了上去，因为我知道你和其他人没有什么区别。

突然她走进了那里的一家商店，消失了。商店门口有个卖雪糕的小孩，我认识那小家伙，为了不让他误会就远远地等着。我可不喜欢给有钱人当仆人。

过了一会儿，尼尔京出来了，直接按原路返了回来，从来时的路朝我走来。我赶紧转过身蹲了下去，系我的鞋带。她手里拿着袋子，渐渐地走近了，她看了我一眼，我倒有些不好意思。

"你好。"我站起来说道。

"你好，哈桑，"她说，"你好吗？"沉默了一会儿。"昨天我们来的时候在路上看到你了，我哥哥认出了你。你长大了，大变样了。你现在做什么？"又是一阵沉默。"你们还住在上面？你伯伯说的，你爸爸在卖彩票。"还是沉默。"呃，你在做什么，说说看，你上几年级了？"

"我吗？"我说，"今年我留级了。"最终我只能这么说。

"什么？"

"你要去海边吗，尼尔京？"

"不，"她说，"我从商店里出来的。我们带奶奶去过墓地了。她好像热得有点不舒服，我买了花露水。"

"也就是说你不是去那个海滨浴场。"我说。

"那里人太多了，"她说，"我要早上早点去，趁没有人的时候。"

我们又没有说话。而后她笑了笑，我也笑笑，我觉得她的脸和我在远处看到时所认为的样子不一样。我像傻子一样流着汗。她说是天太热。我没有吭声。她迈出了一步。

"那好吧，"她说，"一定代我向你父亲问好，好吗？"

她伸出手，我们握了握手。她的手柔软而又轻巧。我有点羞愧，满手的汗。

"再见！"我说道。

她走了。我没有目送她。就像有很重要事情的人一样，我也若有所思地径直朝一个地方走去。

9

　　从墓地回来之后，奶奶和我们一起在楼下吃了饭，后来她感到不舒服。但不是什么大不了的事儿。我和尼尔京正说笑着，突然，她恶狠狠地看了我们一眼，然后马上把头耷拉到了胸前。我们搀着她的胳膊把她扶到楼上，让她躺下，在她的手腕和太阳穴上抹了点尼尔京带回来的花露水。然后我回到自己的房间，抽了饭后的第一支烟。得知奶奶的情况并不严重之后，我就坐上那辆一直暴晒在太阳底下的阿纳多尔车出了门。我没有走主干道，而是走的达勒加路。这条路特别给铺上了柏油。樱桃树和一部分无花果树还留在原处。小时候我们常和雷吉普一起在这里捉乌鸦，或者闲逛。我曾以为是个客栈的那个地方应该还在下面。山脊上建了许多新的街区，还有一些正在建造中。我没在达勒加看见什么新鲜事物：还是那座已经建了十年的阿塔图尔克雕像！

　　到了盖布泽我直接去了县长那里。县长已经换人了。两年前，这张桌子旁坐的是一个对生活失去了信心的人，现在则是一个不停地在忙碌的年轻人。我甚至都没有必要像我事先计划好的那样，为了给他留下深刻印象，从包里掏出我在学院发表的晋升副教授的论文给他看，告诉他我以前也进过档案室，也没必要告诉他我已故的爸爸也曾当过县长。他叫来一个人，让我跟他走。我和他一起去找勒扎，勒扎是以前我来的时候认识的一个人，但没找到，他去诊所了。我想在他回来之前我就在市场上走一走吧。

我从一个垂着许多荨麻的狭窄缝隙钻了过去，到了市场上。我先是往下走着。街上没有什么人。一条狗在柏油路上瞎逛悠，铁匠铺里有个人正撬着煤气罐。还没看见文具店的橱窗我就转过了身，躲在商店前面那片窄窄的阴影下面走着，直到看见了清真寺。然后我又转过身，走开了，在小广场的一棵法国梧桐树下坐下，喝了一杯茶来驱赶困意，我心不在焉地听着咖啡馆里的广播，努力去忘记这种炎热，没人注意到我，所以我觉得很惬意。

我回到县政府的时候勒扎已经回来了，一看到我他就想起来了，而且很高兴。在他找到钥匙之前，我必须递交一份申请。我们一起下了楼。他打开门，我马上就想起了霉菌、灰尘和潮湿的味道。擦掉旧桌椅上的灰尘时，我们闲聊了一会儿。后来他留下我一个人走了。

盖布泽的档案室里没有太多的东西。实际上，在一段短暂的时期里，镇子里曾有过教法官这一职务，但极少有人知道并对它感兴趣，这就是那个时期遗留下来的。当时留下的文件中的一大部分，后来都被送到了伊兹密特（当时被叫作伊兹尼克密特的一个地方）。这些被遗忘的诏书、地契、法院案卷以及小册子混杂在一起，摞在那些箱子里，就这样一直待着。三十年前，一位高中历史老师努力想把这里打理得井井有条，他热爱自己的职业，并且满怀共和国初期特有的那种官僚主义的民族主义激情，但他后来厌倦了。两年前，我想在他半途而废的地方继续下去，但才一个星期我就退缩了。当一名档案管理员比当一名历史学家更加需要心态平和。今天，喝过点墨水而又能够如此心态平和的人基本上已经没有了。我的高中老师就不是这种人，他在档案室里的时候立刻就有了写一本书来评论的欲望。在这本书里，老师除了提到他自己的生活逸事以及他所认识的盖布泽人，还提到了盖布泽的名胜古迹，我记得和塞尔玛吵架的那些日子里，我就一边喝啤酒，一边看那本书消遣。后来我跟学院里的一些同事提到了这本书，他们一起给了我一个相同的回答：不会的，盖布泽不可能有那样的文件！我不吭声了，他们还向我证明，在盖布泽甚至连档案室都不会有。

对我来说，在一个连专家们都相信不存在的地方工作，比在总理府档案室和一群互相妒忌的同事一起工作要令人开心得多。那些被弄坏的纸片上有许多黄色的斑点，发了霉，还皱皱巴巴的，我一边闻着它们的味道一边品味着。看着看着，我觉得自己似乎亲眼看到了写这些纸片的人，让人写这些纸片的人，还有那些自己的生活和所写的东西有一丝联系的人。也许我到档案室来，并不是为了追踪那场去年我以为自己看到过的瘟疫的踪迹，而是为了这份心情。那褪色的纸堆在翻阅间开始慢慢地分开了。越是看下去，分开的纸堆中几百万份错综复杂的生平和故事就会突然在我脑中变得清清楚楚，就像长时间的轮船旅行之后，一路上都让你们感到窒息的迷雾会散去，一块陆地连同它上面的树木、石头和鸟儿会突然清楚地显露出来，让你们赞叹不已。那样一来我就会非常高兴，就可以确定历史就是活跃在我脑海中的那五颜六色、充满生活气息的东西。要是他们说你讲讲那是什么吧，我可讲不出来。事实上，不久它就会留下一股奇怪的味道，消失不见。我怕那样一来自己会陷入绝望，我想要再想想那个会消失不见的东西。我想抽根烟努力再把它找出来，但天杀的，这种地方也是禁止吸烟的。

看到一份法院案卷的时候，我想，把我所看到的这些东西写下来，也许我就能找到这种感觉。我从包里掏出本子，开始在上面写了起来。一个名叫杰拉尔的人说一个名叫穆罕默德的人骂了他。他说：“你这小崽子！”在教法官面前他不承认。杰拉尔有两名证人，分别叫哈桑和卡瑟姆，他们证明：“是的，他骂了！”教法官则叫那个穆罕默德发誓。穆罕默德没能发誓。日期被擦掉了，我就没抄。然后，看到一个名叫哈姆扎的人任命阿布迪做自己的代理人，我抄了下来。接着我还抄下了这样一个事件：一个俄国血统名叫蒂米特里的奴隶被抓住了，他们确定他的主人是来自图兹拉的威里先生，就决定把蒂米特里归还给他。我还看到了牧羊人约瑟夫所经历的一些事情，他因为弄丢了一头牛而进了监狱。他既没说他卖掉了那头牛，也没说他宰了它，而是弄丢了。最后，由他的兄弟拉马赞作保，他出狱了。然后我看到了一份诏书。不知为何，当时命令一些运载小麦的轮船不在盖布泽的码头、图兹拉还有埃斯基谢希尔停靠，而是直接抵达伊斯坦布尔。一个名叫易卜拉欣的人曾说："如果我不去伊斯坦布尔，我就休掉我的妻子。"有人说，就因为他没去伊斯坦布尔，所以他的妻子法蒂玛被休掉了。易卜拉欣说他还没去过伊斯坦布尔，但是以后要去，在他的誓言中并没有提到期限。后来，我看了记录里所记载的银币的数量，想弄清楚交给长官的一些租金的数额是多大，但还是没能得出一个明确的结果。这时候，我把一堆磨坊、葡萄园、花园和橄榄园的年收入抄到了我的本子上。抄的时候我觉得我好像看到了那些田地一样，但也许我是在自欺欺人。接着我看到了几起有关偷盗事件的记录，我确定自己已经什么都感觉不到了，就出去了。

在走廊上抽烟的时候，我考虑的不是继续追查去年这里的瘟疫，而是找找别的任何一个故事。我问自己，这应该是怎样的一个故事呢。但这个问题让人觉得很烦，我想想点别的事情，因为历史是有别于故事的另一种事物。除了注释，一定还有别的东西可以把一本好的历史书跟一本好的故事书或者小说区分开来。是什么东西呢？

从走廊尽头的窗户，可以看到县政府大楼后面的一栋房子的墙壁。这面墙让人很好奇它后面会有什么，一辆卡车停在墙的前面，我可以看到它的后车轮。烟抽完了，我把它撅到红色消防水桶里的沙子里，走了进去。

我看了一个名叫埃特海姆的人对卡瑟姆进行的投诉：埃特海姆不在家的时候，卡瑟姆去了他家，并和他的家人一起聊天。卡瑟姆没有否认这件事，但他说自己只是去他家吃糕点，然后拿了一点油就走了。另外一对是因为一个扯了另一个的胡子而打起了官司，然后我记下了两个盖布泽村庄的名字，这两个村子被授予了从战场凯旋的加法尔和艾哈迈德的称号。接着我看了街区居民关于对名叫凯芙塞尔和凯兹班的两名妇女进行卖淫活动的投诉。投诉者们希望把这两名妇女从这个街区赶出去。然后我看到并记下了阿里有关凯芙塞尔之前就做过这种事情的证言。一个名叫萨特尔摩西的人借给了卡兰德尔二十二个金币，卡兰德尔却不承认。一个名叫梅莱珂的自由人女孩无辜地被拉马赞卖给了巴哈丁先生。

然后我又记下了这些：一个名叫穆哈莱姆的孩子为了读一章《古兰经》而离家出走，他的父亲希南，把他和莱苏尔一起抓了。父亲说是莱苏尔教唆了他的儿子，希望对此进行调查。莱苏尔说，穆哈莱姆来找他，他们一起去了磨坊，回来的时候穆哈莱姆为了摘无花果就在果园里失踪了。我把日期也抄到本子上，之后开始想象，大约四百年前，一个孩子幻想中的无花果是怎样的，还想象那个正在幻想无花果的孩子的莱苏尔是怎样的。然后我看到并记下了一些命令，都是关于逮捕拦路抢劫的某个骑兵、即刻关闭小酒馆以及对喝葡萄酒的人进行惩治的命令，我还看到并记下了一些东西：偷盗、贸易纠纷、强盗、结了婚又离婚的……这些故事会有什么用呢？但这回我没去走廊上抽烟。我努力不再去想这些故事必须有什么用，把一堆与肉价有关的数据和词语抄到了我的本子上。这时候我注意到了一份有关采石场上的一具尸体所做的审讯记录。在审讯的过程中，那些遭严加审问的工人挨个讲述了那天他们都是怎么度过的。在确定自己就像看到了 1028 年伊斯兰历 7 月 23 日那一天之后，我第一次觉得很高兴。那些工人详细地讲述了他们一整天都干了些什么，我认真地看了好几遍他们所说的内容。我很想抽支烟让自己更舒服，但我忍住了，把自己看到的东西原原本本地抄到了本子上。这花了我很长时间，但是完成的时候我的心情却好得没话说。太阳也西斜了，悄悄地照在地下室的窗沿上。要是有一个人每天给我在门口放好一日三餐和一包香烟，晚上的时候再放点白酒的话，我似乎就甘心在这个凉爽的地下室里度过我的余生了。今天我还没能看得太清楚，但至少好像感觉到了一点它的存在：在这些纸片背后有着足以让人度过一生的故事，这些故事可以让我看到迷雾后面的陆地。一想到这些，我就更加信任自己以及自己所做的事儿了。然后，我像一个听话的好学生一样数了数自己在本子上写了几页——整整九页！我觉得自己可以回家坐下来喝点酒了，就站了起来。

10

我们坐在杰伊兰家的码头上，我本来要跳进海里玩的，但是真该死，我又开始听他们聊天了。

"今天晚上我们干什么？"居尔努尔问道。

"我们玩点新鲜的吧。"法法说道。

"好啊！我们去苏阿蒂耶吧。"

"那儿有什么？"图尔贾伊问道。

"音乐！"居尔努尔喊道。

"这儿也有音乐。"

"那好吧，你说我们干点什么。"

我突然跳进了海里，一边飞快地游着，一边想着明年这个时候我就要在美国了，我想到了我那躺在坟墓里的可怜的爸爸和妈妈，想象着纽约那些自由的街道、街头为我弹奏爵士乐的黑人、谁都不在意谁的狭长而又没有尽头的地铁通道以及走不完的地下迷宫，我的心情变得十分愉快，但之后想到如果因为哥哥和姐姐而拿不到钱的话，明年我就不能去那里了，我就很生气，不，杰伊兰，现在我要想想你，想你坐在码头上的样子，想你伸长双腿的样子，想我爱你，并且也要让你爱上我。

过了一会儿，我把头伸出水面朝身后看了看。我已经离岸边很远了，感到了一种莫名的恐惧：他们在那里，而我则身处一种咸咸的、长着水藻的可怕液体中。我突然焦虑起来，飞快地游着，就好像身后有一条鲨鱼在追我似的，我从海里出来，到杰伊兰身边坐下，随口聊了起来。

"大海真美。"

"但你马上就出来了。"杰伊兰说道。

我转过身听听菲克雷特在讲什么。菲克雷特正在讲有能耐的人们所遭遇的一个问题：他爸爸这个冬天如何突然心脏病发作，一时间他是如何不得不处理所有的事情，对，在他刚刚十八岁的时候，在他哥哥从德国回来之前是他一个人处理所有的那些事情、管理所有的人等等，后来，为了证明近期他将成为一个更为重要的人物，他说他爸爸随时可能过世。这时候，我说我爸爸已经过世很久了，今天早上我们才去了墓地。

"天啊，朋友们！你们让我觉得很心烦。"杰伊兰说道。她起身走开了。

"来吧，让我们做点什么！"

"对啊，让我们做点什么。快，我们去个地方吧。"

法法从手中的杂志上抬起头来。"去哪儿？"

"去个能消遣的地方！"居尔努尔说道。

"去希萨尔那里！"泽伊奈普说道。

"昨天我们去过那儿了呀。"韦达特说道。

"那我们去抓鱼吧。"杰伊兰说道。

图朗正努力想打开一个防晒乳的盖子。"这个时候不行。"

"为什么不行？"

"我们去图兹拉吧。"

"太热了。"菲克雷特说道。

"我要疯了！"杰伊兰既气愤又无奈地说道。

"跟你们一起什么事也干不了！"居尔努尔说道。

杰伊兰问道："我们现在哪儿也不去了吗？"

谁都没有吭声。很长的一段沉默之后，图朗手中的防晒乳的盖子掉到地上，像个弹子一样滚着，倒在了杰伊兰的脚边。

杰伊兰踢了一脚，盖子掉进了海里。

"那不是我的，是胡莉娅的。"图朗说道。

"我会买个新的。"杰伊兰说道，过来坐到了我的身边。

我在想自己是否爱上了杰伊兰，我相信我爱上了她，令人窒息的炎热天气里一些无聊又愚蠢的想法……图朗站了起来，走过去，看着盖子落水的地方。

"不！"杰伊兰说着，一下子蹿了起来，"图朗，你不要去拿！"

"好吧，那你去拿吧。"

"我？"杰伊兰问道，"我为什么要去拿。让侯赛因去！"

"别胡说了，"图朗说道，"我会去拿的。"

"我可以去拿，"我说，"我刚从海里上来。"我起身走了过去。

"梅廷，你是个好朋友，"杰伊兰说道，"你是个有理智的好朋友。"

"你去拿吧！"图朗说道。他像下达命令似的动了动指尖。

"我不去拿了，"我突然说道，"海水太冷了。"

法法哈哈大笑起来。我转身又坐了回去。

"胡莉娅，"图朗说道，"我会给你买盒新的。"

"不，我会给她买盒新的。"杰伊兰说道。

"事实上都已经用完了。"胡莉娅说道。

"不管，我还是会买的。是哪一种防晒乳？"杰伊兰问道，然后还没等她回答，就又恳求似的补充道，"来吧朋友们，求你们了，我们做点什么吧。"

这时，穆罕默德说玛丽想到对面的岛上去，突然间每个人都萌生了一种卑贱的情感，想要去讨好那个欧洲人，我们都挤上了摩托艇。我和杰伊兰坐在同一艘艇上。后来她跑回家，手里拿了两个瓶子回来了，喊道：

"杜松子酒！"

另有一个人喊道："音乐。"居奈伊特也便跑了上去，从家里拿来了那难看的盒子和喇叭。然后摩托艇"轰"的一声冲了出去。一开始船头都向上翘着。天空一点一点地变得越来越低，后来随着速度越来越快，摩托艇的头部就都落下去了，半分钟后当我们开到深海中央时，我想，他们都是有钱人，东西会不会被打破，会不会被划损，会不会变旧，这些都不关他们的事，他们是有钱人，他们的摩托艇时速开到了四十海里，我害怕了，这是一种令人讨厌的害怕，是使我感到手足无措的害怕，杰伊兰，我爱你，但是梅廷，别怕，别怕，我这么想道，你很聪明。我相信智慧的力量，是的，我相信。

摩托艇好像要撞上岩石似的靠近小岛，然后突然减速掉了个头停了下来。岛另一边的灯塔只露出了塔尖。从某个地方蹿出来一条灰狗，然后是条黑色的狗，然后又有一条土灰色的，它们奔到岸边，挤在岩石上，气势汹汹地朝我们吼叫着。杜松子酒的瓶子从一个人手里传到另一个人手里，除此之外也没别的了，他们传给了我，我像喝毒药似的对着瓶口大大地喝了几口。那些狗还在叫。

"这些狗有狂犬病！"居尔努尔说道。

"菲克雷特，快踩油门，看看它们会怎么样！"杰伊兰说道。

菲克雷特一踩油门，那些狗就跟着摩托艇围着岛疯跑起来。艇上的人又叫又唱，激怒了它们，狗一被激怒，他们就更兴奋了，尖叫，号叫，喊叫，我觉得这些人全是弱智，但是，愿真主惩罚，我发现这种噪声比姨妈家那既闷热又死气沉沉的房子更有意思，比收音机上铺着手工织品的那又脏又小的房间更有活力。

"音乐！把音乐开到最大声，看看它们会怎么样！"

音乐开到了最大声，我们围着小岛又转了两圈。转第三圈的时候，我看着摩托艇后面激起的泡沫，猛然间大吃一惊——杰伊兰那兴奋的脑袋突然从远处露了出来。就像坠入噩梦一样，我想都没想就跳进了水里。

一跳进去，我就有一种既奇怪又可怕的感觉，似乎我和杰伊兰会死在这里，而艇上的那些人不会注意到我们。要么是鲨鱼把我们吃了，要么是摩托艇上那些人因为那令人难以置信的噪声而没听到我们就碾过去了，要么是那些让人联想起饿狼的狗把我们撕了！愿真主惩罚！我现在不能想杰伊兰了。过了一小会儿我把头伸出水面看了一眼，愣住了。其中一艘摩托艇停住了，开到了杰伊兰身边，正在拉她上去。他们把杰伊兰从水里拉上去之后又来拉我。

"谁把你推下去的？"菲克雷特问道。

"谁都没推他，"居尔努尔说道，"他自己跳下去的。"

"你是自己跳下去的吗？为什么？"

"那么是谁把我推下去的呢？"杰伊兰问道。

我正抓着图尔贾伊伸过来的桨努力往艇上爬，但就在刚好要爬上来的时候，图尔贾伊松开了手中的桨，我又掉进了水里。我把头从水里伸出来的时候惊讶地看到没有一个人关心我。他们互相笑着，闹着。我想尽快融入他们当中，以便摆脱这个奇怪的孤独噩梦，就在我用手指和指甲抓住摩托艇的玻璃钢船体努力往上爬的时候，我还在听着他们的谈话。

"我觉得很无聊。"

"杰伊兰你看，梅廷跟着你跳进了水里。"

"那些狗在哪儿？"杰伊兰问道。

最后我爬到了船上，气喘吁吁的。

"真该死，你们没有一个人知道怎么娱乐。"

"我们可以把你扔去喂狗！"

"你知道的话就教教我们吧。"图尔贾伊说道。

"一群蠢货！"居尔努尔喊道。

一直跟着他们的一条狗爬到了最近的一块岩石边上号叫着。

"它疯了！"杰伊兰说道。她看着它，似乎对那条闪烁着白色锋利牙齿的狗着迷了。"菲克雷特，再靠近那畜生一点。"

"为什么？"

"就是为了它啊。"

"你要看什么？"菲克雷特把摩托艇缓缓地驶向那条狗。

"你想从那畜生那儿得到什么？"图尔贾伊问道。

"这条是公的，还是母的？"菲克雷特问道。他把摩托艇熄了火。

"不祥之物！"杰伊兰怪怪地喊道。

我突然想要抱住杰伊兰，但我只是看了看她，我想我应该怎么做才能让她爱上我呢。我的思绪非常混乱，我想在船上又跳又闹，我心里有一种奇怪的感觉，一方面我逐渐相信自己是个卑贱的家伙，一方面我觉得自己正在增值，因为我陷入了所有书本和歌曲里的那些愚蠢的字眼所描绘的那种感情，但这是一种没有意义而且有点愚蠢的骄傲，就像举行过割礼的孩子的骄傲一样，我知道，越是这么骄傲，我就越会成为一个极其平庸的人，我喜欢这种感觉，但是因为害怕为我的这些想法而感到羞愧，我希望能忘掉自己，然后我又希望把所有的注意力都吸引到我身上来，但我又想起我比他们穷，我就没有能做点什么的勇气和借口。好像我被束缚了手脚，穷困给我穿上了一件窄小的托钵僧罩袍——我会用我的智慧来把你撕碎！

他们跺着脚，叫喊着，我们旁边的摩托艇的船头上有两个人在推推搡搡，都想把对方推到海里去。后来那艘艇靠近了我们，他们开始拿桶往我们身上泼水。我们也泼他们。他们把桨当作剑互相打斗了一会儿。有几个人掉到了水里。杜松子酒瓶都空了。菲克雷特抓起一个瓶子就朝狗扔了过去。瓶子在岩石上摔碎了。

"怎么啦？"杰伊兰喊道。

"好啦，好啦，我们回去了。"菲克雷特说道。

掉到海里的那些人还没上来，他就发动了摩托艇。另一艘艇把海里的那些人拉上来之后赶上了我们。他们又往我们身上泼了一桶水。

"比比吧！比比，畜生，快来比比！"

两艘摩托艇并排以同样的速度行驶了一段之后，随着居尔努尔的一声尖叫，他们冲了出去。大家马上就明白另一艘摩托艇就要超过我们了，但菲克雷特一边咒骂着，一边把大家都叫到了船头上，以便再加速。没过一会儿，另一艘艇超过了我们，他们跺着脚庆祝胜利的时候，杰伊兰把她的湿浴巾团成一团，气愤地朝他们扔了过去，但浴巾掉到了海里。我们马上掉头，趁浴巾还没沉下去赶了过去，但是因为谁都没有伸手把它从水里捞出来，船体便像熨斗一样缓缓地从浴巾上轧了过去，使它完全沉入了水里面。他们叫喊着。然后他们尾随从达勒加驶向雅洛瓦的轮渡，追上之后在它周围又叫喊了两次才回来。接着他们开始玩一种叫作碰碰船的游戏：两艘摩托艇并排行驶，之间挂上救生圈和浴巾，然后用一边相互碰撞，就像碰碰车一样。接下来摩托艇毫不减速，冲进了在海滨浴场游泳的人群中。看着惊慌的人们在几艘船之间尖叫着四处逃窜，我喃喃自语道：

"要是出了事可怎么办？"

"你是老师吗？"法法叫道，"你是高中老师吗？"

"他是个老师？"居尔努尔问道。

"我讨厌老师!"法法说道。

"我也讨厌!"居奈伊特说道。

"他没喝酒,"图朗说道,"所以在玩深沉!"

"我喝了,"我说道,"比你喝得还多。"

"并不是所有的事情都能靠背乘法表解决的。"

我看看杰伊兰,她没听到,我就没放在心上。

又逛了一会儿,摩托艇就都回去了,不一会儿我们就到了杰伊兰家的码头,靠岸了。大家都从艇里上来了,这时我在码头上看到一个大约四十五岁年纪的妇女,身穿浴衣,大概是她妈妈。

"孩子们,你们都湿透了,"她说道,"在哪儿弄成这样啊?孩子,你的浴巾呢?"

"妈妈,我弄丢了。"杰伊兰说道。

"怎么会呢,你会着凉的。"她妈妈说道。

杰伊兰做了一个毫无意义的动作,然后,"哈!妈妈,这是梅廷,"她说道,"听说他们家就住在那栋老房子里,就是那栋奇怪而又寂静的房子。"

"哪栋老房子?"她妈妈问道。

我们握了握手,她问我爸爸做什么工作,我告诉她了,我还告诉她我要去美国读大学。

"我们也要在美国买房子了。这里以后会怎样还不清楚。美国最好的地方是哪儿?"

我告诉了她一些地理知识,提到了那里的气候条件、人口状况以及一些数据,但是我不知道她有没有在听我说,因为她没有看我,而是看着我的泳裤和头发,就好像它们是和我分割开的东西似的。然后我们又聊了一会儿无政府主义以及土耳其的这种糟糕状况之类的事情,正聊着,杰伊兰说话了。

"妈妈，他用这些无趣的知识把你给困住了吗？"

"你这个无礼的家伙！"她妈妈训斥道。

但还没听我说完后一部分她就逃走了。我过去坐在了躺椅上，一边看着来来回回跳入海中又钻出来的杰伊兰还有其他人，一边思考着。后来大家都坐到了躺椅、椅子和水泥地上，也开始在太阳底下令人难以置信地一动不动的时候，我又思考起来。我的眼前开始闪现出这些东西来了：

我幻想，我们坐在躺椅上，毫无意义地伸出赤裸的双腿，在我们腿中间的水泥地上放着一块表，它仰躺在干燥的水泥地上，周围是我们那没有开头、没有结尾、没有中间，甚至没有深度和表面的沉默，话语以及让人难受的荒谬音乐，它转过脸朝向纹丝不动的太阳，这时候，那表的时针和分针彼此搞乱了，它不得不承认自己已经没法再去衡量什么，承认它忘记了自己曾经衡量过的是什么东西，它已经失去了时间，这样一来，表的思想就和一个毫无思想却努力想弄明白自己的思想是什么的人的思想没有区别了。

后来我觉得我也是怀着类似于此的想法爱上杰伊兰的。之后直到半夜我都在想着同样的事情。

11

听到有人敲了敲我的房门。我闭上了眼睛，一声不吭，但门还是开了。是尼尔京。

"亲爱的奶奶，您好吗？"

我没有出声。我想让她看着我苍白的脸，无力的身躯，明白我在痛苦中挣扎。

"您好多了，奶奶，脸上有血色了。"

我睁开眼睛，想道：他们永远也不会明白，只会用塑料做的香水瓶，只会假装高兴地笑，而陪伴我的只有我的痛苦、回忆和思绪。好吧，别管我，让我和美丽纯洁的思绪在一起。

"您怎么样了，奶奶？"

但是他们不会让我清静的。我一个字也不会说。

"您睡得很好。您想要点什么吗？"

"柠檬水！"

我脱口而出，尼尔京一离开就又只剩我和美丽纯洁的思绪在一起了。我脸上还有刚醒来时的暖和劲，我想了想梦境，想了想梦里的情景：我好像很小，好像在一列从伊斯坦布尔开出的火车上，火车行驶着，我好像看到了花园，一个套着一个，漂亮而又古老的花园。我们在那一个又一个花园里的时候，伊斯坦布尔已经很遥远了。这时我回忆起了起初的那些日子：马车，辘轳嘎嘎作响的吊水桶，缝纫机，四周安静而机器的踏板嘎嘎作响的时光；之后我想到了笑容、阳光、色彩、不期而至的快乐、令我现在总要想起他来的塞拉赫丁，我想到了当初的那些日子，在火车上的时候生病了，我们就在盖布泽下了车……我在盖布泽驿馆的房间里病得难受，我们第一次去了天堂堡垒，说是那儿的气候好……这是个港口小镇，有几座房子，几个窝棚，铁路修好之后就被人们遗忘了，但是法蒂玛，这里的气候多棒啊，不是吗？没必要再往远处去了！我们就在这儿住下来吧！我们不仅可以离伊斯坦布尔，离你的爸爸妈妈很近，你不会太难过，还可以随时在政府倒台时马上赶回去！我们在这儿盖栋房子吧！

那时候，我们常一起走很久很久。法蒂玛，生命中可做的事情真是太多了，塞拉赫丁常这么说，来，我让你看看这个世界吧，你肚子里的宝宝怎么样了，他在踢你吗，我知道会是个男孩，为了让他提醒我们永远记住这个新生的世界，为了让他充满胜利和勇气去生活，也为了让他相信自己将有足够的能力来适应这个世界，我要给他起名叫多昂！法蒂玛，你要多注意你的健康，我们两个都要注意，我们要活得长一些，世界是个多么不同寻常的地方啊，不是吗，那些草，那些靠自己的力量生长出来的勇敢的树木——事实上人们在大自然面前是不可能不发出赞叹的，我们也像卢梭那样，生活在大自然的怀抱里吧，让我们离那些非自然的愚蠢皇帝以及阿谀奉承的帕夏们远点吧，让我们用我们的脑子把一切再重新审视一遍吧。甚至只是想想所有的这一切都是多么美好啊！亲爱的，你累了吗，挽着我的胳膊吧，看看那大地和天空的美，因为摆脱了伊斯坦布尔那所有的口是心非，我是多么高兴啊，我差点要给塔拉特写感谢信了！别管伊斯坦布尔那些人了，让他们在自己的罪孽、痛苦以及乐此不疲的彼此折磨中腐烂吧！我们要在这里思考并经历一些新鲜、简单、自由、令人愉快而且完全崭新的东西，建立一个新的世界。法蒂玛，我发誓，东方还从来没有见过的自由世界，一个降临人间的智慧天堂会出现的，而且我们还会比那些西方人弄得更好，我们看到了他们的缺点，就不会去犯他们那样的错误，我可以发誓，即使我们，甚至是我们的儿子看不到这个智慧天堂，但我们的孙子们一定会在这块土地上建成的！再有，我们一定要让你腹中的这个孩子受到良好的教育，我一次都不会让这个孩子哭泣，也绝不会教给这个孩子叫作害怕的东西，不会教给他那种东方式的忧郁、哭泣、悲观、挫折以及可怕的东方式屈服，我们要一起忙他的教育，把他培养成一个自由的人，你知道这是什么意思，是吗，好极了，法蒂玛，事实上我为你感到骄傲，我尊重你，我也把你当作一个自由独立的人来看待——其他人都把自己的妻子看作女仆和奴隶，我不像他们那样看待你——亲爱的，你和我是平等的，你明白吗？但是我们赶快回去吧，是的，生活像梦一样美好，但是有必要努力让别的人也看到这个梦。我们回去了。

"亲爱的奶奶，我给您拿来了柠檬水。"

我从枕头上抬起头来看了看。"放那儿吧，"我说，"为什么不是雷吉普拿来的？"她放下的时候，我问道："是你弄的吗？"

"奶奶，是我弄的，"尼尔京说道，"雷吉普手上都是油，他在做饭。"

我沉下了脸，孩子，我很同情你，没办法啊，因为你看，连你也早就被侏儒骗了。他经常骗人，十分阴险。我在想他是怎么混入他们当中的，是怎么说服他们的，又是怎么用他那恶心、丑陋的躯体使他们陷入那种糟糕的羞愧和负罪感，像欺骗我的多昂那样欺骗他们的。他在说什么吗？我的头疲倦地落到了枕头上，可怜的我又想起了那些让我晚上睡不着觉的可怕而又可怜的念头。

我想象着雷吉普这个侏儒正在说些什么。是的，老夫人，他说，我在说，老夫人，我把您对我、对我那可怜的母亲还有对我弟弟所做的那些事情一件一件地说给您的孙辈听听，让他们了解，让他们知道。因为就像我那已故的父亲，闭嘴侏儒，好吧，就像已故的塞拉赫丁先生所写的精彩论断那样，谢天谢地，没有真主，只有科学，我们能够知道一切，我们应该知道，也要让他们知道。他们也知道，因为我说了，他们对我说，可怜的雷吉普，也就是说我们的奶奶让你吃了很多苦，现在还在折磨你，我们为你感到十分难过，我们很有罪恶感。现在你还有什么必要为她洗干净沾满油腻的双手去榨一杯柠檬水呢，你别干活了，就懒洋洋地坐着吧，事实上你在这个家里是有这种权利的，他们肯定是这么说的，因为雷吉普说给他们听了。他真的说了吗，孩子们，你们的父亲多昂先生，他为什么想卖掉你们奶奶最后的那些钻石，把那些钱给我们，他说这个了吗？我想着想着突然觉得自己喘不过气来。我厌恶地把头从枕头上抬起来！

"他在哪儿？"

"谁，奶奶？"

"雷吉普！他在哪儿？"

"在楼下，奶奶，我说过了啊。他在做饭。"

"他对你说什么了？"

"什么都没说，奶奶！"尼尔京说道。

不，他不能说，法蒂玛，他不敢，别怕，他是很阴险，但又是个胆小鬼。我从床头拿过柠檬水喝了一口。但我又想起了柜子。我突然问道：

"你在这儿干什么？"

"奶奶，我来和您一起坐坐啊，"尼尔京说道，"今年我很想念这里。"

"好吧，"我说道，"坐着吧！但现在先别站起来。"

我慢慢地从床上起来。我拿起枕头下的钥匙，又拿起边上的拐杖，走了过去。

"奶奶，您去哪儿？"尼尔京问道，"要我帮忙吗？"

我没有回答。走到柜子那儿我停下来，歇了一下。把钥匙插到锁里的时候我又看了一眼，是的，尼尔京还坐着。我打开柜子，马上看了看。我白担心了，盒子就在那里，空空如也，但没关系，它还是待着，一直待着呢。然后关柜子的时候我想了起来。我从下面抽屉的最里面掏出一个糖盒，锁上柜子，把糖盒拿给了尼尔京。

"啊，亲爱的奶奶，太感谢您了，您还专门为我从床上起来了，麻烦您了。"

"拿一块红色的糖吧！"

"这银制的糖盒多漂亮啊！"她说。

"别碰它！"

我回到了床上，我想让自己想点别的事情，但做不到。我沉入了对不能离开柜子附近的那些日子中的某一天的回忆：你看，法蒂玛，你不是在耻笑人吗，那天塞拉赫丁这么说道，你看，人家大老远从伊斯坦布尔过来看我们，你却在你的房间里连门都不出。尤其他还是个欧化的儒雅之人。不，法蒂玛，你要是因为他是一个犹太人而这么做的话就更丢脸了，德雷福斯案件 [1] 之后，整个欧洲都知道了这种思想是多么荒唐。然后塞拉赫丁下楼去了，我透过百叶窗

---

[1] 法兰西第三共和国时期著名的政治事件。1894 年法国陆军上尉德雷福斯被指控向德国人出卖军事秘密，被判处在魔岛终身监禁。1896 年以左拉为代表的人士掀起一场要求释放他的群众运动，并同反犹太主义、反教权主义和反共和主义等活动联系在一起。1898 年 8 月发现有关德雷福斯的文件系伪造，1906 年最高法院撤销原判，并为德雷福斯恢复名誉。

看着。

"亲爱的奶奶，您喝柠檬水呀。"

我透过百叶窗看着：塞拉赫丁身边是个看起来身材更加矮小的难看的男人，他是黄金市场的珠宝商！但是塞拉赫丁和他聊着，好像他并不是个小小的商人，而是个学者似的，我听到：哎，阿夫拉姆先生，伊斯坦布尔有什么新消息？民众对建立共和国满意吗？塞拉赫丁问道。犹太人：很萧条，先生，很萧条！他说道。塞拉赫丁反问道：不是吧？他说道，贸易也这样吗？但是就像对一切都有好处一样，共和国也会有益于贸易的发展的。贸易将解救我们的民族。不只我们的民族，整个东方都会随着贸易的发展而觉醒过来。我们必须先学会挣钱，学会计算和书本知识——这叫作数学，然后贸易、数学和金钱汇集到一起，就能建工厂了。那样一来，我们就不只是学会像他们那样挣钱了，也会学会像他们那样思考！依你看，要像他们那样生活，是必须先像他们那样思考，还是必须先像他们那样挣钱呢？当时，犹太人：这个"他们"指什么人，他问道。塞拉赫丁就说：亲爱的，会是谁呢，是那些欧洲人、西方人，他回答道。也就是说，在我们当中，就没有既是穆斯林也是富有商人的人吗？他问道。那个，灯具商杰夫代特先生，你没听说过吗？犹太人：听说过，他说，人们说这个杰夫代特先生战争期间发了大财。塞拉赫丁：哎，好吧，伊斯坦布尔还有些其他什么消息？他问道，你和政府有联系吗？那帮傻瓜怎么说，他们现在推崇哪位新作家、诗人，你认识吗？他问道。我一点都不知道，先生，犹太人说道。您过去自己看看吧！然后我听到塞拉赫丁的叫声：不，我不会去的！让魔鬼去看他们吧，该死的！他们不可能做成什么事。看看那个阿卜杜拉·杰夫代特，他新出的那本书多没档次啊，全是从德拉赫耶那儿剽窃来的，但却当作自己的想法来写，尤其是他写得还错误连篇，完全没有理解原著的意思。而且，在宗教和工业问题上，没读过布吉尼翁的书而想说出点什么是不可能的：他和齐亚先生都是在抄袭别人的作品，而且都没有理解原著，事实上齐亚的法语相当蹩脚，他理解不了自己所读的东西，我想写篇文章来羞辱一下这些人，但又有谁会明白呢？而且，这么点小事值得我浪费应该花在百科全书上的时间吗？我不管他们了，就让他们在伊斯坦布尔斗争吧。

我把头从枕头上抬起来，拿起床头的柠檬水喝了一口。

塞拉赫丁接着说：你去把我对他们的这些想法跟他们说说，他对犹太人说道。犹太人则说，先生，我根本不认识他们，这种人，是绝不会光顾我的商店的。犹太人还正说着，塞拉赫丁：我知道，我知道！他这么喊着打断了他的话。你没必要再说什么了，等我完成四十八册百科全书的时候，要在东方进行宣讲的所有基本思想和言论一下子就都说出来了，我会一次性弥补上那巨大的思想差距，世人都会为之震惊，卖报纸的小孩会在加拉塔大桥上卖我的百科全书，银行大街会一片混乱，西尔凯吉将会群情激昂，读者当中还会有人自杀，真正重要的一点是民众会理解我，整个民族会理解我！那时候我就会回到伊斯坦布尔，在那伟大的觉醒过程中，那一天，我会回去控制那混乱的局面！塞拉赫丁说道。犹太人：是的，先生，您请坐，不管是伊斯坦布尔，还是黄金市场，都太让人扫兴了，他对他说，大家都在互相挖对方的眼睛，别的珠宝商肯定都想把您的珠宝的价钱往下压，您只能相信我。尽管像我刚才说的，很萧条，但我还是想来看看那件珠宝。时间不早了，您还是让我看看那颗钻石吧。您在信中所说的那副耳环是什么款式的？接下来是一阵沉默。我心跳加速，一言不发地听着，手里握着钥匙。

"奶奶，您不喜欢喝这柠檬水吗？"

我又喝了一口，我的脑袋又枕向枕头的时候，"喜欢！"我说道，

"好极了，手艺不错。"

"我做得太甜了。奶奶，您觉得呢？"

此时，我听到犹太人发出了烦躁而又极重的咳嗽声，塞拉赫丁用一种同情的口吻问道：您不留下吃饭吗？但犹太人又提起了耳环的事。然后塞拉赫丁跑到楼上，来到我房里：法蒂玛，快下去，我们要一起吃饭了，要不太丢人了！他说道。但他知道我不会下去的。过了一会儿他和我的多昂一起下了楼，然后我听到犹太人说：多俊俏的孩子啊！我还听到他问到孩子的母亲，塞拉赫丁说我病了，还听到他们三个吃饭的时候那个婊子给他们服务，我感到厌恶。我听不到了，或者是我意识不到我听到什么了，因为他开始向犹太人讲他的百科全书了。

"奶奶，您在想什么，不跟我说说吗？"

百科全书，包括自然科学、所有的科学、科学和真主、西方和文艺复兴、黑夜和白天，还有火、水、东方、时间、死亡和生活——生活——生活！

"几点了？"我问道。

嘀嘀嗒嗒地把它分割开来的东西——时间——我常常想起它——我会毛骨悚然。

"奶奶，快到六点半了。"尼尔京说道。然后她走近桌子看了看，"奶奶，这表有多少年头了？"

我没去听他们在饭桌上的谈话，就好像那是一件因为厌恶而想忘记，然后就忘记了的事情，因为最后，犹太人这么说：饭菜非常可口，而您家这个做饭的女人更是秀色可餐！她是谁？塞拉赫丁也醉醺醺地回答道：一个可怜的乡下女人！她不是本地人，她丈夫去从军的时候把她托付给这里的一个远房亲戚了。那家伙的船沉了，死了。法蒂玛太操劳了，我们也要找个用人，就把她安顿在楼下的小房间里，也免得她饿肚子。她很勤快。但那里住不下，我就搭了个木屋。她的丈夫也没有从军队回来，要么是他逃跑了，被抓住后给绞死了，要么是牺牲了。我十分欣赏她，这个女人身上有我们国家的人民所拥有的那种勤劳和美丽。为了写我的百科全书，为了写农村的经济生活，我从她那里学到了不少！请再喝一杯吧！我关上房门，以免听到他们的谈话，以免厌恶得喘不过气来。

"奶奶，这个钟以前是谁的啊，去年您说过的？"

"是我已故的姥姥的。"我说。尼尔京笑了，我想我算是白说了。

我那可怜的多昂不得不和一个犹太人还有一个醉鬼一起吃饭，后来，他上楼来到我身边，我没亲吻他，而是先让他去洗了洗手，然后让他躺下睡午觉。塞拉赫丁还在楼下讲着，但没讲太久。犹太人说想走了。塞拉赫丁来到楼上。法蒂玛，那家伙要走了，他说。走之前他想看看你那些戒指和耳环中的一件！我不说话。法蒂玛，你也知道，这个家伙接到我的信之后就是为这个事才从伊斯坦布尔过来的，现在不能让他空手而归啊。我不说话……法蒂玛，他包里装满了钱，也像是个正直的人，他会给我们一个好价钱的。我不说话……哎呀，让他长途跋涉地大老远从伊斯坦布尔过来了，怎么能再让他空手而归呢！

"奶奶，这墙上是我们爷爷的照片吗？"

我又没有说话。好吧，法蒂玛，塞拉赫丁像要哭出来似的说道：你看，现在都没有病人来我的诊所了，这不是我的错，是这该死的国家里那些荒唐的信仰造成的，所以我毫不脸红地说，我的收入已经是零了。你想过没有，如果我们今天不把那些已经满到箱口的钻石、戒指和耳环卖一件给那个犹太人的话，我们要怎么度过漫长的冬天，不，说什么冬天，我们要怎么度过一生呢？法蒂玛，十年来，我有什么能卖的东西都卖掉了，你知道我为这栋房子花了多少钱，萨拉齐哈奈的地皮三年前就卖掉了，去年和前年我们是靠卖掉黄金市场的店铺过的，法蒂玛，你也知道，我说过让他们卖掉威法的房子，但那些堂兄弟都是些没良心的家伙，他们不会卖的，而且租金中我应得的那一份，他们也没有寄给我。好吧，我再来说说那个事，你现在也该知道知道吧，你以为两年来我们是靠什么为生的，在盖布泽人们都嘲笑我，我的旧夹克、成套的银质钢笔、被我当作过世的母亲所留下的唯一纪念的那个书箱、我的手套、父亲留下的贝壳念珠和那套适合贝伊奥卢的假绅士们的可笑长礼服，你知道我是以多么便宜的价钱把这些东西卖给盖布泽那些假充内行的野蛮商人的吗？但是已经够了，他来到我这儿，我没打算要卖掉我的书、实验器材和医学器械。我就直说了吧，那部百科全书可以一下子从根本上动摇一切，动摇东方的整个生活，不把它完成，我就不打算把我十一年的努力抛到一边而卑躬屈膝、张皇失措地回伊斯坦布尔！法蒂玛，犹太人在楼下等着！你可以只从盒子里拿出来一小件！不只是为了把那个家伙从我们这儿打发走，也为了让沉睡几个世纪的东方觉醒，为了不让我们的多昂在寒冷中饥寒交迫地度过今年冬天，来吧，法蒂玛，把那柜子打开吧！

"奶奶，您知道吗？小时候我很害怕爷爷的这张照片！"

塞拉赫丁就等在离我两步远的地方，最终我打开了柜子。

"你害怕？"我问道，"怕你爷爷什么呢？"

"奶奶，那张照片色调很阴暗！"尼尔京说道，"我怕他的胡子和眼神。"

然后我把盒子从柜子的隐蔽处拿了出来，打开它，很长时间都决定不了要割舍哪一件：戒指、手镯、钻石胸针、上了釉的手表、珍珠项链、钻石领针、钻石戒指、钻石，我的主啊！

"奶奶，我说我以前害怕爷爷的照片，您不会生我的气吧？"

最后塞拉赫丁手里拿着我一边咒骂一边给他的一只红宝石耳环，两眼放光地跑下楼去，一听到他下楼的声音，我就知道犹太人会骗他的——也没用多久。犹太人，手里拿着奇怪的包，戴着帽子，向花园大门走去。您别费事去伊斯坦布尔了，他说，您再给我写封信，我每次都会过来的。

他每次都来了。一年后，犹太人手里拿着相同的包来拿走另一只耳环的时候，他头上还是戴着一样的帽子。八个月后他来拿走我第一只钻石手镯的时候，穆斯林都必须戴他头上的那种帽子了。他来拿走我第二只钻石手镯的那一年，已经不是1345年了，而是1926年。[1] 犹太人为我另一只手镯而来的时候手里还是拿着一样的包，还是一直在抱怨生意不好，但是他已经不打听漂亮的女佣了。我想也许是因为现在要和妻子离婚的话三言两语已经不行了，必须得要法院裁决。那一次以及之后的几年里，塞拉赫丁都不得不自己做他们一起吃的那顿饭。我还是一如既往地不离开自己的房间，就坐在那里，我想也许他也把一切都告诉犹太人了。我们已经摆脱了女佣以及她的私生子，只有我们住在这栋房子里，这是过得最好的几年，直到后来多昂从乡下找到那两个私生子（一个是侏儒，一个是瘸子）并把他们带了回来。那一次，塞拉赫丁晚上专心看起了犹太人来时留下的报纸，有那么一瞬间我以为报纸上把一切罪恶、罪孽以及对我的惩罚都登出来了，我害怕了，也看了看，但是报纸上除了头戴西式帽子的穆斯林的照片外什么都没有。犹太人另外一次过来时拿来的报纸上，除了穆斯林头戴西式帽子的照片外，下面还有一些基督徒所用的字母。这时，塞拉赫丁说，一天之内我整个的百科全书都被彻底颠覆了，这也正是我把钻石领针给了犹太人的时候。

---

[1] 1925年，土耳其开始使用公历，不再以伊斯兰历纪年。

"亲爱的奶奶，您在想什么，您还好吗？"

那次之后他又来的时候，我从盒子里拿出了钻石戒指。我把姥姥给我做嫁妆的祖母绿戒指给犹太人的时候天正下着雪，他说他是冒着大雪从车站走到这儿的，还遭到了狼群的攻击，他用包保护了自己。我知道他说这些是为了把戒指的价钱压低一半。另外一次是秋天来的，他说我的多昂要去政治学院读大学，学习政治，这把我弄哭了。半年后犹太人再来的时候，我的红宝石耳环和成套的项链就没了。那时候，塞拉赫丁还没有到盖布泽去登记他的姓名。他说半年后他去的时候和户籍管理员吵了起来——管理员傲慢地把户籍本递到我面前，一看到上面的姓名，我就知道他们在嘲笑我，我感到厌恶，想到有一天，我的墓碑上会刻上这个丑陋的名字，我不寒而栗。一年后，犹太人又来拿走我的钻石玫瑰戒指和玫瑰耳环的时候，多昂开始忧郁地走来走去了，所以我背着他的父亲把我的那些粉色珍珠给了他，让他卖了钱去伊斯坦布尔散散心。他没去散心。一定是怪罪我要来得更容易些。因此，他去找了那两个私生子，他们的母亲已经死在乡下了，他把他们从乡下带了回来，让他们住在了我们家里。

"奶奶，您在想什么？还在想他们吗？"

下一次犹太人又来——塞拉赫丁明白盒子已经差不多空了——拿走我的红宝石星月胸针的时候，他说他的百科全书就快完成了，整天都醉醺醺地到处乱逛。我没出房门，但我知道，因为喝醉了，他半价卖掉了我的胸针，第二年，他又半价卖了我的黄宝石领针，但买书的费用却没有降到一半。塞拉赫丁已经完全把自己交给魔鬼了，他又一次把年迈的犹太人叫来的时候，又一场战争爆发了。这之后犹太人又来过两次：第一次，我给了他红宝石星月胸针，第二次，给了他所谓的"哎呀，这个也很畅销"的钻石胸针。这样一来，塞拉赫丁就亲手把自己的护身物也给卖掉了，不久他说他有了一个令人难以置信的大发现，后来他想再次把犹太人叫来的时候就死了。我小心藏起来的镶有一颗宝石和两颗钻石的戒指也被我那可怜而又单纯的多昂拿走，分给了他带回来的那两个私生子，最后我的盒子变得空空如也，现在，我想它还在柜子里面，里面还是空空的。

"奶奶，您在想什么，说说呀！"

"什么都没想！"我心不在焉地说道，"我什么都没想！"

12

在大街上逛一整天后晚上回家，就像暑假过后回学校一样。我一直坐到了咖啡馆打烊，大家一个接一个回家的时候，我等待着，也许会有个人过来做点什么，但是他们除了对我不知叫了多少次"豺狗，豺狗"之外什么都没做。

"好了，哈桑，别再一副豺狗的样子了，还是回家，看看数学吧！"

我走着，上着坡，谁我都不在乎，因为我喜欢黑暗，寂静的黑暗，只有蟋蟀的叫声，我可以听，我可以在黑暗中看到我的未来：到远方国家的旅行、充满血腥的战争、机枪的嗒嗒声、战争中的喜悦之情、海军战俘服苦役的历史影片、让犯人们闭嘴不再发出可恶吵闹声的皮鞭、整齐划一的军队、工厂还有妓女——我感到羞愧，我有点害怕自己了。我要成为一个伟大的人。我爬上了坡。

接着我心里猛地一阵刺痛：我家有灯光！我停了下来，看了看。我家就像一个里面点着灯的坟墓。从窗户上看里面一点动静都没有。我凑近一看，妈妈不在，她一定已经睡了；爸爸躺在沙发上睡着了，他在等我。让他等着吧，我会悄悄地从我房间的窗户钻进去睡觉。我走了过去，一看，他把我的窗户关上了。那好吧！我走过去，使劲敲另一扇窗户，爸爸醒了。他走过来，没开门，却打开了窗户。

"你去哪儿了？"他喊道。

我没有吭声，听到了蟋蟀的叫声。我们沉默了一会儿。

"快进来吧，进来！"爸爸说道，"别在那儿站着。"

我从窗户进去了。他站在我面前，用慈父的目光看着我。接着他又开始了：儿子呀儿子，你为什么不学习呢，儿子呀儿子，你一整天都在街上干吗，诸如此类的话。我突然想：妈妈，我们和这个哭哭啼啼的男人有什么关系？我要去找我妈，我要叫醒她，这么跟她说，我要和我妈一起从这个男人家里搬出去。一想到那样一来爸爸会多么伤心，我就觉得很烦。是的，我也有错，我在街上逛了一整天，但是爸爸，别担心，看看明天我是怎么努力学习的吧。就算我这么说，他也不会相信的。最后，他不说话了，就这样既恼怒又像要哭出来似的看着我。我马上进了自己的房间，坐在桌子前面学数学，爸爸，你看看我，别难过了，行吗？我把门也关上了。灯亮着，光线会从门缝渗出去，你可以看到，也就是说我正在用功。他还在自言自语着。

过了一会儿，听到爸爸那边没了动静，我又担心了起来，就轻轻地打开门看了看，他不在，大概睡下了。他们自己呼呼大睡的时候，还想要我努力学习。好吧，既然高中毕业文凭这么重要，我就努力学习吧，整夜不睡地学习，学到早上让妈妈难过的地步，你们看吧，但我相信生活中还有许多比它重要得多的东西。如果你们想听我会告诉你们的，妈妈，你知道共产主义分子、基督徒和犹太复国主义者？你知道混入我们当中的共济会会员吗？你知道卡特与罗马教皇还有勃列日涅夫谈过什么吗？即使我讲他们也不会听的，听了也不会明白……好吧，我想还是让我心平气和地开始学习数学吧。

我打开书，真该死，我该看对数了。是的，log，我们是这么写的，而且我们说 log（AB）=log A+log B。这是第一步，还有很多别的东西，书上叫定理。我一次就把所有内容都工工整整地写在了本子上。之后看到自己写得那么工整干净，我很高兴。我写了四页了，我知道怎么学习。也就是说，他们所说的对数总共也不过如此而已。我想现在再来做道题吧。它说接招，看看这个对数：

$$\log_6 \sqrt{\frac{ax-b}{ax+c}}$$

好的，我接招。我看了看。然后我又读了一遍自己在本子上写的东西，时间过去了很久，但我怎么都想不出来要用哪个除哪个、用哪个乘哪个，也想不出来要用什么把什么化简。我又读了一遍，差不多都能背下来了，例题里面是怎么解的呢，我也看了例题，但那可恶的东西还是什么都没告诉我。我很烦躁，站了起来。现在要是有支烟的话，我会抽的。然后我坐下，拿起笔，努力去解那道题，但我的手只是在本子上涂鸦。过了一会儿，尼尔京，你看我在本子边上写了什么：

不是我爱上了你
是你终结了我的理智

后来我又努力了一会儿，但是没用。然后我又想了一会儿就想到了这个：知道所有这些 log 和 $\sqrt{}$ 之间是什么关系又有什么用呢？设想一下，有一天我的钱多到只能用对数和平方根来计算，或者我正在管理国家大事——到那一天，我会笨到都想不起来找个小小的秘书来帮我做这些运算吗？

我把数学扔到一边，打开了英语书，但我又一次生起气来。我想让真主再来惩罚一下那个 Mr. and Mrs. Brown，相同的图片，有着相同的冷漠而面孔又露出幸福的人们总是什么都知道，而且把一切事情都办得妥妥当当，这就是英国人，穿着熨过的夹克，打着领带，街道也干干净净的。一个人坐着，一个人站着，一个跟我们这里的火柴盒不一样的火柴盒一会儿放到桌子的上面，一会儿放到桌子的下面，一会儿放到桌子的里面和侧面。On, in, under, 还有什么，我不得不背这些荒唐的东西，否则在里面呼呼大睡的彩票小贩又会因为"我儿子不用功学习"而捶胸顿足了。我遮住它们，看着天花板背啊背，突然我暴躁起来，扯过书摔到了地上：该死的！我从桌边站起来，翻窗户溜了出去。我不是一个能安于此的人。我从花园的角落一看到漆黑的大海以及有狗的岛上那独自在黑暗中一闪一闪的灯塔，心里就舒服了点。下街区所有的灯都熄了，只有街灯以及在远处呜呜作响的玻璃厂的灯还亮着。后来一艘无声的轮船上还亮起了红色的灯。静静的花园闻起来有一股干草的味道，隐约还有泥土和夏天的味道。只有蟋蟀，放肆的蟋蟀提醒着人们黑暗中樱桃园、远处的山峰、偏僻的角落、葡萄园、橄榄园以及树荫的存在。然后仔细一听，我觉得还听到了叶尔坎卡亚路上泥水里的青蛙的叫声。我一生中会做很多事情！我想了想我要做的事情：战争、胜利、对失败的恐惧、希望、成功、我予以同情的可怜的人们、将被我解救的其他人以及在残酷的世界里我们要走的道路。下街区的灯都灭了，所有人都在睡觉，所有的都在睡，他们做着愚蠢、没有意义而又可怜的梦，还有一个醒着的我在这里，在他们上面。我非常喜欢醒着，讨厌躺下睡觉——有那么多要做的事情，我想。

然后我从窗户翻了进去，我知道自己学不下去了，所以衣服都没脱就躺到了床上。早上我再起床开始学吧。事实上我觉得留最后十天学英语和数学已经足够了，鸟儿们会开始在枝头歌唱，尼尔京你会去空旷的海滨浴场，因为那里一个人都没有。我也会去的。谁管得了我呢？一开始我以为我会睡意全无，会又开始心烦起来，后来我知道我会睡着的。

我醒来的时候太阳正晒着我的胳膊，衬衫和裤子上全是汗。我马上起床，一看，爸爸和妈妈还没起来。我去了厨房，正吃着面包奶酪的时候妈妈过来了：

"你到哪儿去了？"

"我能去哪儿啊，就在这儿，"我说，"还学了整整一个晚上。"

"饿了吗？"她问道，"我来煮茶吧，儿子你要吗？"

"不了，"我说，"其实我现在就要走了。"

"这么一大清早你要去哪儿，失眠了吗？"

"我要去逛逛，"我说，"我会没事的。然后我就回来再开始学习。"刚要出门的时候我看到她心疼起我了。"啊，妈妈，"我说，"能给我五十里拉吗？"

她有些犹豫地看着我。

"唉，"她说道，"你又要钱干什么？好吧，好吧！别跟你爸爸说！"

她进了里屋，又过来了。两张二十里拉的，还有一张十里拉的。我道了谢，进了自己的房间，在裤子里面穿上了泳裤，为了不吵醒爸爸，我从窗户出去了。然后我转身看到，妈妈正在另一扇窗户边上看着我。别担心，妈妈，我知道我这辈子要成为什么样的人。

我顺着柏油路往下走。一些汽车飞快地经过我的身边，向坡上驶去。那些打着领带、夹克挂在一边的家伙早上正以每小时一百公里的速度赶着去伊斯坦布尔要阴谋，赶着去互相欺诈，这时他们甚至都看不到我。打领带、戴绿帽子的先生们，我也不在乎你们！

海滨浴场上还什么人都没有。售票员和管理员还没来，所以我没花钱就进去了，为了不让塑胶鞋里进满沙子，我一直走到岩石那边以及浴场尽头开始有房子的地方，蹲在一个太阳晒不到的墙角里。

只要尼尔京从门口进来，我从这儿就能看见她。我观赏着平静的海底，隆头鱼正在海藻之间晃来晃去。警惕的鲻鱼感觉到一丁点儿的动静就会逃开。我屏住了呼吸。

过了很久，一个人穿上脚蹼，戴上面罩，在水里把枪上了膛，很快就尾随那群鲻鱼而去。我很气愤这个人渣去追那群鲻鱼！然后水面又平静了下来，我看到了许多鲻鱼和虾虎鱼。后来太阳晒到了我。

小时候，当这个地方还只有他们那栋奇怪的旧房子以及山坡上我们家的房子的时候，梅廷、尼尔京还有我经常会来这里，我会走进水里直到让它没过我的小腿肚，我们会一起等着抓隆头鱼或鲻鱼。但是等啊等，只是等来了一条虾虎鱼。把它扔了吧，梅廷说。但它已经吃了鱼饵，我不舍得扔了它，就放到了我的盒子里。然后我往盒子里装水的时候，梅廷就嘲笑我！伙计，我并不是小气，我会说，尼尔京也许也听到了，也许没听到，我不是小气，我要跟那条虾虎鱼算鱼饵的账，我这么说。梅廷把他钓的虾虎鱼藏了起来，他的鱼竿头上没有绑铅坠，而是绑上了螺母，尼尔京，你快看他，多小气啊！伙计们，尼尔京说，你们一会儿还是把那些鱼放回海里，多可怜啊，她说，行吗？我知道和他们做朋友是很难的。虾虎鱼可以做成汤，你可以往里面加点土豆和洋葱。

然后我观察起了一只螃蟹。这些螃蟹一直在忙着做一些事情，所以总是显得心事重重且专心致志。你现在为什么要这样挥舞你的钳子和爪子呢？好像所有这些螃蟹都比我懂得多似的，每一只都是老到的智者，甚至连那些肚皮雪白、柔软的幼蟹都很老到。

后来水面动了起来，已经看不到底了，越来越多的人开始慢慢地在水里进进出出，水变得更混浊了。这时，我朝门口瞥了一眼——尼尔京，你手里拿着包，已经进来了。你走到海滨浴场的这边，径直朝我走来。

她走过来了，走过来了，突然她停下来，脱掉身上那件黄色的衣服，我看到她的比基尼好像是蓝色的，这时候她摊开一块浴巾，突然躺了下来，我就看不到了。然后她从包里掏出一本书看了起来。我可以看见她的头和举在空中那只拿书的手。我想着。

我出汗了。过了很长时间，她还在看书。后来我用水冲了冲脸让自己凉快一点。又过了很久，她还是在看书。

我想，要是我走过去并对她说，尼尔京，你好，我来游泳了，你好吗，结果会怎么样呢？我想她会生气的。不知道为什么，我想起来她比我大一岁。以后再去吧，还是换个时间吧。

然后尼尔京站起来，走向了大海。我觉得她很美。突然她跳进海里，游了起来。她动作很标准，游得自由自在，毫不在意她的东西还在岸上放着。尼尔京，别担心，我给你看着那些东西呢——她还在自由自在地往前游，头都没有回。只要有人愿意就能去翻翻她的东西，但我留心着呢，她的东西不会有事的。

然后我站起来，走到尼尔京的东西旁边。谁都没有注意我，尼尔京本来就是我的朋友。我弯下腰，看了看她包上的那本书的封面：上面有一座基督徒的坟墓，旁边还有两个哭泣的老人，写着"父与子"。书下面压着她那件黄色的衣服。她包里都有什么？我只是好奇，但又不想被别人看到误会，就匆匆地翻了翻：一盒防晒乳、火柴、被太阳晒得发热的钥匙、另外一本书、钱包、发卡、一把绿色的小梳子、黑色眼镜、毛巾、萨姆松烟盒和另外一个小瓶子。我看到尼尔京还在远处游着。为了不让别人误会，我把东西放回原样，突然我拿起那把绿色的小梳子揣进了兜里。谁都没有看到。

我又去了岩石那边，等着。后来尼尔京从海里出来了，飞快地走过来，用浴巾裹住了自己。似乎她并不是一个大我一岁的姑娘，而是一个小姑娘。然后她把自己身上擦干，翻了翻她的包，找着什么，而后她突然穿上那件黄色衣服，很快地离开了。

我一下愣住了，以为她这么做是为了逃避我。然后我跑过去，看着她的背影。她回家去了。我正跑着想抄近道出现在她面前的时候，她突然拐弯了，我吃了一惊，因为她落在了我后面，就好像这次是她在跟踪我似的。我在杂货铺前面右拐，躲到了一辆汽车后面，系鞋带的时候我看到：她进了杂货铺。

我去了路的另一侧。她回家的时候我们就可以碰上了。我想到，我可以把梳子从兜里掏出来给她：尼尔京，这是你的梳子吗，我可以这么问。是的，你在哪儿找到的，她会问。你大概弄丢了，我会说。你怎么知道是我的呢，她会问。不，我不能这么说，你在路上走着的时候弄掉了，掉的时候我看到了，就捡了起来，我可以这么说。我站在树下等着。出了很多汗。

过了一会儿，她从杂货铺出来了，朝我走了过来。好，我也正朝着杂货铺走去。然后我没有看她，而是低着头，看着我刚才系过鞋带的塑胶鞋。突然我抬起了头。

"你好！"我说。她多美啊，我想。

"你好。"她说。没有一点笑容。

我停住了脚步，她却没有停下。

"尼尔京，你要回家吗？"我问道。我的发音有些不自然。

"是的。"她说，别的什么都没说就走了。

"再见！"我在她身后喊道，然后我又喊了一声，"向雷吉普伯伯问好！"

我很尴尬。她甚至都没有转身说，好吧，甚至都没有答应一声。我就这么站在那里看着她的背影。她为什么要这样？我想也许她什么都知道了，但是又有什么可知道的呢？你在路上遇到了，人们会不跟自己儿时的伙伴打招呼吗？太奇怪了！我边想边走。就像他们说的那样，人们已经完全变了个样，已经连个招呼都舍不得打了。然后我想到我兜里有五十里拉，我想尼尔京已经到家了。她究竟在想什么？我想给她打个电话，把一切都告诉她，好让她像以前那样跟我打招呼，我也不想再要求你别的什么了。我边走边想着打电话的时候我要怎么说。我也可以说我喜欢你，又怎么样呢？我还想了些别的事情。街上有很多可恶的人正向海滨浴场赶去。世界多么混乱啊！

　　我进了邮局，拿起一本电话簿看了起来。里面写的有塞拉赫丁·达尔文奥鲁家的地址，天堂堡垒海岸大街十二号，我把号码记在了一张纸上，以免弄混。我花十里拉买了一个电话币，走进电话亭，开始拨号，但是拨到最后一个数字的时候，我把7拨成了9。我没有挂断。拨错的号码响了起来，我还是没有挂断，伴随着一声脆响，十里拉的电话币掉到了盒子里，电话接通了。

　　"喂！"某个女人说道。

　　"喂，是哪里？"我问道。

　　"费尔哈特先生家，"她说，"您是哪位？"

　　"一个朋友！"我说，"我想说点事情。"

　　"您请说，"那个声音说道，她开始担心了，"关于什么？"

　　"关于一件重要的事情！"我一边说，一边想着我要怎么说。十里拉已经没了。

　　"您是哪位？"她问道。

　　"我会跟费尔哈特先生说的！"我说，"快让你丈夫接电话。"

　　"让费尔哈特接吗？"她问道，"您是哪位？"

　　"是的。你快让'他'接我的电话！"我说。透过电话亭的玻璃我看到工作人员正忙着，他在给一个人递邮票。

"您是哪位？"她还在问。

"我爱你，"我说，"我爱你！"

"什么？您是哪位？"

"嗨，你这个上流社会的婊子！共产主义者们就要控制这个国家了，你们还是得半裸着，婊子，我要把你……"

她挂断了。我也慢慢地挂上了电话。我看到工作人员正在找零钱，我镇静地走了出去，他甚至看都没有看我一眼。至少我不会为白花了十里拉而烦恼了。我从邮局出来，走着，我想，我还有四十里拉，如果一个人用十里拉能如此消遣的话，那他用四十里拉就能得到四倍的消遣。他们称这个为数学，因为确定我不懂这个，他们让我留了一级。好吧，先生们，我知道我留级了，你们到最后可别后悔。

13

尼尔京小姐从海滨浴场回来了，法鲁克先生在等着她。他们坐了下来，我端来了早餐。他们三人一个看着报纸，另一个打着盹。他们聊着笑着吃完了饭。之后法鲁克先生拿起他那个大包，就去盖布泽的档案馆了，尼尔京则到禽舍那边看书去了，梅廷还在看报纸。我没有收拾早餐桌就上了楼。我敲了敲老夫人的门，走了进去。

"老夫人，我要去市场了，"我说，"您想要点什么吗？"

"市场？"她说，"这里有市场吗？"

"好多年前开了小店，"我说，"您知道的。您想要点什么？"

"这些店里我什么也不想要！"她说。

"我们中午吃什么？"

"我不知道，"她说，"做点能吃的东西！"

我下了楼，脱下围裙，拿上网兜、空瓶子和软木塞出去了。她经常告诉我什么是不能吃的，却不告诉我什么才算是能吃的。以前由我去想，去找，但是四十年已经过去了，我知道她都吃些什么！天气热起来了，我出汗了。街上人开始多了起来，但还是有些人正赶着去伊斯坦布尔上班。

我爬上了坡，房子变少了，花园和樱桃树多了起来。鸟儿们还站在枝头。我心情不错，但没有再走下去。我拐上了一条土路，不久就看到了他们的房子以及房顶的电视电线。

奈夫扎特的妻子和杰奈蒂大婶正在挤牛奶。

冬天里冒着热气的时候来观赏一下是件很开心的事情。奈夫扎特也在那儿，他正弯腰摆弄着靠在房子另一面墙上的摩托车。我走了过去。

"你好。"我说道。

"你好。"他说，但并没有转身看一眼。他正把手指插进摩托车的某个地方摆弄着。

有一会儿我们都没说话。后来为了随便说点什么，我问道：

"坏了吗？"

"没有，伙计！"他说道，"这怎么会坏呢？"

这辆摩托车是他引以为傲的东西，它的轰鸣声能响彻整个街区。两年前他用自己当园丁和卖牛奶挣到的钱买了这辆车。每天早上他骑着摩托车送牛奶，但是我让他别给我们送，我会自己过来拿，我们可以聊一聊。

"你拿来了两个瓶子？"

"对，"我说，"法鲁克先生他们也来了。"

"好吧，放在这儿吧。"

我放了下来。他从屋里拿来了漏斗和量具。他先把牛奶装进量具，然后又用漏斗倒到瓶子里。

"你有两天没来咖啡馆了。"他说道。

我没有说话。

"哎呀，"他说，"伙计，别理那些可耻的家伙。他们都没有教养。"

我想着。

"说真的，那报纸上写的是真的吗？"他后来问道，"真的有这样一个侏儒之家吗？"

大概所有人都看了报纸。

"你马上就生气走掉了，"他说，"值得跟那些没教养的家伙生气吗！当时你去哪儿了？"

"去看电影了。"

"演的什么？"他问道，"快讲一讲。"

我给他讲了。我讲完的时候瓶子已经装满了，他开始用木塞封口了。

"软木塞现在很少见了，"他说道，"涨价了。一些劣质葡萄酒已经在用塑料塞子了。我说你们可别把软木塞弄丢了，弄丢一个的话就要十个里拉。因为我卖的不是泉水牌牛奶。如果你们觉得不划算的话，你们就让你们的孩子喝添加了药水的牛奶吧。"

他经常说这些事情。我本来是要把法鲁克先生给我的软木塞从兜里掏出来的，但不知道为什么我突然不想这么做了。仅仅是为了迎合他，我说：

"什么东西都涨价，涨了不少。"

"的确如此！"他迅速地往瓶子里灌牛奶的时候说道。他有些激动了。他说起了物价上涨，说起了过去那些美好的时光，我觉得很烦，就没听他说的话。他把所有的瓶子都灌满放到箱子里，"我要去送这些牛奶，"他说，"你要是愿意的话我也可以把你送回家。"他踩了一下脚蹬，摩托车"轰隆"一声就发动了起来，他坐了上去。"快点！"他喊道。

"不了，"我喊道，"我要走走。"

"那好吧！"他说，骑着摩托车飞驰而去。

我看着他身后扬起的尘土，直到他开上了柏油路。我也为他感到脸红。我提着装有牛奶瓶子的网兜走着。走了一会儿我转身看了看身后。奈夫扎特的妻子和杰奈蒂大婶还在挤牛奶。杰奈蒂大婶得过瘟疫，我妈妈过去常说。她经常讲瘟疫泛滥的那些日子，我也常常会害怕。走过花园，听不到蟋蟀叫了，这时两旁就有房子了。多少年来这些地方一点都没有变。后来，9月份的时候人们开始来这里打猎，还带着许多像疯了一样从车里蹿出来的凶猛肥狗，孩子们，别靠近它们，它们会咬人的！一面墙的裂缝深处有一只壁虎！它逃走了！儿子，你知道壁虎为什么会把尾巴留下吗，塞拉赫丁先生问道，你知道这是根据什么规律吗？我不说话，害怕地看着他：爸爸，大概它累了，很虚弱，疲惫不堪了。等一下，我要写在一张纸上给你，他说道，写下了查尔斯·达尔文，我还藏着这张纸。他活着的最后那段时间里又给了我另一张纸：儿子，这上面列出了我们身上缺少以及过剩的东西，我只把这个留给你，也许有一天你会明白的。我接过纸看了看，是用奥斯曼文写的。他那因为喝酒而充满血丝的眼睛近距离地看着我，一整天他都在自己的房间里努力写他的百科全书，他很累了。晚上的时候他会喝点酒，然后，一星期有一次，他会喝得很多，大闹一场。有时候他会在花园的某个地方、在他的房间里或者在海边醉醺醺地溜达好几天，直到在酒精的作用下睡去。那些日子里老夫人常把自己关在房间里，从来不出门。我去了肉店。里面人很多，但深色皮肤的漂亮女人不在。

"雷吉普，你要等一会儿了。"马哈茂德说道。

一直提着瓶子，我也累了，坐一会儿就好多了。后来，一在他酒后酣睡的地方找到"他"，我就会心惊胆战地过去把他叫醒，免得被老夫人看到后又要发作，也免得让他一直在那儿受冻。先生，你怎么躺在这儿呢，要下雨了，您会着凉的，快回家吧，睡在您的房间里，我常常这么说。他会嘟囔着，自言自语着，用苍老的声音骂着：这该死的国家！这该死的国家！一切都白费了！要是我能一口气把那几册写完就好了，最起码要是我早把那个小册子寄给斯特潘就好了。都什么时候了，整个民族还在沉睡，整个东方还在沉睡，不，没有白费功夫，但是我已经不行了，唉，要是我有一个我想要的那种女人就好了，雷吉普，你妈妈什么时候死的，儿子啊！最后他会站起来，挽着我的胳膊，我领着他回家。走在路上他嘴里嘟囔着：你说他们什么时候才能觉醒呢？那些傻瓜正安逸地睡着，他们都沉浸在虚假愚蠢的安逸之中，他们相信世界与他们头脑中的狡辩和愚昧故事是一样的，带着这种愚昧的喜悦他们一直睡着。我要拿棍棒打他们的脑袋，把他们给打醒！傻瓜们，快摆脱这些谎言吧，你们快醒过来看看吧！后来，"他"靠着我，我们一起上楼往他的房间去的时候，老夫人的房门从里面悄悄地打开了，她那充满嫌恶而又不安的眼睛似乎从黑漆漆的门缝一闪而过。这时，他会说，咳，愚蠢的女人，愚蠢胆小的可怜女人，我对你的感觉只有厌恶，雷吉普，扶我上床，我醒来的时候把咖啡准备好，我想马上开始工作，我必须得快点，他们已经把字母都改了，把我百科全书的计划全给打乱了，十五年了我都没能整理好，他常这么说，然后他说着说着就会睡着了。我会看一会儿他睡得怎么样，再安静地离开他的房间。

我想得出神了。我意识到，其中一个女人的孩子正着魔似的看着我。我心里烦了。我来想点别的事情吧，我想，但还是无法忍受，我起身拿起了瓶子。

"我过会儿再来。"

我出去了，走向杂货铺。孩子的好奇心是让人无法忍受的。小时候我自己也会常常感到好奇。我曾经以为，这是因为我妈妈没结婚就生下了孩子，但那是后来的事情了，是妈妈说我爸爸不是亲爸爸之后的事情。

"雷吉普伯伯！"有个人喊道，"你没看见我吗？"

是哈桑。

"我确实没看见,"我说道,"我愣神了。你在这儿干吗呢?"

"什么都不干。"他说道。

"快点回家做你的功课吧,哈桑,"我说道,"你在这些地方能干什么呢?这不是你来的地方。"

"为什么不是?"

"孩子,你别误会,"我说道,"我是说你要用功学习。"

"伯伯,早上我学不进去,"他说道,"太热了。我都是晚上学。"

"晚上要学,早上也要学,"我说道,"你想要学习,是吗?"

"我当然想要了,"他说道,"学习也不像你想的那么难,我会学得很好的。"

"但愿如此!"我说道,"你现在快回家吧。"

"法鲁克先生他们来了吗?"他问道,"我看到那辆白色的阿纳多尔车了。他们好吗?尼尔京和梅廷也都来了吗?"

"他们都来了,"我说道,"都很好。"

"向尼尔京和梅廷问好,"他说道,"事实上我刚才就看见了。我们以前都是朋友。"

"我会跟他们说的,"我说道,"你快回家吧!"

"我现在就回去,"他说道,"但是雷吉普伯伯,我想求你点事。你可以给我五十里拉吗?我要买本子,本子都可贵了。"

"你在抽烟吗?"我问道。

"我是说我的本子用完了……"

我把瓶子放到地上,掏出二十里拉给他。

"这不够。"他说。

"得了,得了,"我说,"我可是要生气了。"

"那好吧,"他说,"我只能买一支铅笔,没办法啊。"他正要走的时候又停住了，"别告诉我爸爸，行吗？"他说，"他又会瞎难过的。"

"是呀！"我说，"别让你爸爸难过。"

他走了。我拿起瓶子，去了纳兹米的铺子。一个顾客都没有，但纳兹米很忙。他正在一个本子上写着什么。后来他看看我，我们聊了一会儿。

他问起了他们。我说他们都很好。法鲁克先生吗？我为什么要说他喝酒的事情呢，他本来就知道，他每天晚上都过来，买了一瓶又一瓶。其他人呢？他们也都长大了。我看见那个姑娘了，他说道，她叫什么名字来着？尼尔京。她早上的时候会来买报纸。她长大了。是的，她长大了。另一个才是真的长大了，我说。是的，那个，梅廷。他也看见他了，讲了他是怎么看见他的。就是这样，这就是我们所谓的聊天和友谊。我们彼此讲着我们所知道的事情，我喜欢这样，全部都是些词语和句子，我知道很空洞，但我还是这样打发打发时间，心情变得愉快起来。他把东西都称过包好了。我说你把账写在一张纸上吧。然后我回家抄在本子上，月末的时候，冬天则是两三个月一次，把开支一块儿拿给法鲁克先生看。法鲁克先生，这是账单，我会说，那是多少多少，这是多少多少，您看看这账有没有什么差错。他从来不看。好的，雷吉普，谢谢你，他会说，这是家里的开支费用，这个是你的工资，他从钱包里拿出潮潮的、皱巴巴的钱递给我，那钱带着一股皮革味儿。我会接过来，数都不数就放进兜里，我会谢谢他，想马上说点别的事情。

纳兹米把账目写在一张纸上给了我，我付了钱。我走出铺子的时候他突然说道：

"不是有一个叫拉西姆的人吗？"

"卖鱼的拉西姆。"

"对，"他说，"听说昨天死了。"

他看着我，我什么都没说。我拿起了找回的零钱、网兜和包。

"据说是死于心脏病，"他说，"后天中午他的儿子们一回来就要安葬他了。"

就是这个样子，一切都离我们的话语很遥远。

14

　　我到盖布泽的时候已经九点半，大街上都热起来了，早晨的凉爽也都无影无踪。我马上走进了县政府，写了一份申请并签上了名字。一个职员看都没看就给编了号，我马上想象一位历史学家三百年后从废墟里找到这份申请，想从中找出什么含义来。史学研究是一项令人高兴的工作。

　　我想它虽然是项令人高兴的工作，但也是一项需要耐心的工作。这样一来，我为自己的耐心感到骄傲，就自信满满地开始工作了。两家小店的老板在扭打过程中双双丧命的案子马上引起了我的注意。人们为两个打斗者做了礼拜，把他们安葬了，事情都过去很久了，两位死者的家属还一直在法庭上相互控告对方。目击者们详细地讲述了伊斯兰历 998 年 5 月 17 日那天两人在市场中央是怎样手持匕首刺死对方的。因为今天早上我把那本能把伊斯兰历转换成公元纪年的册子带在了身上，就打开来查了一下。是 1590 年 3 月 24 日！也就是说事情发生在冬天。但在抄写的时候我眼前浮现的一直都是一个骄阳似火的夏日。也许那是一个阳光明媚的三月天吧。接下来我看到了一份笔录，是关于一个买主要把自己花六千银币买来的一个脚上有伤口的阿拉伯奴隶退还给卖主的故事。买主愤愤不平地让人清楚地记录下了自己如何被卖主的话欺骗以及奴隶的伤口是多么地深。然后我看到了一个遭伊斯坦布尔人反对的发迹地主的一份记录，从另一份法庭记录还可以了解到这个人二十年前在码头当巡更的时候曾因犯法而受过审判。我努力想从判决书里找出这个叫布达克的人在盖布泽都干什么勾当。我好像已经不再追踪瘟疫而开始追踪他了。我大概弄明白了这些：有一次他把一块并不存在的土地登记在册，表明它确实存在，在自己掏腰包为这块土地支付了两年土地税之后，他用这块地换了一个葡萄园，然后给那块并不存在的土地的新主人使了个绊子，从而彻底摆脱了这件事。或者说我主观上套在布达克头上的这个故事，并没有被法庭记录所推翻。我费了不少心思来编这个故事，而这故事中的有些情节从这些记录中得到了证实。看到我编的故事还从别的记录中得到了证实，我非常高兴。布达克开始用从葡萄园里收获来的葡萄在另一个人的牲口棚里酿制葡萄酒，也偷偷地开始从事葡萄酒的买卖。他在买卖中雇的一些人在法庭上控告了他，对此，他在法庭上比他们更凶狠地对他们进行了攻击。接着，我了解到他让人在盖布泽建了一座小清真寺。这时候，我惊讶地回想起，历史老师那本提到盖布泽一些名流的书里面有几页讲的就是这个人以及那座清真寺。他印象中的布达克与我印象中的完全是两个样子：那本书里写的是一个值得尊敬、稳重、照片可以被收进高中历史课本的奥斯曼人，我印象中的布达克则是一个奸诈而又本领高强的骗子。我正想着我究竟能不能编出一个不和有关布达克的记录相矛盾、内容更丰富的新故事的时候，勒扎告诉我午间休息时间到了。

　　我走了出去，为了避开新街的炎热，我沿着长有荨麻树的过道走到了旧市场。往上，我一直走到了清真寺。天气很热，院子里连个人影也没有，不远处的汽车罩盖修理店传来了捶捶打打的声音。我转过身，因为还不想马上吃饭，我就向咖啡馆走去。走过一条小巷前时，一群孩子中有一个在我身后喊了一声"胖子"，我没有转身看看其他人是不是都在笑。我走进咖啡馆里坐了下来。

我要了一杯茶，点了根烟，开始想史学研究是一种怎样的工作。它应该是有别于写写文章、把一系列事件编写成故事的另外一种工作。也许是这样的：我们寻找一堆事件的起因，然后用别的事件来解释那些事件，而我们的寿命不足以让我们再用另外的事件来解释这些别的事件。我们不得不把此事搁置在某处，其他人从我们搁置的地方又把此事继续下去，但是他们开始的时候会先说我们用错误的事件来解释了某些事件。当我的博士论文及晋升副教授的论文里提到前人的论著的时候，我也做过同样的事情。我也相信我是正确的。每个人都说故事是另外一种样子的，或者说应该用另外一个故事来解释。他们事先也知道这个"另外的"和"新的"故事。他们所做的唯一的事就是去把它从档案室里找出来。这样一来我们用注释和文件编码来装饰我们的故事，再通过装腔作势的文章、隆重的会议把这些故事展现给彼此，我们都努力维护自己写的故事，努力推翻其他人的故事来证明自己的故事更好。

　　我心里很烦。我斥责了那个还没有给我上茶的小伙子。然后为了自我安慰一下，我又这么想道：你是在自寻烦恼，你关于史学家们的所作所为的这些想法也只不过是个故事而已，另一个人可以毫无顾忌地说史学家们做的完全是另外一回事。事实上他们也在这么说：他们说通过研究过去得出了今天应该做什么，说他们制造出了意识形态，给了人们与世界和人类自己有关的一种对或错的想法。我想他们还应该说他们给了人们宽慰，给了人们娱乐。我向来都相信历史最引人注目的一面就是它的这种娱乐性。但是我的同行们为了不破坏自己打着领带的稳重严肃的形象，会把这种娱乐性遮掩起来，想把自己和他们的孩子们区别开来。最后我的茶上来了，我往里面加了点糖，看着它们是怎么融化的。又抽完一根烟之后我去了饭馆。

两年前我也常在这家饭馆吃午饭，这是一个安静、炎热而又讨人喜欢的地方。玻璃上蒙了一层雾气，热乎乎的，玻璃后面的盘子里摆放着油炸肉茄合子、炖肉和包馅的皮，各种其他种类的茄子食品浸在颜色同样很深的汤里面等待客人光顾。一堆露出油面的半蔫了的肉丸子让我想起在夏季的酷热中钻进烂泥里的水牛。我胃口大开，点了一份茄子炖肉、一份米饭和一盘烩菜后坐了下来。脚上穿着袜子和人字拖的服务生过来询问的时候，我说我还要啤酒。

我尽情享用着，用面包蘸着汤愉快地吃完了午餐，喝完了啤酒。然后我突然想起了我的妻子，觉得很痛苦。想到我的妻子就要为她的新任丈夫生孩子了，我心里很难受。我知道她要这样了，我感觉得到，但我还是不乐意去清楚地了解到这个。在我们婚后最初的几个月里，我们一直很小心地避孕。因为塞尔玛抗拒药物和仪器，我们会很小心，以至于让一切都变得很扫兴。后来，我们这方面的注意力就渐渐分散了。一年后有一次我们提到了孩子，就商量着我们要个孩子吧。这一次我们开始很小心地想要怀孕，但是她怎么都怀不上。后来有一天，塞尔玛过来对我说我们还是应该去看看医生，为了鼓起我的勇气，她还说她自己会先去看的。我不同意，我说我不会让人们称之为医生的那帮畜生来掺和这样的事情。我不知道塞尔玛有没有去看过医生，她也许瞒着我去了，但我没有对此想太多，因为不久我们就分开了。

服务生把空盘子都拿走了。我问他有什么甜点，他说有卡达耶芙，然后端来了。我又要了一瓶啤酒，啤酒配卡达耶芙会很不错，是吗，我问服务员，我笑了。他没有笑，我还是坐着，想着。

这回我想起了爸爸妈妈。还住在东部的凯马赫的时候。那时候既没有尼尔京，也还没有梅廷。妈妈身体很好，能一个人打理家务。我们住在一栋两层楼的石头房子里，楼梯冷冰冰的，夜里我都不敢从房间里出来，肚子饿的时候也不敢起来一个人下楼到厨房去，我睡不着，一边想着厨房里那些吃的，一边承受着对自己贪吃的惩罚。石头房子还有一个小阳台，没有云彩的寒冷冬夜可以从那里看到群山之间有一块雪白的平原。天更冷的时候我们就可以听到狼嚎的声音，人们说狼群夜里会到镇上来，还讲野兽会饿得来敲门。人们还说，如果有人敲门，一定要问是谁再开门。一天晚上就发生了这样的事情，爸爸手里拿着枪把门打开了。春天里也有一次，他手里拿着枪去追踪一只爱吃鸡仔的狐狸，但是我们听到的一直都是他发出的嘎吱声，而不是狐狸的声音。妈妈说鹰也会像狐狸那样偷鸡仔的。然后我突然想到我从来没见过这样一只鹰，我觉得很烦。过了一小会儿，我发现早已过了回档案室的时间了，就站了起来。

一走进那些发霉的纸张之间重新开始发掘研究，我的心情就变得愉快起来。我开始随意翻看起来。欠债人尤素福偿清债务后要回了作为抵押品的驴子，但是在回去的路上他发现驴子的右后腿跛了，就进行了投诉，这样一来他就和侯赛因对簿公堂了。一看到这个案例我笑了。因为我喝了三瓶啤酒，只是略有醉意，所以我知道我笑了，但是又看了一遍同样的东西我还是笑了。后来，我也不管之前有没有看过，手里拿到什么就看什么了。我也不往本子上抄什么东西了。我愉快地看了一张又一张、一页又一页，一直都面带笑容。过了一会儿我好像兴奋起来了，就好像是这件事圆满结束后听一首自己爱听的曲子一样。一方面，我想着与我自身以及我的生活有关的一些乱七八糟的事情，另一方面我也努力把注意力集中到从我面前流过的别的那些故事。宗教基金会的头儿与一个磨坊主就该磨坊的收入问题产生了纠纷，他们诉诸法律，法院统计了一堆有关磨坊主收支状况的数据。教法官书记员也把这些统计的数据规规矩矩地抄了下来，就像我抄到本子上的那样。这些数据占了满满一页纸，它们表明了磨坊的月收入、季收入、磨过的小麦和大麦数量以及前一年的收益，一抄完我就带着一种孩子气的愉快心情看起了手中的清单，觉得很兴奋。

接着我带着一种信念又看了下去：运载小麦的一艘轮船最后一次途经黑摩苏尔码头后消失了。就像它没有到过伊斯坦布尔一样，也没有人出来通报任何信息。我断定船在图兹拉的某个地方，在那个礁石众多的地方连船带货都沉了，而船上的人则都不会游泳。然后我看到了这样一份案例记录，杜尔逊的儿子阿卜杜拉给了两个名叫卡德里和穆罕默德的染布匠四块衬里，想让他们染色，现在想要回来。但我没有抄下来，我弄不明白阿卜杜拉为什么要把衬里要回去。伊斯兰历 991 年 8 月 19 日（1583 年 9 月 7 日）在盖布泽卖腌菜的小贩易卜拉欣·索福三份腌黄瓜卖了一个银币，人们对他进行了控告，法院做了记录。这起事件后的第三天屠夫穆罕默德所卖的价值十三个银币的牛肉被发现少给了一百四十德拉克马（每德拉克马约相当于 3.148 克），这件事也写进了记录，我也把它抄在了本子上。我很好奇如果学院里的那些人以后发现并读了我的这个本子，他们会作何感想呢。他们不可能说这所有的一切都是我杜撰出来的，那他们就只有不安了。要是我能找出一个精彩的故事就好了，那样一来他们就会彻底地大吃一惊。事实上，我的那个做葡萄酒买卖，后来靠着一些阴谋诡计发迹起来的布达克，已经因为这样一个故事而提高了身价。我开始为这个我用注释和文件编码进行装饰的故事找一个有影响力的名字：《上层名流的一个骗局原型：伟大的盖布泽人布达克！》还不错！要是不只是说布达克，而是说布达克帕夏大概会更好吧。他后来当上帕夏了吗？我也许会写篇文章讲讲他是如何当上帕夏的，还会在文章的开头描绘一下 16 世纪上半叶的概况。但是一思考文章里那些令人厌烦的细节我就没了兴致，后来有一会儿我以为我要哭了。我想说这是因为啤酒的缘故，但酒劲已经过了。有什么办法呢，我还在读着。

我看到了一份对塔希尔的逮捕令，他本是个骑兵，却开始当起了土匪，父亲名叫穆罕默德。我看到了有关不许来自周边村子的牲畜践踏专属艾特海姆帕夏的葡萄园的命令，还有一份有关在努莱亭的问题上采取必要措施的命令，有人认为他已死于瘟疫，但又有人提出他是被他岳父用棍子打死的，但我没有抄下来。然后我把一份长长的市场物价统计表原样抄到了本子上。然后我看到厄梅尔的儿子皮尔·艾哈迈德在受托人法图拉教长面前承诺八天之内会偿还自己欠浴室老板穆罕默德的债务。然后我看到有关穆萨的儿子赫泽尔嘴里闻起来有葡萄酒味儿的记录。然后，我想笑，但这需要再喝点啤酒。我把他们的法院记录认真地看了很久，什么都没想，什么都没抄，尽管我确信我已经什么都不找了，但我还是像在寻找什么似的、像在追寻某种踪迹似的谨慎地阅读着，我喜欢这么做。最后我的眼睛看累了，我就停了下来，看了看阳光照射下的地下室窗户。各种想法和影像不停地从四面八方涌到我面前：

我为什么成了搞历史的人呢？十七岁的时候我曾经好奇过一阵，但也仅此而已。春天的时候妈妈去世了，之后爸爸还没等到退休就辞去了县长一职，搬到了天堂堡垒。在天堂堡垒我翻阅爸爸的书籍，在花园和海边溜达的时候思考自己读过的东西，就这样度过了那个夏天。有人问的时候我对他们说我要当一名医生，是的，我的爷爷也是医生。话是这么说，我却在秋天考上了历史专业。有几个人像我一样是自愿把历史选作自己职业的呢？我突然生起气来：塞尔玛常说我这个以自己的愚蠢为荣的毛病是我个性中不可分离的一部分，但是她很高兴我是个搞历史的人。我爸爸大概不喜欢，他一知道我考上了历史专业就喝酒了。奶奶也训斥了爸爸，不让他喝酒。一想到奶奶我就想起了家和尼尔京，我看了看表，快五点了。我已经感觉不到一点酒劲了。过了一会儿我已经连看下去的兴致都没有了，就没等勒扎，自己起身开车回家了。在路上的时候我想，我会去和坐在小屋那里看书的尼尔京聊一聊。要是尼尔京不赏脸的话，我就翻开床头的埃弗利亚·切莱比看看，一边看一边遗忘，然后我就喝点酒，再然后就该吃晚饭了，我会吃饭，会再喝点酒。

15

我狼吞虎咽地把最后一块西瓜塞进嘴里，就从饭桌上站了起来。

"还没吃完饭呢，你现在这是要去哪儿？"奶奶问道。

"奶奶，您别操心了，"尼尔京说道，"梅廷已经吃完了。"

"你想要的话就把车拿去吧。"法鲁克说道。

"需要的话我会过来问你要的。"我说道。

"你说过我那没用的阿纳多尔车在这儿会让人错过很多东西，是吧？"

尼尔京哈哈大笑起来。我没说什么。我上了楼，拿上了那让我感到优越和自信的钱包（因为那里面装着我在酷暑里辛苦了一个月挣来的一万四千里拉），拿上了钥匙，给我非常喜欢的那双北美印第安软皮鞋最后打了一次光，把姨父从伦敦带给我的绿色毛衣搭在肩上（他把那件毛衣送给我的时候还花了很长时间讲他是怎么买到它的），下了楼。从厨房出去的时候我看到了雷吉普。

"小少爷，您的茄子还没吃呢就要去哪儿啊？"

"我都吃完了，连西瓜都吃完了。"

"你真行！"

我走着，想着，我走出花园大门，还能听到尼尔京和法鲁克的谈笑声。他们整个晚上能做的也就是这个：一个为了让另一个觉得某件事很可笑而说长道短，过了一会儿后者也会添油加醋地让前者觉得别的某件事很可笑，他们会这样在昏暗的灯光下坐上几个小时，断定全世界的不公、愚蠢和荒谬都是因为人们自己，然后他们会忘记自己的胡说八道，这时候法鲁克也许已经喝完一小瓶白酒了，要是尼尔京还没睡的话，法鲁克也许会跟她讲讲他那跑掉了的老婆，大概夜里我回家的时候又会发现法鲁克醉倒在桌上，我真惊讶，这样一个家伙有什么资格每次借给他那辆破烂车的时候都要出口伤人呢。既然你那么聪明，那么才思敏捷，又怎么会让你那漂亮又聪明的老婆跑掉了呢？他们住的那块地要是卖的话最少能卖五百万里拉，但是他们吃饭用的盘子的边都破了，刀叉都不成套，拿一个旧药瓶来当盐罐（瓶盖子上侏儒用那锈迹斑斑的钉子钻了几个眼儿），九十岁高龄的可怜的奶奶吃饭的时候撒得到处都是，他们也得毫无怨言地忍受着。走着走着，我就到了杰伊兰家。她的爸爸妈妈也都在看电视，就像别的那些不是很开化的有钱人以及没有其他娱乐活动的可怜的穷人那样。不是很开化的愚蠢有钱人都不知道怎么去消遣！我到了岸边，大家都已经来了，只缺了那个一天到晚像给铐在水管上似的给园子浇水的园丁。我坐下来，听他们聊天：

"伙计们，我们现在干吗？"

"过会儿等我爸妈一睡下我们就可以看录像带了。"

"不会吧，我们整整一个晚上都要挤在这儿吗。"

"我想跳舞。"居尔努尔说道。她跟着想象中的音乐稍微扭动了一下。

"我们要打扑克。"菲克雷特说道。

"我不打。"

"我们去恰姆勒加喝茶吧。"

"有五十公里呢！"

"我也想跳舞。"泽伊奈普说道。

"我们去看土耳其电影娱乐一下吧。"

"快点儿吧，你们快说个地方我们去。"

远处岛上的灯塔一闪一闪的，我看着它是怎么映在平静的海面上，一边闻着弥漫在空气中的杜鹃花、女孩和香水的味道，一边想着。

我想我爱上了杰伊兰，但是一种我所无法理解的感觉却让她离我越来越远。就像我躺着一直想到天亮所想的那样，我知道我应该跟她说说我自己，但是越想我就越觉得这个所要说的"我"其实根本就不存在。我所说的东西就像是一个套着一个的盒子，似乎我的体内一直存在着另外一种东西，也许我本来能够在那些东西之后找到真正的自我并呈现出来，但是我从每个盒子里拿出来展现给杰伊兰看的并不是一个真实、自由的梅廷，而是隐藏着他的另外一个盒子。我这么想着：爱情让人变成了两面派，但是因为我相信自己已陷入了爱情，所以我以为我会摆脱不断产生的这种两面派的感觉。唉，但愿别再这么等待下去了！但我也明白我并不知道自己在等待什么。为了让自己平静下来，我挨个列举出了自己的优势，但这也没有使我得到宽慰。

然后，其他人决定好了要做什么，我就和他们一起走着。我们开着车闹哄哄地去了宾馆的迪斯科舞厅。除了几个来旅游的笨蛋之外一个人都没有。世界那么大，那些游客偏偏来这个既麻木又死气沉沉的地方度假，他们嘲笑起了那些游客。

"愚蠢的德国乡下佬！"

"伙计们，我想娱乐一下，我们做点什么呢？"

然后他们跳了会儿舞，我也和杰伊兰跳了，但什么都没发生。她问我 27×13 和 79×81 分别等于多少，我回答了，她不以为然地笑了，接着劲爆的音乐一响起来她就说她觉得无聊了，走过去坐了下来。我往上走，穿过铺着地毯的寂静走廊，去了干净得让人吃惊

147

的洗手间，一看到镜中的自己，我就想，该死的，所有的一切都是因为我相信自己爱上了一个女孩，我很讨厌自己。爱因斯坦十八岁的时候大概不会是这个样子。洛克菲勒大叔像我这么大年龄的时候大概也不会是这个样子。然后我很长一段时间沉浸在了对财富的幻想之中：最后我用在美国挣的钱在土耳其买了一家报社，但是我不像我们那些愚蠢的有钱人那样把报社弄破产，我很胜任报社老板这一职责，过着一种像"公民凯恩"那样的生活，我是独自一人生活着的一个传奇人物，但是，该死的，我脑子里还有当费内巴切足球俱乐部[1]主席的念头呢。然后我想，一有了钱，我就会忘记所有这些粗俗的东西以及低贱的幻想，我讨厌有钱人，但杰伊兰让我脑子变得乱七八糟了。然后，我闻了闻跳舞时她的手所放的地方，我的衬衫表面，走出了洗手间。我在楼梯上碰到了他们。他们说我们要去别的地方，就都上了车。

菲克雷特的阿尔法·罗密欧汽车的前部像一个飞行驾驶舱，有一些按钮、指针、标记、指示器和一闪一闪的彩灯。我着迷地看了一会儿。在开上伊斯坦布尔到安卡拉的公路之前，图尔贾伊家的车开始挤我们。而后三辆车决定比一比，看谁先开到葛兹泰派十字路口。我们开始飙车，从卡车之间，从公共汽车旁边，从行人桥下面，从加油站、工厂、路边的长凳、咖啡馆、在阳台乘凉的人们、修理工、罢工者、瓜贩、小卖部以及饭馆之间穿过。菲克雷特不停地按着喇叭，他们偶尔会兴奋地喊着、笑着。在一个十字路口红灯一亮，菲克雷特没有踩刹车，而是拐进了侧道，全速朝一辆阿纳多尔车撞去，那辆阿纳多尔在最后一刻把自己甩到了路边，我们才躲过了一场车祸。

---

[1] 一家位于伊斯坦布尔的足球俱乐部，多次获得土耳其足球超级联赛冠军。

"那家伙给吓破了胆，嘴唇上都起水疱了！"

"我们超过他们了，"杰伊兰喊道，"我们把他们全给超了，菲克雷特，加大油门啊！"

"伙计们，我可不想死，我就想好好玩玩。"泽伊奈普说道。

"你想结婚吗？"

"这就是阿尔法·罗密欧。必须懂得去体现它的价值！"

"大哥，了不起，再踩油门，我现在已经什么都不在乎了。"

"阿纳多尔是可怜人才开的车！"

我想，看看最后会怎么样吧。但什么都没发生。我们赢了比赛，然后我们拐进了苏阿蒂耶，开上了巴格达大街。我非常喜欢这条大街，因为它不隐藏自己的丑恶，把自己的虚伪清楚地展现了出来。这条街好像在告诉人们，生活中除了不断出现的两面性外什么都没有：就好像是公然在自己身上书写着"一切都是虚假的"！可恶的公寓大理石！可恶的广告栏！吊在天花板上的可恶的枝形吊灯！灯火通明的可恶的糖果点心店！我喜欢所有这些毫不遮掩自己的丑恶。我也很虚伪，多幸福，我们都很虚伪！我没有看走在街上的那些姑娘，我会因为发现某个女孩很漂亮而感到伤心。要是我有一辆奔驰，我就可以开到人行道的护栏处，也肯定可以猎获其中一个姑娘。杰伊兰，我爱你，就连生活我也只是有时候才爱它！我们把车都停好，走进了一家迪斯科舞厅。门口的牌子上并不是这么写的，而是写的"俱乐部"，但每个人要交二百五十里拉才能进去。

迪斯科舞厅里正放着德米斯·鲁索斯的歌，我和杰伊兰跳了舞，但是我们聊的不多，也没发生什么事情！她很心烦，很心不在焉，也很忧郁，她的双眼出神地盯着远方看不到的一条地平线，就好像她头脑中除了我还想着别的事情似的，那时候，不知道为什么，我很可怜她，我觉得我可能会好好爱她。

"你在想什么？"我问道。

"啊？我吗？没什么！"

我们又跳了一会儿。在我们之间存在着一种必须隐藏的隔阂，我们似乎想通过搂着彼此来掩盖这种隔阂。但是我又觉得所有的这些想法都是些无端的猜疑。过了一会儿，那不是悲伤而是哭哭啼啼的音乐停了，响起了劲爆的音乐，舞池里挤满了被玩乐的欲望点燃热情的人。杰伊兰还留在那里跳，我坐了下来，我一边看着那些身上洒满五颜六色灯光、跳着劲舞的人们，一边想着。

他们弯曲着膝盖抖动着，像愚蠢的母鸡一样摇晃着脑袋！一群笨蛋！我敢发誓，他们并不是因为自己觉得高兴才做了所有的这些事情，而是因为别人在这么做！他们跳舞的时候不知道会不会想着自己正在跳舞？因为他们的动作都很奇怪，如果你一点都听不到音乐的话会觉得这些动作更加奇怪！我跳舞的时候会想自己所做的事情很荒唐，这么想让我心里很郁闷，但是为了让这个女孩爱上我，很遗憾，我必须得做这些奇怪的动作，想到这些才可以安抚一下自己，这样一来，我的思维就会像已经融入了这群笨蛋之中似的进行思考，但我不会融进去，结果就是我会成功地做到既能像其他人那样，也可以像我自己一样，能做到这个的人非常少！我很高兴！过了一会儿，为了不让他们说我一个人坐在这儿装心事重重、若有所思的小青年，我也过去跳那傻乎乎的舞了。

不管怎么说，我没有弄得自己满身是汗。不久我们回去坐了下来，他们马上又开始了，很热，很挤，我出了很多汗，我很烦，我玩得很过瘾，很好，很糟糕，但是因为音乐很吵，他们也都厌倦了说话。他们很晚才明白自己不值得费力气去说话。后来，他们说在这种气氛里也没什么可干的了，我觉得很无聊，来吧，我们走吧，我们快去个别的地方吧，快点！

我们站了起来。菲克雷特付了钱。我和韦达特表现得想要一起分担费用，或者大家各付各的，但是正如我们所期待的那样，钱的事菲克雷特连提都不让我们提。这时，我看到其他人在敲图尔贾伊的宝马车的玻璃，还笑着，我走过去一看，胡莉娅和图朗互相搂着睡在后车座上！泽伊奈普满怀幸福和赞叹地哈哈大笑起来，就像是因为自己感受到的一种爱的力量而激动起来了。

"他俩本来就没下过车！"她后来说道。

我在想，像我这个年龄的一男一女已经可以像"真正的情人"那样互相搂着睡觉了。

我们开车走了。就要开上去安卡拉的那条路的时候，图尔贾伊家的车停在了角落里的西瓜贩子那里。图尔贾伊下了车，在煤气灯下和小贩说了些什么。小贩转身看着等在那儿的三辆轿车。不久图尔贾伊过来了，透过车窗对菲克雷特说道：

"他不给，他说没有。"

"是我们的错，"菲克雷特说道，"我们来的人太多了。"

"他没有吗？"居尔努尔问道，"那我现在怎么办？"

"如果你们愿意喝酒的话，我们可以从某个地方买到。"

"不行，我不要酒。我们去一个药店吧。"

"你去药店买什么？"

"其他人都怎么说？"菲克雷特问道。

图尔贾伊去了另一辆车那儿。过了一小会儿他回来了。"他们说要买酒。"正要走的时候他又停住了，"他们说石子路还没铺好！"

"好的，"菲克雷特说道，"我知道了！"

我们上路了。还没到马尔泰佩的时候他们相中了一辆德国牌照的轿车，上面装满了行李，车尾都压塌下去了。

"还是一辆奔驰！"菲克雷特喊道，"伙计们，快！"

他用侧灯给图尔贾伊家的车发了个信号，然后放慢自己车的速度落在了后面一点。我们看到，图尔贾伊的宝马车先是从左侧超过了奔驰，但它不像一辆从左侧超车的汽车那样加大油门开走，而是慢慢地向右侧打方向盘，把奔驰往路边上挤，奔驰使劲按着喇叭，开始左右摇晃起来，后来为了不撞上图尔贾伊的宝马，只好很无奈地让一个车轮开到了公路外沿地势较低的石子路上。大家都笑了。他们把它比作一条正在逃跑的可怜的瘸腿狗。然后图尔贾伊的宝马加大油门开走了。奔驰刚把自己从困境里解救出来——

"快，菲克雷特，该你了！"

"还没到时候。让他先缓一缓。"

奔驰里只有一个人，我想他也许是个从德国回来的工人，但我不愿意再多想下去。

"伙计们，千万别往那边看！"菲克雷特说道。

他也像图尔贾伊那样先是从左侧超车，然后一点一点地往右靠。奔驰疯了似的摁起了喇叭，女孩们咯咯地笑了起来，但她们大概也有点害怕了。菲克雷特再一往右拐，这个在德国工作的土耳其工人的车轮又一次开上了石子路，而它又开始左右摇晃时，他们放声大笑了起来。

"你们看到那家伙是什么表情了吗？"

我们加大油门开走了。过了一会儿，韦达特的车大概也成功地做到了同样的事情，因为我们听到了奔驰愤怒地吼出的绝望喇叭声。然后我们在一个加油站会合了。他们熄掉车灯，藏了起来，那个在德国工作的土耳其人的奔驰慢慢地从我们面前开过的时候，他们都雀跃着笑了起来。

"太可怜了，我有点同情那个人了。"泽伊奈普说道。

然后他们兴奋又开心地向彼此讲述着刚才发生的一切，他们说了一遍又一遍，我觉得很烦。我去了那里的小卖部，要了一瓶葡萄酒，把它给打开了。

"你是伊斯坦布尔人吗？"店老板问道。

小卖部里面像一个珠宝店的橱窗似的那么亮堂。不知道为什么，我想在那里坐着待一会儿，想听听小收音机里的女声唱着土耳其歌曲，想要忘记一些东西。我脑海中闪过了许多乱七八糟的念头，都是些关于爱情、罪恶、喜爱和成功的念头。

"对，我是伊斯坦布尔人。"

"那你们这是要去哪儿啊？"

"我们就是逛一逛！"

店老板睡眼惺忪，十分疲惫，但还理解地点了点头。"哈！和姑娘们一起……"

我本来是要说些什么似乎很重要的事情，他也磨磨蹭蹭地等着我说些什么，但是他们摁喇叭了。我跑过去上了车。嘿，你去哪儿了，他们问道，因为你我们都要赶不上那辆车了。然而，我以为都已经结束了——还没有结束。我们开得飞快，过了潘迪克之后我们又看到了它，它正像一辆疲惫的卡车那样缓慢地爬着坡。这一次先是图尔贾伊从左侧插过去，他把奔驰往右边挤的时候韦达特从右侧插了过去，紧接着我们从后面靠了上去，像是要碰到它的保险杠似的向前逼近。这样一来，我们把它挤进了一个岔口，它只有比我们开得更快才能从这个岔口出去。过了一小会儿，它想加速摆脱出来，但还是没能甩掉我们。我们拼命摁着喇叭，用远光灯逼近它的车尾，一直挟持着它。然后他们把窗户全部打开，音乐的声音也开到最大，伸出胳膊敲打自己的车门，叫喊着，把身子探出窗外唱歌。吓坏了的奔驰被我们挤在了中间，因为它也和我们一起不安地鸣起了喇叭，这就变得更加嘈杂了，在这种嘈杂声中我不知道我们疯了似的穿过了多少房子、街区和工厂。最后，那个在德国工作的土耳其工人想到了减速，我们后面的公共汽车和卡车越来越多，我们也不得不最后跟他打了个招呼，放他走了。经过他的时候我转过身，看了看远处灯光下阴影中那个工人的脸——他好像根本就看不到我们似的。我们使他忘记了自己的生活、回忆和将来。

我不再想了，喝了口葡萄酒。

经过天堂堡垒岔路口的时候我们停都没停就开过去了。然后他们决定去挤一辆里面坐着一对可笑的年迈夫妇的阿纳多尔车，但没一会儿他就改变了主意。我们从加油站出来之后经过一个地下妓院的时候，菲克雷特按了按喇叭，把车灯弄得一闪一闪的，但谁都没问什么。我们又往前开了一会儿之后——

"你们看看我要干吗！"杰伊兰说道。

我一转过身看了看后面，看到杰伊兰把她赤裸的双腿从后车窗伸了出去。借着从后面驶来的汽车灯光我看到她那晒黑了的修长双腿缓缓地移动着，她的腿跟那些沐浴着舞台灯光的细心、审慎、专业的腿完全一样，又好像是在空地上绝望地寻找某些东西似的。她光着雪白的双脚，为了抵御凉风而上下微微晃动着。然后居尔努尔抓住杰伊兰的肩膀，把她拉了进来。

"你喝醉了！"

"我一点没醉，"杰伊兰说道，开心地哈哈大笑起来，"我才喝了多少！我玩得很过瘾。一切都多么美好啊！"

然后我们都不说话了。我们就像是正从伊斯坦布尔赶去安卡拉完成一项重要任务似的，从破旧的度假小镇、工厂、橄榄和樱桃园之间穿了过去，途中我们一句话都没说，好像也听不到那还在响着的音乐，每次旁边有卡车和公共汽车经过的时候，我们就漠然麻木地鸣响喇叭，就这样走了很久。我想着杰伊兰，似乎就因为她刚才的举动，我就能爱她一辈子。

过了海莱凯之后我们把车停在一个加油站，下了车。我们从小卖部买了些劣质葡萄酒和三明治。从一辆公共汽车下来了一些疲惫而又怯懦的旅客，我们混到他们当中吃起了手里的东西。我看到杰伊兰走到路边，她一边出神地看着来回过往的车辆，一边吃着三明治，就像那些一边看着流水一边填饱肚子的人一样，而我一边看着她，一边思考着自己的未来。

过了一会儿我看到了菲克雷特，黑暗中他慢慢地走近杰伊兰。他递了一支烟给她，她点着了。他们聊了起来。他们离我不是很远，但是因为来回过往车辆的噪声，我听不到他们在聊什么，我也非常好奇。不久这种奇怪的好奇变成了一种奇怪的恐惧。我马上就明白，要克服这种恐惧，我就必须到他们身边去。但是在黑暗中，完全像在梦中似的，我感到了一种卑微、下贱的羞怯。但是，这种挫败感也跟别的一样并没有持续太久。过了一会儿我们又上了车，什么也不想，朝黑夜驶去。

16

　　当所有那讨人厌的噪声平息下来时，当整天让我头脑发涨的沙滩、快艇、孩子、歌声、收音机、醉鬼、咒骂、电视机和汽车的噪声停息时，当最后一辆车按着喇叭从花园门前经过时，我就会缓缓地从床上起来，就那样站在百叶窗后面，竖起耳朵听外面的声音：一个人也没有，大家好像都很累了，应该早就睡着了。只有微风，只有大海轻柔的涛声，只有沙沙作响的树林，有时没有这些时，附近就会有一只蟋蟀，一只迷茫的乌鸦，或许还有一条不知羞耻的狗。那时我会悄悄地推开百叶窗，听听它们，听听幽幽长长的一片寂静。之后想到已经活了九十岁我就会感到毛骨悚然。落有我身影的草丛中吹来了一阵微风，我的腿觉得好像有点冷，这风也让我有点害怕。我是不是该回到床上躺进温暖的被窝里？但我还是站在那里，再一次感受一下寂静中的等待——就好像是会有什么事要发生似的，就好像我和别人说好了似的，就好像世界能给我展示一件新的事物一样，我等了又等，之后我关上百叶窗，回到床旁，坐在床沿上，看着表，已经是一点二十分了，我想，在这件事上，塞拉赫丁好像也弄错了，是的，就根本没有什么新的事物！

　　每天都是一个新的世界，法蒂玛，每天早上塞拉赫丁都会这么说，世界就像我们一样每天早上都是新生的，这让我是那么地激动，有时太阳还没有升起我就会醒来，我在想，不一会儿太阳就会升起来，万事万物都是崭新的，和那些新鲜的事物一起，我自己也会变成崭新的我，见到我根本不了解的东西，我会学着去了解，了解之后我就可以再一次看到我所知道的东西，我是如此激动，法蒂玛，以至于我想从床上一跃而起跑进花园里，观赏太阳是怎么升起来的，在太阳升起时，我想看到所有的植物和昆虫是怎么微微颤动着改变的，之后，我要一刻不停地跑到楼上把我看到的记录下来，法蒂玛，你为什么没有这种感觉，为什么一句话也不说，你在想什么？你瞧，你瞧，法蒂玛，你看到那蛹了吗，它做了什么，有一天它会化成蝴蝶飞起来的！啊，人应该只把看到的东西和看到后尝试过的东西记录下来，那样一来，就像那些欧洲人一样，比如就像达尔文，多么伟大的家伙，或许我也会成为一名真正的科学家，但是很遗憾，在这混沌的东方，人做不成什么事儿，做不成吗，为什么，我也有眼睛，我也有双手，以及感谢真主，我也有比这国度中所有人都要好的脑袋来进行观察、做实验，是的，法蒂玛，你看到了吗，桃树是怎么开花的，你说它们为什么会散发出这样的味道呢，好吧，味道是什么呢，给我们这种感觉的是什么，法蒂玛，你看到无花果树那么疯长了吗，蚂蚁是怎么发出信号的，法蒂玛，你注意过吗，西南风来之前海平面是怎么上涨的，东北风之前它是怎么回落的，人应该时时刻刻都注意，要观察，因为只有这样科学才会发展，我们也只能这样来训练我们的头脑，要不然，就会像在咖啡馆的角落里打着盹的他们一样，就像蠢蛋们一样，唉，他常常这么说，而后，在下雨之前，一听见天空开始发出"轰隆轰隆"的声音，就会极其兴奋地从他的房间里飞奔而出，两级两级地跳下楼梯，冲到花园里，仰面朝天躺在地上，看着乌云，看着，直到全身都淋得湿漉漉的。我知道他要把乌云也记录下来，为了记下来他也在找一个理由，因为他老是说，每个人一旦靠他自己弄明白了每件事物的原因，那么他们的脑中就不会有真主待的地方了，因为花朵绽放、母鸡下蛋、大海潮起潮落、天空轰鸣和下雨的原因，并不是真主的奥妙，而是我要记载在我百科全书中的那样。到那时，他们会明白事物仅仅是由事物引发出来的，他们的真主并没有创造什么。即使真的存在真主，他们也会看到，那个真主只是坐下来欣赏，我们的科学知识已经夺走了他所能做的所有事情。你说说看，法蒂玛，在这个世界上，无论是谁，除了看着事情的发展之外没有足够的力量去做成一件事，他还能算是真主吗？是呀，你不说话了，不是吗，因为你也明白，真主已经不存在了。就像你一样，一旦有一天他们也读到我写下来的东西而明白了这些，看看会发生什么，你在听我说吗？

不，我不听你说，塞拉赫丁，而你也不是在跟我说话。一旦明白真主什么也做不了，人们就会靠自己来完成所有的事情，一旦他们发现恐惧和勇气、过错和罪孽、懒散和活力、好和坏都掌握在他们自己的手中时，那会发生什么，法蒂玛？他常这么说，然后就会像是坐在书桌前而不是餐桌酒瓶旁似的，突然站起来，开始来回走着，叫着：那时，他们就会变得像我早些年的时候一样，会害怕得缩手缩脚，会不相信自己的那些思想，会由于心头一掠而过的东西而感到恐惧，会因为思考了他们思考过的东西而笼罩在恐惧之中，会明白其他人也会思考同样的东西而带着一种窒息的恐惧颤抖，感受到罪过和害怕，那时，他们就会因为我把他们带到了那种地步而大发雷霆，但是因为没有别的办法，为了尽早摆脱这种恐惧，他们会跑到我这里来，是的，他们会到我这儿来，会看我的那些书，看我的四十八册百科全书，他们会明白，真正神圣的东西就是这些书，就是我，法蒂玛。是的，我，塞拉赫丁医生，在20世纪里我为什么不取代"他"而成为所有穆斯林新的神？因为我们的神就是科学，你听到了吗，法蒂玛？

没有！现在我觉得，就连听这些都是一种罪过，因为我早就吃完了雷吉普做的带馅的土豆，吃完了没有味道的韭葱，往盘子里装上阿舒莱点心，退回到我那狭小冰冷的房间里。我坐在那儿，紧紧地并拢双腿免得受凉，用我的小勺子慢慢地吃着我的那份阿舒莱。一颗石榴籽，四季豆，鹰嘴豆，干无花果，玉米，黑葡萄干，榛子，所有这些东西上面都洒上点玫瑰水，多么惬意，多么美妙！

还是没有睡意。我从床沿上站了起来。我想吃阿舒莱。我走到桌旁，坐了下来。上面有一瓶花露水，不是玻璃的，但是可以看见里面。昨天下午我刚看见的时候以为是玻璃的，但用手一摸就明白了，我讨厌这东西，这是什么，我问。尼尔京说，奶奶，没有玻璃瓶了。不听我说就往我的手腕上抹了抹。塑料做成的东西也许能给你们带来一种生活，但不是给我。我没这么说，因为他们是无法理解的。塑料是你们那生下来就已经腐朽了的灵魂！要是我这么说他们或许会笑的。

他们会笑。那些老人多么奇怪啊，他们会笑；您好吗，奶奶，他们会笑；您知道电视是什么吗，他们会笑；您为什么不下楼来和我们一起坐坐，他们会笑；您的缝纫机真漂亮，他们会笑；它还有踏板，他们会笑；躺着的时候您为什么把拐杖拿到床上，他们会笑；要我开车带您转转吗，奶奶，他们会笑；您睡衣的手工真漂亮，他们会笑；选举的时候您为什么不投票，他们会笑；您为什么总是在翻您的柜子，他们会笑；你们看着我的时候为什么总是那样笑，我要是这么说他们还会笑，他们会笑，却还会说我们没有笑啊，奶奶，他们还会笑。或许是因为他们的爸爸和爷爷一生中都在哭泣吧。我心中有点烦闷。

要是我叫醒侏儒，说我想吃点阿舒莱会怎样？要是我用拐杖敲地板，醒醒，侏儒，他就会说，老夫人，这个时候怎么会有呢，而且又是这个季节，您现在不要想，好好地睡一觉，明天早上我把您……你要是帮不了我的忙，你为什么还在这里，啊？滚！他会立刻就去找他们：你们奶奶给我受的气太多了，孩子们，太多了！好，那么，你为什么还在这里，这个侏儒怎么还在这里，他为什么不像他的兄弟一样滚得远远的？因为他说过，老夫人，您也知道，已经过世了的多昂先生对我们说，你们收下这些钱，雷吉普，伊斯梅尔，拿着，过你们想过的生活，我因为我父母的罪孽而承受着良心上的痛苦，我已经受够了，把这钱拿上，他说这话的时候，聪明的伊斯梅尔，谢谢你我的兄弟，好吧，他说着拿了过来，用那钱为他自己在坡上买了那块地皮盖了房子，昨天去墓地的时候你们不是从它前面经过了吗，您现在为什么要装作不知道呢，老夫人，难道让我们俩一个成了瘸子、一个成了侏儒的不是您吗？住嘴！突然我感到了害怕！他肯定欺骗了每一个人。全都是因为我的多昂像个天使一样，你们对他说了什么，你们这些废物，欺骗了我的孩子，拿走了他手里的钱，还有你，我的儿子，我也不会再给你什么东西了，如果你想要的话，来吧，看看我的盒子，本来就因为你那醉鬼父亲什么都不剩了。妈妈，求你了，不要这么说我爸爸，你的金钱，你的钻石，该死的，所有的罪恶本来都是因金钱而起的，给我，我要把这盒子扔进海里。不，妈妈，我还要用它来做点有用的事，你瞧，你知道我在写信吗，我认识农业部长，上学的时候他比我低一级，我正在准备法律草案，我发誓这次肯定有用，妈妈。好吧，好吧，盒子归你了，我不要了，但是你就不要干涉我喝酒了。我从桌旁站了起来，走到柜子跟前，掏出钥匙打开了门，我闻到了柜子里的味道。我记得我是放在第二个抽屉里的。我打开了第二个抽屉。就在那儿。打开之前我闻了闻味道，打开之后我又闻了闻空盒子的味道，我想起了我的童年时光。

伊斯坦布尔已经是春天了，我还是个十四岁的小姑娘，我们要在第二天的下午去郊游。说说看，我们打算去哪儿？爸爸，我们要去许克吕帕夏家。他不是有三个女儿吗，蒂尔坎，许克兰和尼甘，我很喜欢和她们一起玩，我们总是很快乐；她们弹钢琴，模仿别人，给我念诗，有时甚至给我念翻译小说，我很喜欢她们。好啊，很好，但是现在已经很晚了，快点，你睡吧，法蒂玛。好的，我会睡的，我会想着我们明天要去那儿，想着想着就会睡着的。我爸爸关上了门，关门时刮起的风吹来了爸爸的气味，我躺在床上想着她们，想着想着就会睡着的，早上的时候我会在枕头边上发现美好的一天——就像盒子里的味道一样，但是突然我惊呆了——够了，笨蛋盒子，我知道生活是什么。傻姑娘，生活会进入你的体内，焚烧你的每一个地方，哎呀，主啊，它会把你撕成碎片的！突然，我成了那样的女孩，差一点想把盒子扔掉，但我忍了下来——要不然以后我该怎么来打发时间。藏啊藏的，但总会有用它的时候。这次我把它藏在了第三个抽屉里，关上柜子，锁好了吗，我又看了一眼，是的，我锁好了。然后我走过去躺到了床上。我床的上面是天花板。我知道我为什么睡不着。天花板的颜色是绿色的。是因为最后一辆车之后的那辆车还没有来。但是绿漆已经脱落了。他来的时候我可以听他的脚步声，就可以知道他躺下了。它下面露出了黄色。知道以后，我就相信整个世界都属于我了，我就可以躺在绿色下面露出的黄色之下呼呼睡觉了。但是我睡不着，我想着那些颜色，想着他发现色彩奥秘的那一天。

颜料和色彩的奥秘很简单，法蒂玛，一天塞拉赫丁这么说道。他把餐桌翻了过来，在上面放了个套在多昂自行车后轮上的七彩环，指给我看。你看到了吗，法蒂玛，这里有七种颜色，但是现在你看，你的七种颜色会变成什么。他带着一种狡黠的笑容飞快地转起了自行车的脚踏，我吃惊地看到七种颜色混合在一起变成了白色，吓了一跳，他大笑着在屋子里跑来跑去。吃晚饭的时候，他骄傲地解释了那个不久之后就被他抛到一边的原则：法蒂玛，我只会记下我亲眼看到的东西，这就是我的原则。没有经过试验证明的东西我是不会写进我的百科全书的！但是不久他就忘记了这句话他已经说过了多少遍，因为他明白了，生命太短暂，而百科全书则很长，就在他发现了死亡之前的那些年里，谁也没有时间给所有事情做试验，法蒂玛，他说，我在洗衣房里建起来的那个实验室，不过是年轻人心血来潮的一个产物，而试图通过再一次的试验来证明西方人已经发现并揭示了的知识宝藏的人要么是个笨蛋，要么就是个自大狂，就好像他知道我会认为，你这两个都是，塞拉赫丁。然后他就会变得狂怒，生着自己的气，大叫起来。就连伟大的狄德罗也没能在十七年间完成他的百科全书，法蒂玛，因为他太骄傲自大，有什么必要与伏尔泰和卢梭争吵呢，愚蠢的家伙，因为他们至少和你一样也是伟大的人物，要是人们不接受在他们自己之前的一些伟大人物所想到并找到的一些东西，那么所有的事情都会半途而废。我是谦虚的，我承认欧洲人在我们之前发现了所有的事情，他们研究过最为细小的细节。对同样的事物再进行一次研究和发现是不是很愚蠢？我没有必要手里拿着杆秤重新称量来搞清楚金子的密度是每立方厘米 19.3 克，也没有必要往口袋里装满金子，走进伊斯坦布尔那群无耻的人中间，来明白金子能够买下包括人在内的所有东西，法蒂玛！正确的东西只能被发现一次，法国的天空也是蔚蓝色的，无花果树在纽约也是 8 月结果，正如鸡蛋在我们的禽舍里能孵出小鸡一样，我发誓，法蒂玛，今天在中国也会孵出来的，水蒸气在伦敦能使机器运转的话，在这里也能的，巴黎没有真主的话，这里也就没有，人在任何地方都是独立和平等的，共和国永远是最好的，而科学则是一切之首。

塞拉赫丁说了这些之后，他就放弃了让盖布泽的铁匠和炉匠来制造奇怪的机器和工具，放弃了为凑够买这些东西的钱来求我，放弃了喊那个犹太人来，他再也不能为了演示喷枪是什么原理而用炉子的排气管做成个罐子，一桶一桶地往里面灌水，像个在精神病院院子里看着水池寻找安宁的疯子一样打发时间了，他还放弃了为找到并展示电是个什么样的东西而放飞被雨淋得像面团一样湿漉漉掉下来的风筝，放弃了摆弄放大镜、玻璃、漏斗、顶端冒烟的管子、彩色的瓶子和望远镜。为了洗衣房里那些荒唐的东西花了你不少钱，法蒂玛，他常说，你以前常说这都是些孩子气的东西，你的话是很有道理的，非常抱歉，以为凭借着家里建起来的业余实验室就能为科学做点贡献，这不仅仅是年轻的冲动，也是一种孩子气，这种孩子气来自不知道科学是多么伟大的东西，拿着这把钥匙，和雷吉普一起把它们拿走吧，扔进海里，如果你们愿意的话也可以卖掉，你们想怎么做就怎么做。哈，把那些牌子也拿走，还有昆虫标本，鱼骨架，我傻乎乎地烘干了的那些花朵和叶子，那泡在药水中的老鼠、蝙蝠、蛇和青蛙的尸体，拿着那些罐子，法蒂玛，哎呀，主啊，现在有什么好恶心的，有什么好害怕的，好吧，好吧，把雷吉普叫来，我要马上摆脱掉这些荒唐的东西，实际上我的书也已经没什么用处了，这很好，因为，以为我们待在东方能够成功地找到并说出一种新的事物，这种想法只是彻底的愚蠢。那些人已经发现了所有的一切，没有什么可以说出来的新的语句了。听听这句话：日光之下，并无新事！法蒂玛，你看到了吗，就连这句话都不是新的，就连这句话，真是见鬼，也是我们从他们那里学到的，你明白我的话了吗，我也已经没有时间了，我知道我已经不能把我的百科全书装订成四十八册了，把这些材料装订成五十四册最好，但是另外一方面，我迫不及待地想让这部作品变成人们的财富，写一部真正的作品是多么地摧残人啊，我知道我也没有权利把它写得简简单单，法蒂玛，因为很遗憾，我无法满足于做一个和那些傻瓜一样的灵魂简单的普通人，这些人用一百页的小册子来展示事实的一个侧面、一个角落的一端，而后还多年摆出一副臭架子，法蒂玛，你瞧阿卜杜拉·杰夫代特的那本小册子，肤浅、简单的家伙，难道全部真相就这些吗，而且还错误地理解了德·帕瑟，根本没读过伯纳桑斯，尤其还把"博爱"一词用错了，但是你给这帮家伙纠哪儿的错呢，而且你纠正了的话又有谁会明白，这些笨蛋，你跟愚蠢的民众应该把一切都讲得简简单单，好让他们明白，因此，我为了想给他们讲讲那科学的发现而痛苦不堪，我在书里面时不时地放进些俗语和谚语，好让这帮牲口明白。我回想着塞拉赫丁是这么喊叫的，正在此时，我突然听到了最后一辆车之后的那辆车的呼呼声。

车在花园门口停了下来。马达呼呼作响的同时门打开了，我听到，那是什么音乐，这么奇怪，这么恶心！而后我听见了他们的谈话。

"明天早上到杰伊兰家，好吗！"其中一个人说。

"好的！"梅廷对他喊道。

然后汽车，像是痛苦地叫喊着启动了，之后咆哮着滚远了。之后，梅廷穿过花园，嘎吱嘎吱地打开厨房门，走了进来，上了有五级的台阶，进入塞拉赫丁常说的餐厅，从那儿通到楼上的楼梯，有十九个台阶，他上了楼，当他从我门前经过的时候我突然想：梅廷，我要叫梅廷，到这边来，过来我的孩子，给我说说，你去了哪里，外面都有什么，这么晚了世界上都还有什么，你快说说看，你们去了哪里，看见了什么，给我一点好奇，让我激动一下，让我高兴一下，但是他已经进了他的房间。我数数，数到五他就会把自己扔在床上，整栋房子都会颤动，颤动了，我又一次数到了五，我发誓，他会睡着的，三，四，五，就现在，带着年轻人的困劲儿，他肯定已经香香地睡着了，因为你要是年轻你也会睡得很香，不是吗，法蒂玛？

但是我十五岁的时候就已经不能像那样睡着了。我总是在等待着一些东西，等待着摇摇晃晃地乘马车旅行，等待着弹钢琴，等待着我姨妈的女儿们到来，而后等待着来人的离开，等待着吃饭，等待着吃饭时起身离开饭桌，等待着能结束所有这些等待的更加长久的等待，而人从不知道等待的是什么。然后，随之过去了九十年，就像是从上百只小水龙头中流到大理石水池中的粼粼闪亮的水一样，我知道所有的一切填满了我的脑子，在炎热而又死气沉沉的夏夜的寂静之中，只要我把身体靠近那清凉的水池中，我就可以从中看到我自己，看到自己满脸是斑，为了不把它弄脏，为了粼粼闪亮的水面之上不落灰尘，我就好像想把自己吹到空中。我原本是个小巧、纤细的女孩。

有时候我也很想知道，人一生是否能一直是个小女孩。像我这样的女孩，要是不想长大，不想陷入罪孽之中，要是她所想要的就是这个，那么她就一定有权利保持这样，可是她怎么才能做到这样呢？小的时候在伊斯坦布尔，在我去她们家做客的时候，我听过尼甘、蒂尔坎、许克兰依次读了一部翻译成土耳其语的法国小说：说是有基督教的修道院，如果你不想让自己受污染，你就可以上山顶，到它里面等着。但是在听尼甘读那本书的时候，我想这是多么奇怪和丑陋啊，她们待在那里，就像是那些不想下蛋的懒惰母鸡一样挤作一团。我一想到她们后来长大再衰老就觉得有些恶心：基督教的东西，十字架，十字架，十字架。留着黑胡子、眼睛发红的神父会在冰冷的石墙内变腐朽的！我不想这样。我想要一直这样维持现状，不让别人看见。

不，我睡不着！看着天花板也没有用。我转了个身，缓缓地起来了，走到桌边，我看着托盘，就像是第一次见到似的。今晚侏儒端来了些桃子和樱桃。我拿了颗樱桃，放进嘴里，就像是颗巨大的红宝石，在嘴里含了一会儿，之后我咬了一口，慢慢地咀嚼着，等待着水果汁和味道把我带到什么地方去，但是没用。我还在这里。我把核吐了出来，又试了一颗，接着又是一颗，然后又吃了三颗，在我吐核的时候我还是在这里。很显然，今晚会过得很艰难⋯⋯

17

　　我醒来一看，太阳已经照在了我的肩膀上。鸟儿站在枝头，爸爸妈妈则在里面说起话来了。

　　"哈桑昨天几点睡的？"爸爸问。

　　"我不知道，"妈妈说，"我早就睡了。你还要点面包吗？"

　　"不，"爸爸说，"中午，我会回来看看他在不在家。"

　　之后他们都没有说话，但是鸟儿没停嘴，我躺着，听着鸟儿的叫声和飞驰赶往伊斯坦布尔的汽车声。而后，我从床上起来，从裤子口袋里掏出尼尔京的梳子，又重新躺了下来。在从窗户射入的阳光下我看着那梳子，我就那样躺了一会儿，想着。一想到我手中拿着的这个东西曾从尼尔京发丛中最僻静的角落里滑过，我就有了一种奇怪的感觉。

　　然后我悄悄地从窗户钻了出去，从井里打水洗了脸，感觉自己好多了，就像我半夜时想的那样，我不认为我和尼尔京不能在一起，不认为我们俩不是同一个世界里的人。我进了屋子，穿上泳衣、裤子和塑料鞋，把梳子装进口袋，就在我要出去的时候我听见门口有声响。很好，爸爸要出去了，这意味着早餐吃土豆、奶酪和橄榄时再也不会听到生活是多么艰辛、高中文凭又是多么重要的话了。他们在门口说着话。

　　"告诉他，今天要是再不坐下来学习的话……"爸爸说着。

　　"昨天晚上他坐那儿学了呀。"妈妈说。

"我去了花园，从窗户看了看屋里，"爸爸说，"他是坐在桌子旁，但并没有在学习。一看就知道他的心思在外面。"

"他会学的，会学的！"妈妈说。

"他自己知道，"瘸腿的彩票贩子说，"不行的话我就会把他送到理发店去当学徒。"

然后我听见他一脚深一脚浅地离开了。他咔嗒咔嗒地走了以后，我出了房间，到了厨房，开始吃饭。

"坐下，"妈妈说，"你为什么站着吃饭？"

"我这就要走了，"我说，"不管怎么样，不管我怎么努力他都不会知道，我听见爸爸的话了。"

"你别管他，"她说，"快点坐下来好好吃！我给你倒杯茶，你要吗？"

她十分爱怜地看着我。突然我想我是多么喜欢妈妈，又多么讨厌爸爸。我很可怜妈妈，我想到因为爸爸有段时间老打她，以至于我没有其他的兄弟。这是遭的哪门子罪？但是我的兄弟就是妈妈。我想，我们就好像不是母子，而是兄弟，上天为了惩罚我们而让我们住在这个瘸子的家里，靠他卖彩票赚钱，你们能过什么样的日子就去过什么样的日子吧，老天好像就是这么个意思。是的，虽然我们的状况还不是很糟糕，我们班里还有比我们家更穷的，但我们连个店老板都不是。要是花园里没有土豆，没有青豆，没有辣椒，没有大蒜，为了放进锅里做饭的那些东西，我漂亮的妈妈就不可能从那个卖彩票的吝啬鬼那里拿到一分钱，或许我们都会饿着。一想到这些，我突然想把所有的事情都告诉妈妈，把这个世界讲给她听，告诉她我们是大国的玩物，告诉她这个世界上还有共产主义分子、唯物主义者、帝国主义者和其他的东西，还要告诉她以前臣服于我们的那些民族，如今我们是如何落到了不得不向他们伸手讨要的地步。但她不会理解的，她只会抱怨自己不幸的命运，但就不会想想为什么会这样。她还在看着，我烦了。

"不用了，妈妈，"我说，"我这就走。我有事。"

"好的，我的儿子，"她说，"你自己看着办。"

很好，漂亮的妈妈！但紧接着……

"那就别回来得太晚，在你爸爸中午回来之前要学一会儿。"她说。尽管如此，她还是我的漂亮妈妈。

有那么一阵儿我在想是不是要问她要点钱，但是我没有要，我出了门，走下山坡。她昨天给过我五十里拉。雷吉普伯伯也给过二十里拉，我打过两次电话，花了二十里拉，还有十五里拉的肉馅烤饼，还剩下三十五里拉。我从口袋里掏出看了看，是的，我就是有三十五里拉，算这个账既不需要对数函数也不需要开平方根，但是让我留级的那些人、所有的那些老师和先生的目的又是另外一回事，他们想让我留级，想让我为难，他们想让我一直为难，直到学会屈服，好让我养成知足的习惯。我知道，在你们看到我养成了这种习惯的时候，你们很开心，会很高兴地说他已经学会了生活，但是，先生们，我不会去学你们所谓的生活，我要手里拿着枪来教你们——那时，我会告诉你们我要想做什么样的事情。他们开着车，飞快地从我身旁经过，朝坡上开去。我一看，对面的工厂里也在罢工。我烦躁不安起来，想做点什么事情，至少想要去一趟协会，但是我担心会只有我一个人待在那儿——要是我抛开穆斯塔法和塞尔达尔，自己一个人去会怎么样？我想，独自一个人，就连于斯屈达尔我都可以去。给我一个好的、正儿八经的任务，在墙上写标语、在市场里兜售邀请函对于我来说是不够的，给我一个大的任务，我会跟他们这么说。有一天，电视里、报纸上也会提到我，我这么想道。

来到海滨浴场之后，我透过铁丝网看了看，尼尔京还没来。我走了一会儿，又一次想了想，之后我在街道上转着，又思考了一会儿。他们坐在阳台上，坐在小花园里，吃着早饭，母亲们，儿女们——有些人家的花园是那么小，桌子靠马路是那么近，我甚至可以数清楚盘子里的橄榄了。把所有的人都召集到海滩上，"排好队，懒惰的家伙们"，要是我能走上高台对他们说这一番话就好了。你们不觉得羞愧吗，你们不害臊吗，我们知道，你们不怕进地狱，但是你们连良心也没有了吗，庸俗、贫穷、没有道德的家伙们，除了考虑你们自己的心情，考虑你们的店铺和工厂的利润之外其他什么都不想，你们怎么能够这么活下去，你们是怎么做到的，我不明白，但是我会让你们好看的。枪声和机枪！他们也不放映历史影片了。我可以做点手脚，让大家反目成仇，他们就不会忘记我了。我来到了尼尔京家门前，看了看，什么人也没有。要是我打电话，把这些告诉她的话——做梦！我回到了海滨浴场，又看了一次，她还是不在。过了一会儿，我看见了雷吉普伯伯。他手里拿着网兜。他一看见我就改变了方向，朝我走了过来。

"你又在这里干什么？"他问。

"不干什么！"我说，"昨天学得太多了，现在溜达溜达。"

"快点回家去吧，孩子，"他说，"这里没你什么事。"

"哈，"我说，"伯伯，昨天你给的二十里拉我没花。他们二十里拉不卖那本子。我有铅笔了，我不想要。一个本子要五十里拉。"我把手插进口袋里，找了二十里拉掏出来，递了过去。

"我不要，"他说，"我，给你钱是让你好好学习，是为了让你好好读书，当个大人物。"

"大人物不花钱是当不成的，"我说，"因为连个本子都要五十里拉。"

"好的，"他说，他又掏出三十里拉给了我，"但是不要去买烟抽！"他说。

"你要是觉得我会抽烟我就不要了。"我说。我等了一会儿，还是拿了过来，"好的，"我说，"谢谢你。代我向梅廷他们，向尼尔京等问好。他们已经来了，不是吗？我要回去学习了。英语太难了。"

"是难呀！"侏儒说，"你觉得生活容易吗？"

我往前走了一点，免得他现在和我爸爸一样开始唠叨。然后我回头看了看，他正摇摇晃晃地往回走。我有点可怜他。大家都抓着网兜的头儿，但是他却要抓住网，以免拖在地上。可怜的侏儒。但是，他却对我说，这里没你什么事。都在这么说。就好像是为了他们可以在这里安心地作恶似的，就好像是为了免得他们看到我而不得安宁似的。我又往前走了一段，免得再碰到侏儒，然后我停了下来，等了一会儿，走着回到了海滨浴场。我的心怦怦直跳——尼尔京早就来了，躺在沙滩上。你什么时候来的？她又像昨天一样躺着，头一动不动地看着手里的书本。我惊呆了。

"嘿！"有人叫道，"你要掉进去了！"

我吓了一跳！转身一看，是我们的塞尔达尔。

"他妈的，你怎么样？"他问，"你在这儿有啥事？"

"什么也没有。"

"你在偷窥吗？"

"没有，"我说，"我有点事。"

"不要说谎，"他说，"你就像是要把她们吃掉似的盯着里面。不可耻吗？晚上我要告诉穆斯塔法，有你好看的！"

"别，"我又一次说道，"有个认识的人，我在等她。你在干什么？"

"我到维修店去。"他说着，给我看了看他手中的背包，"你认识的那个人是谁？"

"你不认识。"我说。

"根本就没有你认识的人，"他说，"你就是不知羞耻地在盯着那些女孩看。那你认识的是哪一个？"

"好，"我说，"我指给你看看是谁，但是别做得太明显了。"

我用鼻尖给他指了指，他看了看。

"她正在看书，"他说，"那你是在哪儿认识她的？"

"就在这里。"我说，然后讲道：

"很久以前，这里一座混凝土房子都还没有的时候，山坡上只有我们一座石头房子，还有他们那座古老又奇怪的房子和现在市场里的那个绿色小店铺。也没有别的什么人。上面的街区也还没有，没有那些工厂，也没有新区和艾森特普区。这些夏季度假村和海滨浴场也没有。火车当时不是从工厂和仓库之间穿过，而是行驶在花园和葡萄园之间。"

"那时候这里漂亮吗？"他痴痴地问。

"很漂亮，"我说，"春天的时候樱桃树开花是另外一种样子。你把手伸进海里，没有鲻鱼的话，小眼重牙鲷也会游过来自己钻进你的手掌里。"

"你吹得够神的！"他说，"那你说说你为什么在等那个女孩。"

"我本来是要给她一样东西的，"我说，"她的一样东西在我这里。"

"是什么？"

我掏出来，给他看了看。"这把梳子是她的！"我说。

"那是把便宜梳子，"他说，"她们不会用那样的梳子。拿来我看看！"

我想，让他拿去看去，让他弄清楚以后眼热去，就给了他。他拿了过去，但是，该死的，他开始折起梳子来了。

"你现在爱上这个女孩了吗？"

"没有，"我说，"当心点，你会把它弄断的。"

"你脸都红了！看来你爱上这个上流社会的了。"

"别再折了！"我说，"坏了多可惜，不是吗？"

"为什么？"他问，突然把梳子放进口袋里，转身就要走。

我跑着跟了上去。

"快给我，塞尔达尔，"我说，"这样的玩笑够了。"他没有回答。"你别太过分了，把梳子给我！"他还是没有回答。

就要从海滨浴场门口拥挤的人群前经过的时候，"你什么东西也没有给过我，老弟！"他大声叫道，"快别跟着我了，不害臊吗？"

左右两旁的人看着。我没有说话。我在后面待了一会儿，只是远远地默不作声地跟着他。然后我一看，周围没有人了，我跑上去抓住他的胳膊，拧到背后。他开始挣扎起来。这次我狠狠地把他的胳膊向上拧了过去，让他好好受受罪。

"啊，畜生！"他叫道，他的工具包掉在了地上，"放手，我给你！"

他从包里把梳子掏了出来，扔在地上。

"你根本就不懂开玩笑，笨蛋！"他说。

我捡起了梳子，好在没什么损伤，我把它放进了口袋里。

"你什么事情也不会明白的。笨蛋豺狗！"

要是我狠狠地打他一耳光会怎么样？我转过身，朝海滨浴场走去。他在我身后咒骂着，然后大叫着说我爱上了个上流社会的人。来来往往的人中有没有人听见，我不知道。我有点害臊了。

我一回到海滨浴场就看到，尼尔京早就走了。我很是担心，但又看到，没有，她还没走，看，她的包还在那里。我从口袋里掏出梳子，等着她从海里上来。

她一上来我就会走过去，说，尼尔京你好像把这把梳子掉了，我在路上捡到就带了过来，你怎么不拿，难道不是你的？她会拿的，还会谢谢我。不用谢，我会说，没有必要说谢谢，现在你跟我说谢谢，但是昨天在路上你怎么连招呼都不愿意打呢？她会道歉。我会说，也没有必要道歉，我知道你是个好人，我亲眼看到你是怎样和你奶奶一起在墓地做祷告的。我会这么说，当她问我还在做些什么的时候，我就会说我对英语和数学感到很头疼。你不是上大学了吗，要是这些你很懂的话能教教我吗，我会问。当然，她会说，来我们家吧。就这样，我或许会去她家，坐在一张桌子上，看到我们怎么努力学习的人根本不会去想，这两个人不属于同一个阶层。我们会一起坐在同一张桌子旁，一起坐。我想得入神了。

而后，我在拥挤的人群中看到了她，她从海里上来了，正在擦身子。我的双脚好像是想马上就去跑一跑！她穿上黄色的衣服，拿起包朝大门走去时，我也出了海滨浴场，匆匆朝小店走去。过了一会儿，我转身朝身后看了看，看见尼尔京正在我后面朝小店走来。太好了。我进了小店。

"给我来瓶可口可乐！"我说。

"马上！"老板说道。

但好像是为了让尼尔京抓到我在这里无所事事似的，店老板走过去开始和那里的一个老妇人算起账来。不管怎么说，后来他打发走了那个老妇人，打开瓶子，很奇怪地看了我一眼，递给了我。我很快从他手里抓过瓶子，走到小店的一个角落里，等待着。你会进到里面，我正拿着瓶子喝，真巧，我们在小店里碰到了，你好，我会说，你好吗，你可以教我学英语吗，我会问。我等了又等，你进到了店里，尼尔京，但是因为我正看着瓶子而没有注意到你，因此我还没有向你问好。那，你也没有看见我吗，还是你看到了却懒得跟我打招呼呢？但是我没往你那儿看。

"您这儿有梳子吗？"尼尔京，你突然问道。

"什么样的梳子？"店老板问。

血液涌上了我的脸庞。

"我的丢了，"你说道，"我想要把梳子，什么样的都行。"

"只有这种梳子！"店老板说，"您看有用吗？"

"我看看！"你说。

然后没有人说话了，我已经受不了了，就转过头看着你，尼尔京。我从侧面看着你的脸。你真漂亮！你的皮肤就像小孩子的一样，你的鼻子也很小巧。

"好的，"你说，"我买一把！"

但是店老板没有说话，朝刚刚进来的一个女人走去。那时，你朝四周望了望，我有点害怕。为免得你以为我对你视而不见，我就先对你说话。

"你好。"我说。

"你好。"你也对我说。

但是我的心突然被针扎了一下，因为见到我你的脸看上去并不高兴，反而看起来有点厌烦，我看见了，我想，也就是说你不喜欢我，也就是说我让你感到厌烦。就这样，我手里拿着可口可乐瓶子待在了那儿。我们就这样，像两个陌生人一样杵在小店里。

后来，我想，她是对的，她甚至都不想和我碰面是有道理的，因为我们所处的环境是不同的！但是我又很惊讶，人为什么不愿意打招呼，又为什么会无缘无故带着敌意地看着对方，我很惊讶——一切都是为了钱，一切都是可恶的，一切都糟糕透了！真该死！我想我要学数学了，好的，爸爸，我会回去坐下，我会学数学的，我也会拿到高中文凭，会把它扔在你面前的！

尼尔京买了把红色的梳子，我突然觉得自己要哭了，但是接着我更加吃惊了。因为她是这么说的：

"我要份报纸，《共和国报》！"

我非常震惊。我傻傻地看着，看着她拿起报纸，就像是没有听说过罪孽是什么的一个孩子一样，轻轻松松地出了门，突然我手里拎着瓶子跑了出去。

"也就是说你在看共产主义报纸！"我说。

"你说什么？"尼尔京问，这会儿没有带着敌意看我。她看着我，只是想弄明白一件事，而后她明白了我所说的意思，大吃一惊，什么也没说就走了。

但是我想我不会不管你的。让她把所有的都说了，我也要跟她讲讲。我正要出门跟上她，却看到了我手里的那个傻瓜可口可乐瓶子。该死的！我回去掏出钱付了账，我傻乎乎等着店老板找钱，不想让他察觉出什么，但是该死的家伙，或许是为了让我赶不上你，他故意让我等着，我不知道。

等我从小店里出来的时候，尼尔京早就走了，甚至早就转过了街角。要是在她后面跑，我也许能追得上，但是我没有跑，只是快步走着，因为有人看着，有去海滨浴场的，去市场的，还有吃着冰激凌的愚蠢的人。我快步走着，上了坡，又下了坡，小跑了几步，而后我又继续走，没有人的时候我就跑几步，但是一转过街角我看见，即使我在她身后尽全力跑也追不上她。我还是往前走，一直走到了她家门口，从铁栏杆之间一看，她从花园走进了屋子。

在那里，我坐在对面的栗子树下面想了一会儿。我心惊胆战地想了想共产主义分子，想了想他们能够伪装的样子，还有他们可能会怎么样骗到哪些人。然后我站了起来，把手插进兜里，往回走。

口袋里的那把绿梳子还在！我掏出来看了看，我想是不是要把它掰断，不，我甚至都懒得去掰它了。在开始有人行道的地方立着一个垃圾桶。尼尔京，我把你的那把绿梳子扔进去了。我头也不回地走了。一直走到那个小店。我突然想道：

哎，店老板先生，我们是不是一块儿聊一聊。我们没跟你说过不要卖那种报纸吗？你想要受什么惩罚，你说吧！或许，他会坦白地说，我是一个共产主义分子，那个女孩也是一个共产主义分子，我卖给她就是因为我相信那份报纸！突然我很为尼尔京感到难过，因为小的时候她是一个多么好的女孩。我满腔怒火地走进了小店。

"怎么又是你？"店老板问，"你想要什么？"

因为有其他顾客，所以我就等了一会儿。但是店老板又问了一次，所有的顾客也都看着我。

"我吗？"我说，"我想要那个什么，一把梳子，梳头用。"

"好的，"他说，"你是卖彩票的伊斯梅尔的儿子，对吧？"他拿出了盒子，打开来给我看。

"那个女孩，她刚才买了把红色的。"他说。

"哪个女孩？"我问，"我就想随便买把梳子。"

"好的，好的，"他说，"你就选你想要的颜色吧。"

"这些怎么卖？"

因为其他的顾客都走了，就剩下了我一个人，我就轻轻松松、一把一把地看了看盒子里的梳子。然后，尼尔京，我就买了一把和你买的一样颜色的梳子。他说是二十五里拉。我付了钱。走出了小店，现在，我们两个的梳子一样了，我这样想。之后我走着走着，走到了人行道终了的地方。刚才的垃圾桶还在，周围也没有人。我把手伸了进去，从里面掏出了绿梳子，没有脏。没有人看见——即使看见了又能怎么样！现在我的口袋里有两把梳子，尼尔京，一把是你的，一把和你的一样！这样想着，我很高兴。然后，我想，要是这些家伙中有人看到了我所做的事情，要是随便哪一个人看见了，他既会同情我，又会嘲笑我是个傻瓜。但是，我不会因为那些没有灵魂的、愚蠢的笨蛋会笑话我而不去做我想要做的事情！我是自由的，我想着你，在大街上逛着。

18

快五点了。阳光已经照在发霉而又潮湿的地下室的窗户上很久了。再过一会儿我就收拾包到室外去寻找瘟疫了。我脑子里一片混乱。不久以前，我还以为我在不知不觉中成功地在这些文件中漫无目的地遨游了一番。现在，我对这种奇怪的成就有些怀疑了……不久前，历史在我脑子里还是一大团由彼此没有丝毫瓜葛的数以亿计的事件形成的迷雾……要是我打开本子，把我所写的东西再重新快速阅读一下的话，或许我可以再次捕捉到这种感觉！那就是：

我读到了在属于大臣伊斯梅尔帕夏领地的恰耶洛瓦、埃斯基谢希尔和图兹拉等地区以及隶属于盖布泽教法区的六个村子里所做的不同寻常的人口统计结果；我读到，赫泽尔因为易卜拉欣、阿卜杜勒·卡迪尔和他们的儿子们烧了他的房子、抢走了他的东西而对他们提起了控告；我读到了为在埃斯基谢希尔岸边建造码头而发来的诏书；我读到，盖布泽附近岁收为一万七千银币的一个村子，以前属于骑士阿里，因为他没有参战而从他那里收回来给了哈毕卜，但因为查出哈毕卜也没有参战，所以这个村子就应当给其他人；我读到，奴仆伊萨拿了他主人艾哈迈德的九千银币、一个马鞍、一匹马、两把剑、一个盾牌，向一个叫拉马赞的人寻求避难，拉马赞保护了伊萨，艾哈迈德就提起了控告；我读到，一个名叫希南的人去世了，遗产案件原告之一的切莱比奥鲁·奥斯曼把他的财产和不动产在法院进行了登记；我读到，从被抓的小偷手中缴来安置在将军马厩中的一匹马，是盖布泽人杜尔松的儿子苏莱曼的，对此，穆斯塔法、雅库普和胡达威尔迪提供了详细的证词，我感到心中又泛起那种令人兴奋的狂喜：16世纪的最后二十五年在我的脑子里骚动着；二十五年中的所有事情，相互之间毫无瓜葛，就那样印在了我大脑的沟回中。吃午饭的时候，我把它们比作没有重力的虚空里广袤无垠的一个蠕虫星系；作为蠕虫的各个事件在虚空中蠕动着，就像在我的大脑里闲逛似的，但是它们没有相互接触，没有相互联系。我想我的脑子就是个里面有虫子的核桃，仿佛只要打开我的颅骨看看里面的话，就可以看见在沟回中蠕动着的那些虫子！

但是，这种激动还是没有持续太久，迷雾般的星系散去不见了！你看，我固执的脑子，像是有了这种习惯一样，现在又在等着我给它同样的东西了，好像我就必须找到概括了所有事件的一个短小故事，就必须编出一个令人信服的传说似的！不仅仅是历史，大概，要原原本本地弄清和理解这个世界与生活，我们大脑的构造就必须改变！唉……这种想听故事的热切愿望欺骗着我们每个人，正把我们拖进一个梦幻的世界里，而且是当我们大家健健康康地生活在一个真实世界之中的时候……

吃午饭的时候，有那么一阵儿我以为我已经找到了解决这个问题的方法。我在想那个布达克的故事，这个故事昨天以来一直困扰着我。在我今天早上读了一些文章后，这个故事有了新的内容：我觉得，布达克，找到了一种方法，躲进了伊斯坦布尔的一个帕夏的保护伞之下。我脑子里还有从高中历史老师写的书中找出来的其他细节。所有这些，都是为了欺骗那些喜欢听故事的人，为了欺骗那些通过故事来理解这个世界的人而设计出来的。

因此，我打算写一本没有开头、没有结尾的书，这本书是关于布达克的冒险经历以及16世纪的盖布泽的。这本书将只遵循一条原则：我要把我所能找到的与那个世纪的盖布泽和这个地方相关的所有信息都塞入这本书里，不用考虑按照什么重要性和价值来进行排序。这样一来，肉价和贸易争端、拐骗女孩的事件和暴动、战争和婚姻、帕夏和谋杀案都将在这本书中平平淡淡地一一罗列出来，彼此之间没有联系，一个挨着一个，完全就和在档案中的一样。我要把布达克的故事重点叙述一下，但不是因为我把它看得比其他那些更重，而仅仅是给那些在书中寻找故事的人提供这么一个故事。这样一来，我的书就将由这种没完没了的"描写"来构成。快要吃完午饭的时候，因为喝了点啤酒的缘故，我完全沉浸在了这个计划的烟雾之中，似乎感受到了年轻时孩子般的工作激情。我老是说我可以进入总理档案馆，我不会让任何一份文件从我眼前溜掉，所有的事件，一个一个地都会有它们的位置。从头到尾，连续好几周、好几个月读我的书的人，最终，他们都会觉得自己像是看到了我在这里工作时所感受到的那大片云团，都会像我一样激动地喃喃自语：这就是历史，这就是历史和生活……

三十年，不，这个荒唐打算会耗尽我整个生命，我想象着这个打算。它是一种荒谬，它是一种勇敢，它会把我的双眼熬瞎，它会把我的精神熬垮。想到我要写的书的页数，我有点毛骨悚然。接着我感到整个这一神圣却散发着受骗和愚蠢味道的憧憬缓缓地化为了泡影。

此外，我所打算写的东西一开始落实到笔头上就会遇到第一个难题的。不管我的目的是什么，我写的东西一定要有个开头。再者，不管我怎么来写，都必须把那些事件排好顺序。所有这些，不管怎么说，对于读者来说就意味着一种意义和格式。我越是想要避免这些，就越是不知道我该从哪儿开始，不知道该从哪儿迈出哪一步。因为，人们屈服于大脑的习惯，无论你怎么排序，都会从中找出一种范式，从每一个事件中找出一种象征，会自己把我想要摆脱掉的故事安插进这些事件当中去。一念及此，我就绝望地想道：根本就没有办法把历史甚至生活原原本本地转化成文字！而后我想，要找到这一方法，唯一要做的事情就是改造我们大脑的构造——要想原原本本地看到生活，我们就必须改变我们的生活！我想更加清楚地解释这一点，但是我找不到方法。我走出饭馆，回到了这里。

整个下午，我都在想同一件事情：就没有方法写那本书吗，就没有办法在人们之中产生我想要的那种效果吗？我快速地看了看我记在本子上的东西，只是为了在心中重温那种无法向任何人解释清楚的感觉。

读着的时候，我想避免陷入任何一个故事，完全像我要在书中做到的那样，希望这一次阅读完全是一次漫无目的的浏览……不久前，我以为自己做到了这一点，但是现在我也有了怀疑。太阳落下得更多了，已经过五点了，我没有等勒扎就从这发霉的地下室中出来了，我要在室外寻找瘟疫的踪迹。

我上了阿纳多尔。我心里空落落地离开了在县档案馆中查阅了整整三天资料的镇子，就像离开一座居住了好多年、把我的心都掏空了的城市一样。不一会儿，我沿着伊斯坦布尔至安卡拉的公路，直接拐向了盖布泽火车站，从橄榄园、无花果和樱桃树林之间径直朝马尔马拉海去。散发着共和国和官僚主义气息的火车站就在这个一直延伸到图兹拉的草原的这一头。我想，在这块平原的某一个地方肯定有一座驿站的废墟。我泊了车，顺着楼梯下到了车站。

正要回家的工人、穿着牛仔裤的年轻人、包着头巾的大妈、一个在长椅上打盹的老人、一位正在训斥儿子的妇女，都在等着从伊斯坦布尔来的火车。我走到站台的尽头，下到土地上。我听着电网发出的吱吱声，越过铁路的交叉轨道，沿着铁路线走着。小时候我就很喜欢沿着铁路散步。小时候，好像是在二十五年前，我第一次看到了那个废墟。那时，我大概八九岁，雷吉普带我转悠着，说是打猎。我手里拿着我姨父从德国带回来的气枪，这枪就近开火才能把乌鸦打伤，而我根本就不是一个好的射手！以前，我和雷吉普大老远地来过这儿的一些地方，沿一条小溪走着采摘黑刺莓。突然在我们面前出现了一堵墙，接着我们看见了一些雕刻得很好的石块，散落在一块宽阔的空地上。五年以后，没有雷吉普我也可以毫不害怕地闲逛了，这个夏天，我又一次来到了这里，没有试图把那些石块和残垣断壁想象成其原有的模样，没有试图把看见的东西设想成其他的任何东西，我只是站在那儿欣赏了一下残垣断壁和石块。也就是说曾有过一条小溪，就在铁路附近的某一个地方，然后是青蛙、旷野、草原……还剩下多少？我环顾四周，走着。

　　我记得去年我在档案馆里到处翻看的时候看到过一封信，信上的日期要比法庭记录和登记簿上的日期晚很多，这封信谈到了这里，谈到了废墟处的一座驿站。我现在记得这封信是写于19世纪末，甚至或许是20世纪初，它以一种令人吃惊的冷漠提到了这里出现的一些死亡事件，提到了它们可能会与一种传染病有关。更让人吃惊的是，这封信好像不是从这个国家，而是从别的国家寄来的，或许是，对，像是被政府扔掉的。我之所以有这个印象，除了信件的日期之外，还有奇怪的国家名称和同样奇怪的邮戳。当时，我很快看完了信，在片刻的分神中，既没有写下它确切的日期，也没有记下编号，顺手就扔进了其他的纸堆。当然，很快我就陷入了懊悔，想找出那封信来重新读一遍，我花了一个小时到处翻找，但是没能找到。一回到伊斯坦布尔，这种好奇心愈发强烈了。我几乎就要认为这封信并不真的存在了，而与此相关的一大堆问题却涌进了我的脑海。这张与其他文件和卷宗都毫不相关的纸片，是谁把它放在这里的呢？

信件里提到了死亡、传染病和瘟疫，是我真的就读到过瘟疫或鼠疫这样的字眼呢，还是我把这些字眼硬套上去的呢？还有那个国家，真的会有这样的事情吗？后来我突然之间想到了这个废墟。或许是因为我读到了瘟疫患者被塞在某一个地方，或许是因为信中提到了一座驿站，或许是因为两者都提到了，我不知道。

最终我找到了那条小溪，它缓缓地散发着一种肮脏、腐臭的味道，但是里面居然还有青蛙。它们都不"呱呱"地叫了，好像是被有毒而又肮脏的东西熏麻木了，像粘在草和树叶上的沥青块一样，就那么待着。稍有些活力的，一听到我的脚步声，就以一种傲慢的懒惰样子跳进了水中。我记起而且也看见小溪在这里拐了个弯，也记起并看到了无花果树。但以前不是有更多吗？突然，一家工厂的后墙抹去了我的记忆，把所有的一切都割裂开来，让我回到了现在。但是，我甚至都不想去怀疑我去年读过这么一封信。

如果我在那封信中读过的东西昭示着曾经发生过的一些事情，那也就意味着我还可以坚持几年对历史的信念。或许更长。我觉得我可以通过这场瘟疫来推翻一大堆故事。我把19世纪安纳多鲁没有发生过瘟疫这一信念抛到了一边，一下子就可以把多得令人难以置信的"历史真相"剔除出去。这样一来，人们接受了的并且从未怀疑过的那些故事，就仿佛不是一个个事件的组成部分，而像盆栽植物一样，立刻就都悬在空中了。这样一来，一大堆信誓旦旦的历史学者，就会明白他们所做的不过是编故事而已，他们就会像我一样变得没有信仰。到了那一天，对于要出现的理论混乱早有准备的我，就会用我的文章和我的抨击把这些变呆傻了的人一一捕获。我站在铁路边，努力详细地幻想着那个梦一般的胜利日，但我没有太激动。对我而言，追踪线索，追踪一个事件比证明我们的工作就是编故事要有趣得多。要是我能找到几条令人信服的线索，我会兴致勃勃地献出我的全部生命来进行一项可以证明奥斯曼帝国最后四百年的中心不是伊斯坦布尔而是别的地方的研究。过去我一直很羡慕易卜拉欣先生，他花了整整二十年的时间，像个侦探一样，研究在奥斯曼帝国大空位期[1]里，谁，在哪里，什么时候宣布登基和发行银币，这二十年，他过得很充实。

出现在铁路那端的电力机车靠近我，然后开过去了。我想着瘟疫患者，沿小溪走着。读过那封信之后，我脑子里想起这个地方，或许是因为我认为我在信里面看到过瘟疫患者们曾经有段时间被塞在驿站里，我心中有了一种奇怪而又明晰的感觉，这一感觉告诉我，只要我找到那些墙和石块堆，我就可以把它们想象成一个驿站，只要我能找到驿站，我就可以追踪瘟疫，在追踪瘟疫的过程中我就可以找到那个国家。我对历史的信念，似乎就在于我能否找到那些石头块儿。我不知道所有这些是不是我脑子里的一个游戏，我的脑子喜欢制造紧张气氛，乐于承受奇怪的痛苦，也喜欢让这种紧张气氛变得松弛。

我沿着工厂和小制造厂的后墙走着，为了让火车旅客能看清楚，上面用巨大的字母写着政治口号。看着小溪开始离开铁路沿线，我记得很清楚，在这里的某个地方我一定可以找到石块和墙的废墟。在通往天堂堡垒的路的这一侧，在还没到吉卜赛人的帐篷的地方，在那些棚屋、垃圾堆、铁皮桶和无花果树之间，历史一定就在这儿的某个地方。海鸥站在垃圾堆上盯着我，一见我靠近就像迎着风的雨伞一样悄无声息地飞起来，朝大海散开了去，飞远了。我听到了排列在前面工厂侧院里的公共汽车的马达声，这些要返回伊斯坦布

---

[1]　1402 年，奥斯曼帝国苏丹巴耶塞特一世被帖木儿击败，导致诸子争位，帝国陷入一片混乱，至 1413 年穆罕默德一世加冕为苏丹结束。

尔的工人，他们慢慢地上着车。前面有一座桥，横跨铁路和小溪，我可以看到丢在一边生锈的铁堆、白铁皮、用这些白铁皮盖屋顶的棚屋、玩球的孩子们和一匹马驮着的粮食——马一定是吉卜赛人的。我要找的不是这些。

我又往回走去，但是我的双脚却带我在同样的地方转悠着。我踢着骨头和一个生锈的罐头盒，像是一只忘记了要找什么东西的猫一样漫无目的，沿着墙，在铁路和小溪之间，从被倒上了污染有毒的水而死去的草地之上，从还没有枯死的荆棘旁，从一个小小的羊脑壳和一根不知道是骨骼的哪一部分的骨头旁边，沿着带刺的电线朝那些棚屋走着。没有。没有。

我努力幻想着背包里的文章和发霉了的地窖中的文件所提到的那些人是在这里生活的，以为我可以把并不存在的东西套在他们头上，但却带一种希望落空了的兴致想到，那时的小溪闻起来还不是这样。然后我看见了一只楼房那么高的笨鸡，它从草地的更远处看着我。傻蛋鸡！一只鸡站在一幅由钢架支撑的巨大广告画上盯着我。一下子就可以看出这是从国外杂志里抄袭来的，那只鸡穿着吊带短裤，装出一副讨人喜欢的样子，愚蠢，本地产，完全是模仿的，一副没有任何希望的样子。傻蛋养鸡场。愚蠢的眼神，却要装出一副狡猾的样子。不要看。我想转身离开，但还没到时候。

我想着他们可以用从客栈废墟中拆除下来的石头建成房子，走进了棚屋中的一间。后花园，洋葱，脏衣服和一棵树苗，但是墙壁很脆弱，是由工厂制造的灰煤砖垒起来的，年代已经很久远了。我站在那里，茫然地看着棚屋的墙壁，感觉到我要找的东西和时间被掩盖了起来，我点了一支烟，看着火柴跌落在空荡荡的地上，落在我的脚下，落在枯死的草坪、干树枝和断成两截的塑料衣夹的旁边。我走着。玻璃瓶碎片，跟在母亲后面跑着的小狗崽们，腐烂了的断绳，汽水瓶盖，冷漠而又疲惫的草坪，树叶。他们把铁路旁的一块路牌当成靶子来用了。接着我看到了无花果树，我等着，看着，以便它能让我想起点什么来，但它除了就那样待着，别的什么事也不做。树荫下还有未成熟就掉下来的无花果，苍蝇在上面飞来飞去。那边有两头牛，鼻子在草上晃来晃去。吉卜赛人的母马开始小跑，我就在它身后满怀敬仰地看着，但是母马停了下来，小马驹并没有停下，跑开了，后来它想到了什么就跑了回来。小溪岸边的橡胶碎片、瓶子、染料盒子之间有一些纸张，竟还有个空塑料袋！什么意义都没有。我想喝酒，我知道我很快就会回去。两只乌鸦，根本不在乎我，就挨着我的头顶飞走了。在另一头，1481 年穆罕默德二世就死在这片大草地上。他就死在农业学校的那个地方。在一家工厂的后院里停放着些巨大的箱子，里面的金属被拿出来熔化以后就拿到市场上去卖了。我常在家里读埃弗利亚·切莱比的书。一只笨青蛙，在它的同伴发现我之后很久才注意到我。"嗵"！腐臭的污泥！我会和尼尔京聊聊。历史？历史是一种……碎瓦片把泥土染成了红色。一个女人在她家棚屋的院子里收着衣服。我可以说那就是故事。她会问，你从哪儿得出这种结论呢？我会站在那儿望着天空。我背后还是那只用愚蠢的眼神盯着我的母鸡的双眼：傻蛋鸡，傻蛋鸡！上面写着政治口号的煤砖、砖头块、破破烂烂的墙壁。没有石墙！以前，我小的时候。我停下脚步，就像我突然想起了一件事一样，我信心坚定地走着，一列火车来了又去了，我看了看建筑垃圾、椽子、模板，不，没有，在树林那儿也没有，诸多房子的花园里也没有，锈铁、塑料、骨头、混凝土块、铁丝网之间也没有。但是我还在走着，因为我知道我要找的是什么。

19

　　他们早就坐在了桌子旁，在昏暗的灯光中，静静地吃着饭。安静的晚餐：先是法鲁克先生和尼尔京聊一聊，说笑一下，而后是梅廷先生还没有吃完嘴里的最后一口就站起来离开，老夫人会问他要去哪里，但是一个字的回答都得不到，另外两个则会想和老夫人聊上一会儿。您好吗，奶奶，您好吗，他们会说，因为没有别的要说的，他们就会说，来吧，明天让我们开车带您转转，到处都盖起了公寓、新房子、混凝土建筑，新修了道路，架起了桥梁，来吧，奶奶，让我们带您看看，但是老夫人会不吭声，有时会嘟囔一会儿，但是嘟囔声中他们听不清一个字，因为老夫人低头看着盘子，像是在责怪她嚼的东西似的，口不择言地嘟囔着，要是她把头从盘子上抬起来，那就是因为她很吃惊，是因为她在奇怪，奇怪他们怎么还不明白她除了讨厌之外就做不成别的什么事了。这时候，他们就又会和我一起再一次明白应该不说话了，但是他们又会忘记这一点，会惹她生气，当他们想起不该惹她生气时就会那样子小声嘀咕起来。

　　"你又喝得太多了，哥哥！"尼尔京说。

　　"你们在嘀咕什么？"老夫人问。

　　"没什么，"尼尔京说，"您为什么不吃茄子，奶奶？这是雷吉普今晚做的，不是吗，雷吉普？"

　　"是的，小姐。"我说。

　　为了表明她不喜欢而且讨厌被骗，老夫人板起了脸，然后她的脸就习惯性地那么板着，忘记了她为什么讨厌，但是那张年迈的脸坚决地要永远不忘记应该讨厌……他们一声不吭，我站在桌子后两三步远的地方等着。都是些相同的事情，晚饭时，周围愚蠢的螟蛾在昏暗的灯光下飞来飞去，除了刀叉的叮当声，其他什么声音也听不到，花园里也变得静悄悄的，有时有蛐蛐的叫声，有时有树林的沙沙声，远处，整个夏天都会有生活在花园围墙另一边的人们那些挂在树上的彩灯、汽车、冰激凌和相互间的问候……冬天的时候连这些都不会有，墙外边树林寂静的黑暗会让我感到害怕，那时我都会想大喊，但我喊不了，我想和老夫人聊聊天，但是她不会聊，我就会闭上嘴，惊讶地看着人们是怎么能够待在这样的寂静之中的，我会害怕她在桌子上缓慢移动的手，心里似乎是想大喊：老夫人，您的手就像是恶毒的老蜘蛛一样！更早以前，多昂先生也很安静，弯着腰，扭曲着身子，像个孩子一样，他们经常训斥他。比这还要早以前，塞拉赫丁先生经常艰难地喘着气咒骂，声音比雷声要老、要哑得多……这个国家，这个该死的国家！……

"雷吉普！"

他们要吃水果。我端走脏盘子，拿过切好的西瓜端出来，放了下来。他们不出声地吃了，然后我来到厨房，烧上水，准备洗盘子，当我来到饭厅的时候，他们还在不吭声地吃着。或许是因为他们知道言语已经没有什么用了，或许是因为他们不愿像咖啡馆里的那些人一样白费力气。但是言语也有让人兴奋的时候，这我知道。一个人会说，你好，他会听你说话，听你讲你的生活，然后他会讲讲他自己的生活，我也会听着，就这样我们可以彼此了解对方的生活。尼尔京，像她母亲一样，吃西瓜的时候连籽儿一块吃。老夫人把她的头伸向了我：

"解开！"

"您再多坐一会儿吧，奶奶。"法鲁克先生说。

"雷吉普，我会送她上去的，你别那个什么了……"尼尔京正说着的时候，老夫人的围脖一解开，她就站了起来，靠在了我身上。

我们上了楼梯。在第九级上停了下来。

"法鲁克又在喝酒了，是吗？"她问道。

"没有，老夫人，"我说，"您怎么会这么说呢？"

"别护着他们。"她说。她那拄着拐杖的手像是要打一个孩子似的举了起来，但不是冲我来的。然后我们又继续上楼。

"十九级，谢天谢地！"她说完，进了她的房间。服侍她躺下，我问了问，她说她不想要水果了。

"把门带上！"

我带上门，下了楼，法鲁克先生早就把原先藏起来的酒瓶放在了桌子上，他们说着话。

"许多奇怪的想法在涌向我脑子里。"他说。

"是你每晚都说的那些吗？"尼尔京问。

"是的，但我还没有说完呀！"法鲁克先生说。

"好吧，你就喜欢玩文字游戏。"尼尔京说。

法鲁克先生像是早就听惯了似的看了看她。接着他说："我的大脑，就像是一个里面有虫子在蠕动的核桃！"

"什么？"尼尔京问。

"是的，"法鲁克先生说，"我的脑子里像是有许多虫子，有许多蠕虫在爬来爬去。"

我收拾起脏盘子，进了厨房，洗着盘子。塞拉赫丁先生以前常说，你要是吃了生肉，你要是光着脚走路，这些虫子、这些蠕虫就会在你的肠子里爬来爬去，虫子，你们听明白了吗？我们刚从乡下来，听不明白。我妈妈死了，多昂先生可怜我们，把我们带到了这里：雷吉普，你，你帮我母亲做家务活，伊斯梅尔可以和你一起住，在楼下，你们就住在这个房间里，我会为你们做点什么的，我本来也要为你们做的，为什么要让你们来偿还那两个人的罪孽呢，为什么？我没有说话……你也要看着点我爸爸，他喝得太多了，好吗，雷吉普？我还是没有说话，好的，多昂先生，我甚至连这句话都说不出口。然后他把我们留在了这里，自己当兵去了。老夫人不停地唠叨着，我学着做饭，塞拉赫丁先生也会偶尔来问问：雷吉普，乡下的生活是什么样的？给我说说，他们都在那里做什么？有清真寺吗，你去吗？你觉得所谓的地震是怎么来的？是什么形成了四季？你怕我吗，我的孩子，不要害怕，我是你爸爸，你知道你多大了吗？你甚至不知道你的年龄呀，好的，你十三岁了，你的弟弟伊斯梅尔是十二岁，你害怕不想说话，这很正常，我没能和你们在一起，是的，我不得不把你们送到乡下，把你们送到了那些蠢货身边，但是我也有我的不得已啊，我正在写一部伟大的著作，里面什么知识都有，你听说过百科全书是什么吗？唉，可怜的人，你上哪儿去听说呢，好吧，好吧，别害怕，你说说，你们的妈妈是怎么死的，多好的女人啊，在她身上有着我们民族的美德，她给你说了所有的事情了吗，她没有说过所有的事情吗？好吧，你把这些脏盘子洗了，要是法蒂玛对你们不好，就赶快跑上楼来我的书房，告诉我，好吗，不要害怕！我没有害怕。我洗了盘子，我干了四十年。我想得太入神了。我洗完了盘子，把它们放好，我累了，脱掉围裙坐了下来，我想要歇一会儿，一想到咖啡馆我就站了起来，到了外面，来到了他们身边。他们还在聊天。

"我搞不懂，你在档案馆里读了那么多的文章、文件之后，晚上回到家还要研究你的脑子！"尼尔京说。

"那你说我该研究什么？"法鲁克问。

"研究那些事件，"尼尔京说，"事情的经过，它们的原因……"

"这些都在纸上，但是……"

"是在纸上，但是，外面的世界里应该有它的对应物……没有吗？"

"有。"

"那你就写这些！"

"但是，当我看这些事件的时候，他们就不在外面的世界里，而在我的脑子里了。我不得不写我脑子里的东西，而我的脑袋里却有虫子。"

"胡说！"尼尔京说。

他们谈不拢，便不说话，看着花园。他们像是有些忧伤、难过，但又像是有些好奇。他们就像在看自己的想法，而没有看见他们看的地方，没有看见花园里、无花果树下藏着蛐蛐的草。你们从思想里看见了什么？痛苦、伤心、希望、担心、等待，最后只剩下同样的东西，要是你不往里面放点东西的话，你们的脑子就会像自己磨自己的磨盘石一样把自己给吃完，这话我以前是从哪儿听到的？那时候，他疯了！塞拉赫丁医生，有人说他是个本分的医生，他想搞政治，但一开始就被人赶出了伊斯坦布尔，他疯了一样埋头于书籍之中。说谎的人，散布流言的人，不，他没有疯，我亲眼看见的，晚饭之后他除了坐下来喝喝酒，除了偶尔会失去一点分寸之外他有什么罪过？他整天坐在桌子旁写作。还有，他有时会来和我聊聊。一天，他说，世界就像是那棵禁树上的苹果，你们不把它弄下来吃了，因为你们相信那些空洞的谎言，你们害怕把知识的果实从树枝上摘下来，不要害怕，我的孩子，雷吉普，你看，我把它摘下来了，我自由了，快点，你可以得到整个世界。你快回答我呀！我很害怕，没有吭声。我知道我自己。我一直害怕魔鬼。我不知道他们是怎么战胜恐惧的，不知道他们为什么要战胜它。我要出去转转，去咖啡馆吗？

"像什么样的小虫子？"尼尔京问，一副生气的样子。

"很常见，"法鲁克先生说，"毫无因由的一大堆事件。读了很多，想了很多之后它们就在我的脑子里轻轻地蠕动着。"

"怎么可能没有原因呢。"尼尔京说。

"我无法满怀信心地来建立起它们之间的联系，"法鲁克说，"我不想让自己去做这件事，而想让这些事件自己去建立起它们之间的联系，但是不行。一旦找到一个因果联系，我立刻就感觉到这是由我自己的脑子安排出来的。那时，这些事件就像可怕的蠕虫、虫子，就像在空中摆动一样，在我大脑的沟回中蠕动着……"

"那么你觉得为什么会这样呢？"尼尔京问。

"我跟你说，"法鲁克先生说，"我觉得我今天理解了，为了能原原本本地看到生活或者历史是什么样，我们必须改造我们大脑的构造。"

"怎么改？"尼尔京问。

"我不知道怎么弄，"法鲁克先生说，"但是我们的大脑就像一个寻找长篇故事吞咽下去的馋嘴猫一样。我们必须从这种对故事的沉迷中解脱出来！那时我们就会自由了，那时我们就会原原本本地看清这个世界了！你明白吗？"

"不明白！"

"肯定有一种办法可以说清楚这一点，但我就是找不到！"法鲁克先生说。

"那就去找！"尼尔京说。

法鲁克先生先是沉默了一会儿，而后喝光了杯子中的酒，接着突然地——

"我老了。"他说。

他们都没有说话，这次不是因为他们没能沟通，而像是因为他们明白了他们互相所能理解的事情当中存在着理解不了的东西而感到高兴。如果面对面只有两个人的时候你不说话，有时这种沉默会比彼此交谈更加有意义。要是有那么一个人该多好，要是我也有那样一个朋友的话……

"法鲁克先生，"我说，"我要去咖啡馆。您要什么东西吗？"

"什么？"他问，"噢，谢谢，雷吉普。"

我来到花园，感受到了草坪的凉爽，一走出花园门，我就知道我不会去咖啡馆了。周五晚上有很多人，我不能再次忍受同样的烦恼，没必要。我还是往前走了，一直走到了咖啡馆，没让任何人看到，连卖彩票的伊斯梅尔也没看见，我没有靠近那明亮的窗户，来到了防波堤，一个人也没有，我坐了下来，看着挂在树上的彩灯在水中闪烁，我想着，想出了神。然后我站起来，爬上山坡看了看药店。凯末尔先生在那里，他坐在柜台边，看着那些在对面小卖部的灯光下叫喊着吃三明治的无忧无虑的人。他没有看见我。我就不要打扰他了！我什么人也没去见，也没有跟谁相互问候，脚步匆匆地回了家。关上花园门后，在嘈杂声和树林的另一边我看到了他们，他们待在阳台那昏暗的小灯泡下，一个坐在桌子边，另一个坐得离桌子稍远点，他向后仰躺着，椅子只有后面两条腿着地，缓缓地晃动着。兄妹俩好像为了不把积聚在他们周围的那种不开心的生活阴云吓跑，为了更多地吸进一些不幸福，他们害怕做出任何举动，害怕发出任何声响。或许某种程度上是为了不要惹楼上在敞开的百叶窗后面游荡着、随时都在找碴的老人生气。然后有一瞬间，当老夫人走到窗前，她恶毒而没有同情心的影子在窗户上显现了片刻，仿佛她手里拿着拐杖，影子投在了花园里，然后她突然缩了回去，像

197

是害怕罪孽似的。我悄悄地上了阳台的楼梯。

"你称之为故事的那些东西，其实并不是故事，而是客观事实！"尼尔京说，"这些对于解释这个世界是必须要有的。"

"我知道所有那些故事和与之相反的故事。"法鲁克先生说，好像有点悲伤。

"哎，那又怎么样？"尼尔京说，"你又没有更有价值的故事！"

"是的，我知道我没有！"法鲁克先生厌烦地说，"但是这并不足以让我能够激动地相信其他那些故事。"

"为什么？"尼尔京问。

"必须从所有的故事中解脱出来！"法鲁克先生说。或许他有点激动了。

"愿真主能让您宽心！"我说，"我去睡了。"

"当然，"尼尔京说，"你去睡吧，雷吉普，桌子我明天早上会收拾的。"

"然后猫咪就会来了，"法鲁克先生说，"我知道，早上时它们就会来，没有教养的家伙根本不怕我。"

我进了厨房，从柜子里拿出了杏，昨天还剩了些樱桃，我拿出来放到了一起，洗了洗端上了楼。

"老夫人，我把您的水果拿来了。"

她什么也没有说。我放在了桌子上，拉上门下了楼，洗漱完就进了我的房间。有时，我会很快就闻到我自己的味道。我穿上睡衣，熄了灯，之后悄悄地打开窗户，躺到了床上。我把头枕在枕头上，等待着早晨。

天一亮，我就早点出去走走。然后我就去市场，或许还可以见到哈桑，接着或许会见到其他人，我们可以聊一聊，他们或许会听我说说！要是我说话能说得好一点该有多好！那样的话他们就会听我说话。法鲁克先生，那样的话我就可以说，你喝得太多了，这样下去你就会像你的爸爸一样，像你的爷爷一样，真主保佑，会因为胃出血而死！我想起来，拉希姆死了，明天中午我要去参加葬礼，在炎热的下午我们要跟在棺材后面爬那山坡。我可以见到伊斯梅尔，他会说，你好哥哥，你为什么不来我们家了。都是些同样的话！我想起我的母亲和在乡下的爸爸带我和伊斯梅尔去看医生的时候。医生说，这是小时候挨打所引发的侏儒症，他说，以后你们要让他们晒太阳。让小的那个的腿晒晒太阳，或许会好转。好的，那他哥哥呢，我母亲问。我认真地听着。那已经治不好了，医生说，他会一直这么矮小，但让他吃吃这些药片，或许会有用。我吃了那些药片，但是没有一点用。我又想了一会儿老夫人和她的拐杖，还有她的恶毒，但是不要去想，雷吉普！然后我想到了那个漂亮的女人。每天上午，漂亮的女人九点半来小店，接着她还会去肉店。这几天没来。她身材高挑、纤细，皮肤黝黑！身上有股很好闻的香味，甚至在肉店里也能闻到。我总想和她说说话。您没有仆人吗，夫人？您还要自己买东西，您的丈夫不是有钱人？她看着机器是怎么切肉的时候是多么好看！别想了，雷吉普！我母亲的皮肤也是黝黑的。可怜的母亲！我们就这样变成了这种样子。我还是在家里，你看，你看，还是在这个家里。你想得太多了，不要想，快睡觉！睡觉吧！我慢慢地打了个哈欠，突然心里一惊，发现一点声音也没有，甚至轻微的声音也没有，奇怪！就像冬天的晚上一样。寒冷的冬夜里害怕的时候，我经常想想故事。再想想故事吧！是报纸上的吗？不是，是我母亲讲过的一个故事：从前，一个国王有三个儿子，但是在这之前他一个儿子也没有，国王因为想要一个儿子而很忧伤，他向真主做了祈祷。像我们一样吗，我母亲讲的时候我总会这么想，难道国王就连像我们这样的男孩子也没有吗？天哪，可怜的国王，我同情他，我更加爱我的母亲，爱伊斯梅尔，也更加爱我自己了。我更加爱我们的房间，爱我们的家具……要是有本像我母亲讲的童话一样的书该有多好，里面的字写得很大，我读了又读，读的时候我就能想着它们进入梦乡，在梦中见到他们和可怜的国王，要是这样该有多好。他们幸福吗？以前他们很幸福，那是从前的事了。在梦里人们都会很幸福。尽管有时你会感到害怕。即使这样，早上你想到那种恐惧你还会很高兴的，不是吗，你会喜欢梦里的恐惧的，你会像喜欢想那个在小店里看到的黝黑的漂亮女人一样喜欢的。好吧，现在就想着黝黑的漂亮女人睡吧，美美地睡吧。

20

吃过晚饭之后，爸爸就早早地带着彩票去了夜总会，我也就走出了家门，没跟妈妈说什么。我一走进咖啡馆就看见大家都来了，还有两个新来的家伙，穆斯塔法正在跟他们讲着。我坐了下来，没有引起任何人的注意，我听见，是的，穆斯塔法说，两个超级国家想要瓜分世界，犹太人马克思在说谎，因为引领世界方向的不是他所说的阶级斗争，而是民族主义，最具有民族主义的就是俄罗斯，它就是帝国主义。然后他说，世界的中心是中东，而中东的关键就是土耳其。接着他说，超级大国为了分裂我们，为了分裂针对共产主义的阵线联盟，他们如何通过间谍展开"首先你是穆斯林呢，还是土耳其人"的讨论。这些间谍到处都是，他们应该已经渗入我们中间了，他说，是的，很遗憾，我们当中可能就有。当时我们都沉默了一会儿。然后穆斯塔法讲了以前我们是怎么一直保持联合的，因此，他说，我们能让欧洲人吐血，而奸诈的、诬陷人的、帝国主义的欧洲人说我们野蛮的突厥人经过的地方连草都长不了，我感觉就像在寒冷的冬夜里听到了让基督教徒们怕得发抖的马蹄声。然后我突然很生气，因为那两个新加入行动的幼稚又愚蠢的家伙中的一个这么说道：

"那好，大哥，要是我们这里也产石油，我们现在也能像阿拉伯人一样变得富有，国家就能富强吗？"

好像什么都是金钱，什么都是物质似的！但是穆斯塔法耐心地又重新讲了一遍，我没有听，我知道这些，我已经不是新手了。那里有张报纸，我拿了过来，看了看，还看了看招聘广告。后来，穆斯塔法让他们晚些时候再来。他们为了表示知道了要永远遵守纪律，就很尊敬地打了招呼离开了。

"今晚我们还要写东西吗？"我问。

"对，"穆斯塔法说，"昨晚我们写了，你去哪儿了？"

"我在家，"我说，"我在学习。"

"你学习了？"塞尔达尔问道，"还是在偷窥？"

他龇牙咧嘴地坏笑了一下。我没有在意他的话，但是我很害怕穆斯塔法会当真。

"今天早上我在海滨浴场逮到他了，"塞尔达尔说，"他在盯一个女孩。那女孩是个上流社会的人，他好像爱上她了。他还偷了她的梳子。"

"偷了吗？"

"你看，塞尔达尔，"我说，"不要说我是小偷，我们会很麻烦的！"

"那好吧，是那个女孩给了你那把梳子吗？"

"是的，"我说，"当然是她给的。"

"那你说为什么那样一个女孩要给你梳子？"

"伙计，你是不会明白这些事情的。"

"他是偷来的！"他说，"这个蠢货陷入了爱情，他是偷来的！"

我一下子就生气了，从口袋里掏出两把梳子。"看，"我说，"今天她又给了我另外一把梳子。你还不相信吗？"

"让我看看。"塞尔达尔说。

"拿着，"我说，把红色的梳子递了过去，"你要是不还给我，但愿你今天早上已经知道了我会做什么！"

"这把梳子和绿色的有很大差别，"他说，"这，根本不是那女孩会用的东西！"

"我亲眼看见她用了，"我说，"她的包里也有这样一把。"

"那么，这把不是她给你的。"他说。

"为什么？"我问，"她不能买两把一样的梳子吗？"

"可怜的家伙，"塞尔达尔说，"爱情冲昏了他的头脑，他不知道自己在说什么。"

"你不相信我认识那个女孩吗！"我吼了起来。

"这个女孩是谁？"穆斯塔法突然问道。

我不知道该怎么办了，也就是说穆斯塔法刚才也在听。

"这个家伙爱上了个上流社会的女孩。"塞尔达尔说。

"是这样吗？"穆斯塔法问。

"情况很糟糕，大哥！"塞尔达尔说。

"这个女孩是谁？"穆斯塔法问。

"因为他不停地在偷那个女孩的梳子。"塞尔达尔说。

"没有！"我说。

"什么没有？"穆斯塔法问。

"这梳子是她给我的！"

"她为什么要给你？"穆斯塔法问。

"我也不知道，"我说，"大概算是礼物吧。"

"这个女孩是谁？"穆斯塔法问。

"她把这把绿色的梳子当礼物送给了我之后，"我说，"我也想送给她一件礼物，我就买了这把红色的。但是像塞尔达尔所说的那样，这把红色的，对，不是把好梳子，赶不上那把绿色的。"

"你刚才不是说她给了你两把吗？"塞尔达尔问。

"这个女孩是谁，我在问你。"穆斯塔法吼了起来。

"我小时候就认识的！"我害羞地说道，"她比我大一岁！"

"他伯伯在别人家当仆人，那个女孩好像就是那家的。"塞尔达尔说。

"是这样吗？"穆斯塔法说，"你说呀！"

"是的，"我说，"我伯伯是在他们家干活。"

"那也就是说，那个上流社会的女孩无缘无故地把那梳子送给了你吗？"

"不可以吗？"我反问道，"我说了我认识她。"

"该死的，你在当小偷吗，蠢货！"穆斯塔法又突然吼道。

我吃了一惊，大家应该都听见了吧。我出汗了，不再说话，低下了脑袋，要是现在我不在这里该多好，我想。要是现在我在家，就没有人会管我了，我可以走进花园，看看远方的灯火，看看静悄悄驶向远方的轮船，看看船上给人以恐惧感的灯光。

"你是小偷吗？回答我呀！"

"不是，我不是什么小偷。"我说。然后我回过了神，先是笑了笑，然后说道，"好吧，"我说，"我说实话吧！刚才那些都是玩笑。我想看看你们会怎么说，早上的时候我跟塞尔达尔开玩笑，但是他没理解。是的，这把红梳子是我从小店里买。谁要是愿意他可以去小店问问有没有跟这一样的梳子。而这把绿梳子则的确是她的。她掉在了路上，我捡到了，我等着还给她。"

"你是她的仆人吗，你就那样等着？"

"不是，"我说，"我是她朋友。我们小时候……"

"这蠢家伙爱上了这个上流社会的女孩。"塞尔达尔说。

"不是，"我说，"我不是。"

"你不是，那为什么在她家门口等着？"

"因为，"我说，"要是我拿了不是我的东西而不还给它的主人的话，我就真的成小偷了。"

"这个家伙一定认为我们和他自己一样愚蠢。"穆斯塔法说。

"你看见了吧，"塞尔达尔说，"这家伙还爱得很深。"

"不是！"我说。

"闭嘴，蠢货！"穆斯塔法突然吼道，"他还恬不知耻，我还以为这个家伙会成个人物的。他跑来说，给我个更大的任务，我相信了他，以为他能干成点事。然而他却早就成为那上流社会女孩的奴隶了。"

"我不是那样的。"

"有多少天了你像是在梦游一样！"穆斯塔法说，"昨晚我们在写东西的时候，你在她家门口吗？"

"不在。"

"你的小偷行为会把我们给玷污的！"穆斯塔法说，"够了！从这儿滚出去！"

我们有一会儿没有说话。我想，现在我要是在家该多好，现在要在家我就可以静静地做数学题了。

"不知羞耻的家伙还在那儿坐着！"穆斯塔法说，"我不要这个家伙了！"

我看了看。

"算了，大哥，别闹大了。"塞尔达尔说。

我又看了看。

"把这人从我面前弄走。我不想我面前有个爱上上流社会的人！"

"原谅他吧！"塞尔达尔说，"看，他在发抖。我会让他变成个人样的。坐下，穆斯塔法。"

"不！"他说，"我走了。"

他真的要走了。

"不行，大哥！"塞尔达尔说，"你要留下。"

穆斯塔法站了起来，拨弄着他的腰带。我想站起来给他一下。我会弄死他！但是最终，要是你不想孤零零一个人，你就要讲出来，不要让他们误会你。

"我不可能爱上她的，穆斯塔法！"我说。

"今天晚上你们几个过来。"穆斯塔法对他们说。之后转向我，"你再也不要在这里出现了。你既不认识我们，也没见过我们，明白吗？"

我想了一会儿。然后，"等等！"我突然说，也不管我的声音在颤抖，"你听我说，穆斯塔法，"我说，"现在你会明白的。"

"明白什么？"

"我不可能爱上她的，"我说，"那个女孩像是共产主义分子。"

"什么？"他又问了一遍。

"是的！"我说，"我可以发誓，我亲眼见到的。"

"你见到了什么？"他吼着又走近了一步。

"报纸。她在读《共和国报》。她每天都从小店里买来读。坐下，穆斯塔法，我来讲讲。"我说。我闭上了嘴，不想让我的声音再颤抖。

"你这家伙，笨蛋，难道说你爱上了个共产主义分子？"他吼道。

有一会儿我以为他要打我了。他要是打了我，我就会杀了他。

"不，"我说，"我不会爱上什么共产主义分子的，我那样子的时候我还不知道她是共产主义分子。"

"你什么样子的时候？"

"我以为我爱上了她的时候！"我说，"你坐下，穆斯塔法，我来讲给你听。"

"好的，我这就坐下，"他说，"你要是说谎会很惨，你知道吗？"

"但你先坐下，听我说。我不想你误会我。我会说的。"然后我停了一会儿。"给我一支烟呀！"我说。

"你也开始抽烟了吗？"塞尔达尔问。

"你们也都别说话，给他一支烟！"穆斯塔法说着，最终坐了下来。

雅沙尔递过了烟，他没有看见我的手在颤抖，因为他点着了火柴。之后看见他们三个都在好奇地等着我说话，我就想了一会儿。

"我在墓地看见她的时候她正在做祷告，"我这样开始讲了起来，"我以为她不可能是上流社会的人，之所以会这样想，是因为她包着头，并且看到她打开了双手，和她奶奶一起向安拉……"

"这家伙在说些什么？"塞尔达尔问。

"闭嘴！"穆斯塔法对他说，"你在墓地干什么？"

"他们有时会在那里放下些花，"我说，"我爸爸晚上出去的时候要是在领子上别上丁香花，夜总会里的人就会买更多的彩票。有时他会让我去看看。"

"好的！"

"那天早上我为了拿花，一到那里，我就在她爸爸的墓前看见了她。她的头包着，双手向着安拉打开。"

"他在说谎！"塞尔达尔说，"今早我在海滨浴场看见了那女孩，当时她赤身裸体。"

"不，她穿着泳衣，"我说，"但是在墓地的时候我并不知道她会这样。"

"那么，现在这个女孩是共产主义分子吗？"穆斯塔法问，"要不你在哄我玩吗？"

"没有，"我说，"是这样的，听我说呀……在那里，我看见她那样做祷告，我就有些，是的，我承认，我吃了一惊。因为她小时候不是那样的。我知道这个女孩的童年。不坏，但也不好。你们不知道这些。我就这样想着想着，最后，脑子就乱了。我对她很好奇，她现在成了个什么样的人，等等。就这样，出于好奇我就跟着她，开始盯她梢，也有点为了消遣……"

"无所事事，游手好闲！"穆斯塔法说。

"爱情就是这样！"雅沙尔说。

"闭嘴！"穆斯塔法对他说，"你是怎么知道她是共产主义分子的？"

"盯她梢的时候，"我说，"不，我已经不在盯她梢了。当时，很偶然，她，走进了那家我正在喝可口可乐的小店，买了一份《共和国报》。我是从这儿明白的。"

"你仅仅是从这儿明白的吗？"穆斯塔法问。

"不，不仅仅是从这儿，"我说，我停了一会儿，而后接着说道，"她每天早上都来买一份《共和国报》，而不买别的报纸。我对此没有一点怀疑。再有，她好像和这里的上流社会朋友也没来往了。"

"她每天早上买一份《共和国报》，"穆斯塔法说，"而你对我们隐瞒了这件事，因为你还爱着她，你老跟在她后面，是吗？"

"不，"我说，"《共和国报》是今天早上买的。"

"别说谎，我会揍你的，"穆斯塔法说，"你刚才说她每天早上都买《共和国报》。"

"她每天早上都去小店，在那儿买点东西，但买的是什么东西我并不知道，"我说，"今天早上我才看到她买的东西就是《共和国报》。"

"他在说谎。"塞尔达尔说。

"我不知道，"穆斯塔法说，"一会儿我再跟他算账。他明知道那女孩是共产主义分子还在她后面跟着。那么，这些梳子是怎么回事？

你老实说。"

"我就要说，"我说道，"一把是我在盯她梢的时候她掉的。当时我就从地上捡了起来。也就是说我没有偷……另一把是我妈妈的梳子，我发誓。"

"你为什么把你妈妈的梳子带在身边呢？"

我又抽了一口烟，闭上了嘴，因为我已经知道，不管我说什么他们都不会相信。

"我在跟你说话！"他说。

"好吧，"我说，"但是你们不相信。现在，我发誓，我要说的是实话。是的，这把梳子不是我妈妈的。因为刚才我不好意思说，就说了是我妈妈的梳子。这把红色的梳子，是她今天从小店里买的。"

"和报纸一起买的吗？"

"和报纸一起。你可以去问店老板。"

"也就是说，她后来把那梳子给了你吗？"

"不是！"我说，我停了一会儿，"在她走了之后，我给自己也买了一把那样的红梳子。"

"为什么？"穆斯塔法吼道。

"为什么吗？"我说，"你不明白为什么吗？"

"我要打这家伙一嘴巴子！"塞尔达尔说。

要是没有穆斯塔法我会给他好看的，但是穆斯塔法在吼着。

"是因为你恋爱了吗，蠢货？你已经知道她是共产主义分子了。你是间谍吗？"

我想，不管我说什么，这家伙已经不再相信了，我停了一会儿，但是接着他吼得那么大声，我想，那我就再最后说一遍，让他好好地相信我已经不会爱上一个共产主义分子了。我把烟扔在地上，像悠闲的人们那样在地上踩灭。之后，我从塞尔达尔手中拿过了红梳子，掰了掰，说道：

"你要是可以用二十五里拉买到这样一把漂亮而又便宜的梳子，大概你也不会错过的。"我说。

"该死的，弱智骗子！"穆斯塔法吼道。

就这样，我下定决心不再说话。我已经不想说给你们听了，先生们，好吗？不管你们让不让我留下来和你们在一起，过一会儿我就要回家了。我要坐下来看数学，等以后，有一天，我会去于斯屈达尔，我会跟他们说，给我一项大任务，天堂堡垒的那些人除了相互说对方是间谍之外什么事也不做，给我一项大任务！过一会儿我就要回家了，现在让我看看那份我读了一半的报纸。我打开报纸，旁若无人地看了起来……

"现在我们怎么办，先生们？"穆斯塔法问。

"对还在卖《共和国报》的小店老板吗？"塞尔达尔问道。

"不是，"穆斯塔法说，"我不是说店老板，我是说，我们对这个愚蠢地爱上了共产主义分子的人该怎么办？"

"原谅他吧，大哥！"塞尔达尔说，"别太认真，他早就后悔了。"

"也就是说要我放了他，让他当共产主义分子的诱饵吗？"穆斯塔法吼着，"这家伙会马上跑去把一切都告诉那女孩。"

"要揍他吗？"塞尔达尔小声嘀咕道。

"我们对那共产主义分子女孩什么也不做吗？"雅沙尔问。

"他们对于斯屈达尔的女孩怎么做的，我们也怎么来对她。"

"店老板也应该好好教训教训！"塞尔达尔说。

然后他们嘀咕着又说了一会儿，他们说共产主义分子在图兹拉对我们的人都做了些什么，他们还像是谈论一个弱智一样谈到了我，他们讲了他们会如何把一个读《共和国报》的女孩吊在于斯屈达尔的轮船上，他们还说了很多，但是我没有在意，听都没听他们在说些什么，我读报纸时在想，我不是一个有驾照的专业司机，不是个懂英语的电报员，不是个铝合金百叶窗的熟练安装工，不是个懂得配制眼镜的药剂师，我也不是个能修理电话并且已经服过兵役的电信装配工，也不是个裤子生产线上的机械修理工，真他妈的，但我还是要去伊斯坦布尔，有一天，我一旦做了件大事，是的是的，我琢磨着那件事，因为我无法清楚地知道那是什么，所以我想再看看报纸的第一版，就像是为了在重大事件之中看到自己的名字，就像是为了在那里找到要做的大事一样，但是报纸散乱了，我找不到第一版，我失去的好像是自己的将来而不是报纸。我极力藏起我的手，不想让他们看见我的手在颤抖，而就在这时，穆斯塔法却对我说：

"我说你呢，蠢货！"他叫道，"这个女孩什么时候去小店？"

"啊？"我说，"从海滨浴场回来之后。"

"蠢货！我怎么知道她什么时候去海滨浴场！"

"她九点、九点半去海滨浴场。"

"你自己拉的屎你要自己擦干净。"

"得，"雅沙尔说，"就让他去揍那个女孩。"

"不，不要他去揍！"穆斯塔法说，"女孩认识你，是吗？"

"当然！"我说，"我们一直相互打招呼。"

"弱智！"穆斯塔法说，"他还在自我吹捧。"

"是啊，"塞尔达尔说，"所以我要你原谅他。"

"不！"穆斯塔法说，"不会那么简单！"他转向我，"听我说！"他说，"明天，我，九点半会在那里。你要等着我！是哪家小店？你要指给我看！此外我也要亲眼看看那女孩买《共和国报》。"

"她每天早上都会买！"我说。

"闭嘴！"他说，"她要是买了我就会给你示意，那时你先过去从女孩手里拿过报纸，告诉她我们这里不会让共产主义分子进来，然后撕了她买的报纸再扔掉。明白了没有？"

我什么也没有说。

"明白了吗？"他说，"你的耳朵听得见我说话吗？"

"听得见。"我说。

"很好，"他说，"像你这样一个弱智豺狗，不能给共产主义分子任何可乘之机！从现在起，我的眼睛会一直盯着你。今晚，你也要和我们一起来写东西！不准回家！"

我真想就在那里把穆斯塔法给弄死！但是，哈桑，最后你也会有麻烦的！我一句话也没有说。然后，我又要了一支烟，他们给了我。

21

　　居奈伊特突然打开窗户，朝着黑暗之中大叫道，所有的老师都是混蛋，所有的老师，所有的教员，在他这样吼叫的时候，居尔努尔大笑了起来，说道，他好像喝醉了，他已经飘起来了，你们看见了吗，伙计们，居奈伊特则叫喊着，变态们，今年你们直接让我留了级，混蛋，你们有什么权利玩弄我的生活，突然丰达和杰伊兰赶到了，她们说，嘘，居奈伊特，你在干什么，在这个时间，你看都凌晨三点了，邻居们，所有的人都在睡觉，她们这么说的时候，居奈伊特却说，邻居们都是该死的，别管我，姐姐，邻居们和老师们是一伙的，杰伊兰说，再也不给你这个了，她想从居奈伊特手里夺过含大麻的烟，但是居奈伊特没有给，他说，大家都抽了，只有我做错了吗，丰达叫着，想让大家在那恶心人的音乐和噪声中听到她的声音，那就闭嘴，她说，闭嘴，别叫了，好吗，居奈伊特也突然平静下来，好像一下子忘记了所有的厌恶和仇恨，他开始在那让我耳鸣的流行摇滚乐中慢慢地摇摆起来，然后他们走进了那些闪烁的彩灯之中，这些彩灯是图朗捣鼓出来的，为了让这儿看起来像迪斯科舞厅，我看着杰伊兰，但她好像并没有太烦恼，很漂亮，微微笑着，有点痛苦又有点忧伤，我的主啊，我喜欢这女孩，我不知道我该做些什么，帮帮我吧，这是多么尴尬啊！难道我也要像那些可怜的、毫无意志的、长着青春痘、陷入了爱情就想赶快结婚、年轻的土耳其恋人一样吗，最终我也要像我们学校里那些性饥渴的男人一样吗，他们瞧不起那些女孩子，但是，他们会坐下来整宿整宿地写湿漉漉的情诗，而后把这些充满可怜情感的东西藏进不给任何人看的文件夹里，好让别人早上看到你时还当你是个彻彻底底的男人，可以无所顾忌地拍拍你的屁股。够了，别想了，梅廷！我讨厌所有的人，我，永远不会像他们一样，我会成为一个头脑冷静的国际知名有钱人，一个风流倜傥的人，是的，是的，报纸上会有这些报道，和女伯爵在一起的照片，第二年则是美国伟大的土耳其裔物理学家特殊而又平凡的生活，和某某女士在意大利的阿尔卑斯山手牵手散步的时候被《时代》杂志逮到了，在我乘着私人游艇来土耳其游览蓝色之旅的时候，你会在《自由报》的头版看到我和我的第三任妻子——墨西哥石油大亨的漂亮独生女在一起的巨幅照片，到了那一天，看你杰伊兰会不会这么想，我喜欢梅廷，啊呀，我的主啊，我真是喝得太多了，我又看了看杰伊兰，当我看着她那因抽了一两口大麻而变得茫然的漂亮脸庞的时候，突然，我听到疯狂、麻木、狂乱的人群中有人在大喊大叫，我的天啊，我还听到了他们在狂叫，我不知道为什么，我也想大声叫喊，和他们一起叫喊，我就那样叫了起来，起先，从我嗓子眼里发出来的是毫无意义的叫喊声，而后发出的是绝望的动物般的叫喊声，这时，居尔努尔冲我说，你给我闭嘴，梅廷，你闭嘴，他说，你没有权利和他们一样，她晃了晃手里的卷烟，说，你并没有抽，而我把这当成个笑话，笑了笑，之后，我认真地说道，我喝了一瓶威士忌，听见了吗，伙计，一瓶威士忌里的东西要比你们这含有少量大麻的愚蠢的烟中的东西要多得多，而且我没有传来传去地喝，这都是我自己一个人喝的，但她不听我的，她说，胆小鬼，谨慎的家伙，你为什么不抽，至少你对不起图朗，你有什么权力来破坏这孩子回部队前最后一夜的气氛，我说，那好吧，伸手拿过她手里的烟，你看，杰伊兰，你看我是怎么像你一样抽烟的，我爱你，我又抽了一口，居尔努尔说，哈哈，就是这样，我又抽了一口把烟递了回去，当时居尔努尔明白了我在看着你，杰伊兰，她立刻大笑了起来，你瞧，梅廷，她说，你也飘起来了，你想要追到她就得多抽，我想象着她说，杰伊兰归你了，她是你的，我不说话了，居尔努尔说，你要是不快点下手，梅廷，你看，我就写在这里，菲克雷特就会把她偷走的，她做了一个像是用烟头在写字的动作，我还是没有说话，当她问菲克雷特在哪里的时候，我把手里杯子中的酒一饮而尽，我不想出丑，就跟她说我要去再倒点儿，当我从那里溜开的时候，居尔努尔大笑着，当我在黑暗中寻找酒瓶的时候，不知道从哪里冒出来的泽伊奈普抱住了我，说，来，我们跳舞吧，求你了，梅廷，听，多好听的音乐，我说，好的，当她搂着我的时候，我想，你们看，你们不要觉得我从早到晚都在想着杰伊兰，你们瞧，我正在和这个叫作泽伊奈普的胖子一起跳舞，但是我很快就厌烦了，因为她就像刚吃饱的猫咪一样懒洋洋地眯着眼睛开始装出一副"我现在有多浪漫"的样子，就在我想着怎么摆脱掉她的时候，有几个人在踢我的屁股，该死的，他们还关了灯，大叫着，吻吧，吻吧，在黑暗中我一把推开她，像推开一个热乎乎的大枕头，就在我寻找着那威士忌和杯子的时候，这次一个真的枕头砸在了我的脸上，好吧，要这么玩吗，我也在黑暗中挥去一拳头，我听到了图尔贾伊的呻吟声，我在厨房门口碰到了韦达特，我看见他用一种愚蠢的眼神盯着我，然后他躺了下来，说，大哥，多美好的一件事啊，是吧，我就问，什么美好的事情，他很吃惊地说，你不知道吗，大哥，我们现在订婚了，他像是一个稳重又有责任心的丈夫一样温柔地把手放在了赛玛的肩膀上，他说，太美妙了，不是吗，大哥，我说，很好，他说，是的，这是件非常美妙的事情，我们订婚了，你不祝贺一下吗，我们拥抱了，赛玛突然像要哭了，我惊慌失措，正要逃离那儿的时候韦达特又抓住了我，我们又拥抱了一次，我有些害怕，怕这英国女孩看见这种拥抱会觉得我们是同性恋，我记起来，在学校里，宿舍里每个人最想做的唯一的事就是想方设法把别人变得像个同性恋，你们这些该死的，混蛋，神经病，弱智，变态，总是跟那些没长毛的人玩同性恋的游戏，感谢真主我长了毛，有吗，当然，算是有吧，只要我愿意，连胡子我都可以留起来，还不会太难看，我是长了毛的，虽然有一次苏莱曼那只熊掐了我的屁股一下，但我也趁他睡着的时候骑在他身上，让他在全宿舍的人面前丢了脸，让他付出了代价，因为我要是不这么做的话，这些性饥渴的人，这些野蛮人，这些疯子就会折磨死你，就像对可怜的杰姆做的那样，但是别激动，梅廷，你为什么要在意呢，明年你就在美国了，但眼下还有一年的时间，你必须在这个弱智的国家里再忍受一年，我这么想道，法鲁克和尼尔京，要是明年我因为没有钱而去不成美国，唉，那时就有你们受的了，最终，谢天谢地，我找到了厨房，在那儿看见了胡莉娅和图朗，胡莉娅好像哭过，图朗则把他的光头塞在了水龙头下，他看到我就立刻站直了身子，突然狠狠地给了我一拳头，然后，我问他，那些该死的瓶子和杯子在哪里呀，他说，杯子在那里，但是没有指给我看，我又问在哪里，他还是说就在那里，还是没有指给我看，最后我翻箱倒柜地找的时候，图朗抱住了胡莉娅，他们相互咬着，像是要把对方的牙齿拔出来一样，热烈地亲吻着，我想，杰伊兰，我们也可以那样，接着他们又发出了些更加奇怪的声音，然后胡莉娅摆脱了图朗的嘴，气喘吁吁地说，亲爱的，会过去的，会过去的，图朗突然激动起来，说，你懂什么是兵役，只有男人才要服兵役，他越说越激动了，他挣脱胡莉娅的手，吼叫道，不服兵役的人不是男人，他又朝我背上打了一拳，说，靠，你是男人吗，是男人吗，你还在笑，是吧，你就那么有自信吗，那好，过来，那就让我们来比比，让我们看看你有多么男人，当他的手甩向裤子纽扣的时候，胡莉娅说，你要干什么，她说，求你了，不要这样，图朗，他说，那好吧，两天后我就要走了，但是明天晚上我们也要这么玩，听见了吗，胡莉娅说，那要是你爸爸说些什么该怎么办，图朗叫道，谁来我就往他的嘴里拉屎，够了，如果你是父亲你就要知道当父亲的职责，难道因为你想要我就必须完成高中学业吗，你送我去当兵，我的心情有多么糟糕，笨蛋，你理解理解你儿子呀，我就是不想混出个人样，听见了吗，我也会把你的汽车搞得破烂不堪，我也要买奔驰，听着，胡莉娅，我发誓，我要把他绑在柱子上，让他也明白明白，这时，胡莉娅轻声骂道，傻瓜，别这样，图朗，求你了，图朗又打了我一拳头，突然他听到了从里面传来的流行摇滚乐，就开始摇摆起来，就好像忘了我们所有人，在大麻香烟冒出的烟和音乐的昏暗中，在一亮一灭的色彩中他缓缓地消失了，胡莉娅则在他身后跑着，最后我准备好了我的酒，然后我碰到了图尔贾伊，快点，他对我说，你也来吧，我们要光屁股下海去，我突然变得兴奋起来，问，谁谁，他笑了，说道，笨蛋，当然女孩子们不去，杰伊兰也不去，一听这话我吃了一惊，我想到了你，杰伊兰，大家怎么就马上都明白了我喜欢你呢，他们怎么知道除了你我已经不能想别的东西了呢，我这样想道，你在哪里，杰伊兰，在浓烟、雾气和音乐当中，他们怎么不把窗户开开呢，我在找你，杰伊兰，你在哪里，该死的，我找了又找，我不担心，然后看见你在跳舞，身边还有菲克雷特，别激动，梅廷，不要在意，我像是不在乎似的走到一个地方坐了下来，我喝着我的威士忌，喝得飘飘欲仙，我这样想着，啊呀，我的主，突然音乐停了下来，有人放起了乡村音乐，驾，驾，他们都是些没怎么开化的人，因为在中产阶级的婚礼上他们就是这么学的，所以他们赶快站起来，融入了新的音乐氛围，我们手挽起手，我挽着你的一个胳膊，杰伊兰，我悄悄地看了看，当然，菲克雷特挽着她的另一个胳膊，我们围成一圈开始转了起来，哎呀我的天，太乱了，完全和在姨妈家、在远房亲戚家的婚礼上一样，圈一断我们就成了火车，我们在大厅里转着，然后一头出去到了花园，我们都出去了，从另外一个门进到了里面，我感受着在我肩膀上的杰伊兰的美丽的手，我在想邻居们会说什么，他们进了厨房，在那儿我们从火车上下来了，但是菲克雷特没有下来，杰伊兰我们两个留了下来，在厨房里我看见赛玛正在哭泣，看着打开的冰箱，我们听到韦达特像个稳重的丈夫似的说道，好了，亲爱的，我把你送回家吧，而赛玛却好像冰箱里有值得她一哭的东西似的在那里哭着，韦达特说，你妈妈会说你的，已经很晚了，赛玛说，我讨厌我妈妈，而你现在就已经和她站在一边，韦达特说，那么把那把刀给我，赛玛突然把手中的刀扔在了地上，这时我也像这是件很不寻常的事情似的，像是要保护你不受伤害似的把手放在了你的肩膀上，杰伊兰，我把你从厨房拉了出去，你靠着我，是的，是的，我们两个人在一起，你们看吧，我们走了进去，大家都在叫着、跳着，我很幸福，因为你靠着我，就在这时杰伊兰突然离开了我，跑走了，我不知道她去了哪里，我要跟着她吗，我正想着，一看，我还在杰伊兰身边，又一看，我们大家一起在跳舞，再一看，我握着你的手，然后又一看，没有了，但是已经不重要了，什么都明白了，我很幸福，我站都快站不住了，突然我想我将再也看不到你了，这时我很害怕，杰伊兰，不知为何我想我永远也不可能让你爱上我，我在绝望中寻找着你，杰伊兰，你在哪儿，我要你，杰伊兰，杰伊兰你在哪里，我很爱你，杰伊兰杰伊兰，你在哪里，在这令人恶心的烟雾中，在闪烁的彩灯中，在飞来的枕头和拳头之中，在叫喊声和音乐之中，亲爱的你在哪里，我在找你，就像小时候大家晚上回到家都有一个亲吻他的妈妈，而我在想自己没有的时候一样，像在宿舍里，在周末我感到很孤独的时候，像我讨厌孤独、讨厌我自己的时候一样，像在我姨妈家里我想没有人喜欢我的时候一样，我感到自己可怜而又无助，我在想，每个人都有钱而我没有，因此我很有必要用我的伟大发现，用我的创造力和我的智慧在美国变得富有，但是，杰伊兰，何必要去遭这些罪，又何必要到美国去呢，你想待在哪里我们就可以住在哪里，你要是愿意的话我们也可以待在这里，土耳其也不是个那么屎的国家，也在开辟一些新的地方，开一些好的商店，总有一天这无法理解的、昏暗的无政府主义也一定会结束的，在欧洲和美国卖的所有东西我们在伊斯坦布尔的商店里也能买到，我们结婚吧，我的脑子很好使，现在我的口袋里有整整一万四千里拉，谁的身边也不会有那么多，只要你愿意，我可以在某个地方工作、升职，或者只要你愿意，我们也可以相信金钱不是那么重要，不是吗，杰伊兰，你在哪里，我们可以一起进大学读书，你在哪里，杰伊兰，难道你上了菲克雷特的车走了吗，不能那样，我非常爱你，我的主啊，我看见你就在那里，看见你独自一人坐在角落里，我那孤零零的人儿，我的小宝贝儿，我那无助的人儿，我的美人儿，我的天使，怎么了，你在烦恼什么，你跟我讲讲，难道你的爸爸妈妈也让你伤心了吗，说说吧，我就坐在你身边，我想要说"你为什么这么绝望、忧伤"，但是我没有说，我闭着嘴，最后我想随便聊一聊，就像平时一样，从我嘴里倒出来的却是最屎的、最没有感觉的话，我无聊地问道，你很累吗，你却把我的话当了真，你说，我吗，是的，我的头有点痛，而我又一次因为找不到要说的话就那样好长一段时间坐着什么也不说，我因为烦恼和音乐而变得愚笨了，这时，杰伊兰高兴地、充满活力地大笑了起来，她看着我那愚蠢的脸说，梅廷，你这个样子是那么可爱而且贴心，说说看，27×17，当时我突然对自己，我不知道为什么，很生气，我把手伸到你的肩膀上，而后你那漂亮的头摇晃着倒在我的怀里靠着，我用胸膛感受着你的头，我感受着这难以置信的幸福，我闻着她的头发和皮肤的香味，接着你突然说，梅廷，这里有点喘不过气来了，我们出去一会儿吧，我们立刻站了起来，我的主啊，我们一起从这肮脏的噪声中，就那样，就那样，是的，一起出去了，我的手就在你的肩膀上，我们彼此依靠着，相互支撑着，在这庸俗、可怕和丑陋的世界上，我们像是用爱相互支撑着的两个无助、孤独的恋人一样，要逃离这讨厌的音乐和人群，我们就那样把所有人都抛在了身后，我们一起走在寂静、空旷而又阴郁的街道上，一起走在树荫下，我们看着远方夜总会彩色且无声的灯光，我们就像那些不仅以其爱情，更以其深厚的友情让人们嫉妒的爱人一样交谈着，彼此理解，互相明白对方内心深处想要表达的意思，我对你说，清新的空气多舒服啊，杰伊兰也说她并不那么害怕她的爸爸和妈妈，说她的爸爸其实是个好人，只是有点过于土耳其化，我说，真遗憾，我没有更多地了解他们，我说我的爸爸妈妈都去世了，杰伊兰说她想见见世面，想读记者专业，想当个记者，她说，你别看我现在这种样子，我们在这里总是玩，什么事也不做，但是我并不想这样，我想像那个女人一样，她叫什么来着，那个意大利女记者，她总是采访名人，她和基辛格或是安瓦尔·萨达特聊过，是的，我知道，要和她一样必须得特别有学问，你是有点那样子，梅廷，但是，从早到晚地看书我做不到，生活也是我的权利，你看，因为今年我直接升级了，所以我想玩玩，不能总是读书呀，我们学校里就有那么一个孩子，读了很多书，最后疯了，被送进了精神病院，你怎么看，梅廷，我什么也没有说，我只是在想你很漂亮，你还在讲着，讲着你的父亲，讲着你的学校，讲着你的朋友，讲着和将来有关的你的计划，讲着关于土耳其和欧洲你是怎么想的，等等，你真漂亮，街灯那昏暗的灯光从树叶之间倾泻在你脸上的时候，你很漂亮，你若有所思的时候，当你一脸忧郁，仿佛生活中满是问题一样抽着烟的时候，你很漂亮，在你把额头上的刘海向后拨去的时候，你很漂亮，天啊，我的主，她是那样漂亮，人会想马上让她有个孩子，突然我说，我们去海滨浴场吧，看，多漂亮，多安静，一个人也没有，她说，哈，好啊，我们走进了海滨浴场，我们在寂静的沙滩上走着的时候，杰伊兰脱掉鞋子拿在手上，不知道来自何方的灯光照在沙滩上，我们脚踩着沙滩沿岸走着，她又讲了她的学校以及生活中她想要做的事情，然后她把那双漂亮的脚缓缓地伸进了黑乎乎而又神秘的水中，这时，我觉得她一方面就在我身边，另一方面又好像离我很遥远，当她撩拨着水、说着话的时候我又觉得她粗俗、吸引人、冷冰冰、令人伤心、下贱、难以置信、具有很强的杀伤力，除了她那双像鱼儿在弄潮一样的双脚外，我变得看不见她别的地方了，当她说她想像一个欧洲人那样生活的时候，她不听我说话，我感受着闷热的天气，闻着海草和大海的气息，闻着她皮肤的香味，想着是我们俩单独在一起，看着她那在水中像象牙一样闪着光芒的、活生生的、摇摆着的、性感的双脚，我突然脚上穿着鞋子就进到了水里，我搂住了你，杰伊兰，我很爱你，你在干什么，你先是笑着这么说，我爱你，我说，我想亲吻你的脸颊，梅廷，你醉得太厉害了，她说，接着她或许害怕了，我硬把她拽上了岸，扑上她的身子，我们倒在了沙滩上，她在我身下挣扎的时候，当我的手摸索着她的乳房、挤压她的乳房的时候，不要，她叫着，不要，不要，梅廷，你在干什么，你疯了吗，你喝醉了，我说，我很爱你，杰伊兰说，不行，我吻了吻她的脸颊、她的耳朵和她的脖子，我闻到了不可思议的味道，她推了推我，我又说，我很爱你，她又一次推我时我就生气了，你有什么权力像推一个流氓似的推我，这下子我就更用力地压住了她，掀起她的裙子，她那晒黑了的、令人难以置信的修长双腿就在我的十指之下，我原以为遥远而又无法企及的温暖身躯就在我的双腿之间，像梦一样，我觉得不可思议，我拉开了我裤子的拉链，她还在说不行，还在推着我，为什么，杰伊兰，为什么，我非常爱你，突然她又推了一下，我们就像猫狗一样在沙滩上推来推去，翻滚着，多荒唐，你看，一切都是那么没有希望，我们滚来滚去，她还是在说，不行，你喝醉了，好吧，好吧，我不是那种下流的家伙，就这样，行，好吧，我放开你，但是就算我们发生了关系又会怎么样呢，但是，不，我也不是个强奸犯，我只是想吻吻你，要你知道我爱你，我说着，因为天太热，我没能控制住自己，仅此而已，所有的事情是那样下流、荒谬而愚蠢，好吧，我放开了，把你的身体从我的下面抽走吧，由于我的阴茎无法减速、无法平静下来，我就把它插进冰冷而又毫无意义的沙子中让它熄火吧，好吧，好吧，我这就放开你，我把拉链拉上，我转过身，脸朝天，两眼空空地看着星星，别来烦我了，行吗，去吧，快点跑去给你的朋友们讲讲，天啊，伙计们，要小心，梅廷竟然是个怪异的家伙，他攻击了我，是个没有教养、粗暴的家伙，本来就很明显，他和报纸上登出的强奸犯没有什么区别，我的天啊，我要哭了，杰伊兰，好吧，我就拿上我的行李回伊斯坦布尔，这次天堂堡垒之行就此结束了。这样看来，在土耳其要和一个女孩睡觉必须是个百万富翁或者结婚，好吧，我知道了，明年我就在美国了，到这个夏天结束之前我就给那些专科学校的学生上上数学和英语课，来吧，弱智们，一小时二百五十里拉，我整个夏天都在姨妈家那闷热而又狭小的房子里攒钱的时候杰伊兰和菲克雷特在这里，不，不，多么不公平，要赢得女孩不应该是用钱，而应是靠智慧、才干和帅气，但是算了，梅廷，没有什么大不了的，看看那些星星吧，那些明亮而又不停闪烁的星星有什么意义呢，人们看着它们朗诵起诗来，说是能感受到些什么，荒唐，他们的脑子会混乱，他们会把头脑混乱说成是感觉，不，我知道他们为什么会朗诵诗歌，所有的问题就是把女人骗到手和赚到钱，是的，蠢货们，所有的事情都是要靠动脑子的，一去美国我就要马上发现一个所有人还都没有想到的、很简单但又很基础的物理发现，就在发表了爱因斯坦初期发现的《物理年鉴》杂志上刊登出来，就这一下子我赢得了荣誉和金钱，之后我们国家的那些人就会来向我求取我所发现的导弹机密和图纸，他们会说，好了，求你了，把这些东西也给你的同胞们一份吧，让我们往希腊人的头上下一场导弹雨，那时我就会有别墅，而我的别墅比亿万富翁埃尔泰根位于博德鲁姆的别墅还要大、还要豪华，真遗憾我没有时间，一年里我只能急匆匆地在这儿待一周的时间，那时杰伊兰和菲克雷特，我的主啊，或许他们已经结婚了，你怎么会这么想呢，他们之间什么也没有，我突然害怕了，杰伊兰，杰伊兰，你在哪里，或许她早就丢下我跑掉了，她肯定气喘吁吁地在给别人讲着，他差点夺走了我的贞操，但是没有，我没有允许他玷污我，但他也不是那样地下流，但她或许真的离开岸边去说了，我会出丑，但是她或许没有去，或许正等着我去请求原谅，等着我去求她，但是现在我连抬起头来看看她在哪儿的力气都没有了，我晕乎乎的，这里，在沙滩之上，只有我孤孤单单一个人，我什么人也没有，都是因为你们，爸爸，妈妈，你们为什么死得那么早，没有谁的父母会这样丢下他们的儿子离开，至少给我留下一笔丰厚的遗产也好啊，那么我也可以靠这钱和他们一样，但是没有钱，没有硬币，你们只留下了醉醺醺的肥胖哥哥和一个空想主义者的姐姐，当然还有老糊涂了的奶奶和她的侏儒，此外还有那愚蠢的、发霉的、讨人厌的破房子，他们不让推倒它，不，我要推倒它，该死的，当然我知道你们为什么赚不到钱，你们这些胆小鬼，你们害怕生活，你们不敢为了赚钱去做那些应该做的不道德的事情，为了赚钱要有勇气，要有才能，要有心，这些我都有，我会赚到钱的，但是我又很可怜你们，可怜我自己现在的样子，可怜孤苦伶仃的我自己，我想着你们，想着我的孤独，想着，我怕自己要哭出来，突然我听到了杰伊兰的声音，你哭了吗，梅廷，她问，她没有走，我吗，我说，没有，我为什么要哭啊，我说，很是惊讶，那好，杰伊兰说，我以为你哭了，来吧，起来吧，我们该回去了，梅廷，她说，好的，好的，我说，我现在就起来，但是我一动不动地躺着，傻傻地看着星星，杰伊兰又一次说，快起来，梅廷，她伸手拉我我才站了起来，我很难站稳，摇摇晃晃地，我看着杰伊兰，也就是说刚才我侵犯的女孩就是这位，多么奇怪的事情，她像是什么事也没有发生过似的抽着烟，为了说点什么，我说，你好吗，她说，很好，我衣服上的扣子好像掉了，但她说的时候没有生气，想着她是个多么热情、多么好的人我感到羞愧，我的主啊，我不明白，我该怎么做，我闭上嘴，停了一会儿，你生我的气了吗，我说，我喝得太多了，别介意，她说，没有，没有，我没有生气，这种事是会有的，我们两个都喝醉了，我有点吃惊，那好，杰伊兰，你在想什么，我问，她说，什么也没有，我什么也没有想，快点，我们回去吧，我们正往回走着，她看见了我湿漉漉的两只鞋，笑了，当时我想再一次拥抱她，我什么也不明白，这时，杰伊兰她说，要不我们去你家吧，你去把鞋换了，我更加感到吃惊了，我们出了海滨浴场，什么也没有说，在街上走着，走着，我们闻到了凉爽而又黑暗的花园里的杜鹃花、干枯了的草坪、热水泥的味道，来到我家花园门口，我为破旧不堪的房子感到害羞，我为那些麻木的人感到生气，我正看着奶奶房里那还亮着的灯光，一看，哎呀，真主啊，我哥哥好像在阳台上的桌边睡着了，他还坐在黑暗之中，后来他的影子动了动，他没有睡觉，晚上的，不，是早上的这个时候他支在椅子的后腿上摇晃着，你好，我说，我来介绍一下，杰伊兰，法鲁克，是我哥哥，他们相互问候了一下，我闻到了从我哥哥嘴里散发出来的那讨人厌的酒味，为了尽可能不让他们单独待在一起，我赶快跑上楼，迅速换了鞋袜，我下楼的时候法鲁克已经开始了：

> 那伊力，夜晚的月亮慢慢地出现了
> 还不值得世人耐心地等待吗

他朗诵着，当然你们知道，这是 17 世纪奥斯曼诗人那伊力的作品，但是读完之后却好像是他自己的作品一样，他像只鼓起脖子的公鸡一样得意起来，接着又朗诵道：

> 我已醉得不知道世界是什么
> 我是谁请喝酒的是谁葡萄酒是什么

这我不知道是谁的，他说，摘自埃弗利亚的《游记》，杰伊兰笑着看着张着嘴的奥斯曼酒桶，她准备再听一些，我为了不让哥哥继续说下去就说，哥哥，车钥匙给我好吗，我们要走了，他说，好的，好的，先生，好的，好的，只是有一个条件，要漂亮的姑娘回答我一个问题，是的，我不明白世界是什么，杰伊兰女士，请您说说看，是叫"杰伊兰"吧，多么好听的名字，请杰伊兰女士说说世界是什么，所有这些，这些树木、天空、星星，这张桌子和空瓶子所展现的东西是什么，是的，你怎么看，他问，杰伊兰以一种可爱而又善良的眼神看了看他，但是什么也没有说，然后羞愧地看了看他，眼神像是在说"你知道得更清楚"，为了扯开话题不让喝醉了的哥哥紧盯不放，我说，哎哟，奶奶的灯也还亮着呢，我们都转过头向楼上看了片刻，想了想她，然后我说，来吧，杰伊兰，我们走吧，我们上了塑料做的阿纳多尔车，就在我发动汽车要离开的时候，一想到杰伊兰会怎么看那个散发着墓地气息的花园、破旧不堪的房子、喝得迷迷糊糊的肥胖哥哥还有我，我汗毛都竖起来了，是的，她肯定在想，有这样一座房子、一辆车和一个家庭的人，因为没什么亲人，所以他只能在半夜骚扰在海滨浴场的女孩子，但不是那样的，杰伊兰，我想把一切都告诉你，但是没有时间了，我们就要到图朗家了，但是，不，你必须听我说，我这样想道，便拐了个弯把车朝坡上开去，杰伊兰问要去哪里，我就说去透透气，她什么也没有说，我们就那样走了，我想现在我可以讲了，但是我不知道怎么开始，所以就只是踩油门，在飞快从山坡上下去的时候我想着该怎么开口，又开始上坡了，接着在我们又下坡的时候我还是无法开始讲，但是我一直那样踩着油门，以至于阿纳多尔开始狂颠起来，但是杰伊兰什么也不说，好的，那么，我把油门踩得更狠了，转弯的时候车尾都磕了一下，但杰伊兰什么也没说，我们来到了伊斯坦布尔至安卡拉的公路上，看着来来往往的车辆，我为了找个话头就说道，我们去挤车玩吧，杰伊兰说我们该回去了，你喝得太多了，好啊，你想甩掉我吗，但是至少你得听我说一说，我想给你讲讲，我这样想道，我要跟你说说，你会明白的，我是个好人，尽管我不富有，但我非常清楚地知道你们在想什么，知道你们遵循哪些规则，我和你们是一样的，杰伊兰，我想把这一切都告诉你，但越是准备要说就越觉得所有这些都极其残酷，且都是虚伪的，因此，在这种情况下我除了踩油门外别的什么事也做不了，好的，那你至少看清楚我不是个卑鄙的家伙，因为卑鄙的家伙会害怕的，我不害怕，看我以每小时一百三十公里的速度开着这辆破车，怎么样，你害怕吗，或许我们会死，我又狠踩油门，等会儿从坡上下来，那时我们会飞起来，会死掉，我一旦死了，宿舍里的朋友们就会举办个扑克循环赛来纪念我，你们这些蠢驴，那你们就用比赛中从有钱的败类那儿赢来的钱给我造一个大理石的墓吧，我又狠踩油门，但是，杰伊兰还是不说话，当时我正在想我们已经离死亡很近了，这时，我的天啊，我看见路中间有人摇摇晃晃地走着，像是在海滨浴场散步一样，我紧张地踩了刹车后，汽车就像个滑雪橇一样侧过身子滑了起来，朝他们身上滑过去的时候，他们手里拿着罐子四散而逃，汽车又滑行了一会儿，钻进了田地里，撞到什么东西之后就停了下来，发动机熄火，我们听到了蛐蛐的叫声，我说，杰伊兰，你害怕了吗，你哪儿撞疼了吗，她说，没事，我们差一点就要把他们碾死了，当时我看到他们四处乱跑，看到他们手里拿着颜料罐我就明白了，是无政府主义分子在往墙上写标语，"你们受惊了，哥们儿，为什么不小心点呢，他妈的"，为了现在不在这里和三个浪子进行这种无谓的争吵，我想立刻发动车子，但是没能发动起来，我又试了一次，感谢上天，发动起来了，为了上到路面，我前后倒车，这时那三个浪子赶到了车旁，开始谩骂起来，我说，杰伊兰，把车门锁好，在他们破口大骂的时候，我为了把车开到路上还在前后倒着车，就在这过程中或许那些蠢货中的一个撞上了车子，因为他大叫了一声，还用拳头在后面砸起车子来，但是你们晚了，蠢货们，我已经上路了，好了，再见，我们得救了，我们还看见了前面仍在往墙上写东西的那些人："新区将会成为共产主义分子的坟墓，我们会拯救土耳其人民。"好的，好的，很好，至少他们不是共产主义分子，我们飞快地离开了，我问，你害怕了吗，杰伊兰，她说，不，我本想再聊一会儿，互相再一起讲讲事情的经过，但是，她只给了一个字的回答，往回走的路上我们都没有说话，我们什么也没有说，就那样走着，走着，最后车子停在了图朗家门口，杰伊兰立即从车上跳出去，跑进了房子，我走过去看了看，车子没什么大碍，要是我那肥胖的哥哥把每月的收入花在更换汽车那磨平了的轮胎上而不是花在喝酒上，那我也就不会碰上这件麻烦事了，不管怎样我们很容易就摆脱掉了，我走进房子，看见了他们，他们散乱地躺在沙发上、椅子上还有地上，他们躺着，处于半昏迷之中，烟雾缭绕，仿佛在等什么似的，像是在等死亡，在等一个葬礼或是一件更重要的事结束，但是因为他们不知道那东西是什么，因为他们不仅对它，还对他们所拥有的房子、游艇、汽车、工厂和所有的东西感到害怕，是的，他们陷入了绝望，百无聊赖地等着他们不知道是什么的那个东西，穆罕默德非常认真而又极其缓慢地从嘴里吐着吃完了的樱桃核，好像这就是世界上能做的最有意义的事情一样，小心地扔在图尔贾伊的脑袋上，躺在潮湿地上的图尔贾伊因为每一粒砸在他头上的樱桃核而极其耐心地骂着，他没有办法地呻吟着，然后我，看到了地上的水洼，这些水洼是由从窗子通进来的皮管中的水、从翻倒在地的瓶子里流出来的以及吐出来的东西混合而成的，我看见泽伊奈普已经睡着了，法法那凝滞的眼光埋在了一本时尚杂志里，胡莉娅不停地吻着张着嘴打鼾的图朗的脑袋，其他人则嘴里叼着烟，听杰伊兰讲着刚才的经历，这时，我已经不知道我该做什么、怎么做、为什么做，也不知道我想做什么、怎么做、为什么做，所有的事情乱得一团糟，我知道我已经理不清任何头绪了，便厌烦地倒向一把椅子，从杂志中抬起头来的法法说，快点，快点，伙计们，太阳要出来了，我们做点什么，我们去喝肚丝汤吧，我们去钓鱼吧，快点，伙计们，快点，快点，快点。

22

"你们记下汽车的牌照了吗？"穆斯塔法问。

"白色的阿纳多尔，"塞尔达尔说，"再看到我就能认出来。"

"你看清楚车里的人了吗？"

"一个女孩和一个家伙。"雅沙尔说。

"你看见他们的脸了吗？"穆斯塔法问。

没有人说话，我也就没有说，因为我认出了梅廷，但是我没看出另一个人是不是你，尼尔京。早上的这个时候你们差点轧到我们……之后我听见我们的人骂你们就不愿意再去想了，我只是往墙上写上大大的字母，我在做我的事儿。塞尔达尔、穆斯塔法和其他新来的家伙除了坐在角落里抽烟，别的什么事也不做，但是看我，我还在写着，我在墙上写着我们对共产主义分子们要做什么：会是坟墓，坟墓，是的！

"好了，已经够了，先生们，"片刻之后穆斯塔法说道，"明晚我们继续。"他停了一下，接着说，"干得不错！"他对我说，"你干得很好！"

我没有回答。其他人打着哈欠。

"但是明天早上你要到那儿！"他说，"我要看看你会对那女孩做什么……"

我还是没有回答。大家都散了之后，看着我们在墙上写的东西往家走的时候我想，车里坐在梅廷身边的人是你吗，尼尔京？你们从哪里回来？也许是她奶奶病了，她和梅廷一起去找药了……也许，太阳升起的时候你们在兜风，你们的事情谁也说不准。你们在做什么？明早我会问你的。后来，我一想到明早的事情就对穆斯塔法感到有点害怕。

天已经亮了，但是，我一回来就看见，我们家的灯还亮着。好的，爸爸！不管是窗户，还是门，他都锁上了，他就在那里睡觉，不是在床上，又是一个人在沙发上，可怜的跛子！我先是感到可怜，然后又有些生气。我拍了拍窗户。

他站起来打开了窗户，叫着，喊着，我以为他又要打我了，不，他又开始讲起生活的艰难和文凭的重要性，他在讲这些的时候是不会打人的。我听的时候低着头，要让他平静下来，却不是光听就能结束的。忙了整个晚上和遭遇了这么多事情之后，我已经听不进去你说的话了。我走进屋子，从柜子里抓了一把樱桃，正吃着，突然，我的天，他要扇我巴掌，我立刻缩了一下，他打到了我的手，樱桃和核儿撒了一地。

在我拾起来的时候他还在说着，当他明白我没有在听的时候，这次他开始央求了：我的儿子，我的儿子，你为什么不学习呢，等等。我很心疼又很伤心，但是我能怎么办。之后他又打了我肩膀一下，这下我生气了。

"你要是再打我一下，我就离开这个家。"我说。

"滚！"他说，"我不会再把窗户打开了！"

"好啊，"我说，"我自己的钱本来就是我自己在赚。"

"别说谎！"他说，"这个时候你在大街上做什么？"接着妈妈从里屋出来了，"这小子说要离家出走！"他说，"说再也不回家了。"

他的声音有点奇怪，在发抖，像是哭泣前的颤抖，像是一条没有主人的老狗的孤独叫声，那条可怜的狗像是因为痛苦和饥饿而在冲没见过的、不认识的人叫着。我烦了。妈妈，挤眉弄眼地做了个暗示，意思是说你进屋去，我什么也没有说就走了。卖彩票的跛子又唠叨了一会儿，叫嚷了几句，他们俩还谈了谈。后来，不管怎样，他们熄了灯，不说话了。

太阳已经照到了窗边，我也过去躺到了床上，但是我没有脱衣服。我就那样躺着，看着天花板，看着天花板上的一条裂缝，雨下大的时候，水从里面往下滴，我看着那里的一块黑斑。以前我把天花板上的那块黑斑想象成一只鹰，这只老鹰伸展着翅膀，像是要在我睡觉的时候飞到我上面来抓我似的，而我好像不是个男孩，却是个女孩似的！我想着。

我要去她那里，海滨浴场，九点半，我要对她说，你好，尼尔京，你还认识我吗，瞧，你还是不回答我，还是板着个脸，但是我们没有太多的时间，因为很遗憾，我们处在危险之中，你误会我了，他们也误会我了，现在我必须把所有的事情都告诉你，我就这么说，就跟她讲，他们想让我冲你吼，冲你嚷，让我夺走你手中的报纸撕掉，尼尔京，做点什么给他们看看，让他们知道没有必要做这些事情，那时，尼尔京会走向从远处看着我们的穆斯塔法，会跟他说自己是怎么样的一个人，穆斯塔法会不好意思，或许那时，尼尔京会明白我喜欢她，或许不会生气，甚至或许会高兴，因为生活中什么事情都有可能发生，你上哪儿知道去呢……

我还在看着天花板上黑斑的翅膀。它像只鹰，也像一只鸢。水会从里面滴下来。但是很早以前是没有的，因为我爸爸当时还没有盖这个房间。

但那个时候，我并不因为我们的房子小、我爸爸是个卖彩票的和我的侏儒伯伯是个仆人而感到那么难堪。不，我并不是说我从不感到难堪，那时我们家还没有水井的时候，我和妈妈去打水处的时候，我害怕你会看见我们，尼尔京，因为你们和梅廷开始去打猎了，有那么一段时间我们曾是很好的伙伴，秋天的时候，那个新建的五间房，每一间都一样，后来爬满了爬山虎，住在那里的人们都回了伊斯坦布尔的时候，10月初，所有人都走了，只有你们还在这里，那段时间，有一天，你和梅廷一起拿着法鲁克的老气枪来到了我们家，你们为了叫我一起去打乌鸦，因为爬上了那个坡而满身大汗，我妈妈给过你们水喝，干净的水，尼尔京，你高高兴兴地喝完了我们家新的结实的帕莎帕琦[1]水杯里的水，但是梅廷没有喝，或许是因为他觉得我们家的水杯太脏了，或许是觉得水太脏了，后来我妈妈说，你们要是想就去摘葡萄吃吧，孩子们，但是当梅廷问起来时，她说葡萄园不是我们的，但是那又怎么样，是我们邻居的，那怎么可以呢，她说去吃吧，但是你们姐弟不想去，我对你——尼尔京说，要我去给你摘来吗，你却说不行，因为不是我们家的，但是你，至少喝了新杯子里的水，尼尔京，梅廷就连这水都没有喝。

太阳升得更高了，我听见鸟儿开始在枝头鸣叫了。穆斯塔法在做什么，他也在等待吗，他还在躺着吗，睡着了吗，我想着。

离现在不会很久，也就是十五年后的某一天，我在我的工厂办公室里工作的时候，我的秘书，不，不是西方式的仆役，而是一名穆斯林女助手，她会进来说，有一些理想主义者想见您，我一听说他们名叫穆斯塔法和塞尔达尔，我就会说，让我先处理完这些工作，让他们先等一会儿，等我处理完工作，我就会按电铃叫他们，说我现在可以接见他们，让他们进来，穆斯塔法和塞尔达尔会立刻羞羞答答地说起来，我会说我当然理解，你们想要帮助，好的，我要从你们那里买一千万的邀请函，但我买这些邀请函不是因为我怕那些

---

[1] 土耳其共和国建立后土国内首个成立的玻璃器皿品牌。

共产主义分子，而是因为我可怜你们，因为我不怕共产主义分子，我是个正直的人，做买卖时从不欺诈，每年我都一文不少地给予施舍，一文不少地缴纳济贫税，我也让我的工人入了一小部分股份，他们都喜欢我，因为我是个高尚的人，他们为什么要相信工会和共产主义分子呢，他们像我一样明白，这个工厂是我们大家吃饭的地方，他们也知道我和他们没有什么差别，今晚我要和他们一起开斋，请你们也来吧，我要和他们一起喝酒，我手下有七千个工人，我一说到这个，穆斯塔法和塞尔达尔将会有多么吃惊，他们会明白我到底是个什么样的人，他们会明白的，不是吗？

　　我从声音就听出来了，哈里尔的垃圾卡车在爬着山坡。鸟儿也静下来了。我厌烦了天花板上的鹰，在床上翻了个身。我看着地上。一只蚂蚁在地上爬着。蚂蚁，蚂蚁，可怜的蚂蚁！我伸出指头，轻轻地碰了一下它的身子，它变傻了。比你有力气的人有很多，你是不会知道的，啊，蚂蚁。你呆了，是吧，你在逃跑，在逃跑，在你面前一放下我的指头你又掉头逃走了。我又玩了一会儿，最后我可怜它了，也厌烦了；我变得有点奇怪；我的心很烦；我想要想一些好的事情，我要想想我一直想着的美丽的胜利的那一天。

　　那天，我一个接一个地拿起电话到处下命令，我拿起放得最远的电话，喂，是通杰利吗，我说，到了胜利的那一天，喂，那边情况怎么样，完成了，老板，电话里的声音会这么说，我们把这里清理干净了，我会表示感谢，此外最后我会往卡尔斯打电话，喂，卡尔斯，那里的情况怎么样，我会问，差不多了，领袖，他们会说，我们就要完成所有的任务了，好的，我说，看来你们的任务完成得很好，谢谢，我会这么说，我挂上电话走出房间，我和身后拥挤的人群一起进入大厅的时候，几千个代表站立着鼓掌，激动地欢迎我，然后当他们热切地等着我发表演讲的时候，我会对着麦克风说，朋友们，"理想主义闪电行动"此刻已经圆满结束，我刚刚获悉我们已经捣毁了通杰利和边远城市卡尔斯的红色抵抗运动的最后几个老巢，朋友们，理想主义的天堂已经不再是个梦想了，土耳其一个共产主义分子也不存在了，说到这儿的时候，我的助手会在我的耳边低声说些什么，我会说，呀，真的吗，好的，我现在就来，走过大理石铺成的长长的走廊之后，全副武装的警卫在等着，四十个房间的门都是敞开的，在最后一个房间里，在一个强光照射下的角落里，我看到了你，你被绑在一个椅子上，我的助手对我说，领袖，她是刚刚被逮到的，据说所有共产主义分子的头儿就是这个女人，这时，我会说，立刻给她松绑，绑住一个女人的双手不是我们该做的事情，他们会给你松绑，我会说，让我们单独待一会儿，我的助手和手下会靴跟碰靴跟，敬个礼，而后出去，关上门之后我看着你，四十岁了，你变得更漂亮、更成熟了，给你递烟的时候我会问你，你认出我来了吗，尼尔京同志，是的，你会说，你会羞羞答答地说，我认出来了，而后就是一阵沉默，我们会互相打量着对方，然后我会突然说，我们胜利了，我们胜利了，我们没有把土耳其留给你们这些共产主义分子，你后悔吗，你会说，是的，我后悔，我看见你那伸向我拿着烟盒的手在颤抖，我就说，别害怕，我和我的朋友们从不伤害女士和女孩，别害怕，我们会永远遵守这个流传了几千年的土耳其传统的，因此，不必害怕，我说，对你们的处罚不是由我来决定，而将由历史和民族的法庭来决定，你会说，我后悔，我很后悔，哈桑，我说，最终的后悔，很遗憾，是没有用的，真遗憾，我不可能因为陷入自己的感情而饶恕您，因为我，首先要对我的民众负责，我正说着，突然一看，啊呀，你开始脱衣服了，尼尔京，你脱光了衣服朝我走来，你完全像我在潘迪克偷偷看的色情电影中不知羞耻的女人一样，我的天啊，而且你还在说着你爱我，你想努力把我哄骗住，但我像寒冰一样，我讨厌你，我立刻冷淡了下来，在你求我的时候，我叫来警卫，说，把这个"叶卡捷琳娜"给我带走，我不想重蹈巴尔塔哲·穆罕默德帕夏的覆辙，[1]我的民众，因为那个脆弱的巴尔塔哲而吃了很多苦，不过那样的日子已经过去了，然后，在警卫带走你的时候，也许我会躲进一个房间，也许会哭一场，因为他们把像你这样的一个女孩带到了如此地步，或许仅仅因为这个原因，我会掺入自己的感情而更严酷地对待共产主义分子，但过后我的眼泪会干的，也就是说，这么多年来我白受了这么多苦，我会这样想，也会安慰自己，参加胜利的庆祝大会时，或许我就在那天能把你彻底忘了。

我厌烦了所有这些荒谬的幻想，我翻了个身，趴在床边看了看地面，蚂蚁早已经走了，不见了。它什么时候逃走的？太阳已经升起来了。突然我想了起来，从床上跳下来。我要晚了。

我来到厨房，吃了点东西，趁没有人看见立刻就从窗户跳了出去，走了。鸟儿还在枝头，塔赫辛家的人把樱桃篮子排在了坡的一边。过了好久之后，我来到海滨浴场，一看，门卫和售票的已经来了，但是尼尔京还没有来。我看着正驶向防波堤那边的独桅帆船。我很困，就坐了下来。

对，现在我可以打电话，喂，您有危险，尼尔京女士，今天您不要来海滨浴场和小店，我可以这样说，也不要出家门。你问我是谁吗，一个老朋友！啪！我就坚决地撂电话。她会知道我是谁吗，会知道我喜欢她，我想救她于危险之中吗？

不，我知道我们应该对女人表示尊敬，绝对不能从她手中夺过

---

[1]　传说叶卡捷琳娜一世被土耳其军队包围时曾贿赂巴尔塔哲·穆罕默德帕夏，然后得以脱身。

报纸撕掉! 女人是真主创造的一个可怜的生物,不应该对她们那么坏,我妈妈是个多好的人啊! 我不喜欢猥亵地看女人的人,看着她们而只想着睡她们的人,都是些坏蛋,都是些长着疖子的性饥渴,都是些信奉实用主义的有钱人和肮脏的家伙。我知道在她们面前应该表现出高贵和谦恭,你们好吗,进门的时候应该说您先请,和一位女士一起出门的时候,一看见门,你就要自觉地放慢脚步,什么也不要想,从后面伸手自觉地为她开门,您先请,我知道你们这些人是怎么和女人、女孩交谈的,哦哦哦,你们怎么在抽烟哪,还是在大街上抽,当然,你们可以抽烟,这也是你们的权利,我不是老脑筋,啪,我一下子就可以用我那火车头式的打火机给她们点着,我也可以完全像和一个男人或是一个阶级兄弟交谈一样,轻轻松松地和一个女人聊天,要是我愿意,要是我努努力,我甚至可以不脸红也不结巴,那时候,当女孩们知道我是个什么样的人以后,她们就会因为误解了我感到羞愧而不知所措。绝对不能夺过她的报纸把它撕掉! 或许穆斯塔法说的不是真的。

我看烦了大海和帆船,站了起来,往海滨浴场走去。只是,穆斯塔法说的肯定是玩笑,因为,不管怎样,穆斯塔法也知道对女孩不应该太坏。穆斯塔法好像常说,我这么做是为了试试你,是为了看看你是否真的已经学会要永远遵守纪律! 你没有必要对你喜爱的那个女孩那么坏,哈桑!

一到海滨浴场我就看到尼尔京已经来了,她像往常一样躺着。我是那样地瞌睡,根本兴奋不起来。我像看一个雕塑一样地看了看。然后,我坐了下来,尼尔京,我在等你。

或许穆斯塔法来都不会来,我这样想道。他肯定是忘了,肯定没有重视,或是睡过头了。好多人都在跑向海滨浴场,从伊斯坦布尔来的汽车,手里拿着篮子和水上皮球的爸爸们,妈妈们,孩子们,讨人厌的、愚蠢的家庭，你们每个人都是有罪的，你们都将接受你们应得的惩罚。我感到很厌烦。

我想或许我做不出来。我并不是那样一个人呀！那么，他们就会说，他竟然连共产主义分子女孩手里的报纸都没拿来，更不用说撕掉了！他们甚至还会说，以前他是个理想主义者，现在成了共产主义分子。你们要小心，天堂堡垒的人们，你们要小心这个哈桑·卡拉塔什，别让他加入你们！那样的话我也不怕，我自己一个人也可以做大事，你们大家都会见到的。

"嗨！你这家伙，醒醒！"

我吓了一跳！是穆斯塔法！我赶快站了起来。

"女孩来了没有？"他问。

"来了，在那里，"我说，"穿蓝色泳衣的那个。"

"在看书的那个吗？"他问。他还恶狠狠地看着你，尼尔京，"你知道你该做什么！"后来他说，"是哪家小店？"

我指了指，然后我要了一支烟，他给了我，走了，开始远远地等着。

我点着了烟，他在边上看着等着的时候我想，我去跟她说，我不是个蠢货，尼尔京，我是个理想主义者，我有信仰，昨晚我们冒着危险在墙上写了标语，看，我手上的颜料还没有褪呢！

"看，你在抽烟。对你来说不可惜吗？年纪轻轻的。"

雷吉普伯伯！手里拿着网兜。

"我第一次抽。"我说。

"把烟扔了，快回家去，我的孩子！"他说，"你又在这儿，有什么事吗？"

我为了让他离开我，就把烟扔了。"我有一个要一起学习的朋友，我在等他。"我说。我也没问他要钱。

"你爸爸会去参加葬礼的，对吗？"他问。

他停了一会儿，然后奇奇怪怪地摇晃着走了。就像独自拉着车上坡的一匹马，咔嗒，咔嗒。可怜的侏儒。

过了一会儿我一看，尼尔京已经下了海，又出来了，正在走过来。我走到穆斯塔法跟前，跟他说了。

"我进小店去了，"他说，"就像你说的，她要是买《共和国报》，我就会出来咳嗽一下。那时，你知道你该怎么做，对吧？"

我什么也没有说。

"你小心着点，我看着你呢！"他说完就走了。

我拐进了胡同，等着。先是穆斯塔法走进了小店。不久你也进去了，尼尔京。我激动起来，我想要把我的橡胶鞋带系得更紧一些，但我的手好像在发抖。等待的时候我想，生活中什么事情都有可能发生。我脑子里突然闪现出一种场景，我吓了一跳，或许，一天早上我起床一看，大海红红的，或是现在发生了地震，天堂堡垒会从中间一分为二，海滨浴场喷射着火焰。我浑身毛骨悚然。

先是穆斯塔法走了出来，冲我这边咳嗽了一下。然后尼尔京出来了，手里拿着报纸。我跟上她。她快步走着。我看着她的双脚在地上一蹦一蹦的，像只麻雀。要是你觉得用你那双美丽的腿就能哄骗住我的话，你就错了。渐渐地，我们远离了人群。我朝身后看去，除了穆斯塔法没有别人。我靠了上去，尼尔京听到了，看了看我。

"你好，尼尔京！"我说。

"你好。"她说完转过头继续走着。

"等一会儿！"我说，"我们谈谈好吗？"

她像是没听见似的还在走着。我跑着跟上她。"站住！"我说，"你为什么不和我说话？"没有回答，"难道是你做了有罪的事而感到羞愧吗？"没有回答，她还在走着，"我们不能像两个文明人一样谈谈吗？"还是没有回答，"还是说你没有认出我来呀，尼尔京？"

她走得更快了，我明白了，在她身后跑着跟她说话没有用，我跑到了她身边。现在我们像两个朋友一样并肩走着，我说话了。

"你为什么要逃？"我问她，"我对你做了什么？"她没有吭声。"你说说，你看见我做坏事了吗？"她没有说话。"你说说你为什么不开口？"她还是没有说话。"那好，"我说，"我知道你为什么不说话了，要我说说是为什么吗？"她还是没有说话。我生气了，"你在想有关我的不好的事情，对吗？"我问，"你是这样看我的吗！但是你错了，我的女孩，你错了，现在你会明白你为什么错了。"我说，但是我什么也没有做。因为我害羞了，我突然想大喊，好像是因为我对要做的荒唐事感到了害怕！就在那时，该死的，我看见两个时髦的先生迎面走来。

我等着，不想让这两个在这么热的天气里扎着领带、穿着西装的假绅士干涉我的事，也为了不想让他们误会所有的事情，我走得稍微靠后了些，再一看，尼尔京几乎要跑起来了。因为离她家只有一个街角了，所以我也跑了起来。穆斯塔法也在我身后跑着。转过街角我蒙了，她跑过去搂住了手里拿着网兜的侏儒。我想过去对这两个人做点什么，但是我的两只脚没有动。我站住了，就那样站在他们身后，傻傻地看着。穆斯塔法过来了。

"胆小的家伙，"他说，"我要给你好看。"

"是我要给他们好看！"我说，"明天！明天我要给他们好看！"

"你要明天做吗？"

但是现在我就想做一件坏事——我是不是也揍一下穆斯塔法！要是我揍他一下，穆斯塔法就会倒下，就会待在那里了。一件坏事，要让大家都明白，我踢他的脸，让他不要再见到我，别再有谁再认为我是个胆小鬼。因为我不喜欢有人像他所想的那样看我。我是个完全不同的家伙，你们知道这点吗，你们看看我的拳头。我现在已经是另外一个人了，我已经不是我了，我是那样地生气，就像是离开了自己的身体，在看着我的愤怒，就连我自己都害怕这另一个我了。就连穆斯塔法也不敢说什么了，因为他看出来了。我们静静地走着。因为之后你也会后悔的，你知道这一点，对吧？

小店里除了店老板自己没有别的人。当我们要《共和国报》的时候，他以为是要一份，就给了我们，但是，我们一说要所有的，他就明白了，但是，他也像穆斯塔法一样，他怕我，就把所有的都给我了。他说没有垃圾桶。撕了报纸之后我就撒在了地上，我三片五片地扔掉了。我把锁在小店橱窗里的裸女画也扯下来撕掉了，还有低级的周刊杂志、罪孽、可恶的东西……也就是说，我清理掉了所有这些肮脏的东西！就连穆斯塔法也惊呆了。

"好了，行了，行了，已经够了！"他说着，把我从小店里拽了出来，"晚上你到咖啡馆里来！"他说，"明天早上你还要在这里。"

我先是什么也没有说。后来，在他要走的时候我要了一支烟，他递给了我。

23

　　把我吃早饭用的餐盘收拾掉以后，雷吉普便去了集市。回来时，他的身边还跟了一个人。从那羽毛般轻盈的脚步声中，我知道那是尼尔京。她上楼来打开了我房间的门，朝我看了看：她的头发湿湿的，肯定是去游泳了。之后她便走了。直到中午，再也没有别人来过我的房间了。我躺在床上，聆听着这个世界。我先是听着尼尔京和法鲁克在楼下说话，不过后来海滩上那烦人的噪声越来越大，我压根儿就听不见他们在说些什么。我无法入睡。简直就是地狱，塞拉赫丁，我自言自语道，难道是你所说的天堂降临人间了吗？你听，大家都一样，只要交上那些钱，谁都可以进来，脱掉身上的衣服，然后并排躺到一起，你听！为了让耳朵能清静一些，我起来关上了窗户和百叶窗。吃午饭吧，然后就午睡，忘掉一切，可我等了很久才吃上饭，雷吉普弄得有些迟了，听他说是因为参加一个渔夫的葬礼去了。午饭我也没有下楼吃，等我吃完，雷吉普收拾掉我的餐盘，关上房间的门便出去了。我躺在床上准备午睡。

　　母亲常说，午睡是最香的了。吃完午饭，然后做上几个美梦，那感觉简直太棒了。的确如此，我会出点汗，人也很放松，仿佛变轻了，就像一只小麻雀一样扑棱扑棱地飞起来了。然后我便会打开窗户，既为了换换屋里的空气，也为了让尼相塔什花园里的绿枝条伸到房间里来带走我的梦。因为我经常觉得，在我醒来以后我的梦仍然还在继续。等我死了以后可能也是这样的吧，我的思想还在房间里徘徊，在房间的物品中，在关得严严实实的百叶窗间，在桌子、床、墙壁和天花板的表面上来回游荡，要是有人轻轻地拉开房门，便会觉得仿佛在房间的空气中看到了我的思想。快关上门，别玷污了我纯洁的思想，别破坏了我的回忆，为了让你们在我这纯洁的思想面前感到羞愧，就让它永远留在这儿，留在这所寂静的房子里，像天使一样四处飘荡吧。不过，我知道那时他们会做些什么。啊，这些该死的孙辈，最小的那个，他曾经说过一次，这儿太破旧了，奶奶，我们把这儿推倒，然后盖栋楼吧。我知道，看到别人清白比他们自己泥足深陷还要让他们痛苦。

你也应该和我一样，打破那些被你视为"罪孽"的清规戒律，塞拉赫丁过去常说，你也和我一样，喝点酒，就喝一口，难道你一点也不好奇吗？酒没有一点坏处，相反还有好处呢，它可以开启智慧。真主不允许！行吧法蒂玛，那你就说一遍这个字眼吧，一遍就够了，罪孽就算在你丈夫身上，没有真主，法蒂玛，快说呀。该死！好吧，那你听好，在我的百科全书里最重要的一条就是——你听我说，这是我刚刚写的，我这就把字母"B"开头的词条中"科学"这一条简单地给你念一念——科学的源泉是实验……没有经过实验或者说不能通过实验得以验证的都不能算是科学……所有科学知识的判断依据就是这句话，而这句话一下子就把"真主是否存在"这个问题排除在科学的范畴之外了……因为，这是一个无法通过实验得以验证的问题……本体论的那些观点只不过是些故弄玄虚的胡说八道罢了！……神不过是那些玄学家的臆想……这样的话，太遗憾了，在我们这个世界上根本就不存在真主……哈哈哈！法蒂玛，你明白了吗？根本就没有你所谓的什么真主！我要赶紧把这些知识宣传给大家！我可没有耐心等到百科全书完稿了再做这件事，我给印刷厂厂长写了一封信，让他马上把这些单独印出来。我还要把珠宝商阿夫拉姆给叫来，他认为，在这个重要的问题上我不能向你的小姐脾气妥协，你也不会乱发脾气的，我发誓，这些东西对国家是大有好处的，要是这些蠢货卖不掉它们的话，我决定了，我就去西尔凯吉，我自己去卖。你看着吧，人们会抢成一团！我费尽心思，为了从那些法语书里找出这些东西，然后再用大家能够读懂的文字把它们给写出来，花了这么多年的时间，法蒂玛，你也是知道的！我真正关心的不是人们会不会看，法蒂玛，而是他们看了之后会怎么样。

不过谢天谢地，除了他自己，可能还有那个侏儒，再也没人看过他那些令人作呕的谎言。这个鬼迷心窍的可怜虫把地狱形容得像美丽的天堂一样，他还苦苦地进行了祈祷，希望他所描绘的地狱能够马上降临人间，可惜，除了我之外，没有别人看到过这些。

在塞拉赫丁发现"死亡"的秘密七个月之后，也就是在他死了三个月之后，当时多昂在凯马赫，正值隆冬时节，家里只有我和侏儒两个人。夜里飘着雪，坟上肯定已经积满了雪，正当我这样想着的时候，我突然打了个冷战，我想好好地暖和一下。我是因为受不了他嘴里的酒气才住到这个房间里来的，而我现在仍然独自一人坐在这个冰冷的房间里，双脚冻得冰凉。房间里微弱的灯光让人心烦，风裹着雪花敲打着窗户，我并没有哭泣。我想暖和一下，便上了楼。塞拉赫丁活着的时候我从没去过他的房间，那时他房间里的脚步声总是不绝于耳，不过现在，我想，我可以进他的房间了。我轻轻地推开门，桌子上、沙发上、椅子上、抽屉里、书上面和书中间、地上、窗户上到处都是纸，画得横七竖八的纸。我打开炉门，把这些东西统统塞到了炉子里。我划了根火柴，扔了进去，哈，塞拉赫丁，要不了一会儿这些书报连同你的罪孽都将化为灰烬！等你的罪孽消失了，我的心也就慢慢地暖和了！我为之付出了毕生心血的作品啊，我可爱的罪孽啊！让我们看看这个魔鬼都写了些什么，我一边撕一边烧的时候也看了看，他在上面做了一些笔记：共和国是我们必需的国体……共和国有很多种类……在这个问题上，德·帕瑟在他的书中……1342……报纸上说这个礼拜共和国已经在安卡拉成立了……很好……他们可别把它弄得跟他们自己一样。你得将达尔文的理论和《古兰经》进行对比，用一些连傻瓜都能理解的实例来说明科学的高明之处……地震，完全是一种地质现象，是地壳发生了震动……女人是男人的补充……她们可以分为两类……第一类是那种正常的女人，她们享受着上天赋予她们的欢乐，她们没有烦恼，没有伤痛，没有满腹的怨恨，她们很朴实。这种女人大多来自下层社会……就像卢梭没娶进门的老婆一样……她是个用人，给卢梭生了六个孩子……第二种女人则是霸道、易怒和高傲的，她们迷信、冷酷，一点也不善解人意……就像玛丽·安托瓦内特一样……这第二种女人太冷酷了，一点也不善解人意，所以很多学者、哲学家只好在下层社会的女人身上来寻找理解和爱情……卢梭的爱人是个用人，歌德的爱人是个面包师的女儿，共产主义学者马克思的爱人也是家里面的用人……她还替马克思生了个孩子呢……后来恩格斯将这件事承担了下来。他为什么会羞于承认呢？因为现实的生活……还有很多这样的例子……因为他们冷酷的妻子，这些伟人忍受着他们本不该忍受的痛苦，忍受着煎熬。有些没有完成自己的著作，有些没有完成自己的哲学，还有些没有编完自己的百科全书就已经油尽灯枯了……而那些被法律和社会视为私生子的孩子则过着另一种痛苦的生活！……看到白鹳的翅膀，我曾经想过，可以制造出一种像白鹳一样没有尾巴和螺旋桨的飞艇吗……飞机已经成了一种战争武器了……上周一个叫林德伯格的家伙成功地飞跃了大西洋……二十二岁的时候……所有的国王都是笨蛋……联合主义分子的傀儡雷沙特是最笨的一个……我们花园里的蜥蜴没读过达尔文，可和达尔文的理论一样能舍弃自己的尾巴，这不应被看作是一个奇迹，而应当看成是人类思维的胜利！要是我能够证明基督教加速了人类工业化的脚步，我就会这样写：我们必须放弃伊斯兰教，皈依基督……

我一边看一边憎恶地把这些东西往炉子里扔，渐渐地我觉得自己暖和了起来。我不知道自己看了多少，也不知道往炉子里扔了多少，就在这时门打开了，我朝门口望去，原来是侏儒。他才十七岁，可他却说道：老夫人，您在干吗？难道不可惜吗？你给我闭嘴！这难道不是在造孽吗？我让你闭嘴！不是造孽吗？他还不住嘴！我的拐杖在哪儿？他闭上了嘴。还有其他的纸吗？你藏了什么没有？你这个侏儒老实告诉我，所有的都在这儿了吗？他不说话！这么说你藏了，侏儒，你不是他的儿子，你只是他的私生子，你没有权利得到任何东西，你明白吗？快把你藏的东西拿给我，我要把所有的纸都给烧了，你快给我拿来，瞧瞧，你还问我可不可惜。我的拐杖在哪儿？我朝他走过去。这个狡猾的小子，他赶紧跑下了楼。他在楼下喊道：我没藏什么，老夫人，我发誓，我什么都没藏！好！我没吱声。半夜我突然闯进他的房间，弄醒他，把他赶出了房间。我仔细地搜了搜他那弥漫着怪味的房间，连儿童床上的小褥子里都没有放过。没有别的纸了，确实没有。

可我还是害怕，他肯定藏了些什么，可能有一部分纸我没有注意到。也许多昂找到他父亲的私生子，拿到这些东西，然后把它给印了出来，因为他总来问我：妈妈，我父亲写的东西在哪儿？孩子，我听不清你在说什么。你还记得吗，他花了好多年时间写那些东西，妈妈，它们在哪儿？孩子，我听不清。亲爱的妈妈，我在说我父亲写了一半的百科全书。我听不清。那些东西没准很有价值，父亲为它们付出了毕生的心血，我很想看看，妈妈，快把它们给我。我听不清你说什么，孩子。也许我们可以如父亲所愿，找个地方把它出版了，因为你瞧，又到"五二七"[1]周年纪念了，大家都说军人又要发动政变了。我的多昂，我听不见你在说什么。这次政变过后，没准凯末尔主义会再度兴起，我们至少可以把百科全书里一些有意思的部分给印出来。它们在哪儿，母亲你快找出来给我！我听不清。那些纸在哪儿，啊，真主啊！我找了，可我怎么也找不到，只在洗衣房里找到了一些被扔在那儿的稀奇古怪的东西！我听不见。你干了些什么啊，妈妈，难道你把那些纸呀、书呀什么的都给扔了吗？我沉默不语。你把它们撕了，烧了，扔了，是吗？他哭了起来。过了会儿，他抱了个酒瓶。我也要写，我也要和父亲一样。瞧，一切都在朝着坏的方向发展，必须做些什么来阻止这种恶化的趋势，来阻止这些愚蠢的行为。这些人也不是这么坏或是愚蠢，他们当中也有些好人，妈妈。上学的时候我就认识农业部长了，我们爱上了同一个女孩，不过我们的关系非常好，他比我低一年级，但我们都是田径队的。那时他是投铅球的，很胖，但他有颗钻石般纯真的心，现在我正在给他写一份长篇报告。现在的总参谋部第二参谋长，我在齐乐当县长助理的时候他还是个上尉。他是个好人，一直想为国家做些贡献。这篇报告我也要给他寄上一份。妈妈，你不知道，有太多不合理的事情了……好的，孩子，这些事情为什么要由你来承担呢？就算和我们没有关系，我们也得负责，妈妈，至少我得坐到桌旁把它们写下来……你比你的父亲更可怜，比他还胆小！……不是的，妈妈，不是的，我要是胆小的话，我早就和他们同流合污了。我有机会当省长的，可我却到这儿来了，他们怎么对待那些可怜的农民，你知道吗？孩子，我不关心这些！他们在荒山野岭把他们给……你死去的父亲告诉我，关心是没有任何用的！他们把那些

---

[1] 1960年5月27日，土耳其军官古尔塞勒发动政变夺取政权。

农民扔在那里，没有医生也没有老师……太遗憾了，我的多昂，我死去的父亲教给我的那些东西我没能教给你！每年为了能从他们的手里低价收购粮食……太遗憾了，孩子，我什么也不能给你！然后他们就把那些农民扔到了黑暗之中，妈妈……他还在说，我不听了，我回到自己的房间，心想，太奇怪了，就像是有人在说服他们，不让他们像其他人一样轻松地处理家庭和事业之间的关系！没准说服他们的那个家伙，现在正在看着我遭受痛苦，偷偷地在笑呢！我憎恶地看了看表。已经三点了，可我还是无法入睡，耳边全是海滩上传来的喧闹声。之后我想到侏儒，害怕了起来。

也许，为了博取多昂的同情，他从乡下给多昂写信了。不过也可能是他父亲告诉他的。可除了自己写的东西，塞拉赫丁好像对什么都无所谓似的。大学毕业后的那个夏天，多昂无缘无故地问起了他们：妈妈，雷吉普和伊斯梅尔怎么走了？后来有一天他走了，等他一周后回来的时候，身边多了稚气未脱的他们。一个浑身上下脏兮兮的侏儒和一个瘸子！我的孩子，你为什么要把他们从乡下带到这儿来，他们来我们家干吗，我问道。他却说，妈妈，你知道我为什么把他们带来，他还把他们俩安排到侏儒现在的房间住了下来。后来，瘸子私吞了多昂让他卖钻石的钱，偷偷地溜走了，不过他并没走多远，每年去扫墓的时候，他们都会把他在山坡上的房子指给我看。我一直很想知道，侏儒为什么不走。他们说他之所以不走是因为他害羞，害怕和别人打交道。侏儒把我从家务和厨房里解救了出来，不过他也很烦人。多昂走了以后，我经常发现塞拉赫丁和侏儒两人躲在角落里聊天。塞拉赫丁说，孩子，你说说看，乡下的生活是怎样的，你吃了很多苦吗，他们让你做礼拜吗，你告诉我，你相信真主吗，你母亲是怎么死的！她是多么好的一个女人呀，她的身上有我们民族的美德，不过太遗憾了，我必须把这本百科全书写完。侏儒沉默不语，我再也听不下去了，我逃回自己的房间，想把自己听到的这些话给忘掉，可我怎么也忘不掉：她是多么好的一个女人呀，她的身上有我们民族的美德，她是多么好的一个女人呀，她是多么好的一个女人呀！

不，塞拉赫丁，她不过是个罪孽深重的女人。这个女人是个用人。因为仇杀，和她的丈夫从乡下逃到了盖布泽，后来她的男人去当兵了，把她托付给这儿的一个渔夫，可这个渔夫出海时翻船淹死了，这样的事情我在码头看到过好多次，这个苦命人可怎么过活呀，那个时候我们家的厨师是从盖莱德来的，他对塞拉赫丁说了"你不相信真主，我们要给你一些颜色瞧瞧"之类的话，所以塞拉赫丁把他打发走，把那个讨人嫌的可怜虫带回了家。我们怎么办呢，她的男人没了，法蒂玛。我不管，我说。她很快就学会了做家务，当她卷好第一个菜卷的时候，塞拉赫丁说，多么能干的女人呀，不是吗，法蒂玛。那时我就已经预感到有事要发生了，我的心里顿时便生出了厌恶之情，太奇怪了，母亲把我带到这个世上来难道就是为了让我目睹别人犯下的罪孽，让我憎恶他们的吗？

我确实很憎恶他们。在寒冷的冬夜，塞拉赫丁满嘴酒气，他以为我睡着了，他先是悄悄地下了楼，侏儒的母亲正在侏儒现在住的房间里等着他，主啊，这个下流的家伙悄悄地往她的房间去了。我目睹了这一切，我憎恶他们，后来为了能和她更加舒服，更加"自由"地作乐，这是他在百科全书里经常使用的字眼，他在那儿搭了一个窝棚。我目睹了这些，我憎恶他们。当他半夜醉醺醺地从书房出来去那儿的时候，我手拿织针一动不动地坐在自己的房间里，想象着他们在那里做什么。

他肯定在让那个可怜的女人做一些他不敢让我做的事情。为了让她犯下罪孽，他会先给她喝点酒，然后让她说没有真主，为了取悦这个魔鬼她会说，没有那个，不，我不怕犯下罪孽，没有，没有真主。该死，法蒂玛，别再想了！有时，我会去背面的房间，看着他们的窝棚里那罪恶、微弱的灯光，一边想象，一边自言自语着：他们在那儿，就在那儿，现在……也许他们正在亲吻他们的私生子，也许他正在解释什么地方没有真主，也许他们正在说笑，也许……别想了，法蒂玛，别想了！后来，对于他们的所作所为我实在是感到羞耻，我回到了自己的房间，我拿起针一边给多昂织背心，一边等着。我也没有必要等太久，一小时后，我听到塞拉赫丁离开了窝棚，没过多久他就摇摇晃晃地上了楼，他连蹑手蹑脚地上楼都已经不愿意了，我给自己房间的门留了一指宽的缝隙，透过那个小缝我担忧、恐惧、厌恶地看着这个魔鬼，直到他走进书房。

有一次，他摇摇晃晃上楼时突然停了下来，当时，我透过门缝发现他正在盯着我，我很害怕，我想悄悄地关上门躲在自己的房间里，可是已经迟了，因为塞拉赫丁大声吼了起来：你在那儿探着脑袋瞧什么呢，你这个胆小鬼！你为什么每晚都要从门缝里偷看我呢！难道你不知道我去哪儿，去干什么吗？……我想关上门，可我不能，要是关上门的话，我不也和他们一样犯下罪孽了吗！他接着喊道：我一点也不觉得难为情，法蒂玛，一点也不！我可不管你脑子里那些可怜的恐惧和信仰。法蒂玛，你明白吗，我可不相信东方那些愚蠢的观念，不相信什么罪孽。你看我也是白看，你所厌恶、你所谴责的那些东西让我觉得很骄傲！后来，他又摇摇晃晃地上了几级台阶，冲着我的房间门喊道：我以那个女人为荣，以她为我生的孩子为荣……她勤劳、正直、诚实而且美丽！她不像你那样害怕造孽，害怕受到惩罚，因为她没有像你那样学过拿刀叉，学过装斯文！你好好地给我听着！他的声音不再是训斥，而是在说服了。我们之间隔着一道门（我总是习惯性地抓着这扇门的把手），我听他说着：这没什么可害羞、可厌恶、可指责的，法蒂玛，我们都是自由的！限制我们自由的是别人！这儿除了我们之外没有别人，法蒂玛，你也知道，我们就像是生活在一个渺无人烟的孤岛上。我们就像鲁滨孙一样，把那个被称为社会的该死玩意儿扔在了伊斯坦布尔，直到我的百科全书可以颠覆整个东方的那一天我们才会回去。你现在给我听着：我们可以忘记罪孽，忘记羞耻，尽情地享受自由的生活，可你为什么要受你所迷信的那些荒谬的信仰和道德观的毒害，来破坏这一切呢？如果你想要的不是自由，而是不幸的话，你最终将会明白——因为你的缘故而让别人不幸福，这对吗？因为你那些荒谬的道德观和信仰而让别人忍受痛苦，这对吗？你听我说：我刚从那个安乐窝里出来，我没必要躲躲藏藏，你知道的，我从女佣那儿，从我的孩子们那儿，从雷吉普和伊斯梅尔那儿出来。我在盖布泽给他们买了一个火炉，可这不管用，他们还在那儿挨冻，法蒂玛，因为你那荒谬的信仰而让他们在那儿瑟瑟发抖，我不乐意，你听见了吗？

我明白了他的意思，心里很害怕。他捶着门，带着哭腔在那儿乞求着。我没吭声，过了一会儿便听见他抽泣着回到了自己的房间，再过了会儿他那响亮、安详的呼噜声便响了起来。外面还在下着雪，我望着窗外一直想到天亮。吃早饭的时候他把我想明白的东西给说了出来。

我们正在吃早饭，那个女人在一旁伺候着，后来，就和现在侏儒所做的一样，她像是厌烦了伺候别人似的，下楼去了厨房，这时塞拉赫丁嘟囔道：你叫他们私生子，可他们也是人。他像是在说着什么秘密或是在恳求什么似的，说话的声音又轻又客气，简直让人难以置信。可怜的孩子们在窝棚里挨着冻，一个孩子才两岁，另一个才三岁。我决定要让他们和他们的母亲一起搬到房里住，法蒂玛！

小房间已经装不下他们了。我要让他们住到那个侧屋去。你别忘了，他们说到底也是我的孩子。你就别用你那荒谬的信仰来反对这件事啦！我心里在想着，没有吭声。午饭时趁她下楼的当儿，他又说道，不过这回却是大声地说：我已经无法忍受他们身上裹着破布睡在地铺上了。明天我去盖布泽买这个月要用的东西时……我心想，这也就是说明天他要去盖布泽！下午的时候我这样想道：也许晚饭的时候他就会说，从今往后我们就坐在同一张餐桌上吃饭吧，因为他不是说我们都是平等的吗。不过，他并没有这样说。他喝了酒，说他第二天早上要去盖布泽，然后便毫无顾忌地走了。我马上就上了楼，我跑到背面的房间，看着他的背影。雪在月光的照耀下闪闪发亮，他摇摇晃晃地朝那个窝棚，朝着那罪恶的灯光走去，去吧，魔鬼，你去吧，明天你就等着瞧吧！我一边看着月光下白雪皑皑的院子，一边看着那丑恶、微弱的灯光，直到他回来。这次他走进我的房间，冲我说道：从去年开始，我必须经过法院的批准才能把你休掉，而且就算你同意，我也不能再娶别的女人了，不过你别扬扬自得，法蒂玛，我们之间所谓的婚姻，除了那一纸可笑的协议之外已经一无所剩了！而且，按照我们结婚时的规定，仅凭两个字我就可以随时把你休掉或是再娶一个，只不过我觉得没有必要罢了！你明白吗？我听他继续说着。后来，他说第二天早上要去盖布泽，便摇摇晃晃地回去睡了。我看着白雪皑皑的院子，想了整整一夜。

够了，法蒂玛，别再想了！我躺在被子里浑身直冒汗。我突然想起来，侏儒会说出去吗？他会说，孩子们，你们的奶奶用她手里的拐杖打过我们……我害怕了，我不想去想了，我也不想睡觉了，外面海滩上的嘈杂声吵得我根本睡不着！

我把被子蒙到头上，可即便那样我还是能听见外面的噪声。我突然觉得自己明白了，现在我明白了，那个孤独的冬夜是多么美好呀。我独自享受着夜的寂静，一切都变得那么生硬、寂静，我把耳朵贴在枕头上，想象着世界的孤寂，可突然间世界像是穿越了时空般地从枕头下面轻轻地告诉我，塞拉赫丁已经去盖布泽了。当时我早就把什么世界末日给忘到脑后了！只有我一个人在家。我也顾不得尸体在坟墓里会不会腐烂！一想到这儿，我拿起拐杖，下了楼，朝白雪皑皑的院子走去。我已经完全忘记了地狱里翻滚的油锅和残忍的酷刑了。我朝那个被魔鬼称为"窝棚"的罪恶小屋快步走去，正在融化的雪面上留下了我的一串脚印。我不管什么吸血蝙蝠、响尾蛇和死尸了！我来到窝棚，敲响了门，等了一会儿以后那个单纯的苦命女人，也就是那个愚蠢的用人马上把门给打开了。老鼠尸体，猫头鹰，妖魔鬼怪！我推开她闯了进去，这就是你的杂种吧，她想抓住我的手！阴沟下水道，蟑螂，对死亡的恐惧！夫人，您别这样，您别这样，孩子们有什么错呢？黑奴，黑人，锈迹斑斑的铁棍！夫人，您别打孩子们了，您打我吧，他们有什么错呢。真主啊，孩子们，你们快跑，快跑啊！他们没能跑出去！腐烂的尸体，杂种！他们没能跑出去，我使劲地揍他们。这时，你还敢对我挥手，啊，我连孩子们的母亲一起揍了起来，她一还手，我揍得更厉害了。最后，当然了，塞拉赫丁，倒下的是你嘴里那个勤劳、强壮的女人，而不是我！当时，我听着杂种们的哭声，欣赏着五年来一直矗立在院子尽头，被你称为"窝棚"的这个让人恶心的罪恶小屋里的摆设。木勺、白铁制成的刀、我母亲的破杯碟，法蒂玛你看，丢的箱子也在这儿好好的呢，箱子被当成了桌子，还有破布、炉子的通风管、地铺、窗户、塞在门下方的报纸，真主啊，又脏又丑让人恶心的破衣烂衫、纸堆、划过的火柴、生了锈的断钳子、白铁箱子里的柴火、倒在地上的旧椅子、衣架、空酒瓶子、地上还有些玻璃片，天哪，还有血和哭泣着的杂种们，我厌恶这一切。那天晚上塞拉赫丁回来以后哭了一阵儿，十天后便把他们送到了那个遥远的乡下。

好的，法蒂玛，他说，就算你说得对，可你也太没人性了，你把小的那个的腿都打折了，大的那个究竟怎么了我也不知道，可他浑身上下都被打紫了，他肯定被吓坏了。为了我的百科全书，这些我忍了，我要把他们送到遥远的乡下去，我已经找到了一个可怜的老人，他同意收养这两个孩子。我给了他一笔钱，所以最近我还是得把犹太人给叫来，唉，怎么办呢，既然犯下了错，我们就得受到惩罚，好了，好了，你别再说了，错不在你，都怪我，不过从今往后，你别再限制我喝酒，别烦我了，厨房里没人干活了，你去干吧，现在我要上楼工作去了，你呢，别惹我发火，赶快从我面前消失，待到你的房间里，躺到你那冰冷的床上，整个晚上你就像只小猫头鹰一样瞪着天花板失眠去吧。

我躺在床上，依然无法入睡。我在等待夜晚的到来。夜快点来吧，到那时你们都躺在床上，进入梦乡，谁也没法再折腾了！那时就剩我一个人，我会摸着它们，闻着它们，品尝着它们，感受着它们：水、玻璃瓶、钥匙、手绢、桃、香水、盘子、桌子、钟……现在它们的存在都是为了我，它们和我一样悠闲地待在空气中，待在我的周围，发出咯噔咯噔的声音，仿佛和我一起在这寂静的夜里打着哈欠，反省着自己犯下的罪孽。那时，时间就成了时间，它们离我更近，我也离自己更近了。

24

我看到了很多稀奇古怪的东西，可看着看着我就醒了，当我发现原来自己看到的这些不过是个梦的时候，我很难过。醒之前，我在梦里看到了一个身着斗篷的老头，他在我跟前走来走去，喊着"法鲁克，法鲁克！"，也许，他是想把历史的秘密告诉我吧，可说之前他还要折磨我一下。不管你想要得到什么东西都得付出代价，这一点我很赞同，为了能知道些什么我忍受着折磨，我觉得这样做有些羞愧，我告诉自己，再忍忍，看他到底要说些什么，可这种羞愧感突然间变得让人无法忍受，接着我便醒了，浑身是汗。这会儿，我听着海滩上的喧闹声和从院门外传来的汽车声、摩托车声。午睡太长了也没有什么好处。昨晚我喝了一夜的酒，直到现在我还困着呢。我看了看表，四点差一刻，尽管还不到喝酒的时间，可我还是起来了。

我走出房间。家里十分安静。我下了楼，进了厨房。我习惯性地握着冰箱的把手，内心充满了期待：新东西，惊喜，意料之外的奇遇。要是我的生命里也能有这样的奇遇，要是我能把那些档案、小说、历史统统都给忘掉，那该多好呀。我打开冰箱，里面就像是珠宝店的橱窗一样光芒四射，碗、瓶子、五颜六色的东西、西红柿、蛋、樱桃，你们就哄哄我吧。可它们仿佛在说，不，我们已经哄不了你了，你可以不问世事或是装出一副不问世事的样子，然后用酒来麻醉自己，忘却所有的苦与乐。酒瓶里的酒已经下去一半了，我再去小店买一瓶？我关上冰箱，突然间我产生了这样的想法：我要像他们那样，像爷爷一样，像父亲一样，抛弃一切待在这儿，每天也就去去盖布泽或是坐在桌前写写那些和历史有关的、上百万字的没头没尾的文章。我这样做不是为了出名，只是为了告诉大家世界是什么。

风越刮越大。我一看，乌云也已经逼近了。要刮南风了。我望着关上的百叶窗，想象着雷吉普在房间里睡觉的情景。尼尔京正坐在鸡笼那儿看书呢，她脱掉拖鞋，光脚踩在地上。我在院子里无所事事地闲逛着，就像一个毫无目的的孩童一样，在井边玩着水泵。我回忆自己的青年时光，也回忆自己的童年。过了一会儿，我又想起了自己的肚子，怎么也得吃点东西呀，于是我进了屋，不过我并没有去厨房，而是上楼回到了自己的房间。我漫无目的地望着窗外，喃喃自语，难道我想的这些不值得去做吗？我能想些可以做的事情吗？为了让自己不再去想，我躺到床上，打开埃弗利亚·切莱比的书随意地读了起来。

这本书讲的是一次西部安纳多鲁之行。阿克希萨尔，马尔马拉镇，然后是一个小村庄和镇子上的温泉浴池，温泉里的水就像油一样能让人浑身油光发亮，这水喝上四十天还能治麻风病呢。接着他还写道自己如何修葺水池，把水池清理干净之后还高兴地下到了池子里。修水池的这一段我读了两遍，我非常欣赏埃弗利亚那种不畏罪孽的精神，我甚至都想体验一下他的经历。书里还提到了历史上对水池的柱子进行过的修葺。再后来，他骑马去了盖迪兹。所有这些写得非常坦诚、安宁而又和谐，欢快得如同乐队鼓手一般。我合上书，想象着他是怎样才能做到这些，怎样才能让他写的和他做的吻合起来，怎样才能像看其他人似的看清自己……要是让我做同样的事情，比如说我也给朋友写封信说这些事情的话，我肯定做不到如此朴实，如此欢快。我肯定会让自己进入角色，我那混乱且罪恶的想法肯定会掩盖事情的本来面目。我所做的和我想的，我的主观判断和客观事实相互矛盾，我无论如何也无法像埃弗利亚一样和客观事物建立起直接、真实的关系，只有退而求其次，痛苦地停留在事物的表面。

我打开书，接着往下读。图尔古特鲁，尼夫和乌鲁贾克勒，这儿是个完全不同的地方。"我们在神水湖畔搭起帐篷，从牧人处买了一只肥羔羊烤来吃了。"这也就是说，快乐也可以和外部世界一样地实在。世界是客观存在的，也是可以平心静气地去描述或是生活的地方，有时可能会激情燃烧，有时可能会带点快乐的忧伤。它不是一个任人批评、任人改变、任人在其中相互倾轧的地方。

后来我突然觉得埃弗利亚这样做是在欺骗读者。也许他和我一样，只不过他懂得如何写文章，如何撒谎罢了。也许他看到的树木、飞鸟、房屋与墙壁和我看到的一模一样，只不过他是在用写作技巧来蒙骗我罢了。不过，我无法让自己相信这是真的。接着往下读了一点以后我便认定这并不是技巧，而是一种意识。埃弗利亚看待世界、树木、房屋、众人的方式和我们完全不一样。突然间，我很想知道为什么会这样，埃弗利亚为什么会有这样的意识。每当我喝醉想起我的妻子时，我会为这个无法摆脱的梦魇绝望地冲着别人大喊大叫。此刻我同样绝望地问着自己：难道我就不能和他一样吗？我的思维，我的大脑就不能和他的一样吗？我就不能将这个世界原原本本地描述出来吗？

我把书合上扔到了一边。我给自己鼓着劲儿，我告诉自己："这些你也能做到，至少你可以坚定地把自己的一生奉献给这项事业。"我也像他一样，从我最初接触到的世界和历史开始写起。我也像他一样把史实给列举出来：马尼萨是谁的，有多少块年收入在十万银币以上的封地，有多少领地，多少采邑，又有多少士兵。这些东西其实就在档案馆里等着我呢，我也可以像埃弗利亚描写历史和习俗时那般惬意地将这些文档搬到纸上。写这些东西的时候，我和他一样不掺杂任何个人主观的看法。而后，就像他写清真寺是用瓦还是用铅封的穹顶一样，我也加上一些具体的细节。这样一来，我所描写的历史也和埃弗利亚的游记一样，里面只有对史实的描述。我知道这一点，所以我也会和他一样不时地停下来，想想世界上有没有发生过其他的事件，在纸上写下

故事

二字，我要通过这样做来告诉读者我所描写的史实中没有那些为了引起读者的兴趣而胡编乱造的东西。我的这本书比埃弗利亚那本六千页的书还要厚，如果哪一天有谁读我这本书的话，他就会对我大脑里面的历史一目了然。和埃弗利亚描写的一样，书中描写的如同自然界中存在的东西那般真实，仿佛一棵棵树、一只只鸟、一块块石头都跃然纸上。不过透过这些读者也能同样真实地感受到史实的存在。这一下我可终于从脑中的历史蠕虫里解脱出来了。得以解脱的日子里，也许我该到海边去游游泳，或许大海给我带来的欢乐会像水池给埃弗利亚带来的欢乐一样，正当我这样想的时候突然间我被吓了一跳——一辆汽车正在讨厌地按着喇叭。这个烦人的"现代化"噪声顿时打断了我的思路。

我从床上快速爬起来，急匆匆地下楼去了院子。风变大了，云也逼近了，快下雨了。我点了根烟，穿过院子来到街上。对，你们让我看看，看看现在你们要让我看些什么，墙壁、窗户、汽车、阳台、阳台里的生活、尼龙球、木屐、塑料救生圈、人字拖、瓶子、

雪花膏、盒子、衬衣、毛巾、箱子、腿、裙子、女人、男人、小孩还是虫子,让我看看你们那些毫无表情的脸,让我看看你们那黝黑的肩、成熟的胸、细细的胳膊、无能的眼神,把所有的色彩、所有的东西都让我看看吧,因为看着这些东西我想忘记自己,我想飞起来,我看着那些霓虹灯、广告、政治标语、电视、画在墙上的裸女、杂货店的角落、报上的图画、粗俗的海报,我想忘记自己,快,快让我看看,让我看看……

够了!我一直走到了防洪堤!别激动,我是在骗自己呢!我知道自己打心眼里喜欢这些,想念这些,我是其中的一部分。有时我告诉自己,我想生活在两百年前或是两百年后,不过这是个谎言:我知道,就连那让人作呕的醉兮兮的样子我都很喜欢。我喜欢那些汽水和香皂广告、洗衣机和人造黄油。我生活的年代给我戴上了一副眼镜,这副眼镜把一切都给扭曲了,我觉得自己无法看清。不过,该死的,我喜欢我所看到的一切!

为了躲避狂风,一艘帆船在尚未兴起的海浪上摇摇晃晃地朝防洪堤驶来,它仿佛不知道自己是在下意识地来回摇晃。幸福的帆船!我朝咖啡馆走去。里面人很多。风把外面桌子上的桌布吹得微微扬起,不过将桌布绑在桌子上的皮筋发挥了作用,让父母和孩子们仍然能够舒舒服服地喝着茶和汽水。水手正在费劲地落着帆。白色的船帆尽情享受着风的乐趣,每降下一点便像被人抓住、绝望地扑棱着翅膀的鸽子一样抖动着,不过没什么用,最后水手还是把帆落了下来。历史是什么,要是我把它给扔到一边又会怎样?我是去看笔记本,沉浸在那些历史档案中呢,还是坐下来喝杯茶?没有空座了。我走过去透过窗户朝咖啡馆里面瞅了瞅。有人在打牌,也还有空座。雷吉普平常就来这儿!他们把牌拿在手上瞅瞅,然后扔到桌上,就像是累了,正在休息似的。一个人把扔到桌上的牌拢在一起,洗了洗牌。我心不在焉地看着他洗牌，突然间我的脑海里闪过一个念头。对，对，一副纸牌就能解决一切问题！

我往回走着，路上一直在想：

我要把档案里的那些凶杀和偷盗、战争和农民、帕夏和骗局一一写到纸牌大小的纸上。然后，就像洗纸牌一样，用特殊的机器，用彩票机，把成百上千的，不，是好几百万张的纸好好地洗一洗，塞到读者手里面，当然了，这比洗纸牌要费事多了。这样一来，它们彼此之间一点关系都没有了，没有前后，也没有因果。请吧，年轻的读者，这就是历史和生活，你们想怎么看就怎么看吧。历史上发生的事情都在这里面，一件一件的，没有什么故事将它们联系在一起。你们要是愿意的话就给它们加上些故事。这样一来，年轻的读者便会痛苦地问，没有故事吗，一点也没有吗？那时，我就告诉他们，当然有了，我理解你们，你们还很年轻，为了能安宁地生活，为了相信自己有生之年能够创出一份惊天动地的事业，为了道德，你们需要一些故事来解释这一切，否则的话这个年纪的人会疯掉的。我会告诉他们，你们说得很对，然后便急切地把那好几百万张上面记述着

故事

的纸片塞过去，就像是把大小王塞到扑克牌里去似的。好，年轻的读者还会问，这些都有什么意义？它们能告诉人们什么？该做些什么？该信些什么？什么是对的，什么是错的？生活是什么？生活是为了什么？应当从何开始？这一切的本质又是什么？又能得出什么结论？我该怎么办？我该怎么办？我该怎么办呀？该死的！我心里乱糟糟的。我正在回家的路上……

当我从海滨浴场前走过的时候，太阳突然间躲到了云彩背后，沙滩上密密麻麻的人群顿时变得漫无目的起来。我竭力地想象着他们不是躺在海滩上，而是躺在冰川上，他们不是想晒太阳，而是想把冰川给捂热，就像孵蛋的母鸡似的。我知道自己为什么要这么想：我是为了打断因果链，把自己从传统道德观的束缚中解脱出来。如果他们是躺在冰面上而不是海滩上的话，我就不用内疚，我是自由的，我可以做任何事情，什么都可以。我往前走着。

太阳出来了，我走进小店买了三瓶啤酒。当伙计把我的啤酒往纸袋里放的时候，我正在把眼前一个矮个子、大嘴巴、长得很丑的老头和爱德华·罗宾逊[1]做着比较。很奇怪，他的确有点像。他也有着一样的尖鼻子、小牙齿，脸颊上也有颗痣，不过他是个留着小胡子的秃头。这就是欠发达国家毫无希望的社会学。我们的社会是一个拙劣的复制品，它和那些发达国家的社会存在着哪些差别呢？秃头、胡子、民主和工业。我和假爱德华·罗宾逊互相看着对方。突然他说出了心里话：先生，您知道吗，一辈子都做别人的复制品对我来说是多么痛苦呀！我的老婆、我的孩子成天对照着罗宾逊，把我不像他的地方批得是一无是处。长得不像他是错吗，看在真主的分上您说说看，人难道不能活得自我些吗，或者如果那个人不是个名演员的话又会怎样呢，那样的话他们又会觉得我哪儿不好呢？我想他们肯定会另找一个模版，然后又批评我长得不像他了。对，您说得很对，先生，难道您是个社会学家什么的，或者是个教授？不，副教授！老罗宾逊拿着他的奶酪慢慢地走了出去。我也拿着我的啤酒回家了，已经逛够了。风已经相当大了，阳台的晾衣绳上挂满了

---

[1] 爱德华·罗宾逊（Edward Robinson，1893—1973），美国好莱坞红极一时的影星。

游泳衣，还有一扇窗户被风吹得噼里啪啦不停地响。

我回到家，把啤酒放到冰箱里。关冰箱的时候我没能控制住自己，空着肚子就像是喝药似的喝了一杯拉克酒，然后便去了尼尔京的房间。她也在等我一起散步呢。风把她的头发和书给吹乱了。我告诉她街上没什么好看的。最后我们决定开车出去转转。我上楼拿上车钥匙，我把笔记本也给拿上了，还去厨房拿了一瓶水、一瓶拉克酒和几瓶啤酒，当然我也没忘了拿起子。看到我拿的这些东西，尼尔京用责备的眼神看了看我，然后跑去把收音机拿来了。车好不容易才发动起来。我们从海滨浴场里涌出的人群中缓缓地穿过，正当我们离开街区的时候，远处打了一个闪，过了好久雷声才传了过来。

"我们去哪儿？"我问道。"去你在书中提到的闹瘟疫的驿站，"尼尔京说，"闹瘟疫的国家。""我不知道有没有这样的地方。"我回答道。"好吧，"尼尔京说，"那你就边走边瞧，然后做个决定。""决定。"我还在想着呢，她又说道："难道你不敢做决定吗？""瘟疫之夜和天堂之昼。"我喃喃自语道。"你最近是在看小说吗？"尼尔京惊奇地问道。"你知道吗，"我兴奋地说道，"这个关于瘟疫的想法渐渐地把我包围了起来。昨天夜里我想起来，我在某个地方读到过，科尔特斯[1]率领一支极小的部队打败阿兹特克人，得到了墨西哥城，之后墨西哥城就发生了瘟疫。这样一来，阿兹特克人便认为是神在支持科尔特斯。""这不是很好吗，"尼尔京说道，"那你就可以找到我们的瘟疫，把它与其他的事情联系起来，继续追踪它。""可要是没有这样的事情呢？""那你就不能去追踪了！""我不追踪的话又能干什么呢？""你可以做你平时做的事情，你可以研究历史。""可我怕

---

[1]　科尔特斯（Hernán Cortés，1485—1547），西班牙殖民者。

自己再也研究不了了。""你为什么不愿意相信自己可以成为一个好的历史学家呢？""因为我知道人在土耳其什么都做不成。""不会的，亲爱的。""的确是这样的，你学学吧，这个国家就是这样的。你把拉克酒递给我。""不，你瞧，这儿多美啊。奶牛。杰奈蒂大婶的奶牛。""奶牛！"我突然喊了起来，"愚蠢的家伙！低贱的动物！该死的！"之后我哈哈大笑起来，不过笑得似乎有点勉强。"你是在找借口放纵自己，对吧？"尼尔京问道。"没错，我是在找借口。快把酒给我！""无缘无故的，你为什么要放纵自己？"尼尔京问道，"你不觉得可耻吗？""为什么可耻？有那么多人在放纵自己，我和他们有什么不同吗？""可是先生，你读过那么多的书！"尼尔京用讽刺的口吻说道。"其实你是想正儿八经地说这番话的，不过你不敢，对吧？""没错，"这回尼尔京很干脆，"无缘无故的，人为什么要放纵自己？""不是无缘无故。"我回答道，"放纵让我感到幸福。那时的我才是真正的我。""现在的你也是你呀，"她疑惑道。"我要做回真正的我。你明白吗，现在的我不是真正的我！一个主宰着自己的命运、时刻反省着自己的人，在土耳其是没法做到真正的自己的，他一定会疯的。在土耳其要是不想发疯的话就得放纵自己。你不给我酒吗？""你拿吧！""太好了！你把收音机也给打开！""你很喜欢摆兄长的架子呀。""我没有摆，"我说，"我就是这样的。我是土耳其人！""你去哪儿？""去山顶，"我突然激动起来，说道，"去一个看它们看得最清楚的地方，把它们都能看清的地方……""什么它们呀？""要是我能将它们尽收眼底的话，也许……""也许？"尼尔京问道。我沉默不语。

我沉默了，我们俩都沉默了，我们从伊斯梅尔家门前上了坡。我拐到达勒加路，从墓园前穿过，上了水泥厂后面的老土路。我们在被雨水冲刷得一塌糊涂的土坡上摇摇晃晃地往上爬着。当我们到达山顶的时候，已经下起了毛毛细雨。我欣赏着安纳多鲁突出的海岬，我们就像那些半夜从天堂堡垒驱车来此地接吻、试图忘记自己生活在土耳其的年轻人一样站在那儿极目远眺：从图兹拉到天堂堡垒绵延的海岸、工厂、度假村、沙滩上的宿营帐篷、消失了的橄榄林、樱桃树、农业学校、穆罕默德二世丧生的那片草原、大海里的驳船、树、房屋和倒影，这一切都笼罩在从图兹拉角缓缓朝我们逼近的雨中。雨落在大海里，留下了一道蜿蜒前行的白色印迹。我把瓶底剩下的酒倒进杯子里喝了起来。

"你会把胃给喝坏的！"尼尔京说。"你觉得，我妻子为什么要离开我？"我问道。沉默了一小会儿之后，尼尔京犹犹豫豫地回答道："我一直认为是你们俩互相抛弃了对方。""不，是她抛弃了我。因为我怎么也做不到她要求的那样……也许她知道我会变得非常低俗吧。""不，亲爱的！""就是这样的，"我说道，"你看那雨！""我不明白。""不明白什么？雨吗？""不，"尼尔京回答道。"你知道爱德华·罗宾逊是谁吗？""谁？""一个演员，我在土耳其看到过一个模仿他的人。我讨厌双面人的生活。你明白吗？""不明白。""喝点酒的话你就会明白了。你为什么不喝酒呢？你觉得酒是失败的象征，对吗？""不，我没有这样认为。""你是这样想的，我知道，而我的确是在投降……""可你连仗都没有打过呀。"尼尔京说道。"我是在投降，因为我无法忍受双面人的生活。你有时会有这样的想法吗，我有时就会觉得自己是两个人。""不！"尼尔京回答道，"从来没有过。""我就有这样的想法，"我说，"不过，我已经下定决心不做双面人了，我就是我，一个完整的、健康的人。电视上那些塞满东西的冰箱、地毯广告、考试的时候举手问老师'我可以从第二题开始答吗'的学生、报纸里的插图、亲着嘴喝酒的家伙、挂在公交车里的补习班和香肠广告，我喜欢这些东西，你明白吗？""有一点明白了。"尼尔京忧郁地回答道。"你要是觉得烦的话，我就不说了。""不，听着挺有意思的。""雨下大了，不是吗？""是的。""我喝醉过。""也不可能醉成这样吧。"我拿了瓶啤酒，打开盖，对着瓶子就喝了起来。"当你在上面将它们尽收眼底时，心里有何感想？"我问道。"可有些地方我看不见……"尼尔京愉快地说道。"要是你能看见的话？我在《愚人颂》里看到过这样一段话：一个人要是能登上月球来看地球，能看到所有的东西，能看到人类所有的活动的话，他会怎么想呢？""也许他会觉得乱糟糟的。""没错，"我突然想起来，说道，"想象一下这个庞然大物，看上去它很乱……""这是谁说的？""18世纪早期的诗人内迪姆！"我说，"他致敬苏菲诗人内沙提而写的。我随便翻翻的时候记住的。""你再背一段！""没了，记不住了。其实我正在读埃弗利亚的书。你觉得我们为什么和他不一样？""怎么不一样了？""那个家伙只有一个灵魂，他就能活得很自我。而我却不能。你可以吗？""我不知道。"尼尔京说。"啊，"我说，"你太谨慎了！你不敢超越书本半步。太好了，你就信吧，他们过去相信，现在也相信……不过总有一天他们会不信的。你看，工厂也被笼罩在雨中。这个世界是一个多么奇怪的地方呀！""为什么？""我不知道……我是不是让你很烦呀？""不！""要是我们把雷吉普也带来就好了。""可他没来。""是的，他这个人很害羞。""我很喜欢雷吉普。"尼尔京说道。"乔普斯！""什么？""狄更斯小说里一个阴险的侏儒……""大哥，你太刻薄了。""昨天他本来想问我一个有关斯屈达尔历史的问题！""他问了些什么？""他当然没能问成了！他一说于斯屈达尔，我就想到了埃弗利亚·切莱比。我告诉他，于斯屈达尔这个词实际上是'爱斯基达尔'，由于人们的口误才变成了于斯屈达尔，它本义是古代一种顶部敞开的牢房。""他是怎么说的？""他可能明白爱斯基达尔是什么意思了吧，乔普斯难为情地闭上了嘴！可你知道今天他拿了什么给我看吗？”"你太刻薄了！""我们爷爷列的一张单子！""我们爷爷列的吗？""我们土耳其泛滥的东西和匮乏的东西。"我探过身子从笔记本里拿出了那张单子。"这张纸你是从哪儿弄到的？""我说了是雷吉普给我的，"我念起单子来，"科学、帽子、画、贸易、潜艇……""什么？""这是我们匮乏的东西……""雷吉普有个侄子叫哈桑吧！""没有！""大哥，那个哈桑一直在跟踪我。""还让不让我念这张单子了？""我说他在跟踪我。""他为什么要跟踪你？……潜艇、中产阶级、画家、水蒸气、国际象棋、动物园。""我也不知道……""那你就别出门，让他跟踪……工厂、教授、纪律。很可笑，不是吗？""可笑！""不，是可悲！""就算是吧。每次我从海滨浴场回家的时候，这个哈桑就跟在我后面。""也许他想和你交朋友吧。""是的，他这么说过！""你看到了吗？你听我说，爷爷在好多年以前就已经想到我们缺什么了。""可他太烦人了！""哪一个？动物园、工厂、教授，我觉得教授已经够多了，然后是纪律、数学、书、原则、人行道，他还用别的笔写下了'对死亡的恐惧'和'虚无感'，再往后是罐头、自由……""够了，大哥！""此外，应该要加上世俗社会。他可能爱上你了吧。""可能吧。""我们泛滥的东西有这些：人、农民、职员、穆斯林、士兵、女人、儿童……""我不觉得这些很可笑。""……咖啡、特权、懒惰、卑鄙、贿赂、麻木、恐惧、搬运工……""他连民主分子都不是。""……尖塔、廊台、猫、狗、客人、熟人、臭虫、誓言、傻瓜、乞丐……""够了！""……蒜、葱、用人、小贩……这些都太多了……""够了！""……小店、伊玛目……""你在瞎编！""没有，你拿去看！""这笔迹的确是以前的。""今天雷吉普给我，让我看看，这可能是我们爷爷给他的。""为什么要给他？""不知道。""你看那雨！这不是飞机声吗？""没错！""这种天气里竟然还有飞机！""那架飞机也太吓人了！""没错！""要是我们现在正在飞机上的话。""大哥，我有点难受，我们回去吧。""飞机会掉下去！""我们回去吧！""飞机会掉下去，我们会死的，这世上是有阴间的。""大哥，我说我有点难受。""有的，他们会找我算账。你为什么没有完成你的任务？我们的任务是什么？简单地说，就是给人们希望。""对！""是的，这个任务我妹妹也跟我提起过。不过，过去我一直在放纵自己。""不，你是装的。""我确实是在放纵自己，因为我心里很烦。""大哥，要是你同意的话就让我来开车吧。""你会开车吗？""去年，你教过我一次呀……""去年，我在吗？""雷吉普肯定在等我们呢。""乔普斯，他觉得我是个怪人。""够了，大哥。""我老婆也总是说同样的话：够了，法鲁克！""我不相信你会醉成这样。""你说得对，没有什么可以相信。快，我们去墓园。""大哥，我们回去吧，路上都是泥。""我们就在这儿，在泥里待上几年吧。""我要下车。""什么？""我要下车走回去。""别胡说了！""那我们回去。""说说看，你对我有什么看法。""我很喜欢你，大哥。""其他的呢？""我不想你喝这么多酒。""其他的？""你为什么要这样呢？""这样是哪样？""我想回家！""你觉得我一点也不逗，是吗？就让我来逗逗你吧！我的笔记本在哪儿？给我！你看，从屠夫哈利尔处买了二十一个银币的牛肉，一称却发现少一百二十德拉克马。日期，伊斯兰历1023年12月13日。这是什么意思？""意思很明白。""仆人伊萨，拿了他主人艾哈迈德三万个银币、一匹马、一副马鞍、两把剑和一块盾牌，躲到了一个叫拉马赞的人那儿。""有趣！""有趣吗？哪儿有趣？""我要下车，我要回家。""你不想和我在一起吗？""什么？""我说的不是在这儿，在车里。现在我很认真地对你说，你听好，尼尔京，你别住在伊斯坦布尔的姨妈家了，住我那儿吧。我家里有个很大的空房间，我很孤独。"沉默了一会儿之后，尼尔京说："我从没那样想过。""嗯？""我觉得那样会对不起姨妈他们。""好吧，"我打断她的话，"我们回去。"我把车发动起来，打开了雨刷。

25

　　我们都住到了图朗家，因为他们觉得昨晚玩得非常尽兴，今天晚上打算再玩个通宵。

　　"有人想吃巧克力吗？"图尔贾伊问道。

　　"我想吃！"泽伊奈普说。

　　"巧克力！"居尔努尔说，"我受不了了！"她生气地站起来，"今晚大家怎么都这样？我知道，你们吃巧克力都吃成白痴了！这儿一点儿都不好玩。"

　　她怒气冲冲地来回踱了几下，而后便消失在缓慢、忧伤的音乐声和五颜六色的灯光下。

　　泽伊奈普的嘴里塞满了巧克力。"她疯了！"她大声笑道。

　　"不，"丰达说，"我也觉得很闷。"

　　"都是下雨惹的祸！"

　　"开着车在这样漆黑的雨夜里转一转多爽呀！快走，伙计们！"

　　"再换首曲子！"丰达说，"你说过你有一张老唱片，猫王的……"

　　"是《猫王精选》吗？"杰伊兰问道。

　　"没错！你快拿来，让我们听听。"

　　"外面下着雨呢！"

　　"我有车，杰伊兰！"我突然说道，"我带你去！"

　　"别扯了……"

"你快去把唱片拿来，杰伊兰！让我们听听！"丰达说道。

"快起来，姑娘，我们这就去拿。"我说道。

"那好吧，姑娘！"杰伊兰笑着说道。

就这样，我和杰伊兰将那些被忧伤、低俗的音乐慢慢毒化了的家伙扔到身后，跑步登上了我哥哥那辆破阿纳多尔车。树叶上落下的雨滴、被汽车破旧的车灯照亮的积水路面、黑夜、低声呻吟的雨刷，我们一边欣赏着这些一边朝前行进着。我们在杰伊兰家门前停下。杰伊兰下了车，我坐在车里，看着她跑进家里，杰伊兰橙黄色的裙子在车灯的映射下显得更加炫目。过了一会儿房子里的灯亮了，我开始想象杰伊兰在房间里跑来跑去的样子，想象她在干些什么。被称为爱情的东西简直太奇怪了！我好像无法生活在现实当中一样！一方面，我不厌其烦地想着将来会怎么样，另一方面为了体会她的一言一行，我又反复地回忆着过去发生的一切，生活在过去。甚至就连这是不是那帮家伙所吹嘘的爱情，我都不知道。不过这又有什么关系！我受够了，那些辗转反侧、竭力宽慰自己的不眠之夜，见鬼去吧！没过多久，杰伊兰手里拿着唱片跑过来，上了车。

"我和我妈吵了一架！"她说，"她问我这么晚还要去哪儿！"

我们沉默了一会儿。到了图朗家门口，我没有停车，而是把车开了过去。杰伊兰疑虑地问道："这是去哪儿？"

"我觉得那儿闷得慌！"我有点心虚地说道，"我不想回那儿！杰伊兰，我们去转一会儿，好吗？我很烦，我们去转一会儿，呼吸一下新鲜空气！"

"好吧，不过我们得快点回去，他们还在等着呢。"

我没有吭声，开着车从小胡同里缓缓地驶过。隐隐约约可以看见两旁小房子的阳台上站着一些普通人，他们在那儿望着树，看雨是否已经停住，看到他们我就觉得自己太笨了，我们也可以这样，也可以结婚生子的！过了一会儿该回去了，可我又耍了次孩子脾气，没有往图朗家去，而是开着车往郊外驶去。我将车快速地往山上开去。

"你在干吗？"她问道。

刚开始我没有回答，而是像一个谨慎的赛车手似的，头都不抬地往前开着车。后来，明知道骗不了她，可我还是告诉她我们得去加点油。我觉得自己太卑鄙了。

"不，我们该回去了！"她说，"他们还在等着我们呢！"

"我想和你单独谈谈，杰伊兰！"

"谈什么？"她说话的语气很强硬。

"昨晚发生的事情，你是怎么看的？"

"什么也不是！这样的事情有什么，我们都喝多了。"

"你要说的就这些吗？"我加大油门，问道，"就这些吗？"

"快，梅廷，我们回去吧，这样不好。"

我绝望地说道："我永远也不会忘记昨天晚上的。"就连我都讨厌自己，讨厌自己的粗俗。

"对，你喝多了，以后别再喝这么多了！"

"不，不是因为这个。"

"那是因为什么？"她冷淡得简直令人难以置信。

我无助地抓住她放在座椅上的手。她的小手热乎乎的。她可能有点害怕，没有把手抽回去。

"快，我们回去吧！"她说。

"我爱你。"我羞赧地说道。

"我们回去吧！"

突然间，我差点哭了出来，我把她的手握得更紧了。不知道为什么，此刻我想起了自己以前从来没有想起过的母亲，我生怕眼泪会流出来。正当我想抱住她的时候，她大声喊道：

"当心！"

两道强光射到我的眼睛上，有车正朝我们撞过来，我赶紧向右打了一把方向盘。一辆长卡车，使劲摁着喇叭，就像是一列火车似的从我们身边呼啸而过。踩刹车的时候，我忘了踩离合器，结果这辆塑料阿纳多尔车摇摇晃晃地停了下来，发动机也熄了火。此刻只能听见野外传来的唧唧声。

"你害怕吗？"我问道。

"快，我们回去吧，我们已经迟了！"她说。

我拧了下钥匙，发动机没有动。我兴奋起来，又试了试，可发动机还是没有动。我下了车，打算把车推起来然后再启动，可还是不行。我在平路上使劲地推着车，推得满头大汗。随后便上了车，让这辆老阿纳多尔沿着长长的坡路快速向下滑行，为了不伤电瓶，我把车灯都给熄了。

车轮越转越快，碾过积水的沥青路面发出悦耳的声音，我们就像是在漆黑的大海里航行的船只一样沿着斜坡往下滑。我又试着发动了几次，可还是不行。远处打了一个闪，把天空照得透亮，借着亮光我们看到有人在往墙上写着什么东西。我一点儿也没踩刹车，只是来回打着方向，借着坡速一直滑到了铁路桥，又从那儿滑到了安卡拉路上的加油站，一路上我们一句话也没说。一到加油站，我就下车去了办公室。我把趴在桌上打盹的工人叫醒，告诉他车子的发动机和离合器都坏了，问他有没有人会修阿纳多尔车。

"有没有人会修阿纳多尔车并不重要，"工人说道，"你等一会儿！"

我吃惊地看着贴在墙上的柴油广告。手里拿着油桶的女模特像极了杰伊兰。我就像傻了似的回到了车上。

"我爱你，杰伊兰！"

她正在生气地抽着烟。

"我们迟到了！"

"我说我爱你。"

我们呆呆地望着对方。我下了车，突然间我像是想起了什么似的快步离开了那儿。我躲到一个黑暗的角落里远远地看着她。霓虹灯一闪一闪地照在她身上，我只能看到一个正在抽烟的身影。我所有的思维都凝固了，我很害怕，浑身是汗，站在那儿看着红红的烟头忽明忽灭。我站在那儿就这样看了有将近半个小时，我觉得自己很卑鄙很下流。之后，我去了前面的小卖部，买了一块在电视上广告做得最多的巧克力，然后回到车里，坐到她的身旁。

"你去哪儿了，我很担心，"她说，"我们迟到了。"

"我给你买了个礼物，你看。"

"哈，榛仁的！可我不喜欢榛仁巧克力……"

我又说了一遍我爱她，这句话不仅丑恶，甚至有点绝望。她没有任何反应。我又说了一遍，然后突然把头弯趴到她胸前的手上。她的手挣扎着，我像是害怕错过什么东西似的，抓住她的手迫不及待地亲了几下。我抓住她的手，嘴里重复着那句丑恶、没用的话。连她手上的咸味究竟是汗水还是泪水我都没搞清楚，我从来没有如此绝望和失败过！我抓住她的手又亲了几下，嘴里嘟囔着那些毫无意义的词语。为了从绝望中摆脱出来，我挺起腰，呼吸了一下新鲜空气。

"别人会看到的！"她说。

我又下了车，看着一家德国人给他们的车子加油。我满脸通红。加油泵上的霓虹灯肯定坏了，在那儿闪个不停。人生下来可能很富有，也可能很贫穷，这都是命运，它会影响你一辈子。我不想去，可我还是不由自主地去了，同样愚蠢的剧情再次在车里上演了。

"我爱你！"

"快，我们回去吧，梅廷！"

"杰伊兰，再等会儿吧！"

"你要是真爱我的话，就不会把我弄到这个地方，不让我走啦！"

"我真的很爱你。"

接下来我就在找有没有其他可以说的词，可以表达真实自我的词，可我越想越明白一个道理：词语并不能去除我们身上的伪装，反而会将我们隐藏得更深。正当我觉得很无助的时候，忽然看到后座上有样东西，我拿过来看了看，一个笔记本，肯定是我醉酒的哥哥忘在这儿的。借着霓虹灯的灯光我翻了几页，为了让杰伊兰别气疯掉，我把笔记本递给她，让她也看看。她咬着嘴唇翻了几页，然后突然把这本历史笔记本扔回到车后座上。修车的小伙子来了以后，我把车子推到了亮处，耀眼的灯光下我发现杰伊兰冷峻的脸上毫无表情。

过了很久，当我和修车的小伙子一道检查完发动机，他去买修车必需的零件时我扭头看了看杰伊兰，她依然是一脸的冷峻和漠然。我有一个奇怪的念头，想尝尝痛苦的滋味，以此来惩罚我自己和她。看呀，被称为"家庭妇女"的可怜动物，她们年轻的时候就是这样的！可该死的，我却很爱她！我稍微走远了些，雨又下了起来，我站在雨中，脑子里满是那些乱七八糟的关于爱情的想法，我在心里诅咒着那些诗人和歌手，因为他们总是把这种毁灭感形容得非常高尚。可随后我发现，这种感觉其实也反映出人们想去爱的一面。难道说因为好奇死后会怎样我就希望我所爱的人死吗，或者说仅仅为了过一下眼瘾我就希望房子着火吗，这些荒诞的想法让我觉得很内疚。我发现，随着时间的推移我这种毁灭感愈发强烈了。我实在忍受不了杰伊兰那幽怨的眼神了，先是下了车，而后又和修车小伙一起钻到了车底，和他一同躺在车底的油污中，我能感觉到杰伊兰就在我的上方五十厘米处，可我却觉得她离我非常遥远。又过了很久，车身动了一下，杰伊兰下了车，从我躺的地方可以看到她那可爱的小脚和修长美丽的双腿就在我的眼前。红色的高跟鞋先是左右踱了两下，而后便火了，不耐烦了，最后愤怒、坚定地朝着某个地方走去。

当她那橙黄色的裙子和宽阔的背影映入我的眼帘，我便明白她去了办公室。我立刻想到了一件事，赶紧从车底下爬了出来，一边爬一边对小伙喊道“快点干！”，然后就朝办公室跑去。当我赶到办公室的时候，杰伊兰正盯着桌上的电话，而坐在桌旁睡眼惺忪的加油工也在盯着她。

“杰伊兰，别动！”我喊道，“我来打电话！”“你现在才想起来打电话吗？”杰伊兰问道，“我们迟得太久了。他们会担心的，谁知道他们会怎么想……现在都两点了……”她还在说着什么，不过谢天谢地，有辆车来加油，所以加油工离开了办公室，我也得以摆脱了窘境。我打开电话本，很快就找到了图朗家的电话。我拨电话的时候，杰伊兰说：“你太粗心了，我看错你了！”我又对她说了一遍我爱她，然后想都没想，固执、紧张地补充道：“我想和你结婚！”不过此刻话语已经改变不了什么了，杰伊兰站在广告上和她非常相似的女子旁边，满面怒容，不是看我而是看着我手中的电话。我不知道自己是害怕她脸上的表情，还是害怕她和广告上的女子那惊人的相似，不过，我已经准备好去面对悲惨的命运了。过了一会儿，电话有人接了，该死的，我马上就听出来是菲克雷特的声音。“是你吗？”我说，“怕你们担心我们，所以给你们打个电话！”我一边说，一边在想，图朗家有那么多人，为什么接电话的偏偏是他。"你们是谁？"菲克雷特突然问道。"是我啊，亲爱的，梅廷！""我们知道是你，你身边的是谁？""杰伊兰！"我诧异地回答道。一时间我甚至觉得他们是在联合起来嘲弄我，不过杰伊兰仍是毫无表情，她只是在一旁不时地问："接电话的是谁？""我还以为你把杰伊兰扔她家里了呢！"菲克雷特说道。"没有，"我说，"我们俩都在加油站这儿。我们怕你们担心。好了，再见！""谁，和你说话的是谁？"杰伊兰问道，"把电话给我！"我敷衍着菲克雷特的问题，没把电话给她。"你们在加油站干吗呢？""稍微修一下车子，"说完我匆忙地补充道，"我们这就赶过去，再见！"可是为了让电话里的人听到她的声音，杰伊兰喊道："等一会儿，让他别挂电话，是谁？"我正要挂电话的时候，菲克雷特冷冷地问道："杰伊兰是不是想跟我说话？"我没敢挂电话，霎时间我的大脑一片空白，我把话筒递给杰伊兰，黯然地离开办公室，步入了漆黑的雨夜。

走了几步之后，我再也控制不住自己了。我朝明亮的办公室望去，杰伊兰站在架子、宣传画和油桶间一边打电话，一边用手梳理着头发。等我到了美国就会把这一切都给忘掉的，可我并不想去美国。杰伊兰站在那儿不停地晃动，美丽的双腿来回交换着身体的重心。我难过地自言自语道：她比我认识的那些女孩，比我这辈子见过的女孩都要漂亮！我直挺挺地站在那儿，站在雨中，就像是已经准备好了要接受对我的惩罚似的。没过多久，杰伊兰挂了电话，兴高采烈地跑了出来。

"菲克雷特这就赶过来！"

"不，爱你的人是我！"

我跑到车旁，冲着修车小伙大声喊道，要是他能马上把车发动起来的话，我就把兜里所有的钱都给他。

"我能把车发动起来，"小伙说，"可离合器半路上还是会坏的。"

"不，不会的，你把车发动起来！"

折腾了一会儿以后，小伙让我打火试试。我兴奋地上了车，拧了下钥匙，车子没有动。又折腾了一会儿以后，小伙让我再试一次，可车子还是没动。来回折腾了几次以后，我气愤、绝望得都快疯了。

"杰伊兰，你别扔下我，别扔下我！"

"你的情绪有点失控了。"杰伊兰说。

没过多久，菲克雷特开着他的那辆阿尔法·罗密欧来到了加油站。我打起精神，下了车。

"快，菲克雷特，我们赶快离开这儿！"杰伊兰说。

"这辆车哪儿坏了？"菲克雷特问道。

"现在好了，"我说，"杰伊兰，我可以比他先到天堂堡垒，你愿意的话我们可以比试比试！"

"好呀，"菲克雷特挑战道，"我们比试比试！"

杰伊兰坐到了菲克雷特的车里。我使劲地拧了下钥匙，谢天谢地，车动了。我先给了修车小伙一千里拉，接着又给了他一千里拉。我们把车子并排停好。

"小心，菲克雷特，"杰伊兰说，"梅廷的情绪有点失控。"

"一直开到图朗家！一，二……"菲克雷特数道。

一数到三，我们的车就像箭一样怒吼着射了出去。快，咱们比比瞧，我把油门踩到最大，不过他比我启动得要早，所以从一开始他就超到了前面。这样更好，我按着喇叭，把大灯打开照到他们车上，就算我开着这辆破车，也不会被你们落下的。我不会让你和他单独在一起的！过大桥的时候，我又追近了一些。该拐弯了，可我没有减速反倒是踩下了油门，可能我的想法有点可笑，但我知道，要想博得像你这样的女孩的欢心就得拼命。太不公平了，你坐在那个胆小鬼的车里，拐弯的时候那个胆小鬼，杰伊兰你看，他踩了刹车，我想超车，那个家伙却挡着我，不让我过去，你知道吗，天哪，我太可怜了。我正想着，突然间被眼前的情景给惊呆了：阿尔法·罗密欧先是换了挡，然后一脚油门，车子便像火箭似的飞了出去。它的速度快得让人难以置信，尾灯越变越小，不到两分钟就从我的眼前消失了！天哪！我将油门踩到底，可我的车没有什么反应，它就像一辆爬着坡的马车似的在坑坑洼洼的路面上喘着粗气，左摇右晃。真该死，没过多久车子便吭哧吭哧地响了，之后车轮也不听话了，都怪那该死的离合器。怎么也没办法让发动机着火，于是我把车子熄了火停在了路上。就这样，我停在半山坡上，孤零零的一个人，像个傻瓜一样。陪伴我的只有小虫子的唧唧叫声。

试着将车子发动了几次之后，我便明白了，要想赶上他们唯一的办法就是把车推到坡顶，推过坡顶的平地，然后沿着山坡往下滑，一直滑到天堂堡垒。我一边骂着娘一边推着车，此时雨已经停了。没推多久，我就已经浑身是汗了。我强忍住腰疼，想往前再推一段。空中又飘起了细雨，我的腰实在是疼得受不了了。我拉上手刹，憎恨地踢着车子。后来有辆车子往坡上开过来，我满怀希望地冲它招了招手，可它压根儿就没有理我，而是摁着喇叭从我身边开了过去。远处传来了滚滚雷声，我又开始推起车来。腰疼得我都快哭了。为了忘掉疼痛，我满心憎恶地想起了他们。

我的头晕了，因为我发现自己折腾了这么久只不过推了很短的一段路。我沿着山路开始跑起来，雨下大了，为了抄近道我跑进了樱桃园和葡萄园，可里面泥泞不堪、漆黑一片，我根本就跑不起来！没跑多久，腰疼得我直喘粗气，连身子都直不起来了。我站在污泥里，狗吠声离得越来越近了，我只好掉头往回。为了少淋点雨，我坐进车里，把头靠到方向盘上，自言自语道：我爱你。

没过多久，我看见三个人一路聊着天从坡上下来。我高兴地从车里蹦出来，希望能得到他们的帮助。等他们走近后我认出了他们，心里有点恐惧。身材魁梧的那个家伙手里拿着油漆桶，另外两个家伙一个留着小胡子，一个穿着件夹克。

"黑漆麻乎的你在这儿干吗呢？"小胡子问道。

"我的车子坏了，你们能帮我推一下吗？"

"你把我们当成马还是你家的用人了？你顺着坡滑下去不就得了嘛。"

"稍等，稍等！"穿着夹克的家伙说，"现在我认出你了，先生，你还记得吗，今天早上你差点撞着我们了！"

"什么？啊，没错！原来是你们呀！别见怪，兄弟！"

夹克衫没有学我，而是学着女人的声音说道："亲爱的，别见怪，我今天早上差点撞着你们了！要是我真撞着你们的话该怎么办哪？"

"走了，哥们儿，一会儿该淋湿了。"小胡子说。

"我要和这家伙待在这儿。"夹克衫说道。他走过去坐进了车里，"快，哥们儿，你们也坐进来。"

小胡子和手里拿着油漆桶的家伙，犹豫了一小会儿以后，坐到了车的后座上。而我则坐到了夹克衫的身边，司机的位子上。窗外雨越下越大。

"亲爱的，我们没有打扰你吧？"夹克衫问道。

我笑了笑，就当是回答了。

"很好！我喜欢这家伙，这家伙开得起玩笑！你叫什么？"

我把名字告诉了他。

"很高兴认识你，梅廷先生。我叫塞尔达尔，这是穆斯塔法，这个笨熊我们都管他叫'豺狗'，他的真名叫哈桑。"

"你就等着吧，你要倒霉了！"哈桑说。

"怎么？"塞尔达尔说，"难道我们不用认识一下吗？梅廷先生，不是得这样握一下手吗？"

他伸出一只手，我也把手伸过去，他抓住我的手使出浑身气力捏起来，疼得我的眼泪都快流出来了，没办法我只好也使起劲来。这时他松开了手。

"不错！你也挺有劲的，不过不如我有劲！"

"你在哪儿上学？"穆斯塔法问道。

"美国高中！"

"是个上流高中吧？"塞尔达尔问道，"我们的豺狗爱上了一个你们上流社会的姑娘！"

"别说了！"哈桑说。

"住嘴！也许他能给你指点一下呢。他也是上流社会的人！不是吗？你笑什么？"

"我没笑什么！"我说。

"我知道你在笑什么！"塞尔达尔说，"你在笑那个可怜虫爱上了富家女，是不是，你这小子？"

"你也笑了呀。"我说。

"我可以笑，"他喊道，"我是他的朋友，我不会看不起他，可你会。怎么，你个兔崽子就没有爱过谁吗？"

他还在骂着，我一言不发，这让他更为生气。他怒气冲冲地摸摸车的这儿，摸摸车的那儿。他打开面前的抽屉，一边哈哈大笑一边念着保险单，仿佛那是什么可笑的东西似的。当他知道车子不是我的而是我哥哥的之后，他便有点瞧不起我了。过会儿他突然问道：

"你们半夜开着车和那些女孩都干些什么？"

我没有回答他的问题，而是像个下流坏子似的坏笑起来。

"无耻的家伙！不过你们做得不错！昨天夜里坐在你身边的是你的恋人吗？"

"不，"我紧张地回答道，"不是。"

"别骗我们了。"塞尔达尔说道。

我想了会儿，然后说："那是我姐姐。我奶奶病了，我们正在四处买药呢！"

"那你们为什么不去海滨浴场对面山坡上的药店里买呢？"

"那儿关门了。"

"胡扯！那儿每晚都开门！难道你知道那家药店的老板是个共产主义分子？"

"不知道。"

"除了和上流社会的女孩闲逛外，你还知道些什么？"

"你知道我们是什么人吗？"穆斯塔法问道。

"知道，"我说，"你们是理想主义者！"

"不错！"穆斯塔法说，"那我们的烦恼是什么，你也知道吗？"

"民族主义之类的！"

"'之类的'是什么意思？"

"也许这家伙不是土耳其人吧！"塞尔达尔说，"你是土耳其人吗？你父母是土耳其人吗？"

"我是土耳其人！"

"这是什么？"塞尔达尔指着杰伊兰落下的唱片，念了念，"《猫王精选》。"

"这是唱片。"我说。

"别在我面前卖弄，当心我揍你！"塞尔达尔说，"一个土耳其人的车里怎么会有唱片呢？"

"我对这玩意儿不感兴趣，"我说，"是我姐姐落在车上的。"

"那你是不是也从不去迪斯科之类的地方呀？"

"很少去！"

"你反对共产主义吗？"穆斯塔法问道。

"反对！"

"为什么？"

"你知道的……"

"不……我可什么都不知道。你说说，让我们也长点见识……"

"这位老兄可能太腼腆了，"塞尔达尔说，"他不说话……"

"你是个胆小鬼吗？"穆斯塔法说。

"我不觉得自己是个胆小鬼！"

"他说他觉得自己不是！"穆斯塔法说，"耍滑头！你要不是胆小鬼的话，你为什么不和你反对的共产主义者斗争呢？"

"没有机会呀，"我说，"你们是我最先认识的理想主义者。"

"哎，你觉得我们怎么样？"塞尔达尔问，"你喜欢我们吗？"

"喜欢。"

"你是我们的人了！要不要我们明晚出来的时候把你也给带上？"

"当然要了，你们来接我……"

"闭嘴，你这个虚伪的胆小鬼。我们一走你就会报警的，是不是？"

"冷静点，塞尔达尔，"穆斯塔法说，"他不是个坏孩子！瞧，他这就要买我们的入场券啦！"

"我们要在体育展览馆搞一个派对，你来吗？"塞尔达尔问道。

"来，"我说，"要多少钱？"

"有人和你提钱了吗？"

"好了，塞尔达尔！既然他这么想掏钱，那我们就让他掏吧！会用得上的！"

塞尔达尔很有风度地问道："先生，您想要几张票？"

"五百里拉的。"

我赶紧从钱包里掏出了一张五百里拉的票子。

"这钱包是蛇皮的吗？"穆斯塔法问道。

"不是！"我紧张地把五百里拉递给塞尔达尔。塞尔达尔没有接钱，而是说道："让我看看蛇皮！"

"我说了，不是蛇皮！"

"那就让我们看看那个钱包。"

我把钱包递给他，里面装的可是我在炎热的夏天整整干了一个月挣来的钱呀。

"太棒了！"塞尔达尔说，"不是蛇皮，可这钱包……你骗我们。"

"给我看看，我知道，"穆斯塔法说，他拿过钱包翻了起来，"你需要这个地址簿吗？不……你认识这么多人呀，还都有电话……认识这么多人，那自我介绍的时候就没必要拿身份证了，我替你拿上吧……一万两千里拉！你爸爸给你的吗，这么多钱？"

"不，是我自己挣的，"我说，"我给别人教英语和数学。"

"你瞧，豺狗是你合适的人选，"塞尔达尔说，"你能教教他吗？当然了，得是免费的……"

"可以。"我回答道。这时我才明白过来，被他们叫作"豺狗"的哈桑是哪个哈桑了。

"很好！"穆斯塔法说，"其实我早就知道你是个好孩子了。这一万两千里拉你可以买二十四张入场券了，你可以分给你的朋友们。"

"你怎么也得给我留上一千里拉。"我说。

"瞧你把我们都给弄糊涂了。"塞尔达尔喊道。

"不，他没有抱怨，他是想心甘情愿地把这一万两千里拉送给我们，对吗？"穆斯塔法问道。

"问你呢，讨厌鬼！"

"够了，塞尔达尔！别再欺负这孩子了！"

"这是什么笔记本？"塞尔达尔打开他在后座上找到的法鲁克的笔记本，念了起来，"这个村子年收入一万七千银币，在盖布泽附近，过去属于骑兵阿里，因为他没有出战，所以这块地方被收回，然后交给了哈毕卜。这写的什么，看不懂！韦利对马哈茂德的投诉，他买骡子不付钱……"

"这些都是什么？"穆斯塔法问道。

"我哥哥是个历史学家。"我回答道。

"可怜的家伙！"塞尔达尔说。

"我们快走吧，雨停了。"穆斯塔法说。

"你们至少得把我的身份证还给我呀。"我说。

"'至少'是什么意思！"塞尔达尔说，"我们伤害你了吗？回答我！"他朝车里瞅着，想搞点破坏，后来他看到了《猫王精选》，"这个我拿走了！"法鲁克的笔记本也被他拿走了，"下次开车的时候开慢点，别把所有人都当成你家的仆人！卑鄙无耻的家伙！"

他砰的一声关上车门，和其他人一起走了。等他们走远，我下了车，往山顶上推起车子来。

26

"我们可是把那个无耻之徒给好好地教训了一顿！"塞尔达尔说。

"你是过瘾了，"穆斯塔法说，"他要是去报警呢？"

"他不会去的，"塞尔达尔说，"你没看见吗，他是个胆小鬼。"

"你为什么要把他的唱片和笔记本也给拿走？"穆斯塔法问道。

我看到了，尼尔京，你落在车上的唱片和法鲁克的笔记本都被塞尔达尔拿走了。一到山下的街上，他便停在路灯下，看着唱片的盒子。

"因为我讨厌他把别人都看成是他家的仆人！"他说。

"你不该这么做，"穆斯塔法说，"你不该无缘无故地把他给惹火。"

"要是你们愿意的话，"我说，"就把唱片给我，我给他送回去。"

"这家伙是弱智吧！"塞尔达尔说。

"哈哈，"穆斯塔法说，"你别老是当着众人叫哈桑'弱智''豺狗'了。"

塞尔达尔沉默了。我们一句话也没说往山下走去。穆斯塔法兜里的一万两千里拉可以买一把我在潘迪克看到的把上镶着贝壳的折刀和一双橡胶底、皮面的冬靴了。再加点钱的话连枪都能买到了。到了咖啡馆门口，他们停了下来。

"好了，"穆斯塔法说，"我们散了吧。"

"我们不写了吗？"我问道。

"不写了，"穆斯塔法说，"一会儿还得下雨，我们会被淋湿的。哈桑，油漆和刷子今晚就放在你那儿，好吗？"

他们俩一会儿就要往下走，回他们的家，而我则要往上走。一万两千里拉除以三等于四千里拉，再加上尼尔京的唱片和笔记本。

"怎么了？"穆斯塔法问道，"你怎么不说话？快，我们分手吧。"接着他好像想起了什么似的，"哈，"他说，"拿着，哈桑，给你烟和火柴，你抽吧。"

本来我不想拿的，可他那么看着我，我就拿了。

"你不说声谢谢吗？"他说。

"谢谢。"

他们转身走了，我盯着他们的背影看了一会儿。四千里拉可以买很多东西了！他们从面包店前的亮处走过，眼看就要消失在黑暗中。我突然喊了一声："穆斯塔法！"他们的脚步声停了下来，接着便听他们问道：

"怎么了？"

等了一会儿以后我跑到他们身边。

"穆斯塔法，能把那张唱片和笔记本给我吗？"我喘着粗气问道。

"你要干什么？"塞尔达尔说，"你真的要给那个小子送回去吗？"

"我不要别的东西，"我说，"把唱片和笔记本给我就行了。"

"给他。"穆斯塔法说。

塞尔达尔把唱片和笔记本递给我，说："你是弱智吗？"

"闭嘴！"穆斯塔法冲他喊道，然后转过身对我说道，"哈桑，你瞧，我们是打算把这一万两千里拉用来应付组织的开销的，你别误会。其实我们也得不到多少钱的，这五百里拉你就拿上吧，是你应得的。"

"不用，"我说，"都给组织吧。我什么都不想要。"

"那你还要唱片！"塞尔达尔喊道。

我一下子愣住了，接过我的五百里拉放进兜里。

"好了！"塞尔达尔说，"这一万两千里拉已经没你什么事儿啦，不许告诉别人！"

"他不会说的！"穆斯塔法说，"他不像你想的那么笨。他很精明，只不过不显山不露水罢了。瞧，为了拿他的那一份，他是怎么回来的？"

"卑鄙的家伙！"塞尔达尔说。

"快走吧。"穆斯塔法说。然后俩人便转身走了。

我望着他们的背影，他们也许正在嘲笑我吧。看了一会儿以后我点了根烟，一只手拿着油漆和刷子，另一只手拿着唱片和笔记本，转身上了山。明天早上我要去海滨浴场，穆斯塔法要是来的话就会看到，他要是没来没看到的话，明天晚上我就告诉他，早上我去海滨浴场等那个姑娘了，我会对他说，可你没来，穆斯塔法。这样他就会知道纪律对我来说是什么了。这帮该死的家伙！

我往上爬了一会儿，便听到梅廷在那儿大喊大叫，在前面，在黑暗中的某个地方，梅廷一个人在那儿破口大骂。我轻轻地踩着积水的沥青路，朝他走去，我想看看清楚，不过只能听到他在那儿破口大骂，仿佛有个人被绑着站在他面前似的。接着我又听到了一个奇怪的声音，吓得我躲到了路边。等我走近以后，我才知道，原来是他在踢车子。他就像个愤怒的车夫在鞭打不听话的马儿似的一边骂一边踢着车，可车子并没有给他想要的回答，于是他骂得更厉害了。我突然有了个奇怪的想法：冲上去揍梅廷一顿！我还想到了暴风雨、死亡和地震。我可以扔掉手里的东西，冲上去揍他：你为什么没有认出我，为什么忘了我？他们都是重要人物，你认识他，远远地关注着他，你了解他全部的生活，可他却过着自己的生活，甚至不认识你。总有一天他们会知道我的，他们会知道的。我扔下这个无耻之徒走开了，就让他一个人踢车子去吧。为了不让他看见，我穿过泥泞的葡萄园朝山坡上走去，这时我才听出来，原来他是为了个女人才在那儿骂人的，我还以为他是为了被抢走的钱和坏了的车子！他一遍又一遍地骂着"婊子"，我害怕这个字眼，那些女人太恐怖了，我不喜欢，我要忘了她们。我继续往前走着。

尼尔京，也许他骂的就是你吧，当然了，也可能是别人。那是多么肮脏的字眼呀！女人有时让我很恐惧。弄不懂她们，她们有些阴暗的想法你是无法理解的，她们有些地方太吓人了，你要是栽进去的话，厄运就来了。这帮婊子就像死神一样，头上系着蓝丝带在那儿笑着呢！远处的天空被闪电照得透亮，吓了我一跳。云、黑风暴、我无法理解的想法！我们仿佛都是某个不认识的人的奴隶似的，有时想要造个反，可后来又胆怯了。他会让我经受电闪、雷鸣和未知的灾难的！于是我告诉自己，行了，待在自己家里老老实实地过日子吧。我怕造孽，就像我那可怜的卖彩票的父亲一样。

家里的灯还在亮着，空中又飘起了毛毛细雨。我走过去往窗户里瞅了一眼，不仅爸爸没睡，就连妈妈也还没睡呢。难道这个瘸子对我那可怜的妈妈说了什么关于我的事情让她睡不着了？我突然想到，是小店老板说的！这个卑鄙的胖子马上就来告状了！他肯定说，伊斯梅尔，今天早上你儿子到小店里来了，他把报纸、杂志都给撕掉扔了，还威胁我们，谁知道他现在和谁混在一起，胡作非为呢！多少钱，我那除了钱什么都不知道的爸爸会问，他让你们损失了多少钱，然后就把那些该死的报纸钱给赔了。他也不会白掏钱的，晚上他会让我为自己做的事情后悔，当然了，他得先能找到我。我不知道该不该进去，只好一直站在那儿。我朝窗里望着，看着爸爸和妈妈。雨下起来了，我走到我房间的窗户跟前，把油漆、尼尔京的唱片和法鲁克的笔记本放到窗前的挡水板上，站在那儿，站在墙根底下，一边看着雨一边思考着。雨下大了。

过了好久，我想起了梅廷，雨大得好像瓢泼似的，连爸爸自己装的排水管都已经排不动房顶流下的雨水了，我悄悄地往窗户里瞧着，可怜的母亲又在漏水的屋顶底下四处摆放着洗衣盆和脸盆。后来，她想到了我的房间，因为我的床上方的天花板也漏水。我看着她把灯点亮，卷起我的床褥。

最后，等雨停下来，我明白了，我没有想他们，也没有想其他人，尼尔京，我一直都在想你！这会儿你肯定躺在床上睡觉呢，没准儿你也被雨声给吵醒了，这会儿正望着窗外陷入沉思，雷声响起就被吓了一跳呢。早上等雨停了，太阳出来了，你就会去海滨浴场，我会在那儿等你，然后你看到我，我们便开始聊起来，我会告诉你，告诉你一个很长很长的故事。生活：我爱你。

我也想到了其他的东西：人可以变成完全不同的一个人。我想到了遥远的国度、望不到头的铁路、非洲丛林、撒哈拉沙漠、结冰的湖、地理书上的鹈鹕鸟、狮子、我在电视上看到的野牛和把它们撕成碎片的鬣狗、电影里的大象、印度、生活在红河沿岸的人们、中国人、星星、太空战、所有的战争、历史、我们国家的历史、我们鼓乐的威力和异教徒内心的恐惧。人可以变得完全不同，没错。我们不是奴隶。我要忘掉所有的恐惧、规则和界限，朝着我的目标前进，胜利的旗帜一定会高高飘扬的。刀、剑、枪和政权！我变成了另一个人，我不再是过去的我，对我而言只有未来，没有回忆，回忆是属于那些奴隶，为了让他们变得麻木的。就让他们睡去吧。

我知道自己无法忘怀，便拿起笔记本和唱片往外走去。我步入茫茫的黑暗之中，漫无目的地走着。雨水顺着山坡往下淌，雨后的空气显得格外清新。我告诉自己，最后再看一眼下面的街区吧，最后再看一眼那灯光，那收拾得落落有致却透着虚伪的院子，那整齐却没有灵魂的混凝土建筑，那没有人、没有痛苦、没有忧伤却罪孽深重的街道。我告诉自己，最后再看一眼自己的家吧，因为要到胜利的那天你才会回来。尼尔京，也许你还没睡，正在欣赏窗外的雨呢，一个闪电把天空给照亮的时候你也许会看见我，看见我深更半夜站在大雨中，浑身湿漉漉的，望着你的窗户。可我像是害怕了，我没去，因为往坡上走的时候我突然想到，现在到那儿去，他们的看门人会说，孩子，这么晚了，你在这儿干什么，快走，这儿不是你来的地方！快走！

我转身往回走去，昏昏欲睡地从自家门前穿过，就像是在穿过一条陌生的街区似的。家里的灯还亮着。暗淡的灯光中透出了贫穷，多可怜啊！他们大概没看到我。等我走过平地往坡下走的时候，我呆住了：黑暗中，梅廷还在推着他的车呢，他一边骂一边抽泣着。我还以为他已经走了呢。我停了下来，既害怕又有点好奇，我远远地看着他，就像是在欣赏陌生国家的人似的。我觉得他是在哭，声音嘶哑，让人心生怜悯。我想起了我们童年的友谊，他们整天就会指责别人，不过我也不计较那些了，我充满同情地走了过去。

"谁？"

"是我，"我说，"梅廷，刚才你没认出我，我是哈桑！"

"最后我认出来了，"他说，"你们回来是把钱还给我吗？"

"就我一个人！"我说，"你想要回钱吗？"

"你们抢了我一万两千里拉！"他说，"难道你不知道吗？"

我没吭声，我们都沉默了。

"你在哪儿？"他后来喊道，"出来，让我看见你！"

我把唱片和笔记本放到了一个干的地方，走了过去。

"你不把钱还给我吗？"他说，"过来！"

走近后，我看到他一脸汗水，脸上的表情也十分痛苦。我们相互看着对方。

"不，"我说，"你的钱不在我这儿！"

"那你来干吗？"

"刚才你是在哭吗？"

"你听错了，"他说，"那是困了……你来干吗？"

"小时候我们的关系多好呀！"我说。他还没来得及说什么，我又赶紧补充道，"要是你愿意的话，我可以帮你！"

"为什么？"过了一会儿他说道，"好吧，那你推吧！"

我开始推了起来。过了一会儿，车推动了，我好像比他还要高兴。这是一种奇怪的感觉，尼尔京。不过当我看到我们才前进了那么短的距离时，我心里难过极了。

"怎么了？"梅廷说。他拉上了手刹。

"等等，让我休息会儿。"

"快，"他说，"我们要迟到了。"

我又推了起来，可还是没推多远。这仿佛不是个带轮子的家伙，倒像块巨大的岩石！我休息了会儿，我还想着再休息会儿呢，他就松开了手刹。为了不让车子往下滑，我又使劲推了起来，不过很快我就停了下来。

"怎么了？"他问道，"你怎么不推？"

"你为什么不推？"

"我没力气了！"

"这么晚了你要赶去哪儿？"

他没回答，只是看了看手表，然后骂了句娘。这回他和我一起推了，不过依然没什么进展！我们往上推着车子，车子也像是在往下推着我们似的，结果我们还是待在原地没动。最后我们往前挪了几步，可我实在是没有力气了，只好松开了手。雨又下起来了，我坐到了车里。梅廷也进了车子，坐到了我的身边。

"快呀！"他说。

"你要去什么地方，明天去也可以嘛！"我说，"现在我们聊会儿！"

"聊什么？"

我沉默了一会儿，然后说道："多么奇怪的夜晚，你怕闪电吗？"

"不怕！"他说，"快，我们去推车。"

"我也不怕！"我说，"可你知道吗，只要人们一想就会害怕。"

他什么也没说。

"你抽烟吗？"我掏出烟盒，递了过去。

"不抽！"他说，"快，我们去推车。"

我们下了车，竭尽全力推了一会儿，雨把我们浇得透湿，我们只好又回到车里。我又问了他一遍赶去干吗，可他却反问我，大家为什么管我叫"豺狗"。

"别理他们！"我说，"他们有病！"

"那你还和他们一起四处乱逛，"他说，"还一起抢了我。"

我在想要不要说出来，我要说出来吗，可我不知道究竟要说什么，不是因为我不知道，而是因为我不知道该从何说起，因为一旦找到头儿，我就得去惩罚第一个罪人，可我现在不想让我的手沾上血，所以我不想去想谁是第一个罪人。我知道，我得先从它开始说起，可我，尼尔京！明天早上我会告诉你的，我为什么要等到明天早上，我要现在就告诉你，对，现在我就和梅廷一起推车，然后坐车从坡上滑下去，等到了你家，尼尔京，梅廷会把你叫起来的，你穿着白色的睡衣站在黑暗中听我说，现在我就告诉你你所面临的危险：他们认为你是共产主义分子，我的美人，我们一起逃走吧，虽然不管在哪儿他们都十分强大，可我相信这个世界上总会有我们可以共同生活的地方，有那么个地方，我相信……

"我们快点推吧！"

我们下了车，冒着雨开始推起车来。过了一会儿，他不推了，可我还在推，因为我相信再使点劲一定可以推动的，不过我心里也在嘀咕着：这哪是辆车呀，简直就是块大岩石。我一点儿劲也没有了，只好松手，梅廷责备地看着我。为了不淋得透湿，我坐进了车里。

"你说他们有病，那你还和他们一起四处逛荡！"他说，"抢我钱的不是他们两个，而是你们三个。"

"我才看不上他们呢，我谁也看不上！"

他像是害怕了似的，不敢看我，只是在那儿抱怨着。

"那一万两千里拉我可是一分都没拿，梅廷！我敢发誓。"

可他好像并不相信我所说的话。我想掐死他。车钥匙插在锁孔里，要是我会开车就好了！在这个世界上有多少路啊，在那遥远的地方又有多少个国家，多少座城镇，多少片大海啊。

"快，下车推！"

我想都没想就走进哗哗的雨中，推起车来。可梅廷并不推，他双手叉着腰，像个老爷似的站在那儿看着我。我累了，松手不推了，但他却不拉手刹。为了让他在雨中能听见我说话，我都快喊起来了：

"我累了！"

"不，"他说，"你还能推。"

"我要松手了！"我喊道，"车子会滑下去的！"

"那笔钱的账，我找谁算？"

"我要是不推的话，你会报警吗？"

见他不吭声，我又推了会儿，我的腰疼得都快断了。最后他终于拉上了手刹。我坐进了车里。大雨把我浇得透湿。我点了根烟抽了起来，突然眼前一闪，闪电打到了我的身旁，吓得我都不敢出声了。

"害怕吗？"梅廷问道。

我没吭声，他又问了一遍，我还是没有吭声。过了会儿，我才缓过劲来：

"闪电打到那儿了！呐，快看，就在那儿！"

"不，"他说，"闪电打到了很远的地方，也许打到了海上，别害怕。"

"我不想再推了。"

"为什么？"他问，"你怕了吗？笨蛋！不会再打到这么近的地方了，学校没教过你们这些吗？"

我什么也没说。

"胆小鬼！"他喊道，"可怜、愚蠢的胆小鬼。"

"我要回家。"我说。

"那好，我那一万两千里拉怎么办？"

"我又没拿！"我说，"我发誓……"

"你留着明天告诉别人吧，"他说，"告诉警察吧。"

我抬起胳膊护着脑袋下了车，然后又开始推起来。当我发现我们快到山顶的时候我高兴极了。梅廷也下了车，可他就连装着推一下给我鼓鼓劲都懒得去装。他只是不时地、习惯性地喊句"快点，快点"，就算是给我加油了。然后他就骂着"婊子"，谁知道他骂的是谁呀，不过应该是两三个人，因为我听到他在骂"你们等着瞧"。我松手不推了，因为就像塞尔达尔说的那样，对，我不是用人！可这回，他说：

"你想要钱吗？你要多少钱我给你，你就推吧。"

我推着车，告诉自己就要到山顶了。可我的腰实在是疼得受不了了，我停下来想喘口气，可他还在那儿喊着，骂着，咆哮着。他说要给我一千里拉！我使出全身气力又推了推，他在一旁喊着"两千里拉"。好的，我推，可你身上有钱吗，你就说要给我钱？我心里这样想着，可我并没有说出来。把车子推到山顶的平地之后，我停下来准备休息休息，可他又不耐烦地发起了脾气，他在那儿破口大骂，压根就不理会我。我觉得再过一会儿他又要踢车子了。可接下来他做了件更奇怪的事情，把我给吓坏了。他抬起头，冲着漆黑的夜空大声骂了起来，就像是在骂那无所不能的真主。这可是我连想都不敢想的，为了不让自己瞎想，我赶紧又推了起来。我推呀推，天，在山顶看它多近呀，它依然在闪电打雷，下着倾盆大雨，雨水顺着我的头发，顺着我的额头流进我的嘴里。天哪，闪电越来越频繁，我闭上眼，低头推着车，就像个瞎眼的奴隶一样，我是个可怜虫，把自己所有的想法都给忘掉了，谁也不能责怪我，谁也不能惩罚我，因为你瞧，我对它卑躬屈膝，我甚至不知道什么是罪孽。我跑着，推着，车速越来越快，我也禁不住激动起来。梅廷已经上了车，他把着方向盘，我听见他还在那儿冲着窗外大声地骂着，就像是骂着马儿的车夫似的，也像是在咒骂**他**似的。仿佛闪电打雷的不是**他**似的！你究竟是谁？我可不能骂人！我停下来，不再推了。

车子自己往下滑了一段。我看着它慢慢地远去，就像是看着一艘黑色的船儿悄无声息地航行在大海里。雨变小了。望着滑远的车子，我突然间想到，真主好像故意要把我们俩分开，以免他的惩罚会殃及我似的。车子又滑了一段之后停了下来。闪电把天空照亮的时候，我看到梅廷下了车。

"你在哪儿呢？"他鬼哭狼嚎似的喊道，"来这儿推车。"

我没有动。

"小偷！"他冲着茫茫夜色喊道，"不要脸的小偷，你逃给我看看，你逃啊！"

我在原地站了一会儿，冻得直打哆嗦。过了一会儿我跑到他的身边。

"你不怕真主吗？"我喊道。

"要是怕的话那你还做小偷！"他喊道。

"我怕！"我说，"你竟敢抬头骂他，总有一天他会惩罚你的。"

"笨蛋！"他说，"刚才的闪电吓着你了，是吗？一道闪电而已，树的影子、墓园、雨、风暴就会吓着你，是吗？你都几年级了？笨蛋！我告诉你，没有真主！听到了没有？你过来，推车，我会给你两千里拉。"

"你要去哪儿？"我问他，"回你家吗？"

"我会捎上你的，"他说，"你想去哪儿我送你。快把车往下推！"

我推了，尼尔京。他跳上了车，这回他不像是生气，倒像个习惯了骂自己马儿的车夫似的在那儿骂着。过了会儿，车速越来越快，我感觉车子滑起来了，马上就可以启动起来了。突然我有了这么一个想法：梅廷也讨厌他们！我要上车，打开暖气暖和暖和。然后把你接上，我们一起远走高飞。可是，尽管车子往下滑起来，但发动机一点声音也没有，只有车轮从湿漉漉的沥青路面上轧过时发出的奇怪声音。我跑过去，想要跳上车，可车门却给锁上了。

"开门！"我说，"开门，梅廷！门被锁上了！快把门打开，把我给捎上！等一等！"不过他可能没听见我说话，因为他又开始在那儿破口大骂了。我敲着车窗玻璃，像是被掐住了脖子似的喘着粗气，跟在车旁拼命地跑着。没跑多久，这个带轮子的家伙就把我给甩掉了。我跟在后面，一边跑一边喊着。车子没停下来，梅廷也没停下来。他打开车灯，照亮了花园和葡萄园，拐过一道道弯，一直到了山下，从我的眼前消失。我停了下来，朝它消失的地方望去。

我被冻得在那儿直打战。我突然想起来，尼尔京，你的唱片还在那儿，还在那边坡上呢。我转过身，为了能暖和一点我往山上跑去，可湿冷的衬衣紧紧地贴在我的身上，还是一点暖意也没有。我深一脚浅一脚地往前走着。在我印象中我把唱片放在了某个地方，可等我到了那儿却没找到。我又开始跑起来。空中依然是电闪雷鸣，我不停地哆嗦着，不是因为害怕，而是因为太冷。我已经喘不过气了，腰也再次疼起来。我跑上跑下，每跑一步都要驻足瞅一瞅，可就是找不到唱片。

直到天亮了以后，我才找到唱片。我已经忘了自己究竟跑了几个来回。当我又累又冻，几乎都快晕倒的时候，我才发现刚刚自己看到的那团黑乎乎的东西就是唱片和笔记本。明明看到了，我却告诉自己这不是我要找的东西，是不是有人在跟我开玩笑啊，肯定是有个无形的人想让我适应奴隶的生活。我想对着《猫王精选》上面那个美国同性恋的脸踩上几脚，其实它都已经让雨水给泡化了，让他见鬼去吧！不过我并没有踩，因为我还要把它还给你呢！

早上的第一辆车，是哈里尔的垃圾车，它正往山上开去，金色的阳光照在它的屁股上。我钻进葡萄园，朝墓园走去。我从墙根处拐过，来到一条羊肠小道上，小时候我和妈妈一起走过这条路。我有一个根据地在这儿，就在巴旦木树和无花果树中间。

我捡了些树枝，要想找些干的真是太难了，不过我可以从法鲁克的历史笔记本上撕下几页来点火。火着了，冒出一股极淡的蓝烟，淡得几乎都看不见。我把衬衣和裤子都脱了下来，脚上穿着塑料鞋，整个人几乎都钻进了火里。我就这样烤着火，感觉舒服极了。我欣赏着自己的身体，火堆上赤裸的身体，我什么也不怕！我看着自己的生殖器在火堆上举得高高的，这仿佛不是我的身体而是别人的身体似的，被太阳晒得黝黑，健康，像钢铁一般，像弓一般！我是男人，我什么都能干，你就怕我吧！就让火苗把我身上的毛都给烧掉吧，没关系。又站了会儿以后，为了让火烧得更旺些，我离开火堆找起了树枝。忽然一阵凉风吹得我的屁股凉飕飕的，吓了我一跳。我告诉自己，我不是女人，我不是同性恋，她们才会怕呢。等火苗重新蹿起来之后，我又钻进了火堆，一边欣赏着自己的生殖器一边想着我能做的事情、死亡、恐惧、火、其他的国度、武器、可怜人、奴隶、旗帜、国家、魔鬼、起义和地狱。

接着，我把唱片外面被泡化了的硬纸盒拿到火上给烤干了，把衣服也给烤干穿上了。我一边想着，一边找了个没有泥的地方躺了下来。

很快我就睡着了。等我醒来的时候，我知道自己做梦了，可就是不知道自己梦见了什么，像是个什么热热的东西。太阳已经升得老高了。我赶紧起身，跑走了。可能来不及了。我大概有点儿迷糊。

我拿着你的唱片，从家门口快速下了坡，一辆辆讨人厌的汽车从我身旁驶过，这些人都是周日来海滨浴场玩的。家门紧闭，妈妈和爸爸都不在。为了樱桃在雨后不长蛆，塔赫辛一家人正在着急忙慌地收樱桃。一到街上我就把五百里拉给破开了，这儿的商店周日都开门营业。我要了一杯茶和一份吐司，一边喝着一边从兜里掏出了梳子，一把绿色的，一把红色的。

我要都说出来。一说出来，我的罪孽也就清楚了。我要一点不剩地全都说出来。那样，尼尔京，你就会知道我是谁了。你会说以前你不是这样的，我不是奴隶。你们看看我，我在做自己想做的事情，我兜里有五百里拉找剩下的钱，我是自己的主人。你们在往海滨浴场走，手里拿着水球和包，脚上穿着奇怪的木屐，身边跟着大人、小孩，你们这些可怜虫！你们不明白！你们在看，却看不见；你们在想，却想不出来！他们不知道我是谁，不知道我会变成什么样的人，因为他们比瞎子还瞎，这些讨厌鬼！兴高采烈地往海滨浴场去的讨厌鬼！也就是说劝导这些人的责任可能就要落到我的身上了。你们看我，我有一个工厂！你们看我，我有鞭子，我是个绅士。我透过铁丝网朝拥挤的海滩望去，尼尔京，我在人群之中没有看到你。我突然间有了个想法，反正穆斯塔法也没来。

我朝你家走去。来了位先生，侏儒一看到我就会通报说，他想见您，尼尔京小姐。是吗，你会问他，是位高贵的先生吗，那雷吉普你就把他带到客厅来吧，我这就过去。没准儿尼尔京已经出了门，我们在路上就会碰到呢，我一边走一边朝四处张望着，可我并没有看到您，小姐。到了你家院门口，我停下来看了看。院子里没有车，我都忘了昨晚是谁像个笨蛋和瞎眼的奴隶似的往山上推着车。那辆阿纳多尔去哪儿了？我一边想着一边进了门，我没有朝大门，而是朝着厨房门走去，因为我是个不喜欢打扰别人的绅士。我想起了无花果树的树荫和墙砖。这就像是一场梦。我敲了敲厨房门，等了会儿。您是这家的用人吗，一会儿我会问他，雷吉普先生，这张唱片和这把绿色的梳子可能是住在这里的一位漂亮小姐的，我以前见过她，不过这已经不重要了，我来这儿没有别的目的，就是把这些东西给送来。我等了会儿，心想，雷吉普伯伯肯定去集市了，不在家。也许家里一个人也没有！对，就像梦一般。我有点害怕！

一按把手，厨房门便慢慢地打开了。我像猫一样蹑手蹑脚地走进了厨房。我还记得当时厨房里弥漫着一股油的香味。一个人也没有，我脚上穿的是塑料鞋，当我顺着坛子旁边的楼梯往楼上爬的时候谁也没有听见。我觉得自己是在做梦，因为当我闻着房子里的香味时心里还在想，怎么这么香，就像是真的一样！啊，我来了。

到了楼上，我轻轻地推开一扇闭着的房门。我瞅了一眼，便认出躺在床上的是谁。是梅廷，他正盖着床单在那儿呼呼大睡！他还欠我两千里拉呢，昨晚他还说没有真主，就算我掐死他也没人知道，不过会有指纹留下来的。于是我轻轻地掩上门，走进了另一间敞着门的房间。

桌上放着酒瓶，乱七八糟的床上扔着条肥裤子，我明白了，这是法鲁克的房间。我离开了这个房间，想都没想就打开了另一个房间的门。一打开门，我就看到墙上挂着我爸爸的照片，吓了我一跳。太奇怪了，相框里的爸爸留着胡子，他好像正在生气、失望地看着我，对我说道：太让我失望了，你这个笨蛋。我害怕。后来当我听到老妇人嘶哑的声音时，我一下子便明白墙上的照片和房间里的人都是谁了。

"谁？"

我还是开着门看了会儿。当我在皱巴巴的床单中间看到她那张皱巴巴的脸和她那对大耳朵时便立刻关上了门。

"雷吉普，是你吗，雷吉普？"

我轻轻地跑到了最后一个房间。当我瑟瑟发抖地站在房间门口时，又听到她的声音：

"雷吉普，是你吗，我在跟你说话呢，雷吉普。到底是谁？"

我赶紧钻进了房间。我大吃一惊，原来你也不在房间里，尼尔京小姐！我揭开铺好的床铺，闻着你留下的味道。不过，我马上又照原样给铺上了，因为那个苍老的声音又响了起来，仿佛是在警告我，让我别乱动似的。

"是谁，谁在那儿，雷吉普？"

我从枕头底下取出你的睡衣闻了起来，睡衣上散发着香水和尼尔京的味道。我照原样叠好，又放回到枕头底下。把唱片和梳子留下来吧，就放在那儿，尼尔京，我就把它们放在床上。一看到梳子，你就会明白了，尼尔京，我跟踪你好几天了，我爱你。我还是没把东西留下，因为要是我把东西留下的话，一切都会结束的。结束就结束吧，正当我这样想的时候，她又喊了起来：

"雷吉普，我跟你说话呢，雷吉普！"

我赶紧出了房间，因为老迈的她碰到东西所发出的声音告诉我，她从床上起来了。我急急忙忙地下了楼，身后传来她开门和用拐杖杵地的声音。

"我说雷吉普，雷吉普！"

我猫着腰进了厨房。正要出门的时候我停了下来，我不能什么也没干就这么走了。灶上有口锅，锅下开着小火。我把它拧到了最大，然后把另一个灶头也给拧开了。之后我便离开了，这回算是留下了一点纪念。

我谁也不在乎，我一边想着一边快步朝海滩走去。和我估计的一样，一到海滩我就透过铁丝网在人群之中看到了你，你就在那儿，尼尔京小姐！我把唱片和梳子给你，把这件事给结束了吧！我谁也不怕。她正在那儿晒着太阳，也就是说，你刚刚下海了。穆斯塔法不在，他可能没来吧。我站在那儿想了想。

想了一会儿以后我去了小店，店里还有其他的客人。

"给我一张《共和国报》！"我说。

"没有！"老板满脸通红地说道，"我们已经不卖《共和国报》了。"

我没说话。过了会儿，尼尔京小姐，你也从海滩上走了过来。和每天早上一样，你说道：

"请给我拿张《共和国报》。"

可老板却告诉她说："没有，我们已经不卖《共和国报》了。"

"为什么？"尼尔京，你问道，"你们昨天还卖呢。"

老板冲我努了努嘴。你朝我看过来，我们看着对方，你明白我的心，明白我的心吗？现在，我要像个高贵的绅士一样，耐心地把一切都告诉你。我出了门，唱片和梳子已经准备好了，我在门口等着她。过了会儿，你也从店里出来了。现在我要把一切，把一切都告诉你，你会明白的。

"我们能聊一会儿吗？"我问道。

她愣住了，停下来朝我看了一会儿。啊，多漂亮的脸蛋啊！我很兴奋，我还以为她要和我聊天呢，可她没有，她就像是看到了鬼似的逃走了。我紧随其后，追了上去，我才不管其他人呢，我说：

"怎么了，尼尔京，你停下来，听我说！"

她突然停了下来。我更近地看到了她的脸。我愣住了，她的眼睛是什么颜色的啊！

"好的，"她说，"你要说什么就快说吧！"

可我像是忘了自己要说什么似的，我什么也想不起来了，仿佛我们是刚刚认识的，没有什么可说的似的。过了会儿，我怀着最后一丝希望，问道：

"这张唱片是你的吗？"

我把唱片递过去，可她连拿过去瞅瞅都没有！

"不，"她说，"不是。"

"是你的，尼尔京，这张唱片是你的！你好好看看。它被熏黑了，你可能没认出来！它被雨淋湿了，我刚刚把它烘干。"

她低头看了看。"不，这不是我的！"她说，"你肯定是认错人了。"

她想走，我上前抓住了她的胳膊。

"放手！"她喊道。

"你们为什么都要对我说谎？"

"放手！"

"你为什么要躲着我？连声问候都舍不得说！我做了什么对不起你的事情吗，你说！要不是我的话，他们会对你做些什么，你都知道吗？"我喊道。

"他们是谁？"她问道。

"你为什么要说谎？难道你不知道吗？你为什么要看《共和国报》？"

她并没有给我一个合理的回答，而是无助、绝望地朝四周张望着，希望能得到帮助。我抱着最后一丝希望继续向她追问着。我抓住她的胳膊，问道：

"我爱你，你知道吗？"

突然，她想挣脱我逃走，可就连她自己都不相信她能逃走！我跑了两步，像只扑上去逮住病鼠的猫似的，再次在人群之中抓住了她的细胳膊。站住！就是这么简单。她不停地哆嗦着。我想亲她，可现在我是个绅士，而且她也知道自己错了，我不能乘人之危。我还知道要控制自己。你看，没人出来帮她，因为大家都知道是她的错。哎，你说说看，小姐，你为什么要躲开我，你说啊，说说看，背着我你们都干了些什么，让大家也来听听，好让大家别再误解我。穆斯塔法在这儿吗？众人的诬陷、可怕的梦魇现在就要结束了，我正在等着她回答，可她突然喊道：

"你这个疯子，法西斯，放开我！"

她就这样承认了自己是和其他人一伙的。我先是大吃一惊，而后便决定就在这儿惩罚她。我挥起拳头，使劲地揍她。

27

当我明白过来在那儿挥拳打人而后逃之夭夭的是哈桑，而躺在地上的是尼尔京的时候，我对自己说，你还站在这儿干吗，雷吉普，快过去！我把网兜放到地上，跑上前去。

"尼尔京，"我问道，"尼尔京，你怎么样了，小姐？"

她的身体蜷成一团，双手抱着头，一个劲儿地在那儿哆嗦。她并没有想过要号啕大哭，只是在那儿轻声地抽泣着，仿佛她受到的不是肉体上，而是精神上的痛苦似的。

"尼尔京，尼尔京。"我抓着她的肩膀说道。

哭了会儿之后，她双手握拳，捶着沥青路面，像是在愤怒、厌恶又带点悔意地责备着某个人似的。我抓住她的手。

她抬起头，以前她不明白为什么会有这样的场面，这回她算是明白了，也亲眼看到了：从四周角落里走出来将我们团团围住的人、大声嚷嚷着的人、在人群之中探出他们好奇怯懦的脑袋就想看清楚点并发表点意见的人。她突然觉得很难为情。她朝我靠过来，想要站起来。她的脸上满是血污，天哪。人群中有个女人惊叫了起来。

"靠在我身上，亲爱的，靠在我身上。"

她站起来，靠到我身上。我拿出自己的手帕递给她。

"我们离开这儿，回家去吧。"

"你感觉怎么样？"

"出租车来了，"人群之中有人说，"上车吧。"

车门打开了，我们上了车，不知道是谁将我的网兜和尼尔京的包给递了过来，还有个小孩把唱片给拿了过来，他说：

"这是姐姐的。"

"去医院吗？"司机问道，"还是去伊斯坦布尔？"

"我想回家！"尼尔京说。

"可我们怎么也得先去趟药店呀！"我说。

她没再说什么。一路上她都在抽泣着，一句话也没说，只是偶尔将手绢拿到眼前，呆呆地看着。

"头这样放！"我轻轻地拽着她的头发，说道。

又是凯末尔先生的漂亮老婆在药店里，她正在那儿听着收音机。

"凯末尔先生不在吗？"我问道。

一看到尼尔京，女人惊叫了一声，然后便开始忙活了起来。她一边忙还一边问着，可尼尔京坐在那儿，一声也不吭。最后，凯末尔先生的老婆也闭上了嘴，用药棉和药水给尼尔京清洗着脸上的伤口。我转过身，不忍心去看。

"凯末尔先生不在吗？"

"药剂师是我，"他老婆说，"你找他干吗？他在楼上呢！啊，亲爱的，他们是用什么把你打成这样的？"

这时，凯末尔先生走了进来。见到这个场景他愣了会儿，然后便站在一旁认真地看着，就像是等待这一刻的到来等了许久似的。

"怎么搞成这样？"他问道。

"他们打的，"尼尔京说道，"都是他们打的。"

"真主啊！"女药剂师喊道，"我们这是怎么了，怎么了？"

"我们是谁？"凯末尔先生问道。

"谁干了这件事……"他老婆回答道。

"法西斯。"尼尔京喃喃自语道。

"闭嘴，现在闭嘴，"女人说道，"闭嘴，闭嘴。"

听到这个词，凯末尔先生大吃一惊，像是听到或是想起了某个丑恶的词似的。过了会儿，他突然把手伸向收音机，冲他的老婆喊道："你把收音机开这么大声干吗？"

收音机关掉以后，店里一下子像是空了似的，大家的脸上顿时涌现出痛苦、羞愧和内疚的表情。我不愿去想。

"别关，"尼尔京说，"您能把收音机打开吗？"

凯末尔先生打开收音机，我也没再想了。我们都没有作声。女人把手里的活儿做完以后，便说：

"现在就去医院！真主保佑，可能会内出血的，另外头也伤得很重，脑子有可能……"

"雷吉普，我哥哥在家吗？"尼尔京问道。

"不在，"我说，"他把车送去修了。"

"你们快打个出租车去医院吧，"女人说，"雷吉普先生，你身上带钱了吗？"

"我先拿给你。"凯末尔先生说。

"不，"尼尔京说，"我现在想回家。"起身时她呻吟了一声。

"等等，"女人说，"那我给你打止痛针吧。"

见尼尔京没有作声，我便把她扶到了里面。我和凯末尔先生都没有说话。他朝窗外望着，望着从早到晚他都在欣赏的景象：对面小卖部的橱窗、可口可乐的宣传画、灯和夹着转烤肉的三明治。为了找个话茬，我对他说道：

"周一晚上我来买阿司匹林，不过你已经睡了。那天早上你去钓鱼了。"

"它无处不在，"他说，"不管人们去哪儿，它都不会放过。"

"什么？"

"政治。"

"我不懂。"我说。

我们又朝外面看了会儿，看着外面大帮的人朝海滩走去。过了会儿，她们出来了。我转过身看到了尼尔京的脸，她只有一只眼睛能半睁着，两边的脸都紫了。凯末尔先生的老婆说我们必须得去医院，尼尔京不想去，可她坚持要我们去，后来她吩咐她的丈夫道："叫辆出租车。"尼尔京却说："不，"她拿上了自己的包，"我们走走，我可以透透气，再说家又离得不远。"

他们还在劝她，我拿上了网兜和袋子，上前搀住了尼尔京。她像是生来就习惯了这样似的，轻轻地靠到我身上。我们打开门，挂在门上的铃铛响了，接着我们便走了出去。

"你是改革派吗？"凯末尔先生问道。

尼尔京点了点她那受了伤的脑袋。凯末尔先生像是一时没能控制住自己似的问道：

"他们是怎么知道的？"

"从我在小店里买的报纸看出来的！"

"哈！"凯末尔先生顿时觉得轻松了许多，不过他更多的是觉得难为情。过了会儿，他更加难为情了，因为他的漂亮老婆在一旁说道：

"呀！凯末尔，我没告诉过你吗……"

"你闭嘴！"凯末尔先生像是恼羞成怒了似的，突然对她喊道。

我和尼尔京出了门，外面阳光灿烂。

我们悄悄地穿过马路，走到了对面的街上，穿行在挂满了彩色游泳衣和毛巾的阳台和院子中间。还有人在吃早饭，不过他们并没有注意到我们。后来有个骑自行车的年轻人从我们身旁经过，看了我们一眼，不过我觉得他之所以看我们不是因为尼尔京受了伤，而是因为我是个侏儒，从他的眼神里我可以看出来。之后有个小女孩脚上套着脚蹼像只鸭子似的从我们面前走过，把尼尔京给逗笑了。

"我一笑这儿就疼，"说完，她笑得更厉害了，"你为什么不笑呢，雷吉普？"她问道，"你为什么那么严肃？你总是很严肃，和严肃的人们一样打着领带。你笑笑嘛。"

我强迫自己笑了笑。

"啊，你也有牙齿呀。"她说道。我觉得很尴尬，又笑了笑，不过接下来我们都沉默了，然后她就哭了，我没看她，因为我觉得她可能不想让我看见她哭。可她越哭越厉害，哭得都哆嗦起来了，我想还是安慰安慰她吧。

"别哭了，亲爱的，别哭了。"

"该死的，"她说，"太愚蠢了，莫名其妙的……我就是个愚蠢的小孩……"

"别哭了，别哭了。"

我们停了下来，我抚摸着她的头发。后来我想，人们都不愿意当着别人的面哭，便松开手，朝街上望去。一个小孩站在对面的阳台上既好奇又恐惧地看着我们。他肯定以为是我把她给弄哭的。过了会儿，尼尔京停止了哭泣，她想戴上她那副黑眼镜，眼镜可能在她的包里。我从包里找出眼镜递给她，她戴上了。

"很配你。"我说。她笑了笑。

"我漂亮吗？"她问道。我正要回答她的时候，她又问道，"我母亲漂亮吗？我母亲怎么样，雷吉普？"

"你很漂亮，你母亲以前也很漂亮。"

"我母亲是个什么样的人？"

"她是个很好的女人。"我说。

"怎么好？"

我想了想：她对任何人都无所求，也不给任何人添负担，她甚至都不知道人为什么要活着。老夫人过去总是说，她像个影子，像只猫，总是跟在她丈夫的后面，她总是面带笑容，很阳光，但她很谦恭。她很好，对，人们也不畏惧她。

"像你一样好。"我说。

"我好吗？"

"当然了。"

"我小时候是个什么样？"

我想了想：你们小姐弟俩总是在花园里玩得很开心。法鲁克大些，不跟你们一起玩。你们在树底下跑着，充满好奇心。后来他也来了，和你们一起玩。你们怎么也赶不走他。我从厨房窗户那儿经常听到：我们玩捉迷藏吧！好的，我们数数吧。姐姐你数吧。数着数着，哈桑突然问你："尼尔京，你懂法语吗？"

"小时候你也是这样。"我说。

"那到底是什么样？"

饭菜准备好以后，我就会在房里冲着楼上喊道：老夫人，饭好了。然后老夫人就会打开窗户，冲着下面喊道，尼尔京，梅廷，快来吃饭。你们在哪儿，雷吉普，他们又不见了，他们去哪儿了。在那儿，老夫人，在无花果树那儿。老夫人看了看，突然在一片无花果叶子中看到了他们，她喊道：啊，又和哈桑在一起，雷吉普，我和你说了多少次了，别让那孩子来这儿，他怎么又来了，让他走，待到他爸爸那儿。老夫人正说着，另一扇窗户也打开了，多昂先生把脑袋伸了出来，这个房间他父亲以前住了很多年，也在里面工作了很多年。怎么了，他问道，他们一起玩怎么了。关你什么事，老夫人说道，你就和你父亲一样待在房间里，写那些乱七八糟的东西吧，你当然觉得没什么了，可这些孩子和用人的孩子一起玩闹，老夫人的话还没说完，多昂先生便说道，可母亲，那又怎么了，他们玩得多开心啊，就像兄弟姐妹似的。

"雷吉普，是不是得用钳子才能从你嘴里掏出点话来呀……"

"你说什么？"

"我在问我的童年。"

"你和梅廷一直玩得不错！"

兄弟姐妹吗，老夫人说道，该死的，这是从何说起，大家都知道，这两个孩子除了法鲁克就没有别的兄弟了，就像我的多昂没有别的兄弟似的，多昂的兄弟们，是谁在编造这些谣言，我都八十多了还要扯这样的谎吗，一个侏儒，一个瘸子，他们和你能是一个家族的吗？我听着他们的对话，没有出声，之后他们俩都关上了窗户。我走到园子里，喊道：尼尔京，梅廷，快，老夫人喊你们吃饭了。他们上楼去了，而他则待在角落里。

"小时候我们也和哈桑一起玩！"尼尔京说道。

"对，对！"

"你还记得吗？"

老夫人，多昂先生，最后一刻不知从哪儿冒出来的法鲁克，梅廷和你，你们在楼上吃饭时，我在角落里找到了他，我问他，嘿，哈桑，你饿吗孩子，快过来。他默不作声，战战兢兢地跟在我身后，我把他带进屋，让他坐到小椅子上，把托盘放到他的面前，直到现在我还在那个托盘上吃饭呢。我到楼上把肉丸子、色拉、豆子、桃子和樱桃拿下来，放到他的面前。他一边吃，我一边问他，你爸爸在干吗呢哈桑？什么也没干，卖彩票！他的脚还好吧，疼不疼？我不知道！你怎么样，什么时候上学？我不知道！是明年吗，孩子？他没有回答，就像是第一次见到我似的，畏惧地看着我。等多昂先生去世、他开始上学以后，我就会问他：今年夏天你升几年级了哈桑？他不说话。三年级吗？然后我就会对他说，好好读书，你会成为大人物的！然后便问他，长大了你想干什么？突然，尼尔京在我的怀里动了动。

"怎么了？"我问道，"要坐会儿吗？"

"我的肋骨疼，"她说道，"那儿也被他打了。"

"要不我们搭个出租车？"我问她。

她没有作答，我们继续往前走着。我们再次上了马路，从停在海岸边的汽车和从伊斯坦布尔来这儿度周末的人群之中穿过。进门的时候我看了看，车子在院里停着呢。

"我哥哥回来了吧。"尼尔京说。

"没错，"我说，"你们马上去伊斯坦布尔看医生吧。"

她没说话。我们从厨房门进了房子。进门之后我一下子愣住了，我忘了关天然气，炉子也还在烧着呢。我吓得马上关上炉子，然后把尼尔京扶上了楼。法鲁克先生不在房间里。我扶着尼尔京躺到沙发上，我正要把枕头给她垫上的时候，老夫人在楼上喊了。

"我在这儿，老夫人，我在这儿，我马上就来。"我应道。我给尼尔京的头底下也垫了个枕头。"你感觉怎么样？"我问她，"我这就去找法鲁克先生。"

我上了楼。老夫人出了她的房间，手里拿着拐杖，站在楼梯口。

"刚才你去哪儿了？"她问道。

"去集市了……"我回答道。

"这又是去哪儿？"

"稍等，"我说，"您回房间吧，我这就来。"

我敲了敲法鲁克先生的房间门，他没应声。我没有再等，推开门走了进去。法鲁克先生正躺在床上看书呢。

"他们一会儿就把车给修好了，雷吉普，"他说，"昨晚梅廷开着，在路上莫名其妙地就熄火了。"

"尼尔京小姐在楼下,"我说,"她在等你。"

"等我吗?"他问道,"为什么?"

"雷吉普,"老夫人喊道,"你在那儿干吗呢?"

"尼尔京在楼下,"我说,"您还是下楼看看吧,法鲁克先生。"

法鲁克愣了会儿,他看着我,扔下书从床上爬了起来。然后便走出了房间。

"老夫人,我这就来了,"我往老夫人的房间走去,"您站在那儿干吗?"我问道,"我扶您躺到床上去。您站在这儿会着凉的,再说您也累了。"

"虚伪!"她说道,"你又在说谎。法鲁克刚才去哪儿了?"

老夫人的房间门敞开着,我径直走了进去。

"你在那儿干吗呢?"她问道,"别把东西搞乱了。"

"我要给房间通通风,老夫人,"我说,"我什么东西也不会碰的,您瞧好了。"

老夫人也进了房间。我打开窗户。

"您快躺到床上去吧。"我说。

她躺到床上,像个孩子似的用被子蒙上了头,仿佛一时间忘记了厌恶。突然,她像个孩子似的,好奇地问道:

"集市上有什么?"她问,"你看到什么了?"

我走过去掖了掖被角,拿过枕头噼里啪啦地拍起来。

"什么也没有,"我说,"人们已经看不到美丽的东西了。"

"倔侏儒!"她说,"我太了解你了。我没有问你这个。"她闭上了嘴,脸上充满了仇恨和厌恶。

"我买了新鲜水果,您要是想吃的话,我给您拿来?"我问道。

她没吭声。我带上房门,下了楼。法鲁克和尼尔京已经聊了很长时间了。

28

尼尔京把女药剂师和她的丈夫以及她靠在雷吉普的身上一直走回家的事情都告诉了我。不过我还是想问问她现在怎么样了，她像是从我的脸上看出了我的心思似的说道：

"没什么，法鲁克，"尼尔京说，"就像是接种疫苗一样。"

"当你等着别人给你打疫苗的时候，"我说，"大吉大利，你就可以体会到往你胳膊上打针的恐惧感。你明白吗？"

"没错，可最后我还是体会到了那种感觉，"她说，"最后。"

"后来呢？"

"后来我就后悔了。我生自己的气。因为我连那个笨蛋都对付不了。该死的……"

"他笨吗？"

"我不知道，"她说，"小时候他不是这样的，他是个好孩子。可后来，今年，我觉得他很愚蠢，既愚蠢又单纯。他打我的时候，我就在生自己的气，气自己为什么控制不了那么可笑的状况。"

"后来呢？"我犹犹豫豫地问道。

"后来，我知道自己无法控制住局面了。他每打你一下，你就会觉得还有一下在等着你。我可能也喊了，可没人上来帮忙。法鲁克，你为什么对这些这么感兴趣？"

"从我的脸上可以看出来吗？"

"你就像那些喜欢被痛苦折磨的人一样，"她说，"像那些绝望的人一样。你为什么对那些让人绝望的细节那么感兴趣呢，就像那些病人似的，一旦他们的某位亲人死去他们自己也会想去死。"

"因为我就是这样的。"我回答道，心里觉得怪怪的。

"你不是这样的，"她说，"你只是想让自己相信自己很绝望。"

"不，亲爱的！"

"就是的，你总是无缘无故地让自己表现得很绝望。"

"你所说的希望是什么？"

尼尔京想了一会儿，然后说道：

"人们会失去对生活的兴趣，"她说，"但他又没有任何的理由，没错。"

她又想了会儿。"这时支撑着人们活下去的东西，"她说，"支撑人们不去死的东西就是希望。比如说，小时候人们会想，我要是死了会怎样……那时，我的内心充满了抗争，你研究研究这种感觉的话就会明白它究竟是什么了：你会好奇自己死后会怎样，这种好奇是难以忍受、非常恐怖的。"

"那不是好奇，尼尔京！"我说，"那是完完全全的嫉妒。你觉得自己死后他们会很幸福，会把你忘记，会过着美满的生活，而你却享受不到这些快乐了，所以你嫉妒他们。"

"不，"她说，"你会好奇的。你是在逃避这种让人们免于一死的好奇心，你是在装作不好奇，哥哥。"

"不，"我生气地说道，"我不好奇。"

"为什么不呢？说来听听。"她自信地问道。

"因为我知道，"我说，"都是完全相同的东西——同样的故事。"

"根本就不是这样的。"

"就是这样的，"我说，"你不想去了解就是为了不丧失你的信仰。"

"我这不能叫信仰，"尼尔京说，"就算是信仰的话，也是因为我知道才相信的，并不是因为我不知道才相信。"

"那我就不知道！"我说。

我们都沉默了，过了一会儿尼尔京说道：

"是什么让你不断地去档案馆读那些东西呢？你做这些事，但好像自己都不知道原因。"

"无缘无故的，我为什么要这么做？"我问道。

突然间她做了件让我感觉很舒服的事情，她无助地将双手摊开，就像是在承认她也无法解释清楚深层次的原因似的。我忽然有种很奇怪的感觉：我是自由的。可不知道为什么我有点讨厌我自己。在我的身上存在着虚伪的、两面性的东西，而我似乎也在刻意地隐藏。我是这样想的：人们只能在一定程度上了解自己，之后不管他再怎么努力也不会对自己有什么更深的了解了。雷吉普不知什么时候进了房间。我突然站起来，用我自己都不知道哪儿来的自信说道：

"快，尼尔京！我送你去医院。"

"噢，"她像个孩子似的说道，"我不想去。"

"别胡说！药剂师说得对，要是出血可怎么办？"

"那个药剂师不是男的，是个女的！不会有出血之类的情况出现的。"

"快，尼尔京，别拖延时间了！"

"不，现在不去。"

就这样，我们开始讨价还价起来，不像是为了达成一个结果，倒像是在斗嘴扯皮。我说她，她就扯其他的东西，可当我说其他的东西时，她又说到另一件事情上。结果，除了浪费时间和嘴皮子之外，什么问题也没能解决。最后，尼尔京困了，她躺在沙发上，闭上了眼睛。她对我说道：

"哥哥，你给我讲会儿历史吧！"

"怎么讲？"

"读你的笔记本。"

"那你能睡着吗？"

她就像个躺在床上逼着大人给自己讲故事的小姑娘似的微微一笑。我觉得给她读点历史故事可能会有点作用，于是我兴高采烈地跑到楼上的房间，可我的历史笔记本不在包里。我气喘吁吁地翻着抽屉、柜子和盒子，后来我把其他的房间也给搜了一遍，就连奶奶的房间我也进去看了，可怎么都找不见那该死的笔记本。我好好地想了想。想起来了，昨天傍晚和尼尔京一起欣赏完雨之后我醉醺醺的，可能把笔记本忘在车后座上了。可车上也没有。正当我准备上楼再找一遍的时候，我发现尼尔京已经睡着了。我停下来，看着她，她的脸就像一张白色的面具，上面给涂上了红色和紫色的颜料，微张的嘴露着一道黑色的缝隙，就像是雕像上的空洞，让人产生期待和恐惧。见雷吉普走了过来，我便心怀愧疚地去了花园。我躺到躺椅上，尼尔京整个礼拜都坐在这儿看书，我就这样躺在那儿。

大学走廊、城市交通、短袖衬衫、闷热的夏天、阴沉的天气里可以吃的食物、词语，我想着这些东西。家里关好的水龙头滴着水，房间里弥漫着一股灰尘和书本的味道，金属冰箱里一块人造黄油已经变得发白、发硬了，它还要无限地等下去。空房间，也还要继续空下去！我想喝酒、睡觉。唉，这件事落到了我们当中最好的人身上！我站起身来，又悄悄地进了房间，欣赏着睡去的伤员。雷吉普走过来。

"您把她送到医院去吧，法鲁克先生！"他说。

"我们还是别把她给弄醒了！"我说。

"不把她弄醒吗？"

他耸了耸肩膀，摇摇晃晃地下楼去了厨房。而我则又去了园子，和笼子里的笨鸡待在一起。过了很久，梅廷来了，他可能刚睡醒，可他的两眼并不惺忪，而是充满了关切。他说，尼尔京把今天发生的事情告诉他了！他把尼尔京告诉他的又对我讲了一遍，中间夹杂着也讲了他自己的遭遇：昨天晚上被他们抢走的一万两千里拉，车子是怎么坏的，他觉得不可思议的大雨。当我问到那么晚他一个人在那个地方干吗的时候，他沉默了一会儿，然后做了个奇怪的动作。于是我问他：

"我有本笔记本，可能落在车上了，你看到了吗？现在我找不到了。"

"我没看见！"

接着他便问我怎么把车给发动起来然后送去修的，我告诉他我和雷吉普推了会儿之后车子马上就发动起来了，可他却不相信，还专门跑过去问了问雷吉普，当听到雷吉普和我说的一模一样时，他便骂起娘来，仿佛今天遭遇不幸的不是尼尔京而是他似的。我拼命地不去想这件事，可梅廷还是问了我：有人报警吗？我说没有。梅廷的脸色变得难看起来，像是在唾弃大家的麻木不仁，后来他像是忘掉了我们的存在似的，表情显得更加痛苦。我走进屋里，见尼尔京已经醒了，便对她说她得去医院，搞不好会内出血的。出于责任感，我隐晦地提到了死亡，但没有用那个字眼，想让她意识到去医院的紧迫，又不至于害怕。

"我现在不想去，"她说，"吃完饭再说吧。"

吃饭时我舒舒服服地喝了一顿，因为奶奶没有下楼。雷吉普努力想让大家都感到愧疚，可我却偏偏装作没察觉出来。看到雷吉普的举动，我觉得最愧疚的便是他了：他可能是因为愧疚才觉得不幸福，又因为不幸福才觉得愧疚的吧。可也不完全是这样。仿佛我们都在外面，我们自己也知道，可我们需要置身其中的事情究竟是什么，我们却不知道。而天知道现在在哪儿的他，哈桑，在里面，可我们却没有指责他，而是同情他。快吃完饭的时候，我甚至有这种让人发疯的想法：要是尼尔京没有说他"法西斯"的话，事情也许就不会这样了。我肯定是喝多了。之后，莫名其妙地，这样的画面又定格在我的脑海里：我曾在报纸上看到过这样的新闻，在海峡的某个地方，可能是塔拉布亚的一辆带有折叠顶篷的公共汽车，在半夜连同车内的乘客一同坠入海中。而我，此刻，仿佛就在那辆车的里面，也坠入了海底，车里的灯依然亮着，大家都在紧张地望着窗外，窗外充满了死神的气息，黑漆漆的一片，就像个美丽动人的女人一样吸引着大家，我们在等待着。

吃完饭以后，我又问了尼尔京一次去不去医院，她说不去。我回到自己的房间，躺到床上，打开埃弗利亚·切莱比的书。读着读着，我便睡着了。

三个小时后，我醒了。我的心脏怦怦地跳着，我怎么也起不了床，就像是有头无形的大象压着我的四肢，把我按在床上似的。只要我想的话，闭上眼睛我就可以再度睡着，可我不想，硬是逼着自己起了床。我在房间中央傻傻地站了会儿，然后喃喃自语道：被称为时间的东西究竟是什么？我所等待的办法又是什么？快五点了，我下了楼。

尼尔京也睡醒了，可她还是躺在沙发上，看着书。

"我真想一直这样病下去，"她说，"这样我就可以心安理得地躺着，看自己想看的书了。"

"你不是生病，"我说，"你的情况比生病要严重得多。快起来，我现在就送你去医院。"

她没起来。她已经是第二次读《父与子》了，她并没有理会我，就像个不愿意被小事情打扰的书虫似的说她想看书。就这样，我有机会和她说会儿话了，这回，我要让她的内心感受到对死亡的恐惧。可她却笑了，她说她根本就不相信这样的事情会落到她的头上，因为她没觉得自己被打得有那么厉害。她继续看着手里的书，我呆呆地站在那儿，心里纳闷着她那被打肿了的乌紫的双眼怎么还能看书。

之后我便上了楼，一个房间一个房间地找我的笔记本，却没有找到。我一直在想笔记本上写没写什么和瘟疫有关的东西。找着找着，我找到了园子里，可我好像忘了自己是在找笔记本似的。走到街上的时候，我的心里也有一种类似的感觉：我是在逛悠，可我并不是毫无目的，可能我还是相信自己能找到些什么东西吧。

大街上和海滩上已经没有了昨日的热闹。海滩上的沙子潮潮的，太阳也不是很炽热，脏兮兮的马尔马拉海十分平静，褪色的阳伞也被收了起来，透出的无助让人想到死亡：就像是不能保全自我的文明已经做好准备要被不知从何处、如何刮来的飓风给刮跑似的……我穿过车流，一直走到了防波堤边的咖啡馆。在那儿，我看到一位老街坊，他已经长大了，结婚了，身边还跟着老婆和孩子。我们聊了会儿，没错，绝望地聊着……

他告诉他老婆，说我是这儿最老的住户之一。他们周一的晚上好像碰到雷吉普了。当他问到赛尔玛的时候，我没有告诉他我们已经离婚了。接着他提起了我们年轻时的事情，诸如我们在船上一直喝酒喝到天亮之类的，这些我都已经记不起来了。之后，他又说起了其他的朋友，他们都在干什么。他见到了谢夫盖特和奥尔罕的母亲，他们下周要来。谢夫盖特已经结婚了，奥尔罕好像在写小说。接着他又问我有孩子没有。他也问起了大学里的事情，还谈到了死亡，他并没有窃窃私语，不过他说话的样子却像是在窃窃私语。他还说，早上这儿有人打了一个女孩，谁知道为什么要打她呀。就在人群中打的，大家都在旁边看着，却没人管。我们国家的人已经学会了不管闲事。最后他说希望能在伊斯坦布尔见到我，还从兜里掏出张名片递给我。起身时，我看了看他的名片，他赶紧解释道，他开了个作坊，还不能算是工厂，生产一些盆、桶和筐之类的东西，当然了，都是塑料的。

回家的时候，我去小店买了瓶拉克酒。问过尼尔京去不去医院之后，我便坐下来开始喝起来。尼尔京说"不，我不去"的时候雷吉普也听到了，可他还是用责备的眼神看着我。也许正是因为这个原因，我也就别指望他给我准备下酒菜了吧。我去了厨房，自己弄了些下酒菜，之后便坐下来，专心地想着那些词和画面。我觉得失败和成功不过是两个词，你相信哪一个，最终它便会找到你。他们不是在小说里写过吗：我已经感觉到所有的一切都已结束。可能是在奥尔罕的小说里有这么一句吧。雷吉普摆餐桌的时候，我动都没动，也没有理会他那责备的眼神。天黑之后他们扶着奶奶下了楼，我把酒瓶给收了起来。可后来，梅廷却毫不遮掩地拿出酒瓶喝起来。奶奶也好像没看到似的：她像是在祷告，低声发着牢骚。过了会儿，雷吉普把她扶上了楼。我们都沉默下来。

"快，我们回伊斯坦布尔吧，"梅廷说道，"现在，马上！"

"你不是打算住到仲夏的吗？"尼尔京问道。

"我改变主意了，"沉默了一会儿以后他接着说道，"我烦这儿，我们这就回去吧。"

"你不喜欢他们吗？"尼尔京问道。

"谁？"

"你的老朋友们。"

"你必须马上走，明白吗，尼尔京？"梅廷说，"这可不是开玩笑的！"

"那我们明天走吧。"尼尔京说道。

"我受不了这儿了，"梅廷说，"法鲁克，愿意的话你就待在这儿吧。不过，你得把车钥匙给我，我要带尼尔京走。"

"可你没有驾照呀！"尼尔京说。

"你不明白吗，姐姐，你必须走，"梅廷说，"要是出什么事可怎么办？你可别指望法鲁克。我可以开车。"

"你们都醉了。"尼尔京说道。

"你不想走吗？"梅廷问道，"为什么？"

"今晚我们就待在这儿吧。"尼尔京说。

他们都沉默了，静了好长时间。雷吉普伺候奶奶躺下后便下楼来收拾桌子。我看了梅廷一眼，他心里在想些什么我很清楚。他像是进到了一团灰雾里似的，屏住了呼吸。突然他松了口气。

"今晚我可不待在这儿。"他说。他站起身，像是带着最后一线希望似的上了楼。过了一会儿他梳齐整了头发，换了身衣服，下了楼，一声不吭地走了出去。直到他走到院子门口，我们都还能闻到他刮完脸之后往身上擦的香水味。

"他怎么了？"尼尔京问道。

作为回答，我稍作修改，念了段富祖里的诗：

> 我又爱上了那一朵美丽的玫瑰，
> 数不清的争吵令它失去了所有的光彩与香味。

听完之后尼尔京笑了。我们都没再说话，好像没什么话可说了似的。园子里也出奇地静，比雨后静得更深、更暗。我好奇地研究起尼尔京的脸来，它就像是被盖上了紫色的印章一样。雷吉普还在一旁进进出出忙个不停。我想着历史、不见了的笔记本和其他乱七八糟的事情。我像是受不了了似的站起身来。

"好了，哥哥，"尼尔京说，"你出去走走吧，心情会好点的。"

我没打算要走，可我还是走了。

"你自己当心点，"尼尔京在我身后说道，"你喝得太多了。"

出院门的时候，我想起了我的妻子，而后又想起了富祖里，和他想经受痛苦的愿望。那些奥斯曼帝国的宫廷诗人是出口成章呢，还是也得在纸上画上好几个小时才能写出那些诗的呢？我边走边想着这个问题，也算是有点事情干吧，我知道自己不会马上回家的。街上充满了周日晚上的萧条，咖啡馆和夜总会里有一半的位子都是空的，树上挂着的彩灯有些可能被昨天的暴风雨打灭了。从人行道角落里的积水上骑过的自行车在沥青路面上划下了一道道弯弯曲曲的泥印。我回忆着自己骑自行车的岁月，青年时代，而后又想起了我的妻子、历史、故事、我应该送去医院的尼尔京、埃弗利亚·切莱比，摇摇晃晃地一直往宾馆走去。在那儿，我听到荧光灯在噼里啪啦作响，还有低俗的音乐。我犹豫了好长时间，我既想堕落一下，又想要清白。我觉得那些动不动就想到责任的家伙很奇怪。我一点也不喜欢我的意识，它总是想当场擒获我，它破坏了我的道德神经，就像那些在足球比赛里等在球员后面让守门员发疯的摄影记者似的！最后我终于下定了决心，进去！

我从旋转门进了宾馆，顺着音乐声从众多的毯子和服务生中穿过，下楼来到了音乐响起的地方，就像一只狗顺着味儿就找到了厨房似的。我打开门，男男女女喝醉了的游客坐在桌旁，他们头戴菲斯帽，面前摆着酒瓶大声地叫喊着。我明白了，这是为外国游客在土耳其的最后一夜而组织的东方式晚会。宽阔的舞台上低俗的乐队正在制造金属噪声。我问了问服务生，得知肚皮舞表演还没开始，便坐到他们身后的桌子旁边，犹犹豫豫地要了杯拉克酒。

第一杯酒喝完没过多久场内便响起了欢快的音乐。铃声响起，表演开始了，我赶紧抬头望去。顺着圆形的光束我看到舞女的肚皮在抖动，她身上戴着的亮闪闪的首饰也随之动了起来，吸引了我的注意。她快速地抖动着，臀部和乳房也似乎在冒着光。我兴奋了起来。

我站起来又要了杯酒。服务生把酒送来后，我又坐了下来，我觉得不只是舞女，我们大家都在演戏。舞女尽量地让自己看上去像个东方女人，而那些即将在东方度过最后一夜的游客也把她看成了东方女人。光束在桌间来回游走，趁着亮光我看到了那些德国女人的脸。她们面带微笑，她们并不觉得惊讶，她们可能也想惊讶吧，她们期待已久的东西正在慢慢地呈现在她们的眼前，她们看着舞女，心想自己可不是"这样"的。我感觉她们很平静，她们认为她们和她们的男人一样，而在她们的眼里我们都是"这样"的。该死的，她们就和那些对服务员吆五喝六、认为自己和丈夫享有平等权利的家庭主妇一样在歧视我们！

突然间我觉得自己被歧视得一塌糊涂。我想破坏这丑恶的游戏，不过我知道自己不会的。我体味着失败和思维混乱的滋味。

音乐声越来越响，舞台上一个看不见的角落里某种打击乐器没费什么劲便响彻全场，舞女转过身将臀部冲着大家，抖动着屁股上的肉。当她快速转过身，自豪地把胸部转向我们的时候，我看出来了，她就像个向清规戒律挑战的斗士一样。光束照亮了她脸上的胜利和自信，我顿时觉得轻松了许多。对，要让我们低头可不是那么容易的事，我们还能做些事情，我们还能屹立不倒。

现在，舞女在挑逗着他们，和那些不时咽着口水的女游客的眼神捉迷藏。头戴菲斯帽的男游客大多已经忘乎所以了，仿佛他们面对的并不是个舞女，他们完全放松下来，彻底忘掉了自我，像是在一个值得尊重的女性面前变得渺小了。

我有种奇怪的幸福感。舞女笨拙却充满动感的躯体让我兴奋起来。我们都像是刚刚睡醒似的。看着她肚皮上汗唧唧的肉，我觉得什么事情我都能全力以赴。我自言自语道：现在马上回家，把尼尔京送去医院，然后就写历史书，我可以做到这一点的，我现在就能做到。

接着，舞女从众人中拽出被她相中的，让他们一起跳起肚皮舞来。真主啊！起初，那些德国男人的动作有点笨拙，他们微微张开双臂，缓缓地抖动着。他们一边跳一边看着一旁的朋友，既有点害羞，又觉得自己有娱乐的权利。该死的，这都是在演戏，我尽量找借口安慰着自己。

没过一会儿，舞女终于做出了我既期待又恐惧的动作来，这一下子让我觉得自己再次失去了所有的希望。她熟练地从众人中挑选出了看上去最笨、最跃跃欲试的家伙，然后给他脱起衣服来。胖胖的德国人笨拙地抖动肚皮，冲着自己的朋友笑。当他脱掉衬衫的时候，我已经无法忍受了，我低下了头。我要把自己的记忆完全擦掉，不留一点痕迹。我要摆脱自己的意识，在意识之外的世界里自由自在地生活。可我知道我无法放纵自己，我永远都是双重性格的人，我也知道，我会徘徊在意识和幻想中，该死的，在这肮脏的地方，在这恶俗的音乐声中坐上很长时间。

29

　　早已过了半夜，可我还能听到他发出的噼里啪啦声，我很想知道他在楼下干吗，为什么不睡觉，让我能有个安静的夜晚呢？我从床上爬起来，走到窗边，朝下面望去。雷吉普房里的灯还亮着的。侏儒，你在那儿干什么呢？我有点害怕！他很阴险，他一瞅我，我就知道他在注意我的一举一动，大脑袋里在琢磨着些什么。难道他们想利用晚上来毒害我，想玷污我的思想吗？一想到这，我就害怕起来。一天夜里，塞拉赫丁来到我的房间，说他无法摆脱岁月的污染，无法让他的思想保持童年时的纯真，还说让他经受些苦痛吧！我越想越害怕，浑身都有点发冷。他说他知道死亡是什么。我又回想了一遍，更加害怕了。我赶紧从漆黑的窗边退了回来，我落在院子里的影子不见了，我赶紧回到床上，钻进了被子里。

　　那是他死前的四个月。外面刮着东北风，透过窗户的缝隙呼啸着。晚上我回到自己的房间，躺到了床上，可塞拉赫丁房间里的噼里啪啦声怎么也停不下来，再加上外面的暴风雨和被刮得打到墙上的百叶窗，我吓得毛骨悚然，怎么也睡不着。接着，我便听到有脚步声越来越近，我很害怕！突然我的门被打开了，我的心一下子提到了嗓子眼，我心想，这么多年来这可是第一次，发生在夜里我的房间！突然，塞拉赫丁出现在门口，"法蒂玛，我睡不着！"他好像没喝醉，晚上吃饭的时候他喝了多少我也没看见。我什么也没说。他摇摇晃晃地走了进来，眼睛里闪烁着光芒："我睡不着，法蒂玛，因为我发现了一件可怕的事情。今晚你要听我说话，不准你拿上毛衣去其他的房间。我发现了一件可怕的事情，我必须找个人说说！"我心想，侏儒就在楼下，塞拉赫丁，他很喜欢听你说话，不过我什么也没说，因为他脸上的表情非常奇怪，突然间他嘟囔了起来："我知道什么是死亡了，法蒂玛，这儿谁也没有发现它，我是东方第一个知道什么是死亡的人！就在刚才，今天夜里。"他顿了会儿，像是被自己的发现给吓着了似的，可看他说话的样儿不像是喝醉了。"听我说，法蒂玛！你知道的，字母'O'开头的词条我已经写完了，尽管比我预想的要晚了好长时间。现在我正在写字母'Ö'，我必须写'死亡'这个词条，你知道的！"我的确知道，因为吃早饭、中午饭和晚饭的时候他不会说别的东西。"可我怎么也写不出来，好几天了，我在房间里徘徊，思索着自己为什么写不出来。和其他词条一样，这个词条我也会参考其他人写的，我在想是不是自己没有什么可以补充的，可我就是弄不明白自己为什么写不出这个词条……"他笑了笑，"也许是我想到了自己死的那一天吧，我还没有写完百科全书，可我都快七十岁了，你说是不是这样的呀？"我什么也没说。"不，法蒂玛，不是这样的，我还年轻，我还有很多事情没干完呢！而且，自从有了这个发现以后，我觉得自己格外年轻，充满了活力。因为这个发现，我还有那么多的事情可以干，就算再让我活上个一百年也不够！"他突然喊了起来，"所有的东西，所有的东西，所有的事件，所有的活动，生活都有了一层崭新的意义！我看待所有的事情都不再一样了。我在房间里徘徊了一个礼拜，一个字都没写出来，可两小时前这个发现突然闪现在我的脑海里。两小时前，在东方，我第一次意识到了虚无。法蒂玛，我知道，你不明白，可你听我说，你会明白的！"我之所以听他说，不是因为我想明白，而是因为我没有别的事情可以干。他就像是在他自己的房间里一样来回徘徊着。"一个礼拜了，我在房间里徘徊的时候一直在想着'死亡'。我很奇怪他们为什么要在他们写的百科全书和其他的书里用这么长的篇幅来谈论这一话题。且不说艺术品了，在西方有关'死亡'这一主题的书就有好几千本。他们为什么要夸大如此简单的一个问题。我打算在我的百科全书里简单地解释一下就完了。我要这样写：死亡，就是器官功能的丧失！通过这样简单的医学术语，我就可以把那些神话传说和经典里关于死亡的观点驳斥得体无完肤，这样一来我就再次证明了那些经典书籍都是在互相抄袭，同时也反映出各国的葬礼都是那么地可笑。这么简单地对待这个问题也许是因为我想尽快地完成百科全书吧，不过实际上并不是这样的，两小时前我还不知道死亡是什么，我就和普通的东方人一样，所以我并不重视这个问题，法蒂玛，就在两小时前我才明白，这么多年来我没有注意到的东西，在我两个小时前看到报纸上的尸体图片时发现了。太可怕了！你听我说！这次德国人入侵了哈尔科夫[1]，但这并不重要！两小时前，当我全神贯注地看着报纸上的尸体图片时，我心里的恐惧感就像我四十年前在医学院和医院里看到尸体时一样，突然我的脑海里闪过一个念头，那种恐惧感就像是落到我头上的一把大铁锤似的。我是这样想的：虚无，对，虚无，有种状态叫作虚无，这些可怜的战争牺牲品，现在，就坠入了虚无的深井里，消失了。法蒂玛，这种感觉太可怕了，到现在我还能感觉到呢。我是这么想的：没有真主，也没有什么天堂和地狱，死后只有一样东西，只有我们所说的虚无。空洞的虚无！我知道你现在不会马上就能明白，两小时前我也不知道，可一旦发现了被称为'虚无'的东西，我便明白了，法蒂玛，我越想便越能深刻地理解虚无和死亡的可怕！在东方没有人

[1]　哈尔科夫为乌克兰东部城市，1941年10月，纳粹德国攻占该城。

注意到这一点。因此，几个世纪甚至几十个世纪以来，我们都过着庸庸碌碌的日子。别着急，让我慢慢地告诉你。今天夜里我一个人无法承受这一发现！"他就像年轻时一样不耐烦地挥舞着他的手和胳膊，"因为顷刻间我明白了所有的事情——我们为什么会这样，他们为什么会那样，东方为什么是东方，西方为什么是西方——我发誓我明白了，法蒂玛。我求你，你认真地听我讲，你会明白的。"他继续讲着，仿佛他不知道四十年来我压根儿就没听过似的。他的声音和早些年一样，坚信而谨慎，像个上了年纪的笨老师企图欺骗小孩，尽量装出一副和蔼温柔的样子，却难掩心中的激动和罪恶。"你认真听，法蒂玛，别生气，好吗？我一直在说没有真主，我都说了几次了，因为它的存在无法用实验来证明，所以所有那些以神的存在为基础的宗教都不过是空洞的、诗情画意的胡说八道。这些胡说八道里的天堂和地狱当然也就不存在了。要是没有天堂和地狱的话，那么也就没有死后的生活了。你在听吗，法蒂玛？要是没有死后的生活，那么死去的人也就随着死亡烟消云散了。我们再从死人的角度来看看，死之前活着的死人，死后都在哪儿？我不是说他的躯体，他的意识、感觉和智慧都在哪儿？哪儿都没有。没有，对吗，法蒂玛，他进入了我们所说的虚无中，看不见任何人，也没人能看见他。你现在明白了吗，法蒂玛，你能理解我所说的虚无的可怕吗？我越想越害怕。天哪，多么奇怪、多么吓人的想法！我试着想了想不禁毛骨悚然！你也想一想，法蒂玛，你想想这样的东西，里面什么也没有，没有声音，没有颜色，没有味道，也没有感觉，没有任何的特征，也不占任何的空间。你能想象出这样一种看不见、摸不着也感觉不到的东西吗？一团漆黑，甚至你都觉察不到这是一团没头没尾的漆黑，而虚无——被称为'黑暗的死亡'的东西就在它的另一头。你害怕吗，法蒂玛？当我们的尸体在土里悄悄地腐烂时，当那些战争的牺牲品，他们那被穿了个拳头般大小窟窿的躯体、被打碎了的头盖骨、埋到土里的脑袋、滚来滚去的眼珠子和血泊中被撕烂的嘴巴在水泥堆中发出臭味时，他们的意识，我们的意识，啊，都陷入了'虚无'的无尽黑暗之中，就像一个坠入了无尽的深渊，却不知道自己发生了什么事的瞎子一样，不，和它也不一样。它和什么都不像，该死的，我越想越怕，我不想死，一想到死我就想反抗。天哪，太折磨人了，明明知道这种黑暗是没有尽头的，一旦进去就会消失在里面，再也出不来了，可是越陷越深。我们都会陷入这种虚无当中去的，法蒂玛，你不害怕吗，你的心里就不想反抗吗，你必须害怕，你必须有这种感觉，今天夜里不让你的心里产生这种对死亡的恐惧我是不会放过你的。你听我说，听我说，没有天堂，没有地狱，也没有真主，没有人在注视你、保护你、惩罚你、庇佑你。死后，你就会坠入这孤单的虚无当中，就像是坠入海底一样再也出不来了，你就会淹没在孤寂之中，没有回头路。你的尸体在冰冷的土里慢慢腐烂，你的头盖骨和嘴巴就像花盆一样里面塞满了土，你的肉就像干肥料块一样撒得四处都是，你的骨头就像煤块一样变成灰。明知道自己无法回头，可你还是会进入这块泥沼，直至你的最后一根头发都湮没其中。你将会消亡在残酷、冰冷的'虚无'泥潭中，法蒂玛，你明白吗？"

我害怕了！我充满畏惧地从枕头上抬起头，朝房间里望着。过去的世界，现在的世界，可是，我的房间，我的东西还在睡梦之中。我浑身是汗，我想看到人，我想摸到人，我想和他说说话。接着我便听到了楼下的动静，我很好奇。已经三点了。我赶紧从床上爬起来，跑到窗边。雷吉普那儿还亮着灯。这个奸诈的侏儒，用人的杂种！我害怕地想起了那个寒冷的冬夜：被推翻的椅子、被打碎的玻璃和盘子、恶心的破布、血，我害怕了，好像还有点紧张。我的拐杖在哪儿？我拿过拐杖，往地上敲了敲。我又敲了一下，喊道：

"雷吉普，雷吉普，快上来！"

我走出房间，来到楼梯口。

"雷吉普，雷吉普，我跟你说话呢，你在哪儿？"

我往下看了看，在灯光的映射下墙上有个人影在动。我知道你在那儿。我又喊了一声，最后终于看到了人影。

"来了，老夫人，我这就来了，"人影越来越小，最后侏儒出现在我的面前。"怎么了？"他问道，"您有什么事吗？"

他没有上楼。

"这么晚了，你怎么还不睡？"我问道，"你在楼下干吗呢？"

"什么也没干，"他回答道，"我们只不过是坐在那儿。"

"这么晚？"我问道，"别骗我，我可知道你说没说谎。你跟他们说什么呢？"

"我什么也没说，"他说，"您有什么事吗？您是不是又想起过去的事情了？别想了！您要是睡不着的话，就看看报纸，翻翻柜子，看您的衣服放的位置对不对，吃点水果，千万别再想了！"

"你别管我！"我说，"叫他们上楼来。"

"只有尼尔京小姐在，"他说，"法鲁克先生和梅廷不在。"

"他们不在吗？"我问道，"让他们上来，我倒要看看，你对他们都说了些什么！"

"您想让我说什么，老夫人，我不明白！"

他上了楼，我还以为他要走到我的跟前，没想他却进了我的房间。

"别把我的房间弄乱了！"我说，"你在干吗？"

侏儒站在那儿。我赶紧追了上去。他突然转过身，冲我走过来，抓住我的胳膊。我吃了一惊，好的，他抓住我，把我搀到了床边。

他扶我躺倒，给我盖上了暖和的被子。好，我是一个小女孩，我是无辜的，我忘了。我躺在床上，他往外走。

"桃子您只咬了一口就给扔掉了，"他说，"这些可都是最好的桃子，您也不喜欢？我给您拿些杏来，好吗？"

他走了，又只剩下了我一个人。我头顶上的天花板还是原来的天花板，身下的地板也还是原来的地板，玻璃杯子里盛着的还是同样的水，桌子上摆着的也还是同样的杯子、同样的刷子、同样的盘子和同样的钟。我躺在床上，心想被称为"时间"的东西简直太奇怪了，突然间我害怕了起来，我知道，我又要想塞拉赫丁那天夜里的发现了，我很害怕。这个魔鬼还在说着：

"你能理解这个发现的伟大吗，法蒂玛？就在今天夜里，我发现了那道将我们和他们分开的无形的界线！不，东方和西方的衣服、机器、房子、家具、先知、政府和工厂没有什么区别。这些都只是结果，而将我们和他们区分开来的仅仅是一个简单的事实：他们认识到了被称为'死亡'的无底深渊——虚无的存在，而我们却不知道这个可怕的事实。我们之间如此大的差异竟然源于如此简单的一个发现，一想到这一点我便十分恼火！我想不通，近千年以来，伟大的东方为什么没有一个人想到这一点。看看失去的时间和生命，你就会明白我们已经愚蠢、迟钝到何种地步了，法蒂玛！但我依然相信会有美好的未来，因为我迈出了虽然简单却花了好几个世纪时间的第一步，今天夜里，我，塞拉赫丁·达尔文奥鲁，在东方发现了死亡的秘密！我说的你都听明白了吗？你的目光为什么这么呆滞？当然了，因为只有知道黑夜的人才明白什么是光明，只有知道虚无的人才明白什么叫存在。我在思考死亡，所以我是存在的！不！太让人遗憾了，东方人如此迟钝，你知道手里拿着的是织毛衣的针，却不知道什么是死亡！所以，说实在的，我在思考死亡，所以我是西方人！我是脱离东方的第一个西方人，融入西方的东方第一人！你明白了吗，法蒂玛？"他突然喊了起来，"真主啊，你和他们一样，你也是个睁眼瞎！"接着，他带着哭腔呻吟着，摇摇晃晃地朝着窗户迈出了第一步。一时间，太奇怪了，我还以为他要打开窗户纵身跳到窗外，兴奋地张开双臂飞起来，然后激动地扑棱两三下之后，回到现实中坠地而亡呢。可塞拉赫丁站在房间里，站在紧闭的窗后，厌恶、绝望地望着漆黑的窗外，好像站在那儿就能看到整个国家和他所说的东方似的。"可怜的瞎子们！他们都睡着了！他们都上了床，裹在被子里，沉浸在愚蠢而安详的梦乡里呼呼大睡呢！整个东方都睡着了。奴隶们！我要告诉他们死亡的秘密，将他们从奴役中拯救出来。不过，首先我要把你给拯救出来，法蒂玛，你听我说，想明白，然后把你对死亡的恐惧说出来！"他就这样央求着我，他明明知道我不可能说出"没有真主"之类的话却还是在央求我，他还恐吓我，花言巧语想要骗我，窝起我的手指列举着他的证据，想让我相信他的话。我不相信。他厌恶地闭上嘴，坐到了我对面的椅子上，目光呆滞地朝桌上望着。百叶窗被风刮得直打着墙。后来，他看到了放在我床头上的钟，像是看到了一只蝎子或是一条蛇似的吓了一跳，他喊着："我们一定要赶上他们，一定要赶上！再快点，再快点！"他拿起钟，扔到了我的床上，喊道："我们之间也许差了一千年，不过我们能赶上，法蒂玛，我们会赶上他们的，因为现在已经没有什么是我们不知道的啦，我们已经知道了一切，最深奥的事实我们也都已经知道了！我马上就让人把它印成小册子，告诉我们可怜的同胞。这些笨蛋！他们甚至都还没意识到自己是在生活。我越想越气，他们觉得这个世界很平常，他们温顺、满足、平静地生活着，对一切都深信不疑，对自己所过的生活一无所知！我要读给他们听！我要利用他们对死亡的恐惧让他们屈服！他们会了解自己，会学会害怕、厌恶自己的！你见过厌恶自己的穆斯林吗？你认识讨厌自己的东方人吗？他们对自己没有任何的期待，他们甚至不知道自己和羊群有什么区别，他们已经习惯了不知道自己是什么，他们还觉得想过别样生活的人是疯子！我要教他们害怕死亡，而不是害怕孤独，法蒂玛。那样他们就可以忍受孤独，宁愿选择孤独的苦痛也不愿要那人群之中愚蠢的安宁！那样他们就会觉得必须让自己处于世界的中心！那样一来，对于一生只做同样的一个人，他们就不会觉得自豪，而是会觉得可耻！他们会责问自己，不是替真主而是替自己责问！这一切都会发生的，法蒂玛，我要把他们从几千年来那幸福、安逸而又愚蠢的梦幻中唤醒！我要在他们的心底播下对死亡的恐惧！我一定会这样做的，必要的话我会拿棍子敲他们的脑袋，我发誓！"之后，他闭上了嘴，直喘着粗气，仿佛被自己的怒火折磨得筋疲力尽，他像是有点难为情，又像是被自己将要散播给其他人的恐惧给吓倒了似的，不过他又接着开始了，"听我说，法蒂玛，你要是不能自觉地感受到这种恐惧的话，你可以运用你的思维。我们所过的这种生活是无法让我们这些东方人感受到这种恐惧的。所以我们得运用我们的思维来了解这种恐惧，我们可以像他们一样，了解得非常透彻。要想做到和他们一样，你只要听我的，运用你的思维就可以了。你听我说！"可我已经不听他了，我在等着他扔下我一个人，美美地一觉睡到天亮。

　　楼下传来的声音再次打断了我的思绪，我把头从枕得发烫的枕头上抬起。我听得出来侏儒正在房子里走来走去，就像是徘徊在我的身体里一样。你在干什么呢，侏儒，你跟他们说了些什么？接着，院子门咣当一响，吓了我一跳，我听出来院子里的脚步声是谁的了。梅廷！这么晚你去哪儿了？我听到他进了厨房，不过他没有上楼。他们都在楼下，现在他们都在楼下，侏儒正在跟他们说着话。我害

335

怕了，我的拐杖在哪儿，我要抓你们一个现行，我心里这样想着，却起不了床。接着，我便听到脚步声上楼来了，我顿时觉得舒服了许多，不过这声音不太对劲，他肯定是喝了酒，现在正准备回自己的房间！他在我的房间门前停住，想要进来。当他敲响我的房门时，我像是从噩梦中惊醒似的想大喊一声，不过并没有喊出来。

梅廷走了进来。"您还好吗，奶奶？"他问道。真是奇怪！"您还好吗？"我没有搭理他，也没有看他。"看来您还挺好的，奶奶。您什么也没有了，没什么东西是属于您的了。"我明白了，他喝多了！和他爷爷一样！我闭上双眼。"您别睡呀，奶奶！我有话要对您讲！"别说！"您现在别睡呀！"我闭上眼睛睡了，不过我能感觉出来他走到了我的床边。"我们把这栋旧房子给推倒吧，奶奶！"我早就知道他想干了。"我们把这栋房子给推倒，然后盖栋大公寓楼。地产商会给我们一半的楼，这对我们大家来说都是件好事。您什么也不懂！"没错，我的确什么也不懂！"我们都需要钱，奶奶！照这样下去，要不了多久家里就会揭不开锅了！"我们家的厨房，我心想，从我小时候起我们家的厨房里就一直散发着丁香和肉桂的香味。"要是什么也不做的话，要不了多久你就得和雷吉普在这儿挨饿。其他人才不会管呢，奶奶，法鲁克整天醉醺醺的，尼尔京是个共产主义者，你知道吗？"过去我一直闻着那肉桂的香味，我什么也不知道，也不知道要想被别人喜欢就得什么都知道。"您给我一个答复呀！我这可是为了您好！难道您没听我说吗？"我的确没在听，因为我的心不在这儿，而是在梦中。过去我总是煮果酱，喝柠檬水和果汁。"奶奶，您回答我呀，不管怎样您给我个答复呀！"然后我就会去找许克吕帕夏的女儿。早上好，蒂尔坎，许克兰，早上好，尼甘！"难道您不愿意吗？住在这间破房子里挨饿受冻，难道比住在漂亮、温暖的公寓楼里还要好吗？"他走到我的床边，使劲地晃着我。"您醒一醒，奶奶，您快睁开眼睛，回答我呀！"我就不睁眼，身体随着他来回地晃动着。然后，为了去她们那儿，我登上马车。车子咯噔咯噔地响着。"他们以为您不想推倒这间房子。其实，他们也需要钱。您以为法鲁克的老婆为什么会抛弃他？是为了钱！现在，人们的心里只有钱，奶奶！"他还在晃着我。咯噔咯噔，车子左右晃着。马尾巴……"奶奶，您回答我呀！……"赶着苍蝇。"您不回答我的话，我是不会让您睡的！"我回忆着，回忆着。"我也需要钱，我比他们都需要钱，您明白吗？因为我……"主啊，他坐到了我的床边。"我不像他们那么容易满足。我厌恶这个愚蠢的国家！我要去美国。我需要钱。您明白吗？"他嘴里的酒精味扑面而来，闻得我直恶心。我明白了。"现在，对，您对我说，奶奶，您想要公寓楼，我们告诉他们。对，您说啊，奶奶！"我没说话。"您为什么不说呀？是因为您舍不得它们吗？"我舍不得它们。"我们把所有的东西都搬到公寓楼里去！您的柜子、盒子、缝纫机、盘子，我们都给搬过去。奶奶，会让您满意的，您明白吗？"我知道，那孤独的冬夜是多么美好呀，只有夜晚的宁静陪伴着我，一切都停滞了！"我们把墙上这幅爷爷的画像也给挂上。您的房间会和这个房间一模一样的。不管怎样，您给个答复呀！"我没有搭理他。"啊，真主呀，一个是醉鬼，整天醉醺醺的，另一个是共产主义分子，这个又是个痴呆，我可……"我听不见！"……我不能在这愚蠢的监狱里待一辈子，绝不能！"我害怕了，我感觉到他把冰冷的双手放到了我的肩膀上！他满嘴酒气地向我乞求着，带着哭腔的声音离我越来越近。我回忆着：没有天堂，没有地狱，你的尸体会孤独地留在那冰冷、黑暗的土里。他还在向我央求着。你的眼睛里将会填满泥土，蛆虫会啃噬掉你的肠子和肉。"奶奶，我求您了！"你的脑子里将会爬满蚂蚁，脏器里全是鼻涕虫，填满你心脏的土里也会爬满蠕虫。突然他顿了一会儿。"为什么我的父亲和母亲都死了，而你却还活着？"他问道，"这正常吗？"他们欺骗了他。我在想，肯定是侏儒在楼下告诉他们什么了！他没说什么别的。他哭着，一时间我还以为他会把手朝我的脖子伸过来！我想到了自己的坟墓。他躺在我的床上，还在那儿哭着。我很烦他。要从床上起来很难，可我还是起来了，我穿上自己的拖鞋，拿起拐杖，走出房间。我来到楼梯口，喊道：

"雷吉普，雷吉普，你快上来！"

30

当时我正和尼尔京一道坐在楼下。一听到老夫人喊，我便马上站起身来，跑上了楼。老夫人站在她的房间门口。

"快点，雷吉普！"她喊道，"家里出什么事了？快告诉我！"

"什么事也没有。"我气喘吁吁地回答道。

"什么事也没有？"她说，"你瞧，这个家伙在这儿发疯呢！"

她用拐杖厌恶地指着房间里面，就像是在指着一只死老鼠似的。我走进房间。梅廷趴在老夫人的床上，头埋在绣花枕头里直发抖。

"他要杀了我！"老夫人说，"究竟怎么了，雷吉普，你可别瞒着我。"

"什么事也没有，"我说，"梅廷先生，你这样合适吗？快起来。"

"什么事也没有吗？谁骗他了？你现在就扶我下楼。"

"好的，"我说，"老夫人！梅廷先生喝了点酒，仅此而已。他还年轻，爱喝点酒，不过他不酗酒，您也看到了。他爸爸和他爷爷也都是这样的，不是吗？"

"好了，"她说，"闭嘴！我没问这个！"

"快，梅廷先生！"我说，"我扶您到自己的床上去！"

他摇摇晃晃地站起来，出房间的时候还用奇怪的眼神看了一眼墙上挂着的他爷爷的画像。走进自己房间的时候，他像是在哭似的问道：

"我的父亲和母亲为什么那么早就死了？雷吉普你说为什么！"

我帮他脱掉身上的衣服，扶他上了床。我刚说了句"真主啊"，他便一把推开了我。

"真主吗？愚蠢的侏儒！我自己可以脱，你别管我。"可他并没有脱衣服，而是从盒子里拿出了一样东西。离开房间的时候他停了下来，莫名其妙地说了句："我要去厕所！"然后便走了。

老夫人在喊我，我走了过去。

"扶我下楼，雷吉普。我要亲眼看看，他们在楼下干吗呢！"

"什么事也没有，老夫人，"我说，"尼尔京小姐在看书，法鲁克先生出去了。"

"这么晚了他去哪儿？你跟他们说了些什么？别撒谎。"

"我什么也没说，"我说，"来，我扶您躺下。"我走进她的房间。

"家里有点不太对劲……别进我的房间，你别把我的房间弄乱了！"她跟着我也进了房间。

"快，老夫人，躺到床上，您别累着。"正说着我便听到了梅廷的声音，我有点害怕，赶紧跑出了房间。

梅廷摇摇晃晃地走了过来。突然他像是喝醉了似的说道："看，看我干了什么，雷吉普！"他欣喜地看着手腕上流出的血。他的手腕被划了一下，不过不太深。而后，他像是想到了要害怕似的，后悔了起来。

"药店这会儿还开着吗？"他问道。

"开着的，"我说，"不过，梅廷先生，我先给您点药棉吧！"

我赶紧下了楼，从柜子里找出药棉。

"怎么了？"尼尔京头也不抬地问道。

"没怎么！"梅廷说，"我把手给割了。"

我把药棉递给他，正包扎着的时候尼尔京走过来看了看。"不是手，是手腕，"她说，"不过没什么，你是怎么做到的？"

"没什么吗？"梅廷问道。

"这柜子里有什么，雷吉普？"尼尔京问道。

"她说没什么！"梅廷说，"不过我还是要去药店看看。"

"都是些零碎，小姐。"我说。

"没有我父亲和我爷爷写的那些东西吗？"尼尔京问道，"他们都写了些什么？"

我想了想，然后回答道："他们一直在写真主是不存在的。"

尼尔京笑了，她的脸也因此漂亮了些。"你是怎么知道的？"她问道，"他们告诉过你吗？"

我什么也没说，关上了柜子。听到老夫人在喊我，我便上了楼，又让她躺到了床上，告诉她楼下什么事也没有。她让我把玻璃瓶里的水给换了。等我换完水回到楼下的时候，尼尔京还在那儿看书。接着，我便听到厨房里有动静。法鲁克先生站在厨房门外，他怎么也打不开门。我给他开了门。

"门没锁。"我说。

"你把房子里的灯都打开了，"他说，一股浓烈的酒味朝我扑面而来，"发生什么事了？"

"我们在等您，法鲁克先生。"我说。

"因为我！"他说，"啊，因为我！但愿你们去医院了。我刚才在看肚皮舞呢。"

"尼尔京小姐她没事。"我说。

"没事吗？我不知道，"他像是很诧异地说道，"她还好，不是吗？"

"她还好，您不进去吗？"

他进了门，然后转过身，朝漆黑的屋外望去，朝院门外微弱的灯光望去，像是打算再去某个地方一次。接着，他打开冰箱，拿出酒瓶。突然，他像是因为手里的酒瓶太重而失去了平衡，往后退了两步，瘫倒在我的椅子上，像个哮喘病人似的喘个不停。

"您是在糟践自己，法鲁克先生，"我说，"没人会喝这么多酒的。"

过了好一会儿，他才说："我知道。"但他没再说什么别的。他把酒瓶抱在怀里，坐在椅子上，就像个小姑娘把自己心爱的玩偶抱在怀里似的。

"要我给您做碗粥吗？"我问他，"家里有肉汤。"

"你做吧。"他说。他又坐了会儿，然后便摇摇晃晃地走了。

我正要给他送粥去的时候，梅廷来了。他的手腕上打了一层薄薄的绷带。

"药剂师问起你了，姐姐！"他说，"听说你没去医院，他们很吃惊。"

"没错，"法鲁克说，"现在去还不迟。"

"你在说什么呢？"尼尔京说，"不会有事的。"

"我看了会儿肚皮舞，"法鲁克说，"和那些头上戴着菲斯帽的游客一起看的。"

"怎么样？"尼尔京高兴地问道。

"我的笔记本在哪儿？"法鲁克问道，"我至少可以从笔记本里，从历史中找出点什么来。"

"麻木不仁的家伙……都是因为你们。"梅廷说道。

"你是想回伊斯坦布尔吗，梅廷？"法鲁克问道，"伊斯坦布尔也是一样的。"

"你们俩都喝醉了，谁也开不了车了。"尼尔京说道。

梅廷喊道："我可以开！"

"不，今晚，我们几个就坐在这儿吧。"尼尔京说。

"都是无稽之谈!"法鲁克先生说道,他沉默了一会儿,然后又接着说道,"没有任何缘由的无稽之谈……"

"不!我每回都说,它们是有原因的。"

"胡说!你这么说是因为你接受不了事实。"

"够了,你给我闭嘴。"梅廷说。

"要是我们出生在一个西方家庭,我们会变成什么样?"法鲁克说道,"比如说,我们出生在一个法国家庭,梅廷你会高兴吗?"

"不,"尼尔京说,"他喜欢美国。"

"是这样吗,梅廷?"

"嘘嘘!闭嘴!"梅廷说,"我要睡觉了。"

"梅廷先生,您别在那儿睡,"我说,"您会着凉的。"

"你别管。"

"要我给您也端碗粥来吗?"

"哦,雷吉普!"法鲁克先生说道,"哦,雷吉普,哦!"

"端来!"梅廷说。

我下楼去了厨房,给他也盛了一碗。当我端上来的时候,法鲁克先生躺到了另一张沙发上。他一边看着天花板,一边和尼尔京聊着天,笑着。梅廷则在看手里拿着的唱片。

"太棒了!"尼尔京说,"我们就像是宿舍的舍友似的。"

"您不上楼睡吗?"我正说着,便听到老夫人在喊我。

我上了楼,花了好长时间才让老夫人平静下来躺到床上。她想下来,我给她拿去了桃子。我关上她的房门下了楼,这时法鲁克先生已经睡着了,他一边睡一边还发出了奇怪的喘息声,像个经受了很多痛苦的老人似的。

"几点了?"尼尔京小声问道。

"三点半了,"我回答道,"您也要在这儿睡吗?"

"是的。"

我上了楼，逐一去了他们的房间，把他们的铺盖拿到楼下。尼尔京对我说声谢谢。我给法鲁克先生也盖上了被子。

"我不想盖。"梅廷说。他全神贯注地望着手里唱片的封面，像是在看电视一样。我走过去看了看，好像是早上的那张唱片。"把灯给关了。"他说。

尼尔京也没说什么，于是我走过去，把悬挂在天花板上的孤零零的灯泡给关掉了，不过我还是能看见他们。因为屋外微弱的灯光透过百叶窗照到躺在那儿的三兄妹身上，就像是要展示法鲁克先生的呼噜声，并且告诉我当世界不是漆黑一片，哪怕只有一点点的光，人们也无须害怕似的。接着，不是从外面，而是从身边的某个地方传来了知了的叫声。我想让自己害怕，可我好像并不害怕，因为我不时地就会看到他们轻轻地动一动。我想，三兄妹睡在同一个房间里，黑暗、安详和无助的呼噜声陪伴着他们，一定睡得很香吧。就算是在梦里，也一定很美吧，因为你不是一个人，这样睡的话，即使是在寒冷的冬夜，也不会因为是一个人而害怕得无法入睡的！仿佛在楼上的房间里，或是在隔壁的房间里有你的父亲或是母亲或是两个都在，他们正在留意你的动静，等着你，一想到这儿你就会安然入睡。这时，我想起了哈桑，不知为何但我敢肯定他现在一定非常害怕。你为什么要这样做？为什么？我思忖着，我告诉自己，在这儿多坐会儿吧，再好好想想，一边想一边欣赏着他们微微动弹的身体，再回忆回忆他们的往事。不，不是再坐一会儿，而是一直坐到天亮，我要让自己害怕，我要体会害怕的感觉。这时，尼尔京说话了。

"雷吉普，你还在那儿吗？"她问。

"是的，小姐。"

"你怎么不睡呀？"

"我正准备睡。"

"你快去睡吧，雷吉普，我没事的。"

我喝了杯牛奶，吃了点酸奶，然后便躺下了，可我无法马上入睡。我躺在床上，辗转反侧，想着他们三兄妹，在那儿，在楼上，一起睡在同一个房间里。接着，我又想到了死，再往后想到的是临死前的塞拉赫丁先生。啊，孩子，太遗憾了，我没能关心你和伊斯梅尔的教育，他说。他们把你们送到乡下，说那个傻子是你们的父亲，这家伙把你们给毁了。当然了，我也有些错，我默许了法蒂玛把你们送去那儿，他说，我表现得太软弱了，可我不想激怒法蒂玛，我必需的研究费用还得靠她来支付，你们吃的面包也是她的，你们经受的折磨也是，他说，让我难过的是，乡下的那帮傻瓜用恐惧愚化了你们的思想。太遗憾了，我无法教育你们，把你们培养成可以自己拿主意的自由的人，太晚了，因为树在小的时候就已经弯了，而且我已经泥足深陷，已经不再满足于拯救那么一两个人了，在黑暗中还有成百上千万可怜的穆斯林，成百上千万被愚化了的可怜的奴隶，他们还在等着我的书来拯救他们！可时间，啊，太少了！再见了，我可怜、沉默的孩子，就让我最后再教导你一次吧，听我说，雷吉普，要心胸宽广，要自由，只相信自己，只相信自己的头脑，你明白吗？我没说话，一边摇头一边想着：胡言乱语！雷吉普，你要在天堂树上摘取知识的果实，别害怕，去摘，也许你会觉得痛苦，但你会获得自由，当每个人都自由了的时候，你就在这个世界上建立起了真正的天堂，因为那时你就什么也不怕了。胡言乱语，我心想，胡言乱语，这些马上就会消失在空气中的胡言乱语……想着想着，我便睡着了。

天已经亮了很久。我被敲窗的声音给吵醒，可能是伊斯梅尔吧。

我赶紧开了门。我们俩看着对方，眼神里像是充满了罪责和恐惧。他带着哭腔问道："哈桑没到这儿来吗，大哥？""没有，"我回答道，"你进来吧，伊斯梅尔。"他进了厨房，像是害怕打碎东西似的站在那儿。我们都沉默了一会儿。之后，他像是不再害怕了，问道："他为什么要这么做，雷吉普，你听说了吗？"我没说什么，进到里面，脱掉了睡衣。我一边穿着衬衣、裤子，一边听他说着。"他想要的我都满足他了，"他像是在自言自语，"他不想去理发店当学徒，那好，我告诉他，那你就去读书吧，可他也不读书，和他们一起鬼混。有人亲眼看到过，我是听他们说的。听说他们还去潘迪克向那些商贩收取保护费！"他沉默了一会儿，我还以为他要哭呢，可当我回到厨房的时候，他并没有哭。他畏畏缩缩地问道："他们说什么了吗，楼上那些人？小姐怎么样了？""昨天晚上她说还好，这会儿正在睡觉，"我回答道，"不过他们没有送她去医院，他们应该送她去医院的。"伊斯梅尔像是有点高兴。"也许还不至于要去医院吧，"他说，"可能他没打得那么厉害。"我沉默了会儿，然后说道："我看到了，伊斯梅尔，他打的时候我看到他是怎么打的了！"他有点惭愧，仿佛打人的是他自己，他一屁股坐到我的小椅子上，我以为他要哭了，可他只是坐在那儿，并没有哭。

过了一小会儿，楼上有动静传来，我把泡茶的水给烧上，便去了老夫人那儿。

"早上好，"我说，"您是在楼下吃早饭呢，还是在这儿吃？"我打开百叶窗。

"在这儿，"她说，"把他们叫来，我要见他们。"

"他们都在睡觉。"我回答道。不过等我下楼的时候尼尔京已经醒了。

"你怎么样了？"

她穿了身红色的衣服。

"我很好，雷吉普，"她说，"一点事也没有。"

可她的脸却告诉我不是这样的，她的一只眼睛已经完全睁不开了，结痂的伤口也变得更肿，更紫了。

"您应该去医院！"我说。

"哥哥醒了吗？"

我下了楼，伊斯梅尔还是和刚才一样坐在那儿。我泡了杯茶。过了会儿，伊斯梅尔说："昨天宪兵来我家了，他们让我不要藏匿他，我说我为什么要藏他，看到他我还得收拾他一顿呢。"他沉默了一会儿，像是在等我说点什么。见我不说话，他又像是要哭似的，不过还是没哭出来。"你猜他们说什么？"他说，见我没有搭理他，他便点了根烟，"我在哪儿可以找到他？"我一边听他说，一边切着面包。"他有些朋友，可能去咖啡馆了吧，"他说，"他这么做都是听他们撺掇的，他什么都不懂！"我能感觉到他在看我，可我依然切着我的面包。他又说道："他什么都不懂啊！"我依然在切着面包。

我上楼的时候，法鲁克先生也醒了。尼尔京正在高兴地听他说着话。

"就这样，我发现自己躺在历史天使的怀里！"法鲁克先生说道，"她就像个成熟的阿姨似的抱着我，就这样，她说，现在，我就告诉你历史的秘密。"

尼尔京咯咯地笑着，法鲁克继续说道。

"这是个什么梦呀！我害怕了，我醒了，可那又不是醒，你想醒来，却醒不过来。你瞧，这皱皱巴巴的东西从我的口袋里滚出来了！"

"啊，"尼尔京说道，"菲斯帽！"

"菲斯帽，没错！昨天夜里看肚皮舞的时候，那些游客就戴着这玩意儿。我不知道我都干了些什么。刚才它从我的口袋里滚出来了。它怎么进了我的口袋?"

"我现在就把你们的早餐给送过来吗?"我问道。

"好的,雷吉普。"他们说。

可能他们是想趁着商贩不多,交通还不是很拥挤的时候回伊斯坦布尔去吧。我下楼来到厨房,把面包放到火上,把蛋给煮上,准备好了早餐。"你可能知道,"伊斯梅尔说道,"虽然你整天坐在这儿,可你什么都知道,雷吉普!"我想了想,说道:"我和你知道的一样多,伊斯梅尔!"后来他抽烟的时候,我说我看到了,伊斯梅尔惊讶地看着我,像是被人给骗了似的。接着,他充满希望地问道:"他会去哪儿?总有一天他会露面的。每天都有事情发生,每天都会有人死去,他们会把这件事给忘了的。"他沉默了一会儿,然后接着说道,"他们会忘了吗,大哥?"我给茶添满水,递到他跟前,问道:"你会忘吗,伊斯梅尔?"

我上了楼。

"他们都醒了,老夫人,"我说,"他们在楼下等着您呢。您快点下楼吧,和他们一起吃最后一顿早餐吧!"

"你把他们给叫来!"她说,"我有话要对他们说,我不希望他们被你的谎话给骗了。"

我什么也没说便下了楼。我摆好餐桌,梅廷也已经醒了。法鲁克和尼尔京在笑着,而梅廷则是默默地坐在一旁。我一下到厨房,伊斯梅尔便说:"哈桑已经两天夜里没回家了,你知道吗?"他小心翼翼地看着我。"我不知道,"我回答道,"下雨的那天夜里他也没回家吗?""没有,"他说,"那天夜里屋顶一直在漏水,周围发洪水了,我们整晚都坐在家里等他来回,可他却没回。""他肯定是看下雨便找个地方躲雨去了。"我说。他认真地看着我。"他没来这儿吗?"他问道。"没来过，伊斯梅尔！"说完我又想了想，想到了被打开的炉子。我把茶、面包和鸡蛋拿到了楼上。我突然想了起来，问道：

"您喝牛奶吗，尼尔京小姐？"

"不喝。"她说。

要是我不问她就把牛奶煮好端到她跟前就好了。我下楼去了厨房，对伊斯梅尔说道："快，伊斯梅尔，你喝茶呀。"我把早餐放到他跟前，切了点面包。"是你在说话吗，雷吉普？"他问道。我没搭理他，他有点不好意思了，像是赔礼道歉似的，默默地吃了起来。我把老夫人的餐盘端到了楼上。

"他们怎么还不上来？"老夫人问道，"你跟他们说了没有，我叫他们呢？"

"我说了，老夫人……他们正在吃早餐。走之前，他们当然会来跟您道别的。"

突然，她矫捷地从枕头上抬起了头。"昨天夜里，你跟他们说什么了？"她问道，"快说，我不想听假话！"

"您要我说些什么，我不明白！"

她没有作答。她已经开始厌恶我了。我放下餐盘，下了楼。

"要是能找到我的那本笔记本就好了。"法鲁克先生说。

"你最后一次是在哪儿看到它的？"

"车上。后来梅廷把车开走了，可他说没看见。"

"你没看到吗？"尼尔京问道。

他们一起看着梅廷，可他压根儿就没有搭理我们。他就像个挨了顿揍的小孩似的，垂头丧气地坐在那儿，一个挨了顿揍却不许哭的小孩，手里拿着面包，可他好像并不知道自己手里有面包，望着面包长时间地愣神，然后就像个痴呆的老人，硬逼着自己往面包上涂了牛油和果酱，吃了好长时间连一片面包都没吃完，突然他像是回忆起了那逝去的美好岁月，满怀希望地啃起了面包，可没过多久便又丧失了对胜利的渴望，也忘掉了嘴里的面包，像是嘴里嚼了块石子儿，就这样一动不动地坐在那儿。我看着他，心里想着。

"梅廷，我们在跟你说话呢！"尼尔京喊道。

"我没看到你们的笔记本！"

我下了楼，伊斯梅尔又点了根烟。我坐下来就着他剩下的面包吃起早餐来。我们望着门外，望着在院子地上蹦来蹦去的麻雀，什么话也没说。太阳照进门里，照在我们无助的手上。我觉得他可能就要哭了，心想还是说点什么吧。"彩票什么时候开奖，伊斯梅尔？""昨天晚上！"接着，我们听到了一阵长长的响声，奈夫扎特的摩托车开了过去。"我该走了。"伊斯梅尔说道。"坐下，"我说，"你要去哪儿？等他们走了，我们再聊。"于是他坐了下来，而我则去了楼上。

法鲁克先生已经吃完了早餐，坐在那儿抽着烟。"雷吉普，对奶奶你要多担待！"他说，"我们会经常给你打电话的。等到夏天结束的时候，我们肯定会再来的。"

"我们等着你们来。"

"真主保佑，要是有什么事情的话，你就马上打电话。你要是需要什么的话，也……不过，你还不习惯用电话，是吗？"

"你们会先去医院的，对吗？"我问道，"不过，别着急走，我再给你们一人端杯茶来。"

"好的。"

我下了楼，把茶给他们端了过去。尼尔京和法鲁克已经开始收拾东西了。

"我没告诉过你扑克牌理论吗？"法鲁克问道。

"说了，"尼尔京说，"你还把你的脑袋比作核桃，还说要是有谁把它摘下来，打开来看的话，就会发现里面曲里拐弯的全是历史蛀虫。我还对你说你是在胡说八道。不过我觉得这些故事倒是很有趣。"

"没错，都是些有趣、荒谬的故事。"

"不，不，"尼尔京说道，"我可不觉得它们没有意义。"

"战争、抢劫、凶杀、帕夏、强奸……"

"它们并非没有意义。"

"骗子、瘟疫、商人、纷争、生活……"

"你也知道的，它们都有一个共同的原因。"

"我知道吗？"法鲁克问道。他沉默了会儿，然后叹了口气说道："有趣、荒谬的故事，啊！"

"我的胃有点恶心。"尼尔京说道。

"我们该走了。"梅廷说。

"你为什么不留在这儿，梅廷？"法鲁克问道，"你总是去游泳，你回伊斯坦布尔干吗？"

"我必须要把因为你们的麻木而让我无法挣得的钱给挣回来！"梅廷说道，"整个夏天我都要在姨妈家教课，一个小时二百五十里拉。可以吗？"

"我怕了你了！"法鲁克说。

我下楼去了厨房。我在想着什么东西能让尼尔京的胃舒服一点。伊斯梅尔突然站了起来。"我要走了，"他说，"哈桑四处转完了就会回来的，是吗，雷吉普？"我想了想，说道："会回来的！不管他去哪儿，都会回来的，不过你给我坐下，伊斯梅尔！"他并没有坐下来。"他们在楼上说什么呢？"他问道，"要我上去道个歉吗？"我吃了一惊，想了想，然后说道："坐下，伊斯梅尔，别去。"正说着，我听到了楼上传来的声音。老夫人正在用拐杖敲着地板。你还记得吗？我们停下来，抬起头朝楼上看了看。之后伊斯梅尔坐了下来。拐杖又敲了几下，像是在敲伊斯梅尔的头一样。接着我们就听到了那苍老、无力却总是不嫌烦的声音。

"雷吉普，雷吉普，楼下怎么了？"

我上楼去了。

"什么事也没有，老夫人。"我说。我走进她的房间，让她躺到床上。我告诉她说他们就要上来了。要不要把他们的箱子拿到楼下的车上。最后，我慢慢地将尼尔京的箱子拿到了楼下。我一边搬着箱子一边想，尼尔京肯定会问我"你为什么要搬，雷吉普？"，不过当我看到她躺在里面沙发上的时候，我突然想起来自己忘了她的胃有点难受了，就像我不想忘可最后还是忘了的事情一样。因为就在这时，我看到她吐了。我拿着箱子站在那儿，梅廷和法鲁克在一旁惊讶地看着——突然，尼尔京一声不吭地将头扭到了一边。不知为何，当我看到她呕吐的东西时我突然想到了鸡蛋。我慌慌张张地跑去了厨房，找找看有没有什么东西能让她的胃舒服一点。我想这肯定是因为我早上没给她喝牛奶，都怪我，像个傻子一样。可我并没有拿牛奶，而是傻傻地望着嘴里念念有词的伊斯梅尔。之后我回过神来，跑上了楼。当我回到楼上的时候，尼尔京已经死了。他们没有告诉我她已经死了，当我看到她的时候我便明白了，不过我也没有对任何人提到"死"字。我们内疚地望着她那发青的脸，乌黑但很美丽的嘴，仿佛这是一个正在休息的女孩，而我们却轻率地打扰了她。十分钟后，梅廷开车把凯末尔先生的药剂师妻子给接来了，她诊断说尼尔京已经死了，死因是大脑出血。我们久久地望着尼尔京，期待着她还能活过来。

　　我把油漆桶从它身上拿开，静静地等了一会儿，等着它把它那滑稽的小鼻子从刺中间给弄出来，我也好开心一下。可它并没有这样做，可能它已经明白过来了吧。又等了会儿之后，我有点烦了，我小心翼翼地抓住一根刺，把这只愚蠢的刺猬给拎了起来。你现在疼吗，啊？我突然松开了手，只听"砰"的一声它掉到地上，还打了个滚。太可怜了，这只愚蠢的刺猬，我既同情你，又厌恶你。

　　已经七点半了，我在这儿已经躲了整整一天。半夜抓到的这只刺猬，我已经玩了有六个小时了。以前，在这儿，在山下，在我们那儿这种刺猬太多了，一到夜里它们就会爬到院子里，听到沙沙的声音我和妈妈就知道是它们来了，黑暗中点根火柴这些愚蠢的家伙就会吓得不动了！然后你可以拿个桶盖在它们身上，把它们一直关到天亮。它们都走了，只剩下这只。最愚笨的刺猬，我厌恶你。点烟的时候，我想把它们也都给点着了，不只是刺猬，所有的这一切，樱桃园，最后几棵橄榄树，所有的一切。统统再见吧你们，不过我又觉得这么做不值得。我用脚将刺猬拨弄翻，你想干吗就干吗吧，现在，我要叼着可以让我忘却饥饿的烟卷离去了。

　　收拾收拾东西吧，烟盒里还剩七根烟，两把梳子，火柴，油漆桶被我留在了这只愚蠢的刺猬身旁，法鲁克先生的历史笔记本我给拿上了，就算它没什么用，可手里拿本笔记本总能减轻人们的怀疑吧，当然了，要是他们重视这件事来追捕我的话。走之前再看一眼，看看这儿吧，巴旦木和无花果树之间的这块根据地小时候我就常来，每当我在家里待烦了或是烦他们的时候就会来这儿。我最后看了一眼，便离开了这里。

穿过羊肠小道，这回再从远处看一眼我的家和山下的街区吧。好了，爸爸，再见了，等到我凯旋的那天，也许你已经在报纸上看到了这个消息，那时你就会知道你对我的态度是多么错误了，我是不会简简单单当个理发师就算了的。再见了，妈妈，也许我会先将你从那个卖彩票的吝啬鬼身边解救出来。接着我又看了看那些充满罪恶的家庭那富有而空虚的墙壁和屋顶。尼尔京，在这儿看不到你家，你们早就报警了，是吗，再见了。

我在墓园没作停留，我只是碰巧从那儿路过的。从旁边走过的时候，就像看其他的墓碑一样，我呆呆地看着这几块墓碑，上面写着：玫瑰、多昂、塞拉赫丁·达尔文奥鲁，你们安息吧。看着这几块墓碑，不知为何心里觉得很孤独、内疚和无助，我快快地走了，生怕自己会哭出来。

万一有人看到我，认出我来，而这个家伙又是个聪明人，知道些什么的话可就麻烦了，所以我没有走大路，而是走的果园和田地。爱吃樱桃的乌鸦，还没等我走近，便像是做了坏事儿似的从树上四散飞去。阿塔图尔克还曾经和他的兄弟一起赶过乌鸦呢，你知道吗，爸爸？昨天半夜，我鼓起所有的勇气，去看了看我们的家，是在窗外看的。家里的灯都亮着，你们谁也没说"快关了去，这是在造孽"，父亲双手捂着脸，是在哭还是在自言自语呢，远远的我也没看清楚。当时我就在想，肯定有人告诉他了，没准宪兵已经来过了。只要一想起父亲的那副样子，我就会觉得他很可怜，甚至觉得很内疚。

山下的街上有一群无所事事的流浪汉正在那儿好奇地看着过往的行人，是谁，在干吗，所以我没有从那儿过，而是从前天夜里梅廷和他的车停的那个地方离开了柏油路，穿过果园朝山下走去。到了铁轨边上，我顺着农业学校朝另一个站台走去。要是按照父亲的想法，要是在入学考试中他们不问我那些没学过的东西的话，他们就会把我送到这儿来了，因为学校离我们家很近，那样的话明年我就可以拿上文凭，毕业成为一名园丁了。父亲总是说，一拿到文凭，就不是园丁而是职员了，是的，是职员，因为要打领带的，可我觉得，不过是打着领带的园丁罢了。他们夏天也要上课，你瞧吧，一会儿上课铃就会响了，快去找老师吧，好让他在实验室里指给你看，西红柿是有核的。脸上长满粉刺的性饥渴的家伙们，可怜虫们！其实每当看到他们的时候我也很高兴，因为我可以看到那个女孩。如果那个女孩没让我遭遇这一切的话，也许我就同意这辈子当个打领带的园丁或是自己开个理发店了。当然了，要是给理发师当学徒的话，那这十年你就得忍受父亲和理发师两个人的臭嘴了。你们等着吧！

电缆厂的升降门前有群工人正在等着进去，升降门被漆成了红白相间，就像是来火车时挡住汽车不让通行的栏杆似的。不过他们不是从那儿，而是从旁边的小门慢慢往里进着。他们在值班室的小房子里把手中的卡插到某个地方，然后再取出来，门岗则像监狱的看守似的站在一旁看着他们。工厂的四周都用带刺的铁丝给围上了。没错，被称之为"工厂"的地方，其实就是一座现代监狱，可怜的奴隶们从早上八点到下午五点都要在里面消耗自己的生命，当然了，之所以要让他们休息只是为了保证机器能够正常运转。我的父亲要是也能给我找个后台的话，他肯定立马不让我读书，而是让我加入这群工人的行列中去了，那时只要他想到我这一生就要在这座监狱里，在机器旁度过，他就会非常高兴，觉得挽救了自己儿子的生活。这儿和被唤作"工厂"的监狱仓库里，我们的人在空桶上写上了要对共产主义分子怎么样的标语。

接着我看到工厂的码头上有条船用吊臂将货物给吊起来。多大的一件货物啊！在半空中摇摇晃晃的，太奇怪了！现在，这条船卸掉货物之后，谁知道它会去哪儿呀！我又站在这儿看了会儿船，不过没过多久我看到有工人从对面走过来，我可不想让他们把我当成是游手好闲的无业游民。这帮找到关系、找到了一份工作的家伙，千万别让他们觉得要比我高上一等。从他们身边经过的时候，我看了看，我们也没有什么区别嘛，他们比我要大一些，衣服也很干净。要是我的塑料鞋上没有泥的话，也不会有人知道我是个无业游民的。

我忘了这儿还有条小溪了。我美美地喝了口水，空空的肚子先是难受了一会儿，而后又好了。接着，我洗掉了脚上的泥。让这个该死的地方的红泥离开我的脚，让过去的污点也消失吧，我正想着，一个人走了过来。

"等等，兄弟，让我喝口水吧！"

我退到一旁。他肯定是个工人。这么热的天，他还穿着件夹克。他脱掉夹克，小心翼翼地叠起来放到一边。可他接下来并没有喝水，而是擤起鼻涕来。你如果机灵的话，你就既能找到工作，又可以为了挤到别人的前面而把擤鼻涕说成是喝水。他有中学文凭吗？在他夹克衫的口袋里，可以看到有钱包。他还在擤鼻涕，我生气了，偷偷地从他夹克衫的口袋里拿出钱包，放进我屁股后面的口袋里。他没朝我看，他没看见，因为他还在那儿擤鼻涕呢。过了会儿，为了不在我的面前丢人他装模作样地低下头喝起水来。

"快点，兄弟，够了，"我说，"我也要用呢！"

他退到一旁，气喘吁吁地说了声谢谢，然后便拿起夹克穿到了身上，他丝毫没有察觉。当我静静地洗着塑料鞋的时候，他往工厂走去。我甚至都没有朝他的背影看上一眼。等我把鞋上的泥洗掉的时候，他已经从我的视野中消失了。我朝着相反的方向，朝着车站快步走去。天很热，知了在树上唧唧地叫着。身后驶来一列火车，里面装满了周一早上赶去上班的人们，他们挤得就像沙丁鱼罐头似的，瞅着我从我身边离去。这辆车没赶上，我只好等下一辆。

我来到混凝土建成的车站，就像是有工作的人一样，手里拿本笔记本，若有所思地往前走着，瞅都没瞅站在一旁的两个宪兵。我径直朝小卖部走了过去。

"三块羊奶酪吐司！"我说。

一只手伸到了橱窗里，把流到外面的羊奶酪往面包里抹了抹。他们总是把羊奶酪抹到外面，然后再放进橱窗里，这样你就会以为吐司里面涂满了羊奶酪！你们都比我机灵，因为比我机灵所以你们觉得自己已经是大人了。好吧，我可不是你们想象中的那么傻，我比你们都机灵，我要把你们的鬼把戏统统揭穿。我心生一计。

"给我一个刀片和一罐胶水。"我掏出一百里拉放到小卖部的大理石柜台上。

我拿上店主递过来的东西和找的零钱走了。我依然没瞅宪兵一眼。车站的厕所都在最边上，里面臭气熏天。我在里面插上了门，从屁股后面的兜里掏出钱包瞅了瞅，里面有我们机灵的工人师傅一张一千里拉，两张五百里拉，再加上零钱总共是两千两百二十五里拉。正如我所料，我在钱包的另一格里找到了一张证件。是他的社保卡。上面写着他姓谢奈尔，叫易卜拉欣，父亲叫费乌济，母亲叫卡美尔，特拉布松，苏尔美奈，等等。好的，我读了几遍，把它们都给背了下来。然后从兜里掏出我的学生证，靠在墙上，用刀片小心翼翼地将我的照片给裁下来，用指甲将照片背面的硬纸片揭了下来。然后我从社保卡上揭下易卜拉欣·谢奈尔的照片，用胶水将我自己的照片粘了上去，现在我就是易卜拉欣·谢奈尔了。就这么简单。我把易卜拉欣·谢奈尔的社保卡放进我的钱包，然后把我的钱包放进口袋里。接着便出了厕所，朝小卖部走去。

我要的吐司已经好了。我大口大口地吃起来，一天来我只吃了些樱桃和从果园里摘的西红柿。我又喝了杯酸奶，然后看了看还有什么可以吃的，我兜里的钱很多。里面有饼干，有巧克力，可我一样也不喜欢。于是我又要了份吐司，我告诉小卖部的老板，让他烤好一点，他没吱声。我把肩膀靠到小卖部的柜台上，朝车站的方向稍微地侧了侧。太惬意了，一点烦恼都没有。我偶尔转过身，朝小溪的方向望去，看看有没有人顺着铁路线朝这边走来。没有。我们机灵的工人师傅觉得自己很聪明，却连自己的钱包不见了都没有发现。也许发现了吧，可他没想到偷钱包的会是我。小卖部老板把吐司递给我的时候，我又要了份报纸。

"给我一份《自由报》。"

我拿上报纸走了。那边有把长凳，我旁若无人地坐了上去，一边吃着吐司一边看着报纸。

我先看了看昨天有几个人被杀了。在卡尔斯，在伊兹密尔，在安塔利亚，在安卡拉，在巴尔加特……我跳过伊斯坦布尔，直接看了看末尾。我们死了十二个，他们死了十六个，接下来我看了看伊斯坦布尔地区，没有，伊兹密特连提都没提到，接着我紧张地看了看自己真正害怕的地方，我快速浏览了一遍，受伤的人当中没有尼尔京·达尔文奥鲁。我又全部看了一遍，的确没有。也许这报上没有吧我想。于是我又去买了份《民族报》，可这上面受伤的人当中也没有尼尔京·达尔文奥鲁。他们在报纸上登出了伤者的名字，却没有登出来是谁伤害了他们。没关系，要是想在报纸上看到自己名字的话，我早就去卖淫或是去当足球运动员了。

过了会儿，我一边愣着神，一边将报纸叠起来，进了车站，朝售票窗口走去。我知道自己要去哪儿。

"一张去于斯屈达尔的票。"我说。

"火车不到于斯屈达尔!"愚蠢的售票员说道,"终点站哈依达尔帕夏。"

"我知道,"我说,"那就给我拿张到哈依达尔帕夏的票吧。"

他还是没给我拿票,该死的,这回他问道:

"全票吗,还是学生票?"

"我已经不是学生了!"我说,"我叫易卜拉欣·谢奈尔。"

"你叫什么和我有啥关系!"他说。不过看到我脸上的表情之后,他可能有点害怕,闭上嘴把票递了出来。

我生气了。我谁也不怕。我出去看了看铁路那头有没有过往的人。我刚刚坐过的长椅已经被别的机灵鬼给坐上了。我要过去把他给弄起来,告诉他刚刚我还坐在这儿呢。不过没必要这么做,否则的话所有等火车的人会联合起来,把矛头指向你的。我四处找了找,看看还有没有别的地方可以坐。突然我紧张了起来,因为宪兵正在看着我。

"小子,有表吗?"一个宪兵向我问道。

"我吗?"我说,"有。"

"几点了?"

"时间吗?八点过五分。"我说。

他们没说什么,聊着天就走了。我继续找坐的地方,坐哪儿呢?那儿好像有张空椅子,我走过去坐了下来。然后和早上赶去上班的人一样点了根烟,打开报纸,认真地看起来。看完国内新闻之后,我就像个有老婆、有孩子、有责任感的重要人物似的又认认真真地看了看国际新闻。勃涅日列夫和卡特要是已经私下达成协议分裂土耳其的话,他们可是什么事情都能干出来的。正当我猜想着教皇可能是他们派到土耳其来的时候，一个人坐到我旁边，吓了我一跳。

我举着报纸，用眼睛的余光偷偷地看着坐到我身边的人。他的手指很粗，皱皱巴巴却硕大无比的双手正疲惫地放在裤子上，他的裤子比我的要旧。我还朝他的脸上瞅了瞅，我看出来了，这是一个上了年纪、被工作榨干了的可怜的工人。就算过几年你不死，能熬到退休的话，你这辈子也基本上算是白过了，可他看上去毫无怨言，坐在那儿呆呆地看着对面等车的人们，愉快地看着。那么，难道他在想些什么吗，也许他已经和他们说好了，他们，所有在车站里等车的人也许都在和我演戏呢。我害怕了。不过老工人突然打了个哈欠，这下子我明白了，原来他是个笨蛋。我怕什么，要让他们都怕我。这么一想，让我舒服了许多。

我可以把所有的事情都告诉他，也许他还认识我爸爸呢，我爸爸去过很多地方，没错，我就是那个卖彩票的瘸子的儿子，我现在要去伊斯坦布尔，去斯屈达尔，我甚至可以把人们是怎么看尼尔京、怎么看我们那帮伙计以及怎么看我的都告诉他，可你瞧，现在我手里的报纸上没有登出来，你知道吗，有时我会有这样的想法，之所以会发生这一切，都是因为那些想愚弄我们的人，总有一天我会做出某件事情，戳穿这个骗局，没错，现在我还不知道自己要做什么，可我知道我会让你们都大吃一惊的，你明白吗？那时我手里的报纸上也会登出来的，那时，坐在这儿等火车、每天早上因为有事可干而觉得很幸福、对这个世界一无所知的这些笨蛋也会明白的，他们会大吃一惊，甚至会怕我，他们会问自己，难道过去我们一直都不知道吗？难道我们都白活了吗？难道我们压根就不知道吗？等到那一天，不仅报纸，就连电视也会开始谈论我，他们会明白的，你们都会明白的。

我想得太投入了。火车就要来了，我不慌不忙地叠起报纸，慢慢站了起来。我看了一眼满是法鲁克笔迹的历史笔记本，我看了几页！都是些胡说八道！历史是写给奴隶们看的，小说是写给麻木的人们看的，童话是写给愚蠢的孩子们看的，历史是给那些笨蛋、那些可怜虫、那些胆小鬼写的！我没有撕掉笔记本，而是把它扔到了椅子旁边的垃圾堆里。然后，我就和那些对自己所做的事情不假思索的人一样，和大家一样，不假思索地把烟头扔到了地上，和你们一样不假思索地用脚踩灭了烟头。车厢门打开了，里面成百上千个脑袋在看着我。他们早上赶去上班，晚上下班回家，早上赶去上班，晚上下班回家，这样日复一日，可怜的家伙们，他们不知道，不知道！他们会知道的，我会教他们的，不过不是现在。现在，我要和早上赶去上班的你们一样，和你们大家一样，登上这拥挤的火车，挤到你们中间去。

人们随着火车左右摇晃着，车厢里闷热不堪！你们害怕我吧，害怕吧！

　　我躺在床上等着他们。回伊斯坦布尔之前他们会来向我道别，然后一边吻着我的手，一边和我聊天、听我说话，正当我把头靠在枕头上等着他们的时候，我突然吃了一惊：楼下传来的噪声像是被刀子割掉了似的，一下子消失得无影无踪！我既听不到他们从这个房间蹿到那个房间的脚步声，也听不到他们关门或是开窗的声音，也听不到从楼梯间、天花板上传来的他们说话的回声了，我害怕了。

　　我下了床，拿起拐杖，敲了几下地，那阴险的侏儒可能没听到。我又敲了几下，然后慢慢地走出了房间，哼，也许他是觉得在别人面前不好意思，装作没听见吧。我站在楼梯口，又开始喊了起来：

　　"雷吉普，雷吉普，快上来。"

　　楼下一点声音也没有。

　　"雷吉普，雷吉普，我在跟你说话呢。"

　　房子里静得太奇怪、太吓人了。我觉得腿上有点冷，于是赶紧回到自己的房间，走到窗边，推开百叶窗，朝楼下看了看。园子里有个人正着急忙慌地朝汽车跑过去，我认出他了，是梅廷，他坐上车走了，天哪，弄得我稀里糊涂的。我站在窗边往下看着，脑子里想的全是些坏事情，太恐怖了。不过，这种状态没持续太长时间，因为没过一会儿，梅廷就回来了，让我吃惊的是，一个女人和梅廷一道下了车，一道进了门。看到女人手里的包和长长的围巾，我便认出了她——女药剂师。每次他们说我病了的时候，她就会拿着大包来给我看病，其实这个大包更适合男人拿。为了让我喜欢她，为了能将毒针轻松地扎到我身上，她总是面带微笑地和我说着话：法蒂玛夫人，您瞧，您发烧了，您也太操心了，我给您打一针青霉素吧，这样您会觉得舒服点的，您为什么要怕呢，您也是医生的太太，您瞧，这儿的每个人都希望您能好起来。我最不相信的就是这句话了，最后，在我哭了几声之后，他们便走了，留下我一个人继续烧着。那时我就会想，他们无法毒害我的思想，所以才想来毒害我的身体，法蒂玛，小心点儿。

我现在就很小心，我等着，心里充满了恐惧。可是什么事也没有发生。我所期待的脚步声没有往楼上来，楼下的寂静也依然照旧。又等了会儿，我听到厨房门口有响声，便又跑到了窗户跟前。女药剂师手里拿着包，这次她是一个人往回走。这个美丽的女人走路的姿势很奇怪，年轻而且充满了活力。我呆呆地看着她，突然她做了件让我很诧异的事情：离院门还有几步路的时候，她突然停了下来，把手里的包放到地上，匆匆忙忙地从里面取出件东西来，是条大手绢，她用手绢擦着鼻子哭了起来。我开始同情起这个漂亮的女人，告诉我，他们对你做了什么，你告诉我，不过，她突然间恢复了平静，用手绢擦掉眼泪之后拿起包走了。出门的时候，她转过身朝房子望了会儿，不过她并没有看到我。

我好奇地站在窗户跟前。过了会儿，我实在是忍受不了这份好奇了，便在心里责备起他们来。你们走吧，走吧，我不会想你们的，你们就把我一个人留在这儿吧！他们还没上来，楼下也依然很安静。我走到床边。别好奇，法蒂玛，过一会儿他们就会闹腾起来的，过一会儿不懂礼貌的他们便会再次高兴、再次喧闹起来的。我躺到床上，心想：一会儿他们就会来的，吵吵嚷嚷地上了楼之后，法鲁克、尼尔京和梅廷就会来我的房间，他们会弯下腰吻我的手，而我则会平静、愤怒、嫉妒地想道，他们的头发可真是太奇怪了！他们会说，我们就要走了，奶奶，我们就要走了，不过要不了多久我们还会来的。奶奶，我们看您的身体状况不错，您的身体还很硬朗，您要当心点儿自己的身体，不要管我们，我们走了。接着房间会安静下来，我可以看到他们仔细地盯着我瞧一会儿——认真，充满了敬爱和同情，同时又带着莫名的快乐。我明白，他们的心里正在想着我快要死了，正在想象着我死时的场景。我怕自己会为他们感到难过，所以我会尽量地开个玩笑。要是他们说"奶奶，对雷吉普宽容些"这样把我给惹火的话，我也许就会开这样的玩笑：你们知道拐杖的滋味吗，我也许会说，你们为什么不穿短裤呀，或是说，我要揪住你们的耳朵，把你们钉到墙上。不过我知道，这些话是不可能把他们逗笑的，只会让他们想起他们背诵过的那些言不由衷的临别赠言。沉默了一会儿之后他们就会问：

"我们走了，奶奶，回到伊斯坦布尔以后，您想让我们替您问候谁？"

他们会问的，而我则会装出一副大吃一惊、激动不已的样子，就像是压根儿没想到他们会这样问似的。然后我就会想起伊斯坦布尔，想起七十年前被我留在伊斯坦布尔的往事，不过很遗憾，我不会上当的，因为我知道，我知道你们在那儿极度地堕落，就像塞拉赫丁在他的百科全书里写到的和他期望的那样。不过有时我也会好奇。在寒冷的冬夜，要是侏儒没能烧好炉子无法温暖我的内心的话，我甚至也想和他们在一起。我想待在明亮、温暖、快乐的房间里浮想联翩，但我不想犯下罪孽！要是我怎么也不能忘却那明亮而又温暖的房间里的快乐的话，最后，在寒冷的冬夜，我会从床上爬起来，打开柜子，从首饰盒旁边，从放缝纫机断掉的针头和电费发票的盒子里把这些东西拿出来看看：啊，太遗憾了，你们都死了，你们死后他们登了讣告，而我则从报纸上把讣告剪下来，收藏了起来，你们看，你们看呀，你们的讣告——讣告：赛密哈·埃森，糖业管理总局已故局长哈利特·杰米尔先生的女儿；讣告：我们管理委员会的成员，密吕韦特女士，最傻的就是这个人了；讣告：已故老富翁阿德南先生的独生女儿尼哈尔大姐，我当然记得了，你和一个烟草商人结婚了，有三个孩子，十一个孙子孙女，不过你真正爱的是贝赫鲁尔，而他爱的是缺德的比赫苔尔——别想了，法蒂玛，瞧，还有一条讣告呢，这是最新的一条，大概是十年前的吧——讣告：基金会主席、驻法国大使，已故许克吕帕夏的女儿，已故蒂尔坎和许克兰的妹妹，尼甘·厄舍克彻女士，啊，尼甘大姐，连你也去世了。我就这样手拿讣告，待在寒冷的房间中央，我知道伊斯坦布尔已经没有我认识的人了。你们都下了塞拉赫丁在他的百科全书里提到的、他苦苦哀求希望能够降临世界的地狱，你们都沉迷于伊斯坦布尔那堕落的生活中，然后死去，埋葬在混凝土大楼、工厂烟囱、橡胶味和下水道中间，太可怕了！一想到这些，我就觉得恐怖。寒冷的冬夜里，我想钻进被子里暖和暖和，我会回到床上，我想睡觉，我要把刚才想的这些都给忘掉，因为它们已经让我精疲力竭了。伊斯坦布尔没有我要问候的人，没有。

我等着，等着他们来问我，这回我不会大吃一惊、激动不已了，我要马上回答他们。可楼下还是没有动静。我从床上爬起来，望着桌上的钟，已经是早上十点钟了！他们去哪儿了？我走到窗边，把头伸到窗外。梅廷刚才停到那儿的汽车还在原地没动。厨房门口的知了已经叫了好几个礼拜了，可现在我竟然听不见它们的叫声了。我害怕安静！过了会儿，我又想到了刚才来过的女药剂师，可我怎么也猜不出她来这儿干吗。侏儒跟他们说话的场景又出现在我的脑海里，他肯定把他们叫到了身边，这会儿正凑在他们耳边跟他们说着话呢。我赶紧走出房间，来到楼梯口，用拐杖砸了砸地，喊道：

"雷吉普，雷吉普，快上来！"

不知道为什么，我知道他这回不会来。我知道我的拐杖是白砸了，自己费劲巴拉地在这儿喊也是徒劳。可我还是喊了一声，喊的时候我有种奇怪的感觉，我有点害怕，他们像是没有告诉我就偷偷地走了，再也不会回来了，就留下我一个人在这房子里！我有点害怕，为了让自己忘掉恐惧，我又朝楼下喊了一次，可这回那种奇怪的感觉更加强烈了。仿佛这世界上一个人都没有了，没有人，没有鸟，没有狗，就连那唧唧叫让我想起炎热和时间的小虫子都没有了。时间停滞了，只剩下了我一个人。陷入恐惧绝望之中的我冲楼下徒劳地喊着，拐杖无助地砸着地，除了那些废弃的沙发、椅子、上面积了厚厚一层灰的桌子、紧闭的门、房子里那些嘎巴嘎巴响的绝望的东西之外，仿佛没人听见我在喊。你那关于死亡的想法，塞拉赫丁！真主啊，我好害怕，我怕自己的思维也会像这房子里的东西一样凝固住，像块冰似的变得无色无味，而我自己也会在这儿一直站下去，什么感觉都没有。我突然想下楼看看。我坚持着下了四级楼梯，我的头开始晕了，我害怕了。还有十五级楼梯，你下不去的，法蒂玛，你会摔下去的！我紧张地站在楼梯上，慢慢地转过身，往上爬去，身后是那让人恐惧的寂静，我要快乐，我要把这些都给忘掉，他们马上就会来亲吻你的手、和你道别的，法蒂玛，别怕。

走到门口的时候我就不害怕了，不过我也没觉得快乐。墙上挂着的塞拉赫丁的照片像是在恐吓似的盯着我，我一点感觉也没有，就像是已经失去了嗅觉、味觉和触觉似的。接着我又迈了七小步，走到了床前。我坐到床沿上，一泄劲整个身体靠到了床头上。我看着地上的地毯，发现自己的思维陷入了空洞。我很难过，我就这样和我空洞的思维空洞地坐在这儿。过了会儿，我平躺到床上，当我靠到枕头上的时候，心想，是时候了吧，他们就要来了吧，他们就要进门来吻我的手、和我道别了吧，再见了奶奶，再见了奶奶，你准备好了吗？楼梯上和楼下还是没有动静，我怕自己会好奇，所以就告诉自己还没有准备好。我必须等待，就像我在无人、寂静的冬夜里所做的一样，把时间给分割开来，如同切橙子一般。我把被子盖到身上，等待着。

我知道，这么等下去我肯定会胡思乱想的。哪一个？我希望我的意识能把它自己展示给我，就像是把里子给翻到外面的手套一样。你就是这样的，法蒂玛，内在的我就像是外表的我照到了镜子上，是反的！让我吃惊吧，让我忘记吧，让我好奇吧。他们来看的、扶下楼吃晚饭的以及一会儿他们要过来亲吻道别的究竟是外表的我，还是内在的我，我经常会问自己。我那怦怦跳的心脏，我那如同漂在河流上的纸船般的思绪，还有其他的都是什么？太奇怪了！半睡半醒之间，黑暗之中，我经常会糊涂，我会紧张地问自己，内在的我变成了外表的我，而外表的我也成了内在的我，究竟哪一个才是我，寂静的黑夜里我分不清。我会像猫一样悄悄地伸出手打开灯，摸索着铁制的床框，可冰冷的铁框只会让我感受到冬夜的寒冷。我在哪儿？人经常连这一点都不知道。要是一个七十年来一直住在同一间房子里的人也搞不清楚这一点的话，没错，我明白了，我们耗费掉的被称为"生活"的东西是一样很奇怪、难以理解的东西，没有人知道自己的生活为什么会是这样的。你一直在等着，而当它，为什么没人意识到这一点，从一个地方去到另一个地方的时候，你却在思考很多有关它从何处来，将往何处去的问题，想着那些没有对错，甚至是没有结果的奇怪的问题，这时你再看，发现旅行已经结束了，法蒂玛，快下来吧！下马车的时候我要先迈那只脚，然后再迈这只脚。往前走两步，然后再回过头来看看马车。摇摇晃晃载着我们四处逛的就是这个东西吗？就是这个东西。结束的时候我会想，就是它，可我还什么都不明白呢，我想再来一次。不过这是不允许的！快点，他们会说，我们已经到这儿，到阴间了，你不能再上去，也不能再重新来过了。车夫甩起鞭子把车给驾走了，望着离去的马车，我想哭。我不能重新来过了，母亲，再也不行了。不过，过一会儿我会固执地告诉自己，人一定可以重新来过的，就像一个小女孩，只要她想就一定可以一辈子都不犯任何的罪孽，人也一定可以重新来过的。那时我的脑海里会闪现出尼甘、蒂尔坎和许克兰给我读过的那些书，以及我和母亲坐车回家时的情景。我会觉得很开心，夹杂着一丝莫名的痛苦。

那天早上，母亲把我送到了许克吕帕夏家，在把我交给他们之前，她和往常一样对我说道，你看，法蒂玛，傍晚我来接你的时候你可千万别再哭了，好吗，要不然的话这就是我们最后一次来这儿了。不过我很快就把母亲的话给忘到了脑后。一整天的时间里当我和尼甘、蒂尔坎、许克兰一起玩耍的时候，当我用羡慕的眼神看着她们，觉得她们比我不知道要漂亮多少、聪明多少的时候，我彻底忘掉了母亲对我说过的这番话，因为她们的钢琴弹得实在是太好了，模仿瘸腿车夫和老头模仿得太像了，她们后来甚至模仿起了她们的父亲，这让我很吃惊，直到后来我才敢和她们一样笑起来。下午的时候她们还朗诵了诗歌，她们去过法国，所以懂法语，后来她们和往常一样取出了一本土耳其语书。她们相互传阅着译著，朗诵着，听她们朗诵那本译著的感觉太好了，以至于我把母亲对我说的这番话都给忘掉了。等我突然看到母亲出现在我的眼前时，我知道自己该回家了，于是放声大哭起来。那时，母亲就会非常严厉地看着我，可我还是想不起来母亲早上在车里对我说过的话。我之所以哭，不仅是因为我该回家了，还因为母亲那严厉的眼神，就连许克兰、尼甘和蒂尔坎的母亲都觉得我很可怜，她说，孩子们，快，给她拿点糖来，母亲说太不好意思了，她们的母亲便说，这有什么。接着尼甘用银碗把糖给我捧了过来，我心想别哭了吧，大家看着我，可我并没有伸手拿糖，不，我说，我不要糖，我想要它。你想要的是什么，她们问道。母亲也说，够了，法蒂玛。这时我鼓足全身的勇气说道，那本书。可我哭得都说不出是哪本了，于是许克兰征得她母亲的同意，拿了好多书过来。这时母亲说道，这些书可能不太适合这个丫头，而且她也不喜欢看书。母亲说话的当儿，我瞟了一眼那摞书，里面有《基督山伯爵》，还有格扎维埃·德·蒙泰潘和保尔·德·科克的小说，可我想要的是下午她们读给我听的《鲁滨孙漂流记》，我能拿这一本吗，我问道。母亲觉得很不好意思，可她们的母亲却说，好的，孩子，你可以拿走，不过别弄丢了，这本书可是许克吕帕夏的。于是我停止了哭泣，拿着书，乖乖地坐到了车上。

回家的路上，我坐在母亲的对面，我不敢看她。我睁着哭红的双眼，望着被车子抛在身后的路，许克吕一家人还在窗户跟前目送着我们呢，母亲突然冲我发起脾气，说我太任性了。可能觉得还是不够解气吧，唠叨了一阵之后她说，下个礼拜不许我去许克吕帕夏家了。我望着母亲的脸，心想她之所以这么说就是想让我哭，因为往常这些话总能把我给弄哭，可这回我并没有哭。我心里很高兴，很平静，因为很久以后当我躺在这儿，躺在自己的床上思考着原因的时候，我觉得很安心。很久以后，我想都是因为我手里的那本书，我看着那本书的封面，心里想着，那天，尼甘、蒂尔坎和许克兰挨个地给我读了里面的部分内容，当时我还不能完全理解，对我来说，它有点难懂，不过我还是听懂了其中的一部分：一个英国人，因为他的船沉了，所以他一个人在孤岛上生活了好多年，不，不是一个人，因为好多年之后他找到了一个仆人，不过还是很奇怪。想象着那个多年来没见过其他人、独自生活的人和他的仆人是件很奇怪的事，可当车子左右摇晃的时候，我知道让自己越来越平静的不是这一点，而是其他的东西。没错，母亲已不再冲我皱眉头了。我没有透过车窗朝前看，而是望着身后，像我一直以来喜欢做的那样。不过，我看的不再是许克吕帕夏家的房子了，我看着被我们抛在身后的路，看着回想起来非常美好的过去，不过，真正美好的是我觉得，因为手里的那本书，我可以在家里重温一下纷杂的过去了。我也许会在家里漫无目的地翻着书，不过翻着翻着没准就会想起下个礼拜再也去不了的许克吕帕夏家，想起我们在那儿度过的点点滴滴。因为就像很久以后当我躺在床上时想的一样，生活是单程旅行，一旦结束你就再也无法重新来过了，不过如果你的手上有本书，不管它有多么复杂、多么难懂，等到结束的时候，要是你想重新理解生活、理解那些难懂的东西的话，只要你愿意，你还可以回过头去重新读一读这本书，不是吗，法蒂玛？

1980—1983

文景

社 科 新 知 　 文 艺 新 潮

Horizon

寂静的房子

[土耳其] 奥尔罕·帕慕克 著

沈志兴 彭俊 译

出 品 人：姚映然
责任编辑：杨　沁
营销编辑：杨　朗
装帧设计：陆智昌

出　　品：北京世纪文景文化传播有限责任公司
　　　　　(北京朝阳区东土城路8号林达大厦A座4A　100013)
出版发行：上海世纪出版股份有限公司
印　　刷：山东临沂新华印刷物流集团有限责任公司
制　　版：北京百朗文化传播有限公司

开 本：850×1168mm　1/32
印 张：11.75　　字 数：281,000
2024年8月第1版　　2024年8月第1次印刷
定 价：69.00元
ISBN：978-7-208-18569-2 / I·2113

图书在版编目（CIP）数据

寂静的房子 /（土）奥尔罕·帕慕克（Orhan Pamuk）
著；沈志兴，彭俊译. —— 上海：上海人民出版社，
2023
　　ISBN 978-7-208-18569-2

Ⅰ.①寂… Ⅱ.①奥… ②沈… ③彭… Ⅲ.①长篇小
说 – 土耳其 – 现代 Ⅳ.①I374.45

中国国家版本馆CIP数据核字（2023）第185157号

社 科 新 知　文 艺 新 潮　｜　与 文 景 相 遇